10
18

12, AVENUE D'ITALIE. PARIS XIIIe

Sur l'auteur

Herbjørg Wassmo, née en Norvège en 1942, vit à Hihnöy, une petite île située au nord du Cercle polaire. Très populaire dans les pays scandinaves, cette ancienne institutrice férue de poésie se consacre à la littérature depuis vingt ans. Après la trilogie de « Tora » (*La Véranda aveugle, La Chambre silencieuse, Ciel cruel*), elle connaît un grand succès avec la trilogie « Le Livre de Dina » (*Les Limons vides, Les Vivants aussi, Mon bien-aimé est à moi*), puis *Fils de la Providence*. Herbjørg Wassmo achève l'épopée de la flamboyante Dina avec la trilogie « L'Héritage de Karna » (*Mon péché n'appartient qu'à moi, Le Pire des silences, Les Femmes si belles*). *Le Livre de Dina* a depuis été porté à l'écran par le metteur en scène danois Ole Bornedal, avec Gérard Depardieu, Maria Bonnevie et Pernilla August dans les rôles principaux. *La Fugitive* est son dernier roman paru à ce jour.

HERBJØRG WASSMO

LA FUGITIVE

Traduit du norvégien
par Luce HINSCH

10/18

« Domaine étranger »

dirigé par Jean-Claude Zylberstein

GAÏA ÉDITIONS

Du même auteur
aux Éditions 10/18

VOYAGES, n° 3804
▶ LA FUGITIVE, n° 4000

Le Livre de Dina

LES LIMONS VIDES, t. 1, n° 3231
LES VIVANTS AUSSI, t. 2, n° 3267
MON BIEN-AIMÉ EST À MOI, t. 3, n° 3293

FILS DE LA PROVIDENCE, t. 1, n° 3422, t. 2, n° 3441

L'Héritage de Karna

MON PÉCHÉ N'APPARTIENT QU'À MOI, t. 1, n° 3577
LE PIRE DES SILENCES, t. 2, n° 3578
LES FEMMES SI BELLES, t. 3, n° 3579

Titre original :
Flukten fra Frank

ISBN 978-2-264-04322-1

L'enfant dans la cave

Une gamine se tient pieds nus sur un sol cimenté luisant de graisse et d'humidité

Haut sur le mur il y a une lucarne ou une petite fenêtre. Elle est seulement en chemise et en culotte. Il fait froid. D'épais murs en ciment de tous côtés. Au milieu il y a le grand baquet dans lequel on rince le linge. Il ressemble au cercueil qu'elle a vu à l'église, avec dedans le voisin mort. Elle sait que la lourde porte est fixée à l'extérieur par le crochet en fer. Elle regarde le sol. Une mare jaunâtre luit à ses pieds. Elle peut y voir la fenêtre se refléter à l'envers. C'est arrivé quand la directrice a dit qu'elle devait demander pardon à Dieu et à tout le monde d'avoir « froid au cœur ». Mais c'est plutôt aux pieds qu'elle a froid. Il y a des voix qui viennent d'en haut. Ce sont les autres. Ceux qui font du bruit. Ceux qui montent les escaliers, ferment les portes, traînent les chaises. Ceux qui disent des choses inintelligibles pour elle, ce qui lui fait comprendre qu'elle n'est pas des leurs. Elle ne sait pas combien de temps est passé ni combien de temps elle va rester là. Mais la lumière change lentement. Une mouette crie. Ce doit être celle qui se tient sur le rebord de la fenêtre de la cuisine, mais on lui donne rarement quelque chose. Elle pense que ce serait drôle de pouvoir s'envoler. Loin. Sentir l'air la soulever. Ne plus avoir de poids, ne plus pouvoir tomber. Les murs s'assombrissent et les éraflures du crépi s'effacent. Lentement. Les bruits de la maison se transforment. Les chaises qu'on traîne font un vacarme de tempête. Ce doit être le dîner. Les tuyaux chuintent. Accompagnés de nombreuses voix. Les enfants se lavent. Avec le savon à rainures noires. C'est la règle. La mouette s'est tue. Elle est loin maintenant. Elle a dépassé les îlots. Elle n'est plus qu'une ligne ondoyante à l'horizon.

La pluie battait doucement sur la lucarne. Des restes de suie dégoulinaient en raies sur la surface brillante. Au fond des ténèbres il y avait une faible lueur dansante. Comme si quelqu'un se déplaçait avec une lampe de poche. Quand le battement de la pluie s'arrêta, la lueur se fit plus précise.

— Pourquoi viens-tu maintenant ? Nous ne sommes plus des enfants, ai-je dit.

— Tu rêvais à nouveau qu'ils t'avaient mise dans la cave. Je venais toujours quand il faisait noir en bas, n'est-ce pas ? Mais tu peux te réveiller maintenant, tu n'es pas dans la cave. Au contraire, on est presque sur le toit. Si tu ouvres grand les yeux, tu te rendras compte que le temps a travaillé pour toi. Tu es adulte maintenant.

Une lumière du jour parcimonieuse montrait que je n'étais pas sur le sol en ciment. J'avais seulement rejeté ma couette durant mon sommeil. Je me suis levée, j'ai fermé la fenêtre et j'ai mis mon peignoir en éponge et mes pantoufles de feutre. Après avoir monté le thermostat du radiateur électrique, je suis allée jusqu'à mon bureau et j'ai ôté le vieux tissu qui recouvre mon PC quand je n'écris pas. À l'origine il servait de couvre-lit à un lit d'enfant que je n'ai plus.

Je ne pouvais pas rester dans cette pièce sans écrire si l'écran restait à nu. Et absolument pas dormir.

Même s'il était éteint. Il me suffisait de savoir que l'écran n'était pas recouvert. Il me regardait fixement maintenant. J'ai allumé la lampe de travail. Je suis restée un moment penchée sur le clavier. Puis j'ai commencé à écrire. Comme si je pensais qu'il était possible de considérer sa vie comme un mauvais rêve. Qui était terminé maintenant. Fini. Au moment où l'image de la cave s'évanouissait, celle de Frank se fit plus précise.

La table n'était pas grande. Je ne l'avais pas mise sous la fenêtre, la lumière y était trop agressive. Elle était placée vers l'arrière-cour. Juste entre le canapé-lit et la fenêtre. Je l'avais achetée à bon marché à celui qui occupait l'appartement avant moi, mais je l'avais soigneusement lavée avant de m'en servir. Elle ne portait la trace de personne, c'était seulement une table IKEA ordinaire et usée, avec trois tiroirs. Un pour les notes et papiers importants, un pour les enveloppes et le papier à lettres et, en bas, un pour les coupures de journaux. J'avais de l'ordre. C'était presque une mauvaise habitude. Frank disait que ma chambre était presque stérile. Dans sa bouche ce n'était pas un compliment.

Il ne s'intéressait pas beaucoup à ce que j'écrivais, mais il avait lu mon dernier livre. Parce qu'il se trouvait là, dans la maison, comme il l'expliquait. Heureusement il n'avait pas dit que c'était parce que sa femme l'avait acheté, excuse que les hommes invoquent si souvent quand ils lisent un roman. Je n'aimais pas penser que sa femme avait lu mon livre.

Au bout d'un moment mes pieds se sont réchauffés. Et plus j'écrivais, plus le rêve de la cave s'éloignait.

Frank faisait rarement des réflexions négatives ou blessantes, mais il avait dit que mon livre était « bizarre ». Ce qui l'intéressait surtout, c'étaient les premières éditions d'auteurs anciens, et les reliures et pages de titre plutôt que le contenu. Frank bavait d'envie durant des semaines avant une vente aux enchères. C'était normal pour un antiquaire dont la porcelaine et les vieux imprimés étaient le principal intérêt.

— Si les gens ne voulaient pas de vieux meubles rustiques rafistolés, à la patine toute fraîche, avec des trucs en laiton, j'aurais pu avoir un magasin sérieux et vendre de vieux lustres à prismes importés de tous les coins d'Europe, de la porcelaine de Meissen et de la vieille argenterie norvégienne. J'aurais pu avoir une belle collection de gravures et de livres d'avant 1890 dans une pièce à part, avait-il dit un jour.

Peut-être se simplifiait-il la tâche en prétextant le goût vulgaire des gens, mais ça ne me regardait pas. Il ne vendait pas volontiers ce qu'il aimait lui-même. De fait, il aurait difficilement pu s'enrichir sur les premières éditions. Frank vivait de la vente de méprisables meubles rustiques. Les grosses sommes, parfois évidentes, dont il disposait, provenaient du champ de courses de Bjerke. Ou bien elles étaient empruntées. À qui, c'était difficile à dire. Il lui arrivait de recevoir des coups de téléphone désagréables aux moments les moins propices. Sur le canapé-lit, par exemple. Parfois il éteignait son portable après avoir vu le numéro apparaître sur le cadran. Son visage prenait alors une expression de calme qui ne lui était pas naturelle.

Je ne connaissais rien à l'argent, ni aux antiquités. Les objets qui avaient été utilisés par d'autres m'inquiétaient toujours. Il m'était difficile de les toucher à main nue. Frank, par contre, je n'avais aucun mal à aller à la rencontre de sa peau nue. Il lui arrivait, pas souvent il est vrai, de raconter des histoires abracadabrantes d'une voix endormie et assez grave.

— Dans ce métier il y a des hauts et des bas, il faut savoir perdre. Il faut même savoir supporter d'être roulé, a dit Frank un jour.

Mais on parlait probablement trop peu. Je manquais de talent pour approfondir tous les menus sujets que les gens abordent quand ils veulent montrer indirectement qu'ils apprécient la compagnie de l'autre. Mais je savais écouter. Frank avait besoin de quelqu'un qui l'écoute.

— N'est-ce pas ? demandait-il tout en continuant à parler sans remarquer que je ne répondais pas. Il m'arrivait de lui prendre la main pour le faire s'arrêter. Ou bien je souriais. Cela faisait souvent son effet.

Je n'écrivais pas vite. Les petits claquements du clavier me redonnaient une certaine cohérence. Il n'était pas sûr que Frank fût un personnage de roman. C'était difficile puisque je ne le voyais que rarement. Peut-être n'était-il même pas un bon personnage de nouvelle. Sa personnalité n'invitait ni à l'intrigue ni à l'égratignure. Et certainement encore moins à l'amertume, la méchanceté ou la bagarre. Mes chances de savoir l'essentiel à son sujet étaient limitées. La connaissance que j'avais de lui se bornait pour ainsi dire au canapé-lit.

À mes yeux Frank était quelqu'un qui avait réussi. Grâce à son charme, ou à ce quelque chose d'indéfinissable que détiennent certaines personnes, il arrivait à obtenir ce qu'il voulait. Il n'avait probablement pas beaucoup de défauts. Un personnage de roman doit nécessairement avoir quelques défauts.

Si je n'avais pas été aussi physiquement attirée par Frank, j'aurais probablement été dégoûtée par l'odeur qui émanait de lui, une odeur de vieilleries et de journaux entassés dans la pièce du fond. L'unique fois où je suis allée dans un institut de beauté, cela m'a rappelé Frank. J'étais couchée les yeux fermés, comme lorsque je suis avec lui. Quand la dame a mis en marche la vapeur chaude sur mon visage, il s'en est dégagé une odeur. Pas désagréable. Plutôt comme des pétales de rose oubliés dans une coupe, ou du vent dans une vieille forêt, ou une odeur de terre. Cela m'a fait atteindre une étonnante sensation de bien-être. Frank me donnait toujours l'impression de vivre dans le luxe, bien qu'il se tînt la plupart du temps dans une cave.

Une fois, je suis allée jusqu'à son entrepôt à Industrigaten sans y être invitée.

Mue par un besoin désespéré de lui, j'ai tenté ma chance au risque de me rendre ridicule ou d'être chassée. Je transgressais une convention tacite. Frank ne devait en aucun cas se sentir en danger. Il faisait chaud ce soir d'été et j'avais vu des tas de couples enlacés sur des plaids au parc de Frogner.

Il me poussa vers l'intérieur et verrouilla la porte. On l'a fait sur une vieille chaise longue provenant de je ne sais quel appartement à l'aspect soigné. Peut-être une villa déserte de Halvdan Svartesgate[1], allez savoir ? Recouverte de velours prune bordé de pompons qui bougeaient en synchronie avec les coups de boutoir de Frank. Le tout fut effectué derrière un vaisselier peint en bleu provenant d'Oppdal et un pétrin de Jolster. Dans une énorme cave, assez fraîche. Tout à fait différente de celle du rêve.

Une petite fenêtre aménagée haut sur le mur laissait passer un rai de lumière. Là j'ai vu une poussière vieille d'au moins dix ans luire de nos efforts tout à fait gratuits. Quand je parle de la brillance de la poussière, c'est parce que c'était la poussière de Frank. D'une manière ou d'une autre, je suis toujours arrivée à faire la différence entre ce qui est lié à moi et à mon corps et ce que je peux quitter. Autrement je n'aurais pas pu vivre aussi tranquillement en ce monde.

Le visage de Frank était pâle et il avait un air de concentration douloureuse. Il avait toujours cet air-là

1. Quartier chic d'Oslo. *(Toutes les notes sont de la traductrice.)*

juste avant d'atteindre l'orgasme. Je m'imaginais qu'il devait avoir le même air quand il était sur le plus haut plongeoir de je ne sais plus combien de mètres, avant de concourir pour la médaille d'or. Ou bien quand on lui indiquait par surprise une liquidation après un décès. J'avais eu l'occasion d'assister à un tel événement. Frank vivait surtout par téléphone interposé.

Il avait une ride profonde entre les sourcils et oscillait entre un large sourire et des lèvres pincées. Il avait les narines dilatées. Cela me mettait en joie de voir Frank avec ce qui ressemblait à la concentration d'un taureau – juste avant d'entrer dans l'arène. Jusque dans sa chevelure, il était concentré. Quelques mouvements de la peau du front faisaient se déplacer les cheveux qui avaient l'air eux aussi d'être en attente.

Et puis il y avait sa respiration. La respiration de Frank dans l'entrepôt, quand il m'eut à sa portée de manière inattendue et illicite, était différente. Elle venait du plus profond de lui-même. Le bruit d'une aspiration. Bien sûr l'air faisait partie du système respiratoire et des poumons, mais cette fois-là Frank avait un vibrateur dans le crâne et dans la gorge. Il est indéniable que cela attisa le feu que j'avais déjà en moi avant de venir. C'était comme une invitation à l'intérieur du corps de Frank ; il me fit preuve d'une grande confiance.

Ses mains avaient la même douceur énergique que la première fois où je l'avais vu dans son propre milieu, à un salon d'antiquaires. Il était planté là, les jambes écartées, et le haut du corps penché en avant, en train de polir une vieille table en acajou avec un chiffon de flanelle grise. Je me suis approchée tout près pour l'épier discrètement. C'était possible tant qu'on faisait semblant de s'intéresser à une vieille table. Il avait les doigts courts et puissants et le dos de la main large. J'avais remarqué que certains pianistes avaient des mains de cette sorte. Tout au contraire de ce que l'on pouvait attendre. La force était aussi importante que la souplesse, pour les pianistes comme pour Frank. Pour ma part, il me suffisait de voir comment il traitait l'acajou. Ses ongles courts étaient d'une propreté surprenante – j'ignorais à cette époque que Frank se mettait littéralement à tremper des heures dans la piscine plusieurs fois par semaine. Les rides au-dessus de ses articulations semblaient plus sombres que le reste de sa peau. J'avais remarqué cela chez les gens de couleur. Je ne pouvais pas expliquer ce que cela me faisait. En tout cas je suis restée là, malgré le manque total d'intérêt que j'avais pour une table de douze couverts. Finalement il m'a vue, a levé son chiffon et laissé retomber son bras.

— Salut ! C'est toi ? Quelle surprise ! Tu t'intéresses aux antiquités ? a-t-il demandé.

J'ai d'abord cru déceler une expression ironique autour de sa bouche, puis je me suis souvenue que c'était l'expression qu'il avait juste avant de sourire. Comme quelqu'un qu'on a opéré d'un bec-de-lièvre.

— Non, à dire vrai, ai-je répondu avec honnêteté.

Il eut alors ce réflexe, je ne sais comment dire autrement, qui devait pour toujours le distinguer des autres hommes. Une vulnérabilité méprisante. Comme chez un enfant qui n'arrive pas à montrer son dédain du danger.

Trois jours plus tard il entra dans ma chambre et me tendit une solide boîte grise dont le couvercle retenait en place les quatre côtés.

— Je ne sais pas si tu aimes la porcelaine, mais je voudrais te donner cela. C'est un Meissen qui vaut plus qu'il n'en a l'air. Le plus grand modèle, 23 centimètres.

Quand il comprit que je ne tombais pas immédiatement en extase et que j'avais l'intention de l'ouvrir là où je me trouvais, il me fit calmement remarquer que la chose pouvait se casser. J'ai donc mis la boîte sur le canapé pour l'ouvrir. Un paon au col bleu, faisant la roue. Ma première réaction fut le désespoir. Je le trouvais vulgaire et ne savais comment remercier. J'ai remis la fibre de bois soigneusement dans la boîte. Cela risquait de démanger si elle se dispersait dans les draps. Et puis je ne savais pas où elle avait traîné et ce qu'elle pouvait contenir.

Au visage de Frank, je vis qu'il fallait montrer de l'enthousiasme.

— Intéressant… Et tellement ouvragé ! Ce n'est pas souvent qu'on me fait des cadeaux… Merci beaucoup ! ai-je dit comme si remercier était hors de mes capacités.

Le paon de Meissen posé sur le bureau nous regardait d'un petit œil jaune. Chacune de ses plumes soigneusement peintes portait également un œil. J'essayais d'en détourner le regard. En même temps je faisais ce que je pouvais pour en dire du bien sans que cela sonne faux. Comme lui le ferait, plus tard, en parlant de mes livres.

Je ne sais pas comment j'y suis arrivée, mais avant de partir il me promit de le mettre dans une de ses vitrines à Industrigaten. Peut-être l'ai-je persuadé que je craignais qu'on ne le vole ou qu'il ne se casse. En tout cas, il l'emporta. Pourquoi n'ai-je pas dit la vérité, qu'il était en trop ? Pour l'épargner ? Ou bien pour m'épargner de le voir blessé ?

Il devint impératif pour moi que le paon reste chez Frank. De cette manière cela lui rappelait mon existence. Une partie de moi-même était chez lui.

— Comment va le paon ? pouvais-je demander tout à coup. Cela devint un jeu.

Il répondait avec une gravité souriante. Jamais la même chose, il en variait la forme et le contenu.

— Merci, très bien, mais il a beaucoup crié aujourd'hui. Je crois qu'il lui faut une femelle. Ou bien : On n'a pas échangé un seul coup d'œil aujourd'hui. Il m'ignore totalement. Ou bien : J'ai dû aller le dépoussiérer. Ses plumes étaient toutes ternes. Tu sais bien qu'il faut qu'il brille. Ou encore : Peut-être vais-je le relâcher bientôt. On ne garde pas un oiseau prisonnier dans une vitrine même s'il vaut très cher.

Son prix, je ne l'ai su que bien plus tard. Alors que je feuilletais une liste dans sa cave. Dans la catégorie Bunte Vögel était indiquée la somme de 5 806,86 DM.

Cela restait un mystère que moi, terrorisée à la seule pensée d'une cave ou d'un réduit, je puisse avoir un amant comme Frank. Il disait souvent qu'il m'aimait. Mais comprenait-il ce que cela impliquait ?

La honte de se faire remarquer

De temps à autre j'allais suivre des cours de littérature, de religion ou d'histoire. Je m'imaginais qu'on pouvait aller et venir à l'Université sans que personne ne s'étonne qu'on prétende faire partie de cette communauté. J'avais soigneusement tiré mes plans. Plus mentalement qu'en pratique.

Ce jour d'hiver, je devais assister à un cours dans le vieux bâtiment de l'Université. C'était celui d'un professeur d'histoire des religions à la renommée internationale. Je désirais depuis longtemps connaître, ou tout au moins approcher, des gens importants dans le domaine du savoir ou de l'art.

Le cours était retardé parce que le cours précédent était retardé. C'était souvent ainsi que les retards se produisaient. Une sorte de réaction en chaîne qui était toujours la faute des autres, pas la sienne. Cela donnait lieu à une attitude et des gestes agressifs. Des auditeurs, à la fois très jeunes et d'âge mûr, attendaient avec moi dans le couloir le moment d'entrer. Certains étaient visiblement irrités.

Cela sentait le remugle d'au moins quinze ans d'aisselles en sueur et d'épidermes en proie aux examens. Il y avait quelque chose de réconfortant dans cette odeur d'inquiétude qui n'était pas la mienne. Naturellement c'était dû en partie à un manque d'hygiène ordinaire, mais c'était aussi l'expression d'une tradition de labeur pour se faire une place en ce monde.

Les portes s'ouvrirent finalement et le flot d'étudiants se pressa pour entrer. L'air n'était presque plus respirable. Je me trouvai une place au milieu de l'amphithéâtre de telle manière que j'avais une vue d'ensemble parfaite sur la chaire et le déroulement des événements. Le professeur commença enfin son cours. Et après quelque hésitation il s'engagea avec enthousiasme dans la description du « Big Bang ». Je n'arrivais pas tout à fait à suivre son raisonnement. En partie parce que je n'étais pas exactement préparée à cette image, et en partie parce que j'étais distraite par une femme d'âge mûr qui ne faisait que sortir des objets de son sac – pour les y remettre immédiatement.

Je fus frappée par le fait que je ne cessais de m'entourer de gens en route pour ailleurs ou désirant faire autre chose.

En bas, le tableau bleu était plein de gribouillages du cours précédent. Il y avait aussi un siège bleu, un rouge, un jaune et un vert, et en plus un haut tabouret de bar de qualité douteuse. Il y avait aussi un rétroprojecteur et un ordinateur assez moderne. Les murs étaient d'un jaune sale. Et c'est dans ce décor que la jeune génération est censée s'anoblir, et nous les anciens trouver la sagesse, ai-je pensé, honteuse au nom de l'État norvégien.

Tout à coup j'ai entendu venir de l'estrade, ou de la chaire, comme on veut :

— L'homme n'est pas la seule créature à tirer du plaisir de la procréation. Mais notre capacité à détruire d'autres créatures est unique. À ce point de vue, nous sommes souverains. Ensuite, c'est notre capacité à produire des images qui nous différencie des autres animaux.

Je me renversai en arrière et essayai de suivre, malgré la distraction que me procurait la présence de tant de gens. Juste au moment où je commençai à espérer que ce cours allait contribuer à donner un sens à cette journée, une dame très imbue de sa personne est entrée.

Il ne reste plus que cinq minutes avant le cours suivant, proféra-t-elle d'une voix haute et agressive qui la qualifiait pour un poste de directrice de maison d'enfants abandonnés. Ou comme gardien de prison.

Le professeur perdit visiblement le fil. Puis son regard se durcit. Comme s'il se préparait à l'assaut prévisible de forces bien connues, tout en désirant faire comprendre à la dame qu'il avait des choses importantes à dire.

— Le renard est rusé, nous a-t-il dit en nous montrant une image du renard.

Et après plusieurs phrases que la dame en colère m'empêcha de saisir, vint la suite :

— Le langage commence par un signe, mais perd son sens originel et finit par un son. La feuille de palmier signifiait au début la beauté. Une femme qui ressemble à une feuille de palmier est donc belle ! C'est l'inscription cunéiforme.

L'orateur utilisait ses mains de manière frappante et touchante. Il feuilletait ses notes et employa quelques secondes à décider où couper dans son texte pour atterrir aussi dignement que possible sur une conclusion. Mais il avait perdu un quart d'heure. C'était probablement le temps qu'il avait utilisé à capter l'attention de son auditoire. Son cours s'était alors poursuivi, de son introduction en passant par les étapes nécessaires pour en arriver aux points culminants. Il termina en un seul bond en résumant l'essentiel. Mais la concentration du public était brisée.

Je m'identifiai fortement à la situation impossible dans laquelle il se trouvait. Il avait sûrement passé du temps à préparer ce qu'il allait dire. Il s'en était peut-être réjoui d'avance, ou bien s'était inquiété. Maintenant il lui fallait regagner le temps qu'un autre lui avait fait perdre – cela pour satisfaire aux aboiements sauvages destinés à l'humilier, alors qu'il faisait de son mieux.

Quand la dame revint annoncer d'une voix perçante l'expiration du temps écoulé, une menace plana. Je me levai et ouvris la bouche. Il en sortit quelque chose. Je ne l'ai pas compris tout de suite, mais j'ai pu interpréter les mots au moment où ils furent dits :

— Mais ça suffit à la fin ! Sortez d'ici !

Quand j'ai compris ce que je venais de dire, je suis devenue muette. Mais je suis restée debout. Tout le monde me regardait. Le professeur aussi. Dans le silence qui suivit il sembla que tout le monde avait oublié celle qui était cause de l'esclandre. Elle n'était du reste plus là. La porte était fermée. Toute la scène était peut-être un produit de mon imagination. Peut-être la femme n'était-elle jamais venue, n'avait-elle jamais rien dit. Était-ce seulement moi qui avais besoin d'elle pour m'opposer ? Pour découvrir que j'étais quelqu'un d'autre que celle dont j'avais l'air ? Mais ceux qui étaient dans l'amphi venaient de me voir et de m'entendre. Je le constatais. Ils étaient bien réels. Étais-je assez forte pour supporter cela ?

Quand je me suis faufilée à travers les bancs, tous les regards rivés sur moi, ma présence à cet endroit me parut irréelle. Une fois dans la rue, la honte me fit trembler les genoux et les lèvres. Je décidai alors que l'esclandre était une réalité et que j'avais le droit de réagir. Mais j'avais été la seule à réagir. Il y avait donc de bonnes raisons d'avoir honte de m'être laissé emporter par l'attitude de cette femme. Par celle de gens dénués de sensibilité dont le seul but est de tracasser, d'humilier. Cette honte fut le sentiment dominant qui me resta d'un cours que j'avais par ailleurs eu plaisir à suivre.

Je traversais le parc du palais et remontais Hegdehaugsveien pour aller prendre un café à l'Harlekin. C'est alors que je les vis. Ils étaient assis à une table devant la fenêtre, les têtes proches l'une de l'autre. Seuls, sans leurs enfants. J'ai compris tout de suite que c'était elle. Annemor. Elle le regardait d'un air possessif, elle avait de longs cheveux blonds et des sourcils foncés. Ses yeux étaient assez enfoncés. On ne peut pas dire qu'elle avait l'air gaie.

Je ne pus continuer ma route, et encore moins entrer, et je restai sur place, immobile. Frank ne me vit pas tout de suite, alors que j'avais l'impression de remplir toute la vitre. Il semblait agacé par ce qu'elle disait. Ce n'était pas pour me déplaire.

Il parlait avec intensité et gesticulait, et elle cherchait son regard. Il me vit alors. Au moment où elle s'aperçut qu'il me regardait, elle eut une expression de fatigue. Elle me dévisagea d'abord avec l'air d'une personne qui, bien malgré elle, porte le regard sur une horreur. Elle avait des yeux conformes aux réclames. Grands, bleus et humides. D'une brillance presque triste. Ils étaient dirigés droit sur moi. Un instant j'ai ressenti le dégoût que lui inspirait quelqu'un comme moi. Et cependant je ne bougeai pas. Ses yeux piquent comme des aiguilles, ai-je pensé – et je sus que ce n'était pas vrai.

Elle portait un chandail rouge à col roulé qu'elle avait remonté jusqu'aux oreilles. Cela lui donnait un air enfantin. Elle aurait pu être engagée par n'importe quelle agence de top-models. Je l'ai constaté comme on peut constater la beauté d'un insecte.

Il n'aurait pas dû l'amener là. C'était en quelque sorte notre café. La seule chose que nous possédions en commun. Il arrivait qu'on se rencontrât là quand il revenait de son travail – comme par hasard. Et jamais longtemps. J'étais toujours la première arrivée, puis il entrait et disait tout haut :

— Quelle bonne surprise de te rencontrer ! au cas où quelqu'un qui connaissait quelqu'un qui le connaissait soit présent.

Et je jouais le jeu et je répondais :

— Assieds-toi donc là si tu en as envie.

Ce qu'il faisait, et nous parlions de choses superficielles, car personne ne devait s'imaginer quoi que ce soit. Par exemple nous nous demandions l'un à l'autre comment allait notre travail.

Je suis restée là jusqu'à ce qu'elle pose sa main sur le côté de son visage comme une œillère et Frank baissa les yeux sur la table. On m'avait vue. Et j'avais honte. Ce n'était pas seulement moi qui étais humiliée mais aussi Frank. Pour ainsi dire en devanture de café. Non seulement c'était contraire à toutes les règles du jeu, mais cela pouvait aussi avoir des conséquences pour nos relations. J'avais eu une attitude menaçante. Au lieu de passer dans l'anonymat sans les troubler, je m'étais plantée là en les fixant. Pourquoi ? Je réclamais un temps qui ne m'était pas dû et je ne valais guère mieux que la bonne femme qui criait que le cours suivant aurait lieu dans cinq minutes. J'étais bien pire. C'était un vrai manquement. Je ne prenais pas en considération les sentiments de Frank. Pire que ça. C'était pure vengeance.

J'ai ouvert et j'ai soigneusement suspendu mon manteau à un cintre près de la porte. C'est ce que je fais toujours. Puis je me suis assise sur la chaise pliante et j'ai enlevé mes chaussures. Je me suis préparé le café que je n'avais pas bu à l'Harlekin. Il avait un goût amer. Il était temps de nettoyer le filtre.

J'aimais bien me chanter quelque chose avant de m'endormir. Ma vie dans un dortoir avait peut-être entravé mes capacités à faire sortir un son de ma gorge. J'avais développé une technique pour chanter en moi-même. Quand c'était réussi, je sentais la mélodie vibrer dans ma tête et ma bouche. C'était une satisfaction. Et je ne dérangeais personne.

J'avais entendu *L'Après-midi d'un faune* de Claude Debussy au programme « Toujours classique » à la radio. Le haut-parleur grésillait légèrement. Cela abîmait le morceau sans pour autant me choquer. La lucarne se couvrait lentement de flocons humides, comme si une main les jetait un par un. Lentement, tout allait devenir blanc.

Il était absurde de penser que ce morceau de musique pouvait me mettre sur la voie. Cependant j'ai pris une note sur le bloc vide à gauche de la table. Je me rappelai avoir vu une émission de télé où deux écrivains, avec gêne et réticence, commentaient le fait d'être devenus les « best-sellers » de la saison. Ils avaient l'air d'avoir peur qu'on puisse croire qu'ils écrivaient de mauvais livres puisqu'ils se vendaient si bien. À la fois fiers et humbles. Non, humiliés. Je concède que j'aurais bien aimé être l'un d'eux. Être remarquée. Mais si ce miracle devait se produire, étais-je assez forte pour supporter la honte d'être remarquée ? Peut-on écrire un livre important sans se faire remarquer ? Ou bien est-ce impossible ?

Il se faisait tard. J'ai fini d'écrire et me suis couchée. Après avoir éteint la lumière, je revoyais les images des deux écrivains à succès de la télé. Et de leurs livres. Ils étaient présentés empilés chez tous les libraires. Je les avais vus moi-même. Empilés ! En vérité cela avait l'air vulgaire. C'était vulgaire. Un gavage en quelque sorte.

J'ai essayé de fredonner en moi une bribe de *L'Après-midi d'un faune*. Sans y parvenir. J'ai alors décidé d'en acheter un enregistrement sur CD. Si j'apprenais la mélodie, j'arriverais à me la chanter quand je serais au lit. Comme si c'était quelque chose qui pouvait me pousser à agir et de ce fait transformer ma vie.

Le lendemain je me suis réveillée avec un mal de tête. Ma première pensée fut que je commençais un rhume, et je suis donc restée un moment sans rien faire après avoir bu mon café.

Mon dernier roman que personne n'avait remarqué était posé à droite tout au bout de la table. Il avait paru depuis plusieurs mois. J'ai aussi remarqué qu'une mince couche de poussière recouvrait le bord de la fenêtre. Je me suis donc levée pour aller chercher un chiffon en microfibre dans le placard. Il était légèrement rugueux au toucher. Ensuite, quand je l'ai regardé, il était couvert d'une couche de poussière grisâtre. Curieux de penser que si on n'enlevait pas la poussière, tout disparaîtrait lentement. Le monde deviendrait un désert si on lui en donnait le temps.

Les premières semaines après la parution, je m'étais dit qu'il fallait attendre. La critique allait venir. Ils avaient tellement à faire. Les critiques. Pendant quelques jours j'avais tout simplement pensé que j'avais rêvé, ou inventé, que j'avais publié un livre.

J'ai rincé le chiffon et je l'ai suspendu dans le placard. Puis je suis allée vers mon bureau. Sur la couverture du livre une femme en mini-jupe, les cheveux ébouriffés, passait une porte. On la voyait de dos. Il n'y avait aucun mur autour de la porte, juste le chambranle. La première fois que je l'avais vue, cela m'avait fait un choc. Je ne comprenais pas pourquoi ils avaient utilisé une telle image. Elle n'avait rien à voir avec ce qui se passait dans le livre. Les couleurs étaient criardes. Pire que ça. Les couleurs faisaient penser à des vomissures. Elles sentaient, véritablement, le vomi.

Dès la minute où je l'ai tenu dans ma main, j'en ai été persuadée. Personne n'achèterait ce livre, quelque intérêt que puisse avoir son contenu. Personne n'achète un livre avec une telle couverture. Personne. Pourquoi n'avais-je pas demandé à voir la couverture avant qu'il ne parte à l'impression ?

J'avais mis deux ans à écrire ce roman. On pouvait sûrement y mettre plus de temps, ou moins. Mais bon, c'était le temps que j'y avais mis. J'avais pensé téléphoner à la maison d'édition pour demander le nombre d'exemplaires vendus. Mais je ne l'ai pas fait. Tout compte fait il valait mieux ne pas le savoir plutôt que s'entendre dire que le nombre d'exemplaires vendus était identique au nombre d'exemplaires que les bibliothèques étaient tenues d'acheter. Tant que je l'ignorais, il me restait de l'espoir. Un beau cliché, mais bien réel dans le cas présent.

Mes deux premiers livres avaient obtenu quelques commentaires assez secs et ne s'étaient pas bien vendus. Aucun livre ne se vendait bien, ce n'étaient pas seulement les miens. Je n'avais pas ressenti, comme maintenant, que j'avais travaillé en vain pendant deux ans. Mais cette fois c'était le silence complet. Impressionnant. Comme si j'étais morte. Comme si le livre que j'avais mis deux ans à écrire n'existait que dans mon crâne mort. Je m'imaginais les vers dans la terre quelque part en train de ronger soigneusement et lentement mon roman. Avec une infinie lenteur, et inexorablement.

De temps à autre la question se posait dans les médias de savoir si on ne publiait pas trop de livres en Norvège. Si c'était vrai, mon livre en faisait sûrement partie. Je le soupesai dans ma main un instant avant de le mettre au fond du tiroir. Il me fallait bien faire quelque chose, d'une manière ou d'une autre.

Quelque part Knut Hamsun prétend que l'écrivain est sans vergogne. Bien. Alors je n'étais pas un écrivain.

Durant tout l'automne je suis passée devant les vitrines des libraires. Mon livre n'était jamais en devanture.

Mais cela m'a permis de bien connaître la ville. Ce n'était donc pas complètement sans utilité. J'étais même entrée chez un libraire de Majorstuen et j'avais trouvé un exemplaire de mon livre. Il était placé, dans l'anonymat et suivant l'alphabet, sur un rayon. Profitant d'un instant d'inattention, je l'ai mis en devanture. J'étais à la fois en nage et glacée en accomplissant ce geste. Il faisait un peu désordre à côté d'une pile du dernier livre de Ketil Bjornstad[1], mais enfin, il était là. Sanne Svendsen : *L'Ombre inévitable*. Ensuite je me suis dépêchée de sortir et je suis restée un moment devant la vitrine. Vue de là, la couverture n'était pas aussi laide. En pleine lumière, parmi tous les autres livres. Et puis je me suis dit que quelqu'un pouvait m'avoir eue à l'œil et compris ce que je venais de faire.

J'ai fait un grand tour dans le parc de Frogner et entre autres j'ai pensé au livre que j'avais enfoui au fond du tiroir chez moi alors que je l'avais exhibé à la vue de tout le monde, de façon illicite. Quand je suis repassée une heure plus tard, le livre était toujours là. Le lendemain il n'y serait plus, bien entendu.

Les semaines qui suivirent la sortie, personne n'a fait allusion au livre, sauf l'éditeur et Frank. Je ne compte pas Frank. Il m'arrivait de penser qu'il comprenait ma situation. Je trouvais alors des prétextes pour ne pas avoir à le rencontrer. Je m'imaginais que j'avais moins honte quand j'étais seule. Ce n'était pas sûr, mais parce que je pensais que c'était ainsi, il valait mieux rester seule.

Bien entendu j'étais forcée de penser à autre chose qu'à mon livre quand j'étais avec les autres et devais suivre leurs conversations. Mais au fond le sentiment de honte était là en permanence et supplantait tous les autres. Je n'avais même pas besoin d'y penser, il était là de toute façon.

1. Célèbre romancier norvégien contemporain.

Seule, dans le noir d'une salle de cinéma, le sujet de mon livre se mettait en surimpression sur les images du film et les rendait floues. Ou encore tout à fait hideuses. Si je parlais à quelqu'un, ce sentiment entravait le flux des mots et je ne pouvais plus parler. Comme lorsque j'étais enfant et que des adultes venaient parfois s'en choisir un. Je n'arrivais même pas à dire bonjour. Finalement je suis devenue trop grande pour être choisie. On recherchait un petit enfant mignon. Les dernières années, j'essayais de me cacher quand quelqu'un arrivait. Je m'y étais habituée. Comme si le fait de n'avoir pas été choisie était devenu visible, une infirmité repoussante.

Protestation

— Non, tu ne peux pas venir le 1er février, je participe à une retraite aux flambeaux contre la violence, ai-je dit.

— Toi ? Dans une manifestation ? s'étonnait la voix de Frank dans le portable.

— Oui, on ne peut pas rester sans rien faire.

Il y eut un silence.

— Tu sais, eh bien, j'y vais avec toi. Il y aura tellement de monde que personne ne trouvera étonnant que nous… me dit-il.

Il serait exagéré de dire que j'en ressentis de la joie. Néanmoins. Ni l'un ni l'autre nous n'avions fait allusion à l'incident devant l'Harlekin.

C'était lui qui m'avait offert ce portable rouge pour mon anniversaire. Pour pouvoir me joindre, comme il disait. Il était difficile de protester malgré le fait que je détestais les portables. Parfois j'avais l'impression que mon cerveau était une boîte en métal perforée à force d'attendre un coup de fil. Il m'arrivait de faire de longues promenades sans emporter le téléphone avec moi. Bien entendu, c'était un moyen ridicule de le punir. M'attendaient alors des messages irrités. Je collectionnais jusqu'à ces réactions négatives. Elles montraient que Frank avait eu besoin de me parler.

Le 1er février j'ai commencé à avoir froid avant même de me lever. Quand j'ai regardé le thermomètre, il marquait moins onze. Frank n'avait pas téléphoné, il avait donc oublié. Je me suis dit que cela ne changeait rien. Ce qui n'était pas vrai, évidemment. La manifestation devait se rassembler à Youngstorget à six heures, le mot d'ordre était « Contre la violence et le racisme »[1].

Agda, qui travaillait à l'orphelinat, nous avait raconté, à nous les enfants, que l'épicier avait été nazi pendant la guerre. Il l'avait payé par la suite. Sa fille aussi. On lui avait rasé la tête et on l'avait embarquée. Presque tout le monde pensait que c'était bien fait pour elle. Les filles de cuisine – oui, et même la directrice –, toutes en parlaient. La fille s'appelait Rita. Il était difficile de dire ce qu'elle avait fait, mis à part qu'elle était la fille de l'épicier. Elle avait eu des relations avec l'ennemi, disait Agda, sans préciser. Rita n'est jamais revenue, même si ses cheveux avaient repoussé. C'était facile à comprendre. Quand l'épicier était sorti de prison, son frère l'avait précipité par une fenêtre du premier étage. Cela n'avait étonné personne. La chute l'avait plus ou moins commotionné, enfin quelque chose dans ce genre. En tout cas il n'était plus bon à rien et son frère avait vendu la boutique. Agda prétendait qu'il s'était enfermé au grenier. Un ancien repris de justice nazi, qui s'était mis de lui-même aux arrêts. Cela avait eu lieu longtemps avant ma naissance. Mais la légende a survécu durant des années.

J'aidais Agda à pétrir la pâte. Je confectionnais des petits pains à faire cuire sur la cuisinière. Ils étaient toujours brûlés. Elle avait le visage rose et les bras et les mains roses également. Son tablier était blanc. Pas

1. Allusion à une manifestation monstre à Oslo après le meurtre d'un garçon de 16 ans d'origine étrangère perpétré par une bande néonazie.

seulement à cause de la farine. Elle avait son odeur à elle et un sourire fugitif qui s'éteignait aussi vite qu'il apparaissait. On disait qu'elle était un peu simple d'esprit. Je ne m'en rendais pas compte. Elle ne me regardait jamais quand elle parlait. Mais en tout cas, elle, elle parlait. C'était par hasard qu'ils avaient pris Rita, disait-elle. Ils auraient pu tout aussi bien prendre la fille du commissaire ou une autre. Il y avait plusieurs gamines dont le père avait été nazi. Mais c'était Rita qu'ils avaient prise. Elle était la plus jolie – et elle avait seize ans. Agda murmurait qu'ils l'avaient enfermée dans une pièce, longtemps, pendant qu'ils l'interrogeaient. Elle connaissait aussi une autre histoire qui s'était passée plus au nord. Là, la plus jeune des filles de nazis avait été enfermée avec les enquêteurs.

— Ils ne se sont pas contentés de lui couper les cheveux, ils se sont servis de glaçons, murmurait Agda.

— De glaçons ?

— Ils se servaient de glaçons. Comme ça ! a-t-elle dit en pointant une louche sur son bas-ventre.

Je me souviens d'avoir été étonnée qu'on puisse faire des choses pareilles à des enfants qui avaient des parents. Et j'essayais aussi de m'imaginer ce que c'était. C'était froid, bien entendu. Mais je n'y parvenais pas. Pas à cette époque.

On les trouvait dans tous les camps, ceux qui voulaient se venger. Et ils trouvaient toujours quelqu'un sur qui se venger. Cela avait toujours existé. La littérature en était pleine. Mais pas tellement dans mon livre. Au contraire. Il s'agissait de gens qui n'arrivaient à rien venger du tout. De ceux qui ne savaient pas sur qui se venger. Mais les gens sans histoire n'intéressaient personne. Pas même moi.

Non, j'aurais dû prendre comme sujet des personnages qui se faisaient remarquer. Des forcenés. Par exemple un néonazi. Mais je ne savais rien des néonazis. Je ressentais seulement de l'aversion pour eux.

Et même une aversion considérable, vu que je n'en connaissais aucun. Peut-on écrire sur quelqu'un envers qui on éprouve de l'aversion ?

Je battais la semelle en attendant le tram. Moins onze, avec du vent en plus. Le tram était plein et il me fallut rester debout. Cela ne faisait rien. Sur la paroi était accrochée une affiche avec un poème de Liv Lundberg. Il était question de lignes. Que tout était fait de lignes. Assez érotique. Ce ne devait pas être mal de voir son poème affiché dans le tram[1]. Ils étaient mis bien en évidence. Bien entendu, tout le monde ne les lisait pas. Mais certains le faisaient. Peut-être lisaient-ils ce poème chaque matin en allant au travail. Et ce n'était qu'à la fin de la semaine qu'ils se rendaient compte qu'ils avaient lu un poème de Liv Lundberg. Mais ce n'était pas trop tard. Avec la poésie, il n'était jamais trop tard. Avec les romans, ce serait trop tard. Après Noël c'était beaucoup trop tard. On était le 1er février.

J'ai compris tout de suite qu'il viendrait beaucoup de monde. Déjà quand je suis descendue du tram, je les ai vus arriver de tous côtés. Un flot régulier. Le froid leur faisait activer le pas. Je me suis demandé s'il y avait des nazis parmi eux. Les vieux nazis devaient être des vieillards maintenant.

Le Premier ministre discourait dans un haut-parleur qui grésillait. Il devait faire un effort pour s'exprimer distinctement, mais je ne pouvais pas entendre ce qu'il disait à cause d'une mère qui consolait son fils en train de pleurer dans une poussette. Si j'avais eu des enfants, je ne les aurais certainement pas amenés là. Tout pouvait arriver dans une telle foule. Cette mère n'imaginait certainement pas la possibilité d'une tragédie. Et elle n'était pas la seule. Il y avait beaucoup d'enfants.

1. Divers poèmes sont affichés dans les wagons de tram à Oslo. On en change régulièrement.

Je me suis cognée à quelque chose que je crus être une barre de fer. C'était une bicyclette attachée à un râtelier. Le ruban de flambeaux passait par-dessus le râtelier. Les gens étaient si serrés qu'on ne pouvait pas distinguer le sol, et encore moins un râtelier de bicyclettes.

À la lueur des flambeaux tout prenait un ton chaud. Les visages gelés de froid luisaient. Une famille entière était grimpée sur une grille qui protégeait un jeune arbre. Probablement planté au printemps dernier. Elle vacillait dangereusement.

Le cortège aurait dû se mettre en marche depuis longtemps. Mais rien ne bougeait. Seul persistait le bruit des voix. Les slogans et les étendards restaient à la même place, à ce que je pouvais voir. Les gens autour de moi commençaient à grogner. Faudrait qu'on démarre, disaient-ils Ils avaient froid. Une jeune femme avec deux enfants ralluma mon flambeau. Les étincelles voltigeaient au-dessus de la tête de sa gamine.

Le ciel était violet au-delà de la fumée et de la lueur des torches. Les bâtiments semblaient irréels. La foule n'appartenait plus à la réalité. Accrochée à ses flambeaux elle survolait la place. Tout le monde voulait grimper pour voir l'ensemble. Plus haut ! Les maisons formaient un mur d'enceinte. Un obstacle infranchissable.

Je suis arrivée à me faufiler à travers la foule jusqu'au mur d'un immeuble. J'essayais de deviner où le cortège commencerait à bouger. Par chance, j'ai deviné juste. À un endroit une femme agent de police nous demanda instamment et péremptoirement d'éteindre nos torches à cause de la bousculade. Il était impossible de rejoindre le cortège principal. J'ai suivi la foule jusqu'à une rue adjacente, pensant le retrouver plus loin. Près du Storting. Les gens portaient leurs enfants sur leurs épaules. Certains s'agrippaient à leur poussette. Un homme conduisait son fauteuil roulant comme un forcené. D'autres se tenaient par le bras, serrés les uns aux autres. Nombreux étaient ceux qui utilisaient une main pour tenir un foulard ou un col devant leur visage. La buée sortait de leurs bouches et leurs yeux étaient exorbités. De belles couleurs. Ils avaient l'air d'une réclame pour du poisson congelé.

Presque personne ne marchait seul. Personne. À part moi. En regardant autour de moi j'ai vu que chacun était en contact avec au moins une autre personne dans cette foule. J'en ressentis comme un poids sur ma tête. Je n'étais pas déprimée, mais autre chose, plus difficile à définir. Je suis enfin parvenue à Karl Johan. La foule était énorme. Il en arrivait de tous côtés. Des rivières ardentes s'engouffraient dans une mer de feu. Les façades des immeubles jaillissaient de la lumière. Des anges, des chérubins, des corniches. La surface des fenêtres. Des ombres derrière. Le contraste criard du néon.

Un agent de police répétait à qui voulait l'entendre qu'il fallait éteindre nos torches avant d'arriver à la place de l'Université. Docilement j'ai enfoncé la mienne dans une congère sale. Nombreux étaient ceux qui l'avaient fait avant moi. La congère ressemblait à un bloc de glace incandescent. Certains y avaient aussi jeté des lettres et des fleurs.

Je suis entrée dans un café pour me réchauffer. Je suis restée au comptoir car il n'y avait pas de place pour s'asseoir. Le vin rouge provenant d'une bouteille déjà débouchée était aigre. La porte n'arrêtait pas de s'ouvrir. Dans le courant d'air, la cire des bougies coulait sur un candélabre bancal en laiton. L'une des bougies gisait à moitié fondue sur le comptoir. Personne n'y faisait attention. Les jeunes serveurs bavardaient ensemble quand ils ne servaient pas. Personne n'avait un regard pour le candélabre. Je me sentis découragée.

On ne s'intéresse pas à ce que l'on ne possède pas. Et personne ne se sentait responsable de ce que la communauté possédait. C'est peut-être pour cela que le communisme a foiré. Et les rares qui possédaient quelque chose n'étaient habités que par l'idée de possession.

Tout d'un coup, elle s'était trouvée là. Elle avait gardé son bonnet et ses gants pour boire. Sa veste était ridiculement fine. Et courte. Une jupe bizarre et peu seyante la couvrait jusqu'au sol. Elle n'était ni vieille ni jeune. D'un âge incertain.

— Aurais-tu un chewing-gum ? Sa voix était presque impertinente et elle tendait déjà la main pour le prendre.

— Malheureusement non, ai-je dit.

— Tu étais à la manif ? demanda-t-elle d'une façon inattendue.

— Oui.

— C'était beau, n'est-ce pas ?

— En effet.

Elle enleva ses gants avant de poursuivre :

— Tu étais seule ?

— On s'était donné rendez-vous, mais il a eu un empêchement.

— Ah ! Tu veux dire qu'il a oublié ?

Je n'ai pas répondu. Cela ne la regardait pas avec qui je devais y aller.

— Tu crois que ça sert à quelque chose, cette retraite aux flambeaux ? demanda-t-elle.

— Il faut bien faire quelque chose.

— Est-ce qu'il ne vaudrait pas mieux pendre ces bandits par les oreilles pour leur appliquer leurs propres méthodes ?

— On essaye quand même d'être civilisés, non ? Une punition ne doit pas être une vengeance. Il faut essayer de leur faire comprendre ce qu'ils ont fait, pour qu'ils s'améliorent.

— Ça me rend folle ! Combien vont le payer de leur vie avant qu'on cesse de croire à cette amélioration ?

— Je ne sais pas, ai-je murmuré.

— Tu vois bien !

Elle s'essuya carrément le nez du revers de la main. Comme un gosse. C'est à ce geste que je la reconnus. C'était gênant. Selon la règle, nous devions nous rencontrer seules. Maintenant c'était comme si elle avait percé un trou en moi. Le contenu se déversait sur le sol maculé. J'étais comme une poupée remplie de son. J'ai regardé avec inquiétude autour de moi, mais personne ne faisait attention à nous.

— Tu as commencé un livre ce matin, n'est-ce pas ? dit-elle tout à coup.

J'ai sursauté. Cela semblait si bizarre. Les mots retentissaient dans ma tête comme un écho. Mais pas comme un son dans la montagne, plutôt comme dans un hangar ou une cave.

— Pourquoi dis-tu ça ?

— Tu es Sanne Svendsen ! C'est formidable !

Au moment où elle a prononcé mon nom, mes yeux se sont brouillés.

— J'ai lu ton dernier livre. Dans un certain sens, il m'a plu, sauf l'héroïne. Elle a une vie tellement ennuyeuse. Elle est trop comme il faut à mon goût. Je sais bien que c'est comme ça que les gens vivent, cependant… Mais c'est sûrement un livre vrai par bien des façons.

— Vrai ?

— Oui, il raconte la vérité.

— C'est une fiction.

— Fiction et fiction. Ce n'est pas plus une fiction que toi et moi.

— Que veux-tu dire ?

L'autre jeta un regard d'une grande indulgence vers le ciel et haussa les épaules.

— Mais rien du tout. N'y pense plus ! dit-elle avec agressivité comme si je l'avais insultée.

— Mais ça fait toute la différence, ai-je essayé, incertaine.

— N'y pense plus ! Maintenant tu essaies d'écrire quelque chose sur Frank. De l'inscrire en toi à jamais. Fiction ou pas. Tu veux qu'il t'appartienne. Même contre sa propre volonté.

Elle glissa du tabouret brusquement et disparut. Seuls ses gants étaient restés là. Noirs avec une doublure grise. Je suis restée encore un moment, puis je les ai enfilés et suis sortie dans l'air gelé.

Frank

Il était sur le répondeur de mon portable quand je suis rentrée. Sa voix était excédée. Il prétendait que nous avions fixé un rendez-vous. J'ai un peu réfléchi. À l'endroit où il pouvait être. S'il était chez lui, ce serait un problème pour lui que je l'appelle. Néanmoins, j'ai fait son numéro.

— Mais où étais-tu ? Tu n'étais pas chez toi quand j'ai sonné.

— Je suis allée à la manifestation, ai-je dit.

— Mais on devait y aller ensemble ?

Je me suis un instant sentie coupable.

— Je vous ai vus vendredi. Tu l'emmènes dans notre café.

— Sanne ! Arrête ! C'est ma femme !

J'ai entendu qu'il attendait, mais je n'ai rien répondu à ça.

— Sanne ? Tu es là ?

— Oui.

— C'est trop bête ! Ne vaudrait-il pas mieux se voir ?

— Quand alors ? Ce soir ?

— Non, demain. Après le travail. À cinq heures.

— Non.

— Que veux-tu dire ?

— Je suis prise.

— Ne fais pas l'enfant. Évidemment non, tu n'es pas prise. Tu es seulement de mauvaise humeur parce qu'on n'a pas assez prêté attention à ton livre. Il y a un bout de temps que ça dure. Mais tu ne peux pas te venger sur moi.

— Je crois que je vais raccrocher maintenant, ai-je dit. Cela me paraissait la meilleure solution, mais je risquais un grand vide. Cependant, c'est ce que je fis puisqu'il ne lâchait pas le morceau.

Il a bondi à l'intérieur dès que j'ai ouvert la porte. C'est ce qu'il faisait toujours. Il ne lui arrivait jamais de rester sur le paillasson juste pour me regarder ou pour sourire. Frank ne faisait rien avant d'être à l'intérieur, la porte fermée entre nous et le monde extérieur. Il lâchait alors ce qu'il avait dans les mains et me prenait dans ses bras. L'odeur qu'il dégageait était un mélange d'odeur animale, de lotion après-rasage, de lessive, avec un relent d'antiquités. Ce relent venait probablement du fait qu'il arrivait souvent directement de son magasin.

Il m'embrassa d'abord dans le cou, puis sur la bouche, et il me poussa dans la pièce avec un murmure gourmand : « En… core… » dans un grand soupir. J'aimais ça.

— J'ai une heure et demie, murmura-t-il, comme s'il s'agissait d'une année.

— Tu n'as pas le droit de l'emmener dans notre café, ai-je dit en glissant mes mains sous sa veste. Il avait un corps ferme. Et chaud.

— Que veux-tu dire ?

— Tu l'as amenée à l'Harlekin. Je vous ai vus.

— C'était le hasard. Elle voulait y aller.

— Pourquoi ?

— Je n'en sais rien. Arrête un peu ! dit-il avec bonhomie en se dégageant pour se déshabiller.

Je l'ai entouré de mes bras à nouveau et j'ai commencé à déboutonner sa chemise.

— Si tu récidives, gare à toi !

Il soupira et se laissa faire.

Frank avait une tête ovoïde, vue de dos. Des épaules bien découplées mais pas très larges. Les muscles de sa nuque étaient si développés qu'ils semblaient posés sur ses épaules. Cela venait du fait qu'il avait fait de la natation et du plongeon de compétition. J'avais perdu mon admiration pour les épaules larges. Cela avait quelque chose de grotesque.

Bien avant Frank, j'avais connu quelqu'un aux larges épaules. Il m'avait tellement impressionnée qu'il m'avait engrossée. Après coup on aurait pu croire que ce n'était qu'une histoire d'épaules. Ce n'en était pas l'unique raison. Ni l'amour. Il est difficile d'analyser de tels sentiments longtemps après. Les gens qui devaient passer une porte en même temps que lui attendaient toujours. Il ne suivait aucun entraînement. Dans quel état étaient ses épaules maintenant, c'était difficile à dire.

Frank faisait de la natation trois fois par semaine, mais il ne le faisait pas à cause de ses épaules. Il ne semblait pas du tout se donner du mal pour garder la ligne. Il faisait ce qui lui plaisait. Curieux de penser à tout ce que l'on fait dans le simple but de plaire. Ou tout au moins de se faire accepter. Comment on en arrive petit à petit à le faire de son plein gré. Durant ma liaison avec le large d'épaules, je me suis mise à aimer le bifteck. Il devait être saignant et tendre. Je mangeais même des saucisses enrobées dans des galettes de pommes de terre. Mais ces goûts disparurent avec lui. Je n'avais guère de chances de le rencontrer à nouveau. Il n'y avait aucune raison à cela. Mais c'était bizarre quand même. On se sent proche de quelqu'un, on croit qu'on l'aime et puis le temps passe et il arrive certaines choses. Des choses importantes impossibles à éviter. Et les sentiments disparaissent. Ou bien pire : ils se transforment en antipathie – ou en haine.

Je n'avais aucune haine contre lui. Même pas quand il a disparu. Ou bien était-ce parce que j'étais en train de contempler Frank que haïr me semblait impensable. Mais je pensais à lui de temps à autre. De façon complètement neutre. Car l'affaire avec le camion avait rendu cet homme superflu dans ma vie. Comme un manteau trop petit qui pouvait maintenant servir à d'autres.

Frank était plutôt mince, comme s'il avait été maintenu en extension durant sa croissance. Il s'effaçait toujours devant les dames pour les laisser entrer. C'était ce genre de choses qui m'avait plu chez lui au premier abord. Le fait qu'il était attentionné. Frank lui-même avait l'habitude de dire qu'il était un enfant gâté. Il ne disait que du bien de sa mère. Toujours.

— Tu aurais plu à maman, dit-il une fois. Puis il se rendit compte de ce qu'il avait dit et me murmura « Pardonne-moi » en m'enlaçant. Mais après cela je lui demandais souvent des nouvelles de sa mère.

Trois quarts d'heure plus tard, en voyant Frank nu devant le lavabo, j'ai ressenti quelque chose qui ressemblait à de la tendresse. Comme si Frank et moi étions frère et sœur, ou amis intimes. Et quand il s'est penché et que le creux le long de sa colonne vertébrale s'est marqué si nettement que ses vertèbres se sont dessinées devant moi, j'ai eu envie de pleurer. Mais quand il s'est redressé lentement et a souri, ce sentiment a été balayé.

La seule chose qui faisait ressembler Frank à un animal, mis à part son sexe, c'était sa poitrine. Elle était couverte de poils. Il en était naïvement fier. Je le voyais bien à la manière dont il jetait un regard vers le bas quand il était torse nu. À la manière dont il s'étirait. Avec insistance. Les commissures de ses lèvres et ses yeux mi-clos avaient l'air de dire : « Regardez-moi ! »

Il n'avait pas les jambes très droites, mais pas très poilues non plus. Il faut dire que Frank ne se promenait pas en short dans la rue, donc cela n'avait aucune importance. La mère de Frank lui avait inculqué une bonne éducation. Son père était mort alors qu'il était encore au lycée.

— Ce n'était pas toujours facile pour maman, avait-il dit un jour, comme si la mort de son père ne le concernait pas. Mais je compris qu'il n'en était rien. Il préférait seulement ne pas en parler. Si quelqu'un devait comprendre cela, c'était bien moi. Je le laissais en paix.

Il me raconta quand même que son père s'était pendu dans la salle à manger, au crochet prévu habituellement pour un lustre.

— Maman avait toujours désiré un lustre, dit-il.

— Et toi ?

— Je préfère en vendre, répondit-il avec un petit sourire en coin.

Mais à ce moment même j'ai percé son secret. Il m'est apparu tel qu'il était. Vulnérable. Il ne voudrait jamais admettre que son père lui manquait.

— J'étais assez furieux, a-t-il dit.

— C'est normal. Il aurait pu choisir un autre endroit pour perpétrer sa trahison, ai-je dit.

Sans savoir s'il allait le supporter.

Il m'a regardée. Je me suis imaginé avoir vu dans ses yeux quelque chose qui ressemblait à de la sympathie. Peut-être même de l'amour ?

— Merci ! a-t-il répondu.

Prise d'une curiosité dépourvue de tact, probablement apprise dans les cuisines de l'orphelinat, curiosité dont on a horreur quand elle est dirigée contre soi-même, j'ai demandé :

— Elle habite toujours au même endroit ?

— Oui. Elle a déménagé son lit dans la salle à manger. Sous le crochet. C'est là qu'elle dort depuis l'enterrement.

Il parlait juste comme un personnage de roman. J'ai commencé à penser, comme un critique ordinaire, que les femmes ne font pas des choses pareilles. Les femmes sont de faibles individus qui ont peur de la mort. C'est ce que j'avais toujours pensé. Les femmes devaient pleurer leurs morts, sans rechercher l'endroit où ils étaient morts. Il existait bien quelques héroïnes pénibles dans l'histoire et dans la littérature, mais elles n'étaient pas édifiantes. On les considérait sûrement comme peu féminines. Pourtant, c'est ce que faisait la mère de Frank. Cela m'obligea à considérer Frank avec plus de respect. En tout cas d'une manière différente. Un homme dont la mère chaque nuit retournait à l'endroit où son mari était mort n'était pas n'importe qui. J'avais un besoin aigu de lui poser des questions là-dessus.

— Elle a pas froid aux yeux, ta mère ?

— Elle ? Ah ça, non ! Elle est têtue comme une mule.

— Comme une mule ?

— Oui. Elle a juré qu'il le paierait. Comme toi, elle a dit qu'il aurait pu aller faire ça ailleurs. Je crois qu'elle considère comme une méchanceté particulière de sa part d'avoir choisi le crochet au plafond de la salle à manger. Elle lui reproche probablement d'avoir détruit son rêve d'un lustre à prismes.

— Elle n'a pas eu de… lustre ?

— Non. J'ai essayé de lui en offrir un, mais elle n'en a pas voulu. « Je dormirai sous ton père jusqu'à ce que mort s'ensuive », a-t-elle déclaré. À chaque réveillon de Noël, c'est la même histoire. La table est mise dans la cuisine, et c'est là que nous mangeons. Mais Annemor n'aime guère qu'elle profite des fêtes pour débiter des trucs macabres. Elle a peur que ce soit malsain pour nos filles.

— De quelle manière ?

— Ce n'est pas à proprement parler une belle histoire que celle d'une grand-mère vindicative et d'un grand-père qui s'est pendu. Mais les enfants ne voient pas ça de la même manière. Elles l'écoutent, même si elles connaissent l'histoire. C'est Annemor qui…

— Ils ne s'entendaient pas bien, tes parents ?

Frank se tenait près de mon plan de travail en caleçon à rayures, bien collant, et buvait de la bière au goulot. Je ressentais comme en écho dans mon bas-ventre les coups syncopés portés au col de mon utérus. Maintenant il s'essuyait la bouche pensivement avant de répondre.

— Il a bien fallu qu'il se passe quelque saloperie pour qu'il se pende !

— Une dépression ?

— C'était elle qui était déprimée. Elle n'a jamais été autrement que déprimée. Du reste. Elle dit : « Je suis tellement déprimée que je peux mourir d'un moment à l'autre, ce serait un soulagement. » C'est ce qu'elle dit.

Il ne l'imitait pas, il la citait sur le même ton qu'il aurait cité un rapport sur la santé dentaire en Norvège après la guerre. Quelque chose me disait que ce n'étaient pas ceux qui se disaient déprimés qui allaient le plus mal. Plutôt les idiots qui ne voulaient même pas reconnaître leur dépression. J'ai ressenti un instant une sorte de fraternité envers la dernière catégorie, mais je l'ai vite repoussée.

— Il aurait pu se jeter d'un pont, ou dans la mer, ai-je dit en m'essayant à un ton de thérapeute.

— Non, il évitait les ascenseurs et préférait rester chez lui, dit Frank sèchement.

Si j'avais eu moi-même des parents, j'aurais peut-être ri d'une telle réflexion. Mais je n'avais aucune raison de le faire, et Frank non plus. Cela aurait été indécent.

— Tu veux dire par là qu'il avait besoin de la sécurité de son foyer, de savoir où se trouvait le plancher, les dernières minutes de sa vie ?

— Quelque chose dans ce genre, oui.

Je m'imaginais le père de Frank repoussant la table, installant la corde, allant chercher une caisse de bières ou un tabouret et grimpant dessus. Puis pesant de tout son poids sur la corde en levant les pieds pour voir si le crochet tiendrait. En tremblant légèrement. Mais avec calme. Qu'est-ce que j'en savais ? Mais je le voyais clairement.

— Est-il le seul… de ta famille ? ai-je demandé avec le même manque de tact qui avait déclenché cette conversation. Je me sentais comme un chat à l'affût des tragédies familiales de Frank.

— Je n'en sais rien, fit-il, désorienté. Oui, je crois. Pourquoi ? ajouta-t-il.

— Dans certaines familles, c'est une spécialité. Comme une sorte de justice immanente.

— Dont on hérite de ses aïeux.

Frank me considérait pensivement.

— Je crois que ma mère aurait eu plaisir à te rencontrer.

— Pourquoi ?

— Parce que quand vous parlez de ce qui est indicible, c'est d'une façon directe et concrète. Comme si vous faisiez le ménage dans une réserve, en vous débarrassant de ce qui est inutile. Ce n'est pas très courant.

— Tu n'aimes pas ça ? Que les femmes soient comme ça ?

— Il semble que cela soit mon lot, que j'aime ça ou non. Mais c'est O.K. Je n'ai pas envie de changer.

— Même pas moi ?

— Surtout pas toi, dit-il en vidant la bouteille. Il la leva à contre-jour et me regarda à travers. Il tira la langue, taquin, comme d'habitude, me prit par la hanche de sa main libre et m'attira à lui.

Je résistai à la tentation de lui poser des questions sur elle. Je n'avais probablement pas envie de le savoir.

— Est-il possible de changer de parents ? ai-je dit.

— Aussi peu qu'il est possible de changer d'enfants, dit-il avec sérieux.

— Il faut prendre soin de tes enfants. Les tragédies de famille sautent quelquefois une génération.

Les yeux de Frank se couvrirent d'une pellicule comme ceux d'un hibou ébloui par un projecteur.

— Tu n'y vas pas de main morte, se contenta-t-il de dire en se repliant sur lui-même.

Frank était comme un hérisson dans l'herbe. Il dressait lentement ses épines. Cela voulait dire : « Ne me touche pas, s'il te plaît. Ça suffit maintenant. »

Ses parents m'intéressaient toujours. Mais l'audience était levée. Frank était ainsi fait. C'était à moi de trouver le meilleur équilibre possible. Mais cette conversation me fit penser que nos rapports n'étaient pas de ceux qui inspirent de longues conversations intimes.

Ma chambre, avec le canapé-lit, la porte vers la minuscule salle de bains, la kitchenette et le bureau, se transformait à la minute où Frank arrivait. Elle devenait une loge pour animaux en rut. La conversation se limitait à des monosyllabes ou à des phrases courtes et concrètes. Ou à des soupirs. Cela générait beaucoup d'énergie qu'on pouvait difficilement qualifier de conversation. Plutôt un haut degré de concentration.

Frank faisait l'amour comme un sportif de haut niveau. Son endurance à la glisse procédait à la fois de la sensibilité et de la prévenance. Et après l'exercice, il n'était pas opportun de soulever des thèmes qui auraient pu gâcher l'atmosphère et par cela lui rendre le départ difficile. Il avait besoin d'une pause mentale pour se remettre. La plupart du temps je veillais à ce qu'il l'obtienne.

Après, quand il lui restait encore une demi-heure, sa présence physique m'encombrait parfois. Elle était annonciatrice de quelque chose qu'il me fallait refouler, c'est-à-dire le fait qu'elle allait bientôt disparaître. C'était comme si je préférais souffrir avant même qu'il ne s'en aille. De cette façon son corps, qui me manquait quand il n'était pas là, devenait quand il était présent un signe précurseur de ma souffrance.

Frank allait jouer à l'hippodrome de Bjerke quand il fêtait une bonne affaire. Je le soupçonnais d'y fêter aussi de moins bonnes, et même de mauvaises affaires. Mais il n'avait pas de comptes à me rendre. Je me disais qu'il avait une femme pour cela. Mais je n'en étais pas sûre.

Il lui arrivait de gagner. Il commandait alors des provisions dans une des meilleures épiceries et apportait quelques bonnes bouteilles. Nous n'allions jamais au restaurant. Quelqu'un aurait pu nous voir.

— Le jour où je ferai une grosse affaire, on partira à l'étranger pour un an, avait-il l'habitude de dire.

La première fois, je lui ai demandé s'il emmènerait femme et enfants aussi. Mais il avait été si vexé que je n'ai plus jamais recommencé.

— Ce serait bien, disais-je plutôt, prenant soin de le regarder rêveusement. Il aimait mieux ça. De toute manière je disais ce que j'imaginais être du goût de Frank. Ce qui le détendait et le mettait de bonne humeur.

Quand je suis revenue de la salle de bains, il avait rempli les verres. C'était la routine. Autant qu'on puisse parler de routine quand il s'agit des gestes de l'amour. Je savais qu'il avait regardé l'heure. Je mettais toujours le réveil en évidence pour lui permettre de jeter un coup d'œil dessus. Je ne supportais pas de le voir se pencher sur son bras pour consulter sa montre. Cela faisait disparaître son visage. À moins que ce ne soit le mouvement en lui-même. Déjà sur le chemin du départ.

Je me suis assise sur le canapé en désordre, pensant qu'elle, elle l'avait à demeure. Comment cela pouvait-il être ? L'avoir toute la nuit ? C'était le genre de pensée qui m'occupait et faisait le vide en moi. Connaissait-elle mon existence ? J'étais certaine que moi, je l'aurais sentie, si j'avais été à sa place.

— À ta santé, Frank ! ai-je dit en pensant que je l'aurais sentie.

— À la tienne ! répondit Frank du même canapé.

Lever son verre au-dessus d'un terrain plat n'est pas chose aisée.

— As-tu pensé à ce dont nous avons parlé ? L'avenir ? ai-je demandé timidement.

J'essayai de reprendre une conversation sérieuse, tout en sachant que ce n'était pas malin.

— L'avenir ?

— Le divorce, ai-je dit en vitesse.

Frank reposa son verre sur le plancher et reboutonna sa chemise. Ses genoux pointaient dans la pièce comme deux sentinelles à leur poste.

— Elle ne veut pas divorcer, c'est là le problème, dit-il avec irritation, comme si c'était ma faute. Comme si c'était moi qui n'étais pas arrivée à faire comprendre à sa femme que c'était le mieux pour tout le monde.

— Mais tu dis toi-même qu'elle se plaint de la froideur qui règne entre vous.

— Oui, bien sûr, elle me le reproche. C'est normal. Elle veut aussi que les enfants aient un foyer. Deux parents. Une vie normale.

S'il avait seulement bafouillé, s'il avait essayé d'esquiver. Au lieu de ça il me regardait droit dans les yeux et parlait fort et distinctement, comme s'il m'expliquait l'injustice du percepteur. Un peu trop clairement. Il ne lui en avait pas parlé, c'était de là que venait son irritation. Et c'était lui qui m'apprenait que les enfants devaient avoir un foyer et deux parents. Il pouvait toujours le faire, car il ne savait rien sur moi.

— Ils sont tous morts, avais-je répondu la seule fois où il m'avait posé des questions.

Je ne sais pas si j'aurais menti aussi effrontément si j'avais été à la place de Frank. J'aurais probablement évité d'être confrontée à la vérité. Exactement comme, pour une raison ou pour une autre, je ne lui avais pas dit la vérité sur moi.

— Bien sûr qu'ils doivent avoir une vie normale, mais il s'agit ici de plusieurs vies, ai-je dit.

— Sanne, sois raisonnable. On vient de passer un bon moment, non ?

Sa voix n'était plus cassante, plutôt suppliante. Ce qui fit que je ne répondis pas.

J'avais préparé chaque mot, je les avais répétés. Calme comme une infirmière qui prend en mains tous les instruments et compte tout ce qui entre et sort de la plaie, j'avais calculé ce qu'il pouvait supporter. Ce n'était pas moi qui l'avais forcé quelques mois auparavant à me dire qu'il était sur le point de demander le divorce. Je ne faisais que suivre cette idée.

Il se rhabillait complètement maintenant. Je restais là à siroter mon vin en le regardant. Cela devait le gêner car il me tourna le dos, et ayant terminé, il est allé dans la salle de bains et a fermé la porte. J'ai profité de l'intermède pour remettre le canapé en place. Et puis je me suis versé un peu de vin. Pas à lui. Il était sur le point de partir.

Quand il est ressorti de la salle de bains, il était tout transformé. Comme si notre conversation n'avait pas eu lieu. Comme si nous venions seulement de faire l'amour. Il me murmura des choses dans l'oreille et me caressa comme s'il en allait de notre vie. Ce qui était le cas, du reste.

— Après Pâques, je vais aller à New York. Tu peux partir avec moi, lança-t-il avec légèreté. Beaucoup trop de légèreté.

— Tu es sérieux ?

— Bien entendu que je suis sérieux, autrement je ne te l'aurais pas demandé.

— Qu'est-ce qui t'envoie à New York ?

— Des affaires.

— Des antiquités américaines ? ai-je dit d'un air dubitatif.

— C'est ça. Je t'invite à m'accompagner en Amérique et tu commences à me questionner sur ce que je vais faire là-bas. Ce n'est pas un peu curieux ? Il riait.

— Pardon ! Ce n'est pas ce que je voulais dire, ai-je répondu, honteuse.

— Alors, qu'est-ce que tu en dis ? On va descendre dans un bon hôtel.

Il était prêt à partir. J'ai essuyé une goutte de sueur sur sa lèvre supérieure. Il ne faisait pourtant pas chaud dans la pièce.

— Je suis très contente. Ce sera comme un rêve ! ai-je dit en imaginant les rayons de la grande librairie Tanum remplis de livres sur New York. Je ne pouvais pas tous les acheter. Deux, à la rigueur.

Le rêve de New York

Alors que l'hiver lâchait prise et que se préparait le printemps, je conservais une énergie que je n'avais jamais connue auparavant. La vie s'arrangeait pour le mieux. Si j'avais eu quelque expérience préalable, j'aurais pu appeler cela joie de vivre ou optimisme. Mais c'était probablement exagéré. En tout cas cela me donnait un ressort inattendu.

Le matin, j'écrivais, c'était la routine, à moins que Frank ne vînt faire un tour.

L'après-midi, je l'employais à me promener ou à lire. Les soirées étaient le meilleur moment de la journée. C'est alors que j'étudiais les parcs, les hôtels et les monuments de New York. Je n'avais presque pas le temps de regarder la télé.

Quand Frank était chez moi, j'essayais de l'entraîner dans mes projets.

Je comprenais qu'il ne fût pas aussi bien documenté que moi. En fait, cela ne faisait rien. Mais j'étais blessée par son manque d'enthousiasme à l'idée que nous allions partir ensemble, tous les deux, à la découverte de New York. J'essayais bien de lui montrer les endroits dans le livre ou sur le plan de la ville. Mais cela l'ennuyait.

— Pour ça, je m'en remets à toi. Ne perdons pas notre temps à feuilleter des livres, disait-il.

— Tu connais bien New York ? ai-je demandé une fois.

— Connais, non… Ce n'est pas une ville qu'on peut connaître. Elle est énorme. Mais évidemment, j'y ai séjourné.

— Qu'est-ce que tu as vu alors ?

— Vu ? On y mange bien, a-t-il dit distraitement en m'embrassant.

Il n'y avait rien de plus à en tirer. Il me fallait organiser le séjour à New York sans l'ennuyer avec ça. C'était ce que je faisais. Souvent, je laissais échapper une question anodine, sans le vouloir. L'attitude de Frank et ses réponses me montraient qu'il n'était pas aussi blasé et sûr de lui qu'il voulait le paraître. Oui, j'ai même eu l'impression que ce voyage l'inquiétait. Je décidai que si nous suivions le plan de la ville et restions dans des quartiers sûrs, tout irait bien. Nous étions quand même deux. Ce qui caractérisait les quartiers sûrs, je le découvrirais petit à petit.

Je ne sortais pas souvent de chez moi. Mais je lisais tout le temps des descriptions géographiques et des guides de voyage. J'empruntais à la bibliothèque les publications les plus étonnantes, elles avaient un effet sédatif sur moi. Je découvrais, d'une manière agréable, la planète sur laquelle je vivais. Bien sûr, cela ne montrait pas le monde dans lequel j'évoluais. Mais ses coulisses avaient aussi un certain intérêt. Quand les gens parlaient de pays étrangers, il arrivait que j'en sache plus que ce qu'ils en racontaient. C'était en soi une satisfaction. Il m'arrivait de faire une réflexion, mais c'était rare. Je risquais ou bien qu'ils se vexent, ou alors qu'ils demandent si j'y avais été. J'évitais toujours de dire où j'avais été et d'où je venais.

Ce n'était pas le voyage en lui-même qui inquiétait Frank, il avait beaucoup de soucis. Peut-être se débattait-il avec une mauvaise conscience vis-à-vis de sa famille ? Ce qu'il ne pouvait naturellement pas partager avec moi. Il était possible aussi que mon agitation fût contagieuse. Il y avait mille raisons pour que Frank ne veuille pas parler de New York.

Cette énergie miraculeuse se maintint tout au long de février et de mars. Je ne remarquais même pas le froid. Jamais le printemps n'avait été aussi évident. Il ne restait qu'à expédier Pâques, et nous partirions pour New York, Frank et moi.

Le vendredi saint 13 avril le téléphone a sonné sur le lavabo pendant que je tendais la main vers une serviette. C'était un jour bien risqué pour téléphoner, mais j'en étais agréablement surprise. Frank devait partir avec sa famille faire du ski à Geilo[1].

— Sanne ! Je suis obligé de partir à New York dès maintenant. C'est tout à fait inattendu, tu comprends. Je te téléphone avant de monter dans l'avion, pour que tu ne penses pas que je t'ai oubliée. Un voyage éclair... Vraiment, ça tombe mal. J'avais promis aux enfants d'aller au ski avec eux... Mais il m'a été impossible de changer quoi que ce soit...

Il ne restait presque plus de savon. Il fallait en acheter. Il fallait aussi donner un coup par terre dans la salle de bains. Dans la douche aussi. Il y avait des traces de saleté le long des bandes isolantes entre les panneaux.

J'ai reposé le téléphone sur le lavabo et j'ai pris une serpillière et de la poudre à récurer. Au bout d'un moment la brûlure dans ma main m'a fait rudement du bien.

Le lundi de Pâques, j'avais fini le grand ménage de la salle de bains, de la salle de séjour avec le coin cuisine, et de l'entrée. Ce n'est évidemment pas très

1. Station de ski très mondaine sur la ligne de chemin de fer entre Oslo et Bergen.

grand. En plus j'avais vu tout ce qu'il y avait à voir à la télé norvégienne, avec quelques incursions sur d'autres chaînes. Je ressentais un vide qui me donnait désespérément soif d'autre chose.

Je suis allée au cinéma voir un film français qui racontait l'histoire d'un riche homme d'affaires sans culture qui s'éprenait d'une actrice pas très connue. En réalité il s'agissait dans le film de plusieurs personnes, des difficultés de leurs vies et de la différence de leurs goûts. Il me plut, mais me rendit aussi joyeuse qu'un chien battu.

En revenant chez moi dans le noir j'ai décidé que la raison pour laquelle Frank ne quittait pas sa femme pour vivre avec moi n'était pas qu'il ne m'aimait pas. Car, bien sûr, il m'aimait. Cela venait du fait que nous étions très différents, que nous avions des goûts différents. Il avait peur que cela ne fonctionne pas parce que j'étais terriblement intellectuelle – comme il disait. C'était aussi pour cela qu'il redoutait d'être à New York avec moi. Oui, car il devait bien savoir qu'il m'aurait fallu moins d'un quart d'heure pour faire ma valise et me jeter dans le premier train vers l'aéroport.

Ce diagnostic de la défection de Frank me consola, tout en sachant parfaitement que ce n'était pas toute la vérité. Cela me permit aussi de reconnaître que ma déception était celle d'une femme adulte, qui ne pouvait pas se comparer à celle que ses filles devaient ressentir à passer ces vacances de Pâques sans leur père.

J'allais souvent seule au cinéma. Quelquefois, mais rarement, nous nous y rencontrions, Frank et moi, comme par hasard, parce qu'il avait acheté deux places l'une à côté de l'autre et m'en avait offert une. Mais on ne se disait pas grand-chose, on se contentait de regarder le film. Quelqu'un aurait pu nous voir et se faire des idées. Et encore pire : le raconter à sa femme.

Il nous arrivait aussi de faire une promenade dans un lieu désert, ou bien dans un endroit où il croyait ne connaître personne. L'hiver dernier j'avais pris le tram n° 19 jusqu'au café Le panorama et je l'avais attendu derrière cet affreux bâtiment. Il devait arriver en voiture. Il se trouve que je suis arrivée la première. La route qui descendait vers le bâtiment était verglacée, j'ai glissé et je suis tombée. Je me suis dit que c'était le genre de choses qu'on pouvait accepter de faire tant qu'on était une gamine, mais plus à l'âge adulte. Quand Frank a descendu la pente sur le derrière, j'ai souri de m'être prise au sérieux à ce point.

J'ai décidé d'aller encore plus souvent au cinéma. Le meilleur avec ce cinéma de quartier, ce n'étaient pas tant les films, mais l'agencement des fauteuils qui faisait qu'on pouvait, dans le noir et l'anonymat, y siroter un verre de vin tout en lorgnant la vie des autres.

Réfractaire à mon appartement trop bien briqué, j'ai fait un détour jusqu'au café Burum à Frognerveien. Le box du fond était libre. De là, je pouvais avoir une vue sur le comptoir et le local en entier, si tel était mon désir. Je pouvais aussi y écrire. Il m'arrivait d'y aller. Le vin aurait pu être meilleur marché, mais je n'en prenais qu'un seul verre. Il y a là de nombreux portraits encadrés sur les murs et certains ressemblent à des portraits de famille. On ignore qui c'est. Mais on n'a pas besoin de s'en inquiéter. Certains peuvent être un peu frivoles. Surtout ceux qui sont dans les toilettes. Ce sont bien sûr toujours des femmes.

Elle a été plus rapide que moi. Elle se glissait déjà sur la banquette et hélait le garçon. Cette fois je n'ai pas été aussi étonnée. J'avais pensé à elle. Surtout en faisant mon grand nettoyage. Quelque chose me disait que ce n'était pas son fort. D'une certaine manière cela m'a soulagée qu'elle soit là.

— Eh bien, voilà ! a-t-elle dit quand on nous a servi le vin.

— Quoi donc ?

— Mais tu savais bien qu'il n'en serait rien ? Du voyage à New York ?

— Pourquoi dis-tu ça ?

— Pour t'aider à réfléchir intelligemment.

Elle n'était pas aussi agressive que le 1er février, mais on ne pouvait pas dire qu'elle soit aimable.

— Pourquoi dis-tu cela ? ai-je demandé, ne me sentant pas dans mon assiette.

— Parce que je vois que tu te laisses berner par Frank chaque fois. On ne croirait pas que tu es adulte.

— Tu connais Frank ?

— Autant que toi. Mais rassure-toi, je suis de ton côté.

— Je n'ai besoin de personne qui soit de mon côté, ai-je protesté.

— Bon. Renversons la situation. Disons que moi, j'ai besoin que tu sois de mon côté.

— Qu'essaies-tu de me dire ?

— Qu'il existe dans la vie d'autres choses que Frank. Il n'est qu'un virus. Il te faut une bonne suée pour t'en débarrasser. Ou encore t'en servir sans être sous son contrôle.

— À quoi ?

— Tu es écrivain. Frank est une mine pour un écrivain !

Sans savoir comment, j'ai commencé à protester, alors que j'avais souvent pensé la même chose. Cela devenait dangereux car je n'avais pas l'habitude de discuter d'idées littéraires avec qui que ce soit.

— Si tu lui donnes un rôle secondaire dans ton livre, il perdra de son pouvoir sur ta vie. En fait, tu peux faire de lui exactement ce que tu veux.

Je ne répondis pas, je me contentai de vider mon verre. Comme je n'avais rien mangé, mes pensées prirent une certaine légèreté.

— Tu veux encore un verre ? demanda-t-elle.

— J'ai l'habitude de n'en boire qu'un, ai-je dit évasivement.

— On y va pour une nouvelle tournée, fit-elle d'un ton décidé.

Sa voix était presque attentionnée maintenant. Elle inspirait plus de confiance, elle était moins bizarre qu'à notre dernière rencontre. Sa manière d'entrer immédiatement en contact avec le garçon m'impressionna.

— Qui es-tu, au fait ? ai-je demandé.

— Tu ne me reconnais pas ? Je suis Frida ! Celle de la cave à l'orphelinat. Tu ne te souviens pas qu'on y a passé des heures ? Mais on a grandi, tu sais. On est devenues fréquentables nous aussi.

— C'est quand même drôle, ai-je dit avec lassitude.

— Pas le moins du monde ! Dis donc, j'ai un plan pour que tu puisses utiliser Frank dans un livre. Tu pars bien sûr de tes propres fantasmes. Ce sera plus facile ainsi de le plier à tes volontés. Mais tu ignores totalement le fait qu'il croit contrôler sa propre vie.

— Mais comment ? ai-je demandé avec plus de curiosité que de réprobation.

— Si tu inventes Frank dans ton manuscrit, il ne pourra jamais plus t'échapper. Et il sera forcé de vivre sa vie selon tes prémisses. Tu me suis ?

— Donne-moi un exemple, ai-je demandé, prise de doute.

— Mais alors il faut que je me mette à ta place, dit-elle d'un air rusé en s'appuyant au mur, la mine satisfaite.

— Je suis prête, ai-je assuré, sans savoir dans quoi je m'embarquais.

Elle se renversa en arrière et claqua de la langue :

— On habitait l'hôtel Algonquin à New York. J'avais lu des tas de choses sur cet hôtel. Il est certain que j'aurais dû lui être reconnaissante de bien vouloir partir avec moi, mais je me sentais seule dans un pays étranger. Le seul endroit où j'étais à l'aise, c'était à l'hôtel. Un soir, j'étais dans le hall et j'attendais Frank qui expédiait quelques réunions d'affaires, comme il les appelait. Un homme aux allures de cow-boy et qui ressemblait aussi à un Indien déguisé, allait et venait, attendant visiblement quelqu'un. Il se dégageait de lui une certaine agitation, comme cela est courant dans un hall d'hôtel. Pas seulement son regard, mais tout son être. Il portait une veste de cuir tachée aux longues franges et un pantalon assorti. Des bottes de cow-boy et un feutre blanc. Il contrastait avec les dames plus que mûres, en tailleur bien trop rouge ou bien trop bleu, qui allaient dîner tôt avant le spectacle de Nancy Wilson.

« Je sentais que je faisais partie du tableau. Nous étions tous des personnes en train d'attendre ou en route vers quelque chose. Nous avions l'espoir que quelque chose allait arriver, allait changer. Que le temps allait nous transformer, pour ainsi dire. Parce que celui, ou ce que nous attendions allait nous transformer. J'étais à New York et j'attendais Frank. Là – dans ce profond fauteuil au bout du hall, à l'endroit même où l'on servait le petit déjeuner, sous la photo de Dorothy Parker en chapeau, parmi ses amis – j'étais assise et j'attendais.

« Les portes s'ouvraient sur la rue ou sur l'ascenseur, laissant passer des gens de toute sorte traînant derrière eux leurs valises. Noires, grises – même rouges. Certains étaient aidés par un piccolo et son chariot. Mais pas tous. Et le bruit irritant des roulettes de ces valises qu'ils traînaient derrière eux comme un prolongement d'eux-mêmes faisait partie intégrante du hall. Il semblait impossible d'imaginer des valises sans roulettes qu'il faudrait porter tout tranquillement, comme autrefois. Le seul remède à cela, c'était d'éviter physiquement d'entendre l'éternel claquement des roues en plastique sur le macadam. Cela arrêtait le cours de mes pensées. Durant ces jours à New York c'est à toi que je ressemblais le plus. Je réfléchissais à cette terreur journalière qui n'en finissait pas.

« Un sentiment d'infériorité et d'inquiétude, de malaise, des courbatures, des choses en retard qui ne cessaient de me tracasser comme l'écorchure incessante d'une ampoule.

« La présence, ou l'absence, des gens. Pour ne pas parler de cet éternel mur de bruit qui est inévitable si l'on doit vivre en société. Toute cette soi-disant musique qui grignote le cerveau et s'empare de toute pensée. Elle était partout, dans les magasins, dans les rues, les cafés, les restaurants. On avait l'impression que personne n'avait le pouvoir d'arrêter ce terrorisme insidieux qui s'infiltrait dans le système nerveux. Le monde était ainsi fait, et il fallait bien faire avec, à moins de se réfugier dans une caverne en montagne et de ne plus en bouger. Dans une caverne en montagne, on échappe peut-être au vacarme, mais tout le reste vous suit que vous le vouliez ou non. La vie consistait en un interminable bombardement terroriste du berceau à la tombe. La première chose que vous faites quand vous voyez le jour, c'est pleurer. Si vous ne le faites pas de votre plein gré, la sage-femme vous y oblige en vous donnant une claque sur le derrière. Et la dernière chose qui vous arrive est l'angoisse, ou tout au moins l'appréhension de l'inconnue qu'est la mort.

« Tout au moins si on en a le temps.

« Et c'est là, dans le bar voisin, alors que j'attendais Frank comme je l'ai dit, et que je réfléchissais à la terreur dont nous sommes les victimes, c'est là que je suis entrée en contact avec le cow-boy. C'est la raison pour laquelle j'étais un peu absente quand Frank est arrivé. Je les ai présentés l'un à l'autre et j'ai suggéré à Frank de l'inclure dans notre relation quelque peu boiteuse. Boire un verre au bar avec nous par exemple. Cela mit bien entendu Frank de mauvaise humeur. Il le montra de diverses façons. Par ses gestes, ses protestations en norvégien, son regard. Mais j'ai tout bonnement fait semblant de ne pas comprendre. J'ai adopté l'attitude très réussie de celle qui dit : Je ne comprends pas ce que tu veux dire.

« Plus tard, guidés par le cow-boy, quand nous nous sommes installés tous les trois au club de jazz Birdland pour écouter Jimmy Scott, j'ai savouré ma victoire sur Frank.

« Je regardai le vieux castrat comme s'il était un objet de convoitise et je me décidai à réserver le cow-boy pour plus tard. J'avais déjà puni Frank pour une série d'épisodes concrets dont je ne me souviens plus. Je regardais le vieux chanteur comme s'il était le seul dans la salle. Le petit homme chantait et tout le monde l'écoutait avec un respect religieux, comme de la musique sacrée portant en elle l'absolution de nos péchés.

« Mes yeux se sont arrêtés sur le crâne du vieux chanteur mis à nu par la raie qui séparait ses cheveux. Il ressemblait à un poulet. Un poulet noir à tête blanche. À la fois majestueux et touchant. Mais quand même un poulet. Avec de petites mains, griffes inoffensives arborant au poignet gauche un immense cadran scintillant, peut-être une Rolex. Il portait une veste de smoking usée, mais sûrement fraîchement nettoyée, aux poches à revers. Elle m'a fait penser à un vieux film avec Frank Sinatra, dont je ne me rappelle pas le titre. Le chanteur n'avait pour ainsi dire aucun corps à l'intérieur de ses vêtements. Aucun genou dans ses curieux pantalons à pattes d'éléphant. Quelque chose d'invisible le tenait à la verticale dans ses souliers vernis. Un papillon noir marquait le passage vers la peau et la tête. Ses pommettes, comme deux roches polies, surgissaient dans un petit paysage de neige – le visage. Ses yeux étaient ceux d'un chat nouveau-né, pas encore ouverts. Il avait de longs bras, liens relâchés entre les ossements du passé et les mouvements de l'avenir.

« "It's beautiful", chantait-il, lui-même ressemblant à une momie debout en dépit de la loi de la pesanteur. Ses oreilles étaient beaucoup trop grandes par rapport au reste de sa tête et me rappelèrent avoir lu quelque part que les oreilles ne cessent pas de grandir, et que plus on vieillit, plus les oreilles deviennent dominantes. Même quand on perd l'ouïe, les cartilages des oreilles continuent à pousser et à se couvrir de peau rose. Alors que le reste du corps perd son élasticité et rétrécit, les oreilles restent triomphantes de chaque côté de la tête. Elles se laisseront transpercer par le soleil de printemps comme deux magnifiques trophées ornés de quelques poils drus. Son nez épaté avait un air étonné, comme s'il ne savait pas à quoi il servait. Le plastron de sa chemise était bien trop blanc, et luisait comme une réclame au néon pour une lessive – à travers la fumée. Les dents du vieil homme d'abord invisibles, comme avalées par le jazz et les ténèbres, apparaissaient d'abord à la commissure des lèvres qui s'ouvraient tout à coup sur une rangée de vieilles perles conservées pendant des années au fond d'un coffre-fort trop chaud.

« L'homme en entier était chant – pas un chant ordinaire, mais celui de la vieillesse s'abandonnant doucement à la musique. La voix d'un vieillard, ou le cri d'un nouveau-né, n'essayant pas d'exprimer la beauté mais une souffrance nue. Ou bien même seulement la nudité.

« "I never meant to make you cry." "I never meant to hurt you." Des mains croisées qui savaient aussi tenir autre chose qu'un microphone. On pouvait les imaginer tenant une main, ou un vêtement. Un rasoir. Peut-être ouvrant une porte. Mais pas ici. Ici elles ne faisaient que retenir la concentration et la force qui émanait du chant.

« Quelle soirée ! Et le matin suivant j'ai couché avec le cow-boy pendant que Frank était à ses affaires.

— Tu n'as pas fait ça ! Ce n'est pas vrai ! Tu n'as pas couché avec un autre à New York ! Pas quand Frank était là, ai-je dit.

— Juste quand il était occupé. Et juste une fois. Et je lui ai dit que c'était par pure panique, la solitude de la grande ville.

— Il t'a crue ?

— Il en avait l'air, dit-elle avec légèreté.

— Comment était-il, le cow-boy ? ai-je demandé en oubliant de refermer la bouche.

— Le lendemain il m'a emmenée au World Trade Center. Cent dix étages, je crois, tout au sommet de la tour sud. Je suis allée jusqu'à la rambarde et j'ai regardé tout en bas dans des profondeurs invraisemblables. La ville, les lumières, les gens microscopiques en mouvement saccadés, les parties vertes qui marquaient les parcs. Les rues droites en quadrillé, comme un patchwork de cotonnades usagées et dépareillées. Gris plombé, rouille et noir. Des traits d'ombre et des surfaces d'un blanc éclatant. Un dessin compliqué dont nous ne saisissions que l'aspect superficiel. Les gratte-ciel qui ressemblaient à de petits cubes entassés les uns sur les autres. Le bleu clair du ciel aux nuages laiteux était une partie importante de ce rêve américain. Les couleurs changeaient pendant qu'on les regardait. La lumière du soleil pénétrait tout, même ceux dont je ne faisais que deviner l'existence. D'une certaine manière j'ai compris ce que voyait Dieu quand Il nous regardait. De petites fourmis qui se croyaient grandes parce qu'elles pouvaient porter quelque chose dans leurs mains, ou le pousser devant elles, ou s'installer dans une petite boîte en fer-blanc et se mettre en route. Et par un seul soupir ou une chiquenaude, ou bien en s'alliant avec les serviteurs d'autres dieux en leur faisant expédier des projectiles, Il pouvait nous anéantir par milliers.

— Frank n'était pas là ?

— Je croyais que tu voulais en savoir plus sur le cow-boy ? Non, Frank s'occupait de ses affaires, je te l'ai dit. Ou de quelque chose d'approchant.

— Tu ne trouves pas bizarre que Frank soit en voyage d'affaires à New York ?

— Non, pourquoi ?

— Il est spécialisé dans les vieux meubles rustiques, ai-je affirmé sans cacher mes doutes.

— C'est bien toi ! Je ne m'occupais pas de ce qu'il faisait. Je ne pouvais pas me contenter des rares moments que nous passions ensemble. Je croyais que le cow-boy t'intéressait ?

— Où cela a-t-il eu lieu ? ai-je demandé sur un ton pincé.

— Dans sa chambre d'hôtel à l'Algonquin, bien entendu. Il avait des pieds incroyablement grands. Je ne m'en suis aperçue que lorsqu'il a rangé ses bottes près du lit. Il avait aussi un cou très long. Ses oreilles étaient comme des crochets faits pour soutenir des tas de choses. Il portait un lourd anneau d'or à l'une. Son nez était un héritage évident de Sitting Bull, résultat naturel pour celui qui a englouti des histoires d'Indiens durant toute sa jeunesse. Il avait une longue natte grisonnante. Je n'avais jamais couché avec un homme dont la natte me fouettait le visage. C'était plus suspect qu'érotique. Mais son corps était en bonne forme. On aurait pu croire qu'il s'était fait bronzer sur une broche. J'imaginais qu'il avait fixé une ventouse à chacune de ses extrémités et avait obtenu un bronzage américain bien uni en se laissant lentement tourner. Originaire du Texas, il avait les hanches étroites et n'avait pas le cou de taureau qui, m'a-t-on dit, venait de la nourriture manipulée qu'ils consomment. Ou de la viande de bœufs parqués tellement à l'étroit qu'ils ne peuvent pas bouger. Le cow-boy m'a raconté qu'on sentait les enclos à des kilomètres à cause de l'odeur de pisse de bœuf.

— Vous avez parlé de pisse de bœuf ?

Frida eut un rire gras et ferma les yeux.

— Et pourquoi pas ?

— Quel âge avait-il ?

— Difficile à dire… C'était en tout cas un cow-boy averti qui n'avait pas froid aux yeux. Il prenait son temps. Ce n'est pas étonnant que de très jeunes filles préfèrent des hommes plus âgés que leur père. La plupart recherchent désespérément un vrai père, et par ailleurs les hommes d'un certain âge ont à la fois de l'argent et une position. C'était son cas. Il avait écrit des livres dont je n'avais jamais entendu parler, mais qui s'étaient remarquablement vendus. Même pour l'Amérique. Il ne s'en vantait pas, il le faisait seulement remarquer. Après, alors qu'on buvait une bière assis sur le lit. Il a alors aussi porté aux nues ma condition physique. En vrai dialecte texan. J'ai eu l'impression qu'il me jaugeait plus comme un cheval que comme un être humain. C'était plus excitant que vexant. Je n'étais pas là pour faire étalage de mon intelligence. On prétend qu'on ne peut pas garder le souvenir de rapports sexuels. Mais s'il en est un dont je dois me souvenir toute ma vie, ce doit être celui-là. Par ailleurs le cow-boy m'a aussi montré Central Park. Le dernier jour de réunion de Frank. Les arbres portaient de toutes nouvelles feuilles qui m'inspiraient des pensées profondes. Sur le chagrin et la mort. Au milieu il y avait ces arbres aux fleurs roses dont le nom m'échappe toujours. La température est montée jusqu'à 20 degrés, et le ciel restait un rêve américain. Il m'a emmenée à Harlem et m'a invitée à déjeuner dans un curieux restaurant d'Afrique orientale. Le personnel, visiblement de la même famille, ne parlait que français et ne comprenait guère l'anglais. Ils ne servaient pas de bière, mais la jeune fille proposa d'aller nous en chercher en face. Elle fit sa proposition en murmurant. J'ai cru que c'était par timidité, mais c'était pour que son père, à ce moment même agenouillé sur son tapis dans un coin, ne l'entende pas. Quand elle revint avec la bière à moitié cachée sous son bras, le père se réveilla. Il sauta sur ses pieds et se mit à l'agonir d'injures. Ici il était clair que la distance qui séparait la prière du châtiment était courte. Elle pleura avec grâce, mais ne sembla guère troublée. Le cow-boy m'expliqua que leur religion leur interdisait de servir de l'alcool. Ce qu'on nous servit était infect. Des bouts de viande bouillie et grise – d'origine inconnue. Et du riz qui avait l'air d'avoir été cuit avant l'hiver. Je n'ai pas mangé grand-chose. Mais le cow-boy était ravi. Tu aurais dû voir les toilettes, toi avec ta manie de la propreté ! Dans un verre contenant un dépôt de salive et de dentifrice datant d'au moins six mois il y avait une brosse à dents qui avait perdu le plus gros de ses poils. Je ne l'ai pas essayée, bien qu'elle me rappelât en quelque sorte la natte du cow-boy. J'étais écœurée – et ravie, conclut-elle.

Empreintes sur le sable

J'ai très peu vu Frank durant mai et juin. Il était très occupé par un salon d'antiquaires auquel il devait participer. Mais le téléphone sonnait régulièrement.

— Sanne ! Je t'ai manqué ?

— Bien sûr, répondais-je docilement, même si c'était vrai.

Je me disais qu'il fallait considérer mes relations avec Frank en rapport avec nos besoins mutuels de tendresse. Un mot que j'employais beaucoup depuis que j'avais vu le film *Le Temps de la tendresse*. J'étais comme un enfant qui emploie un mot qu'il vient d'apprendre, sans très bien le comprendre. J'ai remarqué qu'il y en avait d'autres que moi à employer ce mot quand ils devaient parler de sentiments profonds.

Un jour où je faisais semblant d'être une cliente dans le magasin de Frank, juste pour le voir, j'ai entendu une dame lui dire :

— Je ressens une telle tendresse pour mes petites figurines de Meissen. Vous me comprenez ?

— Je vous comprends très bien, répondit Frank, galant, en emballant les bergers et bergères qu'elle venait d'acheter dans plusieurs couches de papier de soie, tout en me jetant des regards d'avertissement.

Quand elle fut partie, il ferma la boutique et me prodigua ce qu'il imaginait que j'étais venue chercher.

Le parfum éphémère des lilas embaumait le parc du château. C'était court. J'ai suivi les travaux, et les lacunes, du Service des Parcs et Jardins de la ville tout au long du mois de juin. Les facultés de reproduction des canards sauvages autour de la mare du parc étaient redevables à la mélancolie des dames seules.

J'alignais régulièrement des mots sur mon ordinateur, chaque jour de la semaine. Avec une application qui m'étonnait moi-même. Mais quand j'appris que Frank allait partir en vacances avec sa famille presque tout le mois de juillet, je m'arrêtai comme une vieille pendule qu'on a oublié de remonter. Je me rendis compte que l'idée de Frida d'intégrer Frank à mon manuscrit, afin de le garder pour moi-même, ne tenait pas. L'ordinateur resta drapé dans le tissu.

Juste avant de partir en vacances, Frank arriva les bras chargés de vin et de bonnes choses. Il pleuvait. Il avait bien senti que ça n'allait pas, malgré mon refus obstiné de faire des reproches. Je m'imaginais que cela pouvait risquer de me faire perdre le peu que j'avais.

Il y avait longtemps aussi que le mot « séparation » avait été prononcé. Quelquefois, ne rien dire avait plus d'effet sur Frank. Il reniflait les non-dits, les choses cachées, comme un chien la drogue. Cela commençait par l'attitude qu'il prenait. Allant et venant d'un air nonchalant. Puis il fouinait systématiquement chaque recoin jusqu'à ce que je craque. Sans employer de grands mots, et certainement pas en aboyant. Cela consistait plutôt à donner le signal par une brève remarque.

— Tu sais bien que je la demanderai ! dit-il brusquement.

— Quoi donc ?

— La séparation. Dès que je le pourrai. Il me faut d'abord consolider ma société.

Exactement comme la dernière fois qu'on en avait parlé, il était en train de se rhabiller. Et s'il y avait un côté de Frank que je connaissais bien, c'était sa manière d'enfiler ses vêtements. Le soin qu'il mettait à fixer la boucle de sa ceinture. La négligence avec laquelle il enfilait ses chaussettes. Sa concentration à boutonner sa chemise. Toujours à la fin. Après le pantalon et les chaussettes.

— Veux-tu dire par là que ce sont tes affaires qui dirigent les relations que tu as avec elle ? ai-je demandé, faisant preuve de peu de stratégie.

— Ne sois pas bête, dit-il, montrant clairement qu'il était blessé. J'ai compris que, pour une fois, il ne reculerait pas devant une dispute, et je n'ai rien ajouté.

Tous ceux avec qui j'avais essayé d'établir une liaison durable s'étaient plaints de mon manque d'endurance durant les disputes. L'un d'eux l'avait qualifié de « lâche retrait de la zone de combats ». Il avait une belle situation à la Défense nationale et avait été en service actif au Moyen-Orient. Mais sa description de ma personne manquait de pertinence et d'équité. Le fait est que la peur m'empêchait de parler. Je perdais mes moyens. Mais je ne l'avais jamais dit. On ne pouvait quand même pas s'attendre à ce que les gens lisent dans vos pensées.

— Je regrette, a dit Frank quand nous avons eu fini de manger. Les enfants m'attendent. Annemor va retrouver des amies.

Frank ne parlait guère de sa famille, mais cela lui arrivait. Souvent parce qu'il avait besoin d'une excuse pour me quitter. En tout cas, c'est ce que je croyais.

— J'ai promis, tu comprends…

Et je comprenais. Bien sûr. On ne pouvait que s'en prendre à soi quand on avait une liaison avec un homme marié. Surtout quand il faisait remarquer que ses enfants l'attendaient. Je ne pensais guère à elle. Il n'en parlait presque jamais. Quand il le faisait il l'appelait, assez niaisement, Annemor[1]. Comme si elle était une poupée, ou une petite fille. J'essayais de la mépriser, sans la connaître. C'était quand même elle qu'il allait retrouver quand il partait. La jalousie est l'occupation la plus pitoyable à laquelle on puisse s'adonner et ne mène à rien. De ce fait il est intéressant que tant de gens, y compris moi, y consacre tellement de temps. J'aurais pu aller à l'encontre de mon caractère et prendre la chose avec humour. Mais c'était vraiment forcer ma nature.

Après son départ les murs ont commencé à se resserrer autour de moi de manière désagréable. J'ai enfilé mes tristes souliers à talons plats et suis partie d'un pas lourd vers le parc de Frogner. La pluie avait cessé et le ciel était presque entièrement dégagé. Le monolithe[2] était aussi gras que d'habitude, peut-être encore plus. Mais la fontaine et la roseraie s'épanouissaient dans un soleil vespéral qui leur seyait.

Alors que je plissais les yeux vers les ombres dansantes sous les arbres, Frida a surgi. Ce n'était pas pour me déplaire. Pour commencer, on n'a fait que marcher. Puis elle a dit :

— Réserve une chambre au bord de la mer !

— Où donc ? Dans une colonie de vacances pour vieux enfants indésirables ?

— Allons, un peu de courage ! Téléphone à l'hôtel de la Plage à Fevik, par exemple.

— Pourquoi celui-là ?

— Tu as reçu une carte postale de là-bas, et tu n'y es jamais allée.

— Fevik ? ai-je repris, le doute dans la voix.

1. Diminutif affectueux et familier du prénom auquel on ajoute le suffixe « mor », c'est-à-dire « mère », ce qui correspondrait plutôt à « petite mère Anne » ou « p'tite Anne ».

2. Comme son nom l'indique, énorme colonne monolithique du sculpteur Gustav Vigeland représentant un enchevêtrement de corps nus s'élançant vers la lumière.

— Oui, Fevik, le nom indique que les troupeaux se rassemblaient là autrefois. Maintenant il ne reste plus que des oiseaux et quelques chiens errants. Et des humains bien sûr. Si l'on veut qu'on vous serve à manger et qu'on vous fasse votre lit, il faut bien supporter des humains. Peut-être peux-tu y rassembler les quelques idées qui te restent encore. La mer, tu sais…

— Plusieurs jours de pension dans une station balnéaire, c'est au-dessus de mes moyens. Je n'aurai plus assez pour finir l'automne, ai-je protesté.

— Cela va te tracasser jusqu'à ce que tu aies fait la réservation. Après, ton cerveau charitable t'empêchera de penser au futur.

Le voyage se passa beaucoup mieux que prévu. Les transports en commun ne sont pas nécessairement aussi désagréables qu'on se l'imagine. L'hôtel était exactement comme sur la carte postale. Tout au bord de la mer. Je me suis installée sur la terrasse et j'ai noté :

À droite chalet blanc de style fonctionnaliste refermé sur ses drames familiaux. Les moineaux font la fête sur la terrasse après le petit déjeuner. Le vent flirte avec les couronnes trop volumineuses des pins qui s'offrent et montrent toute leur jungle verte et leur très vieille écorce. Le vent s'enfuit pour rassembler les nuages en formations infidèles envers un ciel bleu clair de nature pornographique. La méduse attaque le corps humain dans les profondeurs. Un coup inattendu de méchanceté naturelle. L'appontement délabré affiche un radeau réduit à ses plus simples facteurs, oublié dans l'hiver. Les voiles dénudent leurs triangles devant les écueils les plus agressifs. La petite lanterne au toit rouge contrôle chaque mouvement. Les silhouettes de l'homme et des garçons pêchant sur les rochers. Le blanc pavillon circulaire au bord de l'eau, où enfants et adultes affichent leur solitude dans la queue pour acheter une glace.

Une gamine debout près de l'escalier de pierre pleure silencieusement, remplissant toute la toile.

Il y avait dans le bar plusieurs photos de l'écrivain Roald Dahl dans d'énormes cadres dorés. Autrefois, il avait été un habitué de l'endroit et avait occupé la seule chambre avec balcon. Vu de l'extérieur, celui-ci avait l'air d'un nid blanc dans la couronne du pin qui montait jusqu'au deuxième étage.

Sans que je l'aie demandé on m'a donné une chambre avec vue sur la mer. Le bruit des vagues sur la plage m'a fait penser à une femme de mon enfance, une femme inconnue, qui avait badigeonné de crème ma peau brûlée par le soleil. Je n'étais pas capable de replacer cette femme dans une réalité. Tout ce que je pouvais dire c'est que ce n'était pas une histoire qu'on m'avait racontée.

J'ai déballé les quelques affaires que j'avais emportées et j'ai déposé trente-trois pages de manuscrit sur la table de nuit. Je voulais les relire et y réfléchir durant mon séjour. Je doutais déjà de l'idée de lier Frank à ma vie en me servant de lui dans mon roman. Et que faire de Frida ? D'autre part, l'idée faisait son chemin. Je ne pouvais pas l'abandonner. Les mots offraient toutes les possibilités. Je pouvais mettre un point final tout en sachant très bien qu'il existait une porte de sortie. D'autres choix. Des mots nouveaux. Les premiers contours d'un projet de manuscrit étaient camouflés dans ces broussailles de possibilités.

J'ai posé un crayon et une gomme à côté près de la pile de papiers et me suis dit que tous les manuscrits cachaient un mystère. En fait, on en savait peu de choses avant de se retrouver chez le libraire à essayer de le placer devant un best-seller.

Cris d'oiseaux des mers ? Vagues ? Il y avait si longtemps que ces bruits ne m'avaient pas atteinte. Cela ouvrait sur des perspectives indéfinissables. Sur quelque chose que j'avais perdu, quelque chose que je n'avais jamais possédé. Je me suis endormie d'un sommeil lourd et cependant léger. Dans mon rêve je sentais chacun de mes muscles s'endormir avec moi. D'habitude je dormais, rêvais et me réveillais comme un jouet mécanique remonté à fond pour pouvoir fonctionner tout de suite.

Le premier matin j'ai ouvert les yeux avec la sensation qu'une porte était entrouverte sur quelque chose que j'avais quitté, mais qui cependant s'offrait à moi. Sur la terrasse en bas les clients raclaient déjà les pieds de leurs chaises et l'odeur de café montait jusqu'à moi à travers la fenêtre ouverte. On servait le petit déjeuner. Je me suis levée et j'ai tiré les rideaux.

Bien que personne ne puisse voir ma nudité, je me suis assise à bonne distance de la fenêtre pour contempler la mer. Je n'avais pas besoin de projeter quoi que ce soit. Je me suis rendu compte que même le fait que Frank me manquait ne comptait pas. Pas encore.

La surface de la mer avait l'air d'être composée de millions de pâquerettes. Plantées serré sur des kilomètres. Et au soleil les oiseaux semblaient être des morceaux de métal saisis en plein vol. J'ai pensé décrire l'indescriptible dans cette image, mais j'ai compris que c'était beaucoup trop romantique, et en fait, faux. La raison pour laquelle je voyais la mer de cette façon était que mes lunettes étaient posées de travers sur mon nez, et que le soleil tombant sur le métal de la monture, créait des reflets, et me donnait de fausses informations sur la réalité.

En fin d'après-midi, alors que j'étais assise dans un fauteuil en plastique au bord de l'eau, une silhouette se dessina entre la plage et l'herbe. Lente et flâneuse.

J'ai suivi des yeux l'homme jusqu'à ce qu'il disparaisse entre les monticules à gauche, et je ne souhaitais qu'une chose : que ce fût Frank.

Pour échapper au fait que ce n'était pas lui, j'ai imaginé que le chemin que suivait cet homme était un chemin de graviers envahi d'herbes entre les rochers et les plantes sauvages, plutôt qu'une piste couverte de béton. Mais je savais bien que la mer n'avait cessé de balayer ce vieux sentier, et c'était la raison pour laquelle on avait coulé du béton dessus. En fait, il ne menait nulle part. Uniquement à un vieux plongeoir et quelques curieuses fondations, comme faites pour des canons. C'est tout à fait caractéristique, ai-je pensé. Si tu suis une route, tu te rends compte au bout d'un moment qu'elle ne mène pas où tu vas. Les routes sont un mouvement vers un but imaginaire. Ou bien une manière d'y échapper. De le dépasser.

L'homme n'était pas plus Frank maintenant que quelques secondes auparavant. J'ai ressenti tout à coup cette raie grise et massive entre les rochers devenir menaçante. Il me sembla que j'allais, le reste de ma vie, rester assise là à contempler du béton sans participer à ma propre vie. L'état d'esprit dans lequel j'étais au réveil m'avait quitté. Je suis tout bonnement épuisée, ai-je pensé avec étonnement. C'était un sentiment presque physique. « Comme un chagrin violent », ai-je eu besoin de noter dans mon carnet. Mais pourquoi ce mot ? Que savais-je du chagrin, en vérité ? Mis à part un seul événement. Celui du camion. De quel égoïsme étaient pourvus les gens qui dans le monde actuel se concédaient le droit d'avoir un chagrin personnel ?

Au bout d'un moment j'ai tiré le fauteuil en plastique sous un pin et j'ai essayé de lire le journal. Des empreintes de pieds marquaient le sable devant moi. Mon attention en fut distraite. Un pied assez long et étroit dont le talon et les orteils étaient nettement marqués. C'est dans l'intervalle, la partie qui ne laisse aucune trace, que réside la souplesse, ai-je pensé. Et j'imaginai l'homme qui avait disparu sur ma gauche, tout en me sentant irritée d'avoir cet intérêt. J'imaginai alors que je faisais un plongeon dans cette eau sûrement trop froide. Je la sentis m'entourer et me calmer. Pas seulement le corps, mais la nuque et la tête. De cette manière il fut plus facile d'affronter mes pensées, assise bien au sec à l'ombre d'un grand arbre.

Quand les clients eurent fini leur déjeuner et quitté la terrasse, le bruit des vagues fut plus perceptible. Un bruit étouffé mais cependant indompté. Les vagues montaient en une sorte de bruissement, faisaient une pause dans l'air avant d'envahir le sable. Une odeur de résine se dégageait des grands pins. Quand je levais les yeux j'avais la sensation vertigineuse de faire partie intégrante des grandes cimes récalcitrantes. Une vibration presque imperceptible, du vent, ou quelque chose dans ma propre tête. Je me suis dit que le mot « résine » était un signe qu'il fallait noter. Cela me fit penser à « goudron ». « L'odeur du goudron est celle de la vie », c'est ce que j'écrirai dans mon prochain livre. Je n'arrivais pas à l'expliquer et cela n'avait rien à voir avec le projet Frank. Mais c'était ainsi. Le feu. Le bois. Ces deux dimensions. L'une qui consume, l'autre qui se laisse consumer. Mais aussi longtemps que je n'arrivais pas à trouver les mots vrais, il était inutile de prendre des notes.

L'image interne que j'avais du dos de l'homme se glissait entre le bruit de la mer qui allait et venait, et les cris des enfants sur la plage. Son ombre se dessinait de plus en plus nettement. Comme s'il était en train de marcher de l'autre côté de l'image, sachant que je voyais son ombre. L'odeur de résine renforçait cette vision et possédait un don guérisseur. Même pour ce qui était inguérissable. Cela contribuait à changer le caractère du paysage. Les couleurs s'éclaircissaient. Les roses de la terrasse portaient en elles tout le spectre de la couleur rouge. Bien que j'aie remarqué qu'elles manquaient d'eau et d'engrais et étaient pleines de pucerons. La certitude que Frank était un élément du manuscrit futur se transforma en compassion pour les roses. Cela me fit percevoir la lenteur de la croissance des arbres, au moins cinquante ans. Une force puissante surgissait de la terre et faisait trembler les brins d'herbe sèche comme de nouvelles pousses – dans le vent.

Je me suis rendu compte que je n'aurais jamais eu les mêmes pensées dans ma chambre à Oslo. Même pas sous les arbres du parc de Frogner. Je n'arrivais pas encore à déchiffrer tous les codes du manuscrit. Il me faudrait du temps et de la patience pour découvrir les différents rôles. Le plus curieux était que mon propre rôle était le plus diffus.

Les gens, même les vrais, vivent au hasard en attendant que leurs vies soient définies. Le hasard est la cruauté personnifiée. Comme une faux qui rejette l'herbe sur le sol et la laisse sécher au soleil pour servir de nourriture aux animaux. Ou bien laisse l'herbe pourrir sous la pluie sans y prêter attention.

Une gamine me dérangea en frappant fort avec un ballon sur le carrelage de la terrasse. Pan ! Pan ! Un petit être coléreux et plein d'agressivité habillé d'un short sale et d'un T-shirt. Elle frappa la balle dangereusement près d'une table bancale sur laquelle un vieux couple élégant prenait son café. Tout à coup une dame en short court se leva d'une chaise longue apportant une ombre de frustration à la fois à la gamine et à moi-même. C'était sûrement la mère. Sa voix montait en l'air telle une mince lame de couteau. Elle atteignait maintenant le tronc du pin. Aiguisée, comme pour venger un péché. Ses jambes blanches se courbaient en arrière de telle manière que les rotules de ses genoux disparaissaient dans leurs propres jointures. Les muscles de ses cuisses étaient tendus à l'extrême. Cela indiquait en quelque sorte que cette mère était mécontente d'elle-même, de sa fille et de la situation.

Cette sorte d'incident m'était très désagréable. Une nausée m'obligea à regarder sur le sol l'empreinte du pied. Cela ramena mes pensées à l'homme. Celui qui avait disparu sur le chemin bétonné entre les rochers.

L'image de la mère et de la gamine se mêla à l'empreinte du pied devant moi. Était-ce l'empreinte du pied de son mari ? Peut-être la clé de quelque chose dont j'essayais de me souvenir ? Je croyais le voir, le visage détourné, alors que j'étais en train de penser au jour où j'avais entendu à la radio *L'Après-midi d'un faune*. Je n'avais toujours pas acheté le CD. Je n'en avais pas appris la mélodie. Maintenant je l'avais totalement oubliée. C'est toujours ainsi quand on néglige les choses. Elles disparaissent.

Qu'est-ce que cette mélodie pouvait bien avoir à faire avec cet homme ? Quels mécanismes subtils dirigeaient l'engrenage de ces associations ? Je mélangeais Frank avec cet homme. La réalité devenait diffuse. Peut-être n'avais-je rien vu d'autre que son dos ? Portait-il un T-shirt blanc et des pantalons de toile clairs ? Était-il pieds nus ? Ces empreintes étaient-elles les siennes ? Dont je m'étais approprié l'emploi ?

Quand je pensais à ma vie, elle était peuplée de gens qui n'étaient toujours que momentanément présents. Ils devaient toujours aller ailleurs ensuite. Dans leur rapport avec moi, c'était comme s'ils attendaient la relève. Les visages et les mains changeaient, mais, en fait, ils faisaient tous la même chose. Certains mieux que d'autres. Avec plus de douceur. Ou avec un sourire. Ce sont de petites choses comme ça qui faisaient que certaines heures étaient meilleures que d'autres. Il fallait de l'ordre et du calme, disaient-ils. Mais l'ordre n'a jamais régné. Nous étions en dépôt provisoire et nous le savions. Oui, nous l'espérions. L'espoir est un curieux mécanisme. Une élasticité du cerveau qui évite que l'on craque ou que l'on s'écroule totalement. Non, pas un seul instant je n'ai perdu espoir.

Ma deuxième nuit à l'Hôtel de la Plage, j'ai rêvé que j'étais à la terrasse d'un café près d'une énorme usine. Une haute porte était couverte d'une grille rouillée. De l'eau coulait à torrent sur la grille et retombait dans un puits en dessous. Tout à coup j'ai vu un tas de poussins jaunes lutter contre le courant derrière la grille. Par centaines. Peut-être par milliers. Ils plongeaient et remontaient, essayant en vain de garder le bec hors de cette eau qui devait, pour eux, ressembler aux chutes du Niagara. Les becs plongeaient et ressortaient de l'écume. Puis ils abandonnaient la partie et se retrouvaient pressés contre la grille un court instant, le temps de piailler, avant de disparaître dans les eaux. Dans mon rêve je me suis levée et je suis allée vers la grille. Une traînée jaune de poussins vivants tourbillonnait alors qu'un piaillement à l'unisson traversait le grondement des eaux. Je me suis mise à genoux et j'ai trempé les bras dans l'eau glacée pour essayer d'en attraper plusieurs centaines, peut-être plusieurs milliers avec mes deux mains. Bien entendu sans y parvenir. J'ai alors appelé un homme en uniforme de gardien qui était appuyé au mur en train de fumer. J'essayais de lui faire arrêter l'eau pour sauver les poussins. Il a haussé les épaules et a continué à fumer. J'ai pris sur moi, je me suis levée de toute ma hauteur et je l'ai pris brutalement aux poignets pour l'obliger à faire quelque chose. J'ai parlé de cruauté envers les animaux et de la loi. Mais l'homme secouait la tête et répondait que c'était le patron qui décidait. Finalement je n'ai pu que crier d'une voix suppliante :

— Aidez-les ! Aidez-les !

Le ton était d'une navrante impuissance. Et le son de ma voix me mit en colère, si quelqu'un comme moi est capable de montrer de la colère.

— Envoyez une plainte, dit le gardien.

— À qui ? ai-je dit d'un ton grinçant.

— Aux journaux, répondit-il en écrasant sa cigarette contre mon sac à dos.

— Oui, mais ils meurent en quelques secondes ! ai-je gémi, ressentant une immense lassitude à l'idée d'écrire des articles et des appels dans les journaux.

C'était pour moi la chose la plus ennuyeuse et la moins efficace à faire pour obtenir un changement en ce monde.

— Ce n'est pas mon affaire. Moi, je ne suis engagé que pour les vacances, a-t-il dit sans la moindre agressivité.

Heureusement je me suis réveillée à cet instant. J'entendais effectivement le grondement de l'eau. Mais c'était celui des vagues dans leur éternel déferlement. Il était cinq heures du matin. J'ai plissé les paupières vers la fenêtre et me suis sentie moite, mais sauvée.

À nouveau cette image surgissait. Les empreintes dans le sable. Le dos disparaissant. L'homme qui sortait du tableau à gauche. La mélodie oubliée avant que j'achète le CD. Le désir de flotter dans l'eau sans rencontrer une seule méduse. Sans voir un seul enfant inadapté. Une seule mère célibataire. Ne plus rêver de fausses pistes, et surtout pas d'un visage qui avait disparu.

J'ai compris alors à quoi ce dos me faisait penser : à celui qui était le père de l'enfant. Il n'avait plus de nom pour moi. Mais pourquoi m'étais-je interdit de penser à l'une des rares personnes qui avaient marqué ma vie ? Ce n'est pas sa faute si le camion est arrivé.

L'incroyable réalité

Le portable gémissait sur mon bureau. Ce devait être Frank. Je l'ai laissé sonner plusieurs fois avant de prendre la communication.

— Tu as entendu ! cria-t-il sans introduction.

Les cris n'étaient pas chose habituelle entre nous.

— Bien entendu, ai-je répondu. La télé était allumée et passait les mêmes images sans discontinuer. Comme si le poste émetteur s'était arrêté, laissant le programme se répéter à l'infini. Les avions piquant droit dans le World Trade Center. Les flammes. Le nuage de fumée sur Manhattan. Et au-dessus à gauche un ciel bleu azur. Je venais de me dire que je n'étais pas normale parce que le mot « beauté » m'avait traversé l'esprit. Que je le veuille ou non, il me fallait bien comprendre que c'était l'horrible réalité.

— Le monde ne tourne plus rond. Mais où étais-tu ?

— Chez moi. Et avant… chez le gynécologue.

— J'ai une grande nouvelle ! Pourquoi ne réponds-tu pas quand j'appelle ?

— J'avais oublié mon portable.

— C'est bien la peine de t'offrir un portable si tu ne l'emmènes pas avec toi !

— Il y a des gens dans les décombres. Peut-être sont-ils vivants ?

— Tu n'écoutes pas ce que je dis. Il n'y a que les catastrophes qui t'intéressent.

— Cela aurait pu être nous.

— Bien sûr que c'est terrible. Mais on n'y peut rien. Tu le sais bien. Et il se trouve que j'ai quelque chose de sensationnel à t'annoncer.

— Quoi donc ?

— Pas au téléphone. Je vais venir demain.

— Quand ?

— Je n'en sais rien. Je t'appellerai.

— Tu veux dire que je dois rester ici à attendre ton coup de fil ?

— Non, tu n'as qu'à emmener ton portable avec toi.

— Et rester dans les parages pour pouvoir revenir en vitesse écouter ce que tu as à me dire ?

— Pourquoi es-tu tellement grognon ?

— À quoi pensent-ils là-dedans, à ton avis ?

— Où ?

— Dans les ruines. Sous des tonnes de pierres. Comment fonctionne le cerveau sous une tension aussi extrême ? Et l'angoisse ? La claustrophobie ?

Il y eut un silence.

— Sanne, ta faculté à te mettre à la place des autres est louable et je comprends que tu sois bouleversée, nous le sommes tous. Mais ne peux-tu pas, pour une fois, te réjouir un peu ?

— Me réjouir ? De quoi ?

Les soupirs de Frank n'étaient pas toujours signe de découragement. Ils pouvaient quelquefois être un moyen d'apaisement qui n'était pas pour me déplaire. C'était le cas cette fois.

— Tu pourrais penser un peu à moi et à la bonne nouvelle que je te réserve, n'est-ce pas ?

— Cela semble quelque peu disproportionné aujourd'hui, ai-je dit, consciente de l'affectation de cette déclaration.

— Je peux venir ? demanda Frank en soupirant encore une fois.

— Bien entendu !

— Je te passe un coup de fil. J'apporte une bouteille de vin. On va fêter ça.

— Fêter ?

— Tu verras. Il eut un petit rire roucoulant avant de raccrocher.

J'ai éteint la télé et je suis allée vers la fenêtre. Mais je n'arrivais pas à fixer mon regard. J'avais le sentiment que rien ne serait plus jamais pareil. Il est possible que je me trouvais mentalement à New York. On ne pouvait jamais être sûr de rien. Toujours est-il que je me suis mise à pleurer. Une voile salvatrice se déploya sur toutes les pensées que j'avais eues pour les morts dans les ruines. Sur laquelle était inscrite : Frank a demandé le divorce.

— Je vais tout mettre sur ton compte, a dit Frank.

Qu'on n'ait pas regardé les informations à la télé, c'était normal. Mais durant plusieurs minutes je n'avais plus pensé aux tours écroulées à New York. Et, qui plus est, nous étions assis l'un en face de l'autre de chaque côté de la table, la bouteille entre nous. C'était inhabituel. D'habitude nous étions toujours sur le canapé-lit.

— Pourquoi ne peux-tu pas le garder toi-même ? Tu as bien un compte en banque ?

Il parut quelque peu indécis.

— Je désire que ce soit justement toi… qui aies l'argent sous ta garde.

Je me suis mise à rire sans savoir pourquoi. Il n'y avait pas l'ombre d'une plaisanterie dans ce qu'il disait.

— Et pourquoi donc ? ai-je fini par demander.

— C'est… le plus sûr.

— Le plus sûr ?

— Oui, Annemor n'en sait rien. Ce n'est pas nécessaire. Elle ne manque de rien.

Quelque part dans la tête de Frank se trouvait un nœud auquel je n'avais pas pensé. Pas avant cet instant. Il cachait à sa femme des choses extrêmement importantes. Par exemple le fait qu'il était devenu un homme riche. Comme si cela faisait partie de la même catégorie que l'adultère. Quelque chose clochait. Rien de ce qu'il avait dit sur sa femme ne pouvait laisser penser qu'elle allait le ruiner si elle savait qu'il avait de l'argent. Et une chose encore : si Frank lui cachait des choses aussi importantes, il était probable qu'il m'en cachait plus encore. Je l'ai regardé dans l'expectative. J'attendais qu'il me dise quelque chose qui balayerait mes doutes. Par exemple qu'il allait enfin demander la séparation ! Et que c'était la raison pour laquelle sa femme ne devait rien savoir. Les ex-épouses désiraient naturellement leur part d'un gros gain aux courses. Il avait l'air d'un matou repu dans la lumière blafarde de l'après-midi, jusqu'à ce qu'il comprenne que j'attendais une explication.

— Oui, enfin, il y a d'autres raisons aussi, finit-il par dire.

— Lesquelles ?

Je ne sais pas où je pris le courage de ce ton inquisiteur. Peut-être l'avais-je appris en regardant le président américain faire d'interminables déclarations à l'écran. Peut-être finissait-on par devenir une copie conforme de ce que l'on voyait à la télévision. Peut-être faisais-je à Frank l'effet d'une terroriste fanatique. Il paraissait déstabilisé. Il commença par s'étirer, inquiet, puis il se pencha en avant et me donna une bourrade amicale à l'épaule. Nos relations n'avaient jamais rien eu d'amical. Jamais. Elles consistaient à s'enlacer tendrement, à se bécoter et à se pénétrer.

— La société n'est pas très solvable pour l'instant. Je dois beaucoup d'argent à des gens qui n'y vont pas de main morte… Enfin, bon, je veux que cet argent soit à l'abri des regards indiscrets. Tu comprends ?

— Mais est-ce que ce n'est pas officiel ? Je veux dire… ceux qui gagnent ?

— Pas exactement dans ce cas précis, et il serait stupide que mes créanciers réduisent mon gain, dit-il avec un sourire enjôleur.

— Mais ne vas-tu pas justement payer tes dettes puisque tu as gagné tant d'argent ?

— Quelle petite moraliste tu fais, dit-il en me prenant par le menton, quelques dettes ne font pas de mal. Cela te donne un certain crédit dans la société. On te considère comme quelqu'un qui ose prendre des risques. Par ailleurs… Nous, toi et moi, nous pouvons faire des voyages avec cet argent.

— Quand ?

— Plus tard… Quand je pourrai me libérer. Tu comprends ça ? Ma petite Sanne ? Tu vas veiller sur cet argent, n'est-ce pas ?

Je ne sais pas ce que j'ai compris, car j'attendais toujours une déclaration. Mais quoi qu'il en soit j'avais bien l'impression de connaître Frank de manière assez sommaire. J'avais des nœuds dans la tête, dans le ventre, dans la nuque. Grossièrement parlant on pouvait ramener mes connaissances à son sujet à la perspective du canapé-lit.

Tout empira quand il fut parti. Je me rendis compte que cette manière de voir avait influé sur l'opinion que j'avais de moi-même. Elle n'était déjà pas très haute avant de rencontrer Frank, et à un moment il avait contribué à la faire remonter. Mais petit à petit tous les mensonges et les cachotteries qu'il me servait ouvraient un gouffre d'incertitude.

Quatre millions trois cent quarante deux mille couronnes norvégiennes. Sur mon compte en banque. Là où il n'en restait plus que 1 362.

Les dernières années, depuis que j'avais lâché mon travail pour me consacrer à l'écriture, j'avais vécu avec le minimum. J'avais obtenu une ou deux bourses. Ce n'était pas l'opulence, mais elles m'avaient permis de survivre. J'avais aussi fait un emprunt qui était un grave handicap tant que je ne pouvais pas le rembourser.

Le fait que Frank, sans plus de façons, me confiait la garde de son gain aux courses, me fit comprendre comment il me considérait. Comme une personne sur laquelle on pouvait compter, totalement inoffensive. Il avait une confiance aveugle en mon dévouement et ma loyauté. Il ne demandait pas le divorce à cause de moi, mais il avait besoin de moi pour protéger sa fortune.

C'était humiliant. Cela tira une sonnette d'alarme en moi. J'ai commencé à transpirer de partout et j'ai eu la sensation d'étouffer. Plus je voyais clair en moi-même et en Frank, plus je manquais d'oxygène.

Je me suis habillée et suis sortie dans la rue. Je suis restée immobile un instant à compter les becs de gaz aussi loin que je pouvais voir. Sept. Et puis j'ai commencé à marcher. Quand je suis entrée au café Lorry, la place était libre à gauche près de la fenêtre. Je m'y suis assise et j'ai commandé une tasse de thé et une tartine aux crevettes.

J'étais là à racler la mayonnaise, la repoussant sur la droite de l'assiette, quand elle s'est installée. La manière dont elle se déplaçait, toute sa silhouette dégageait la colère. La mienne me suffisait et je décidai de ne pas prêter attention à elle. En réalité, j'aurais préféré partir, mais il fallait bien finir de manger.

Au début, elle ne disait rien. Ses mains maigres étaient bleuies. Elle avait toujours l'air d'avoir froid. L'ongle de son index était cassé.

— Je t'ai cherchée. Tu ne sors pas beaucoup.

Je me suis concentrée sur les crevettes. Elles n'étaient pas bien décortiquées.

— Vous ne sortez pas souvent, enchaîna-t-elle en mettant l'accent sur le « vous ».

J'ai continué à manger.

— Comment c'était au bord de la mer en juillet ?

— Bien, ai-je murmuré, mâchant comme si j'avais une gomme dans la bouche.

— T'est-il venu quelques bonnes idées dont tu peux te servir ? Elle continuait son interrogatoire.

Cela commençait à devenir gênant, que voulait-elle au juste ?

— Dans tous les cas, j'écris…

— Bien entendu. Un vrai bourreau de travail, c'est ce que tu es.

Elle semblait prendre du plaisir à être malpolie. Personnellement, ce n'était pas mon genre. La seule fois que cela m'était arrivé, c'était dans l'amphithéâtre de l'Université. J'ai lu dans une revue vouée au développement personnel que celui qui élève la voix est celui qui perd. Je n'étais pas sûre d'avoir de la sympathie pour elle. La dernière crevette avait la consistance d'un vieux morceau de gaze dans ma bouche. Je l'ai avalée et j'ai pensé que son but n'était pas de me sécuriser, comme dans notre enfance. Au contraire, elle était imprévisible. Peut-être même dangereuse.

— Et voilà maintenant que Frank a gagné cet argent. As-tu pensé aux possibilités que cela ouvre ?

J'ai laissé tomber mon couteau sur la nappe.

— Pourquoi ne veut-il pas mettre cet argent sur son compte, mais sur le tien ? Eh bien c'est parce qu'il doit de l'argent à de louches individus. As-tu entendu parler des tueurs à gage ? C'est ce que risque Frank. Il ne prend aucun risque. Ses créanciers n'auraient de cesse que de saisir son argent. Sois-en certaine ! Personne, je dis bien personne, ne doit avoir vent de ce gain. C'est pour cela qu'il a besoin de ton compte en banque.

Je n'ai rien trouvé à répondre.

— Pars ! Prends cet argent et pars ! À l'étranger ! Loin ! Liquide ton appartement. Disparais de la circulation.

— On ne peut pas faire ça, ai-je murmuré.

Elle eut un sourire infâme.

— Il t'a dit que vous alliez partir ensemble ? Et tu y crois ? Te souviens-tu de ce qui est arrivé quand il t'a invitée à New York ?

Je me vis à travers son regard. Dans le rôle de la fidèle Solveig qui attendait Peer Gynt jusqu'à ce que ses cheveux blanchissent. Je n'avais même pas un enfant à bercer. Et avant même qu'elle n'ouvrît la bouche, je savais ce qu'elle allait dire.

— Frank n'a jamais eu l'intention de partir avec toi. Il se sert de toi quand il en a besoin. C'est toi qui aimes Frank. En fait, ce n'est pas sa faute. Frank fait ce qu'il veut. Tu ne peux pas le convertir à l'amour. C'est peut-être cela qui le rend si attirant, dit-elle avec cruauté.

— Partir seule ne me dit rien, ai-je murmuré.

— Qui a dit que tu dois partir seule ?

L'occasion fait le larron

Frank devait venir jeudi après le travail. Je savais que ce n'était guère que pour une heure. Je fis cependant tous les préparatifs habituels. Douche, brossage des cheveux ; nettoyage des ongles, verres sur la table, fleur fraîche sur le rebord de la fenêtre.

Il y avait une demi-heure que je l'attendais quand le téléphone a sonné. À la première sonnerie j'ai su que c'était lui. Je savais qu'il m'appelait pour dire qu'il ne viendrait pas. J'aurais pu tout aussi bien ne pas répondre au téléphone. Mais j'ai répondu.

— Sanne ! Tu sais, je suis vraiment désolé mais je ne peux pas.

— Ah ?

— Non, tu comprends… je ne sais pas comment le dire, mais…

— Dis les choses telles qu'elles sont, ai-je dit avec autant de neutralité qu'il m'était possible.

— La gamine a… la gale !

— Qu'est-ce que tu dis ?

— Je ne sais pas si je suis contagieux, mais je ne peux pas prendre le risque de te contaminer, n'est-ce pas ?

— Personne n'a la gale de nos jours, ai-je répondu.

J'aurais aussi bien pu lui dire qu'il mentait comme un arracheur de dents, mais la situation était déjà assez tendue comme ça.

— Mais nom de Dieu, c'est pourtant vrai ! Elles sont complètement hystériques toutes les trois. Les filles se grattent et Annemor pleure. C'est à l'école, ou à la garderie… Dieu sait où. Il faut que j'aille à la pharmacie acheter une pommade. Elle refuse de le faire. Elle ne fait que chialer, je ne sais plus quoi faire.

Les silences, sa respiration et sa voix m'obligèrent à trancher : il disait la vérité !

Cela me rendit tout à fait objective. Les poux de mon enfance sortaient en fourmillant de l'écouteur. Les autres enfants à l'école refusaient tout contact avec nous. De même les instituteurs et le personnel. On le lisait dans leurs yeux : dégoût. Peur d'attraper des poux ! Infestés de vermine et intouchables. Pour ainsi dire lépreux.

— Vas-tu aller chez le médecin ? Pour une ordonnance ?

— Non, heureusement. Le médecin a dit que je n'en avais pas besoin. Mais tout le monde dans la famille doit s'en enduire. Même si on n'a aucun symptôme. Ça prend deux mois à partir du moment où l'on est contaminé jusqu'à ce qu'on s'en aperçoive.

— Deux mois ?

— Oui. Et, Sanne ?

— Oui ?

— Il faut t'en enduire toi aussi. J'ai pu… Tu comprends ?

— Oui.

— Bien. L'argent est arrivé sur ton compte ?

— Je n'en sais rien, ai-je menti.

— Mais informe-toi ! Je te rappelle. Tu es un amour. Salut !

L'écran du téléphone rouge était plein de taches graisseuses. Je les ai essuyées avec le pouce. Puis je l'ai reposé et j'ai ouvert les mains. Je les ai examinées avec soin. Je les ai retournées et j'en ai examiné le dos. Les veines étaient apparentes. Je voyais le sang circuler imperceptiblement dans l'artère du poignet. Y avait-il une marque à l'index gauche ? Une marque rouge ? Une marque inconnue ? Qui m'était étrangère ?

J'ai ouvert le dictionnaire médical des familles qui se trouvait être en ma possession.

« *Sarcoptes scabiei* : infection cutanée causant des démangeaisons. L'acarien se propage par contact direct et la gale a tendance à contaminer toute la famille. La femelle s'introduit dans la peau et y dépose environ 40 œufs. Ceux-ci éclosent produisant des larves qui envahissent le corps jusqu'à ce qu'elles s'accouplent à leur tour et pondent des œufs. Les premières démangeaisons peuvent ne pas être trop désagréables, mais petit à petit elles peuvent devenir si intenses qu'elles empêchent de dormir. On voit apparaître sur le corps de petites croûtes, surtout entre les doigts, quelquefois avec un point noir. C'est la femelle de l'acarien. La gale se soigne par des pommades spéciales dont on enduit tout le corps. Les acariens disparaissent vite quand ils ne sont plus en contact avec la peau, si bien que tout vêtement contaminé doit être soigneusement aéré, de préférence au froid, et brossé. »

Il avait raison : je n'avais pas besoin d'ordonnance. Mais quelle contenance prendre pour demander à la pharmacie précisément cette pommade ? Sait-on que c'est contre la gale ?

Bien entendu qu'on le sait. Ces gens-là ont passé des examens et savent tout. Pouvaient-ils aussi deviner que j'avais couché avec Frank parce qu'il venait d'aller à la même pharmacie ?

J'ai donc décidé de trouver une pharmacie dans un autre quartier.

Alors que j'étais devant le comptoir et que je tendais le bout de papier sur lequel j'avais gribouillé le nom de la pommade, j'ai commencé à sentir des démangeaisons. C'était pratiquement impossible. Frank n'avait encore aucun symptôme et c'était donc trop tôt pour moi, même si j'étais contaminée. N'empêche que ça démangeait. Entre les doigts de la main droite. J'ai gardé mes gants, pour que la dame ne croie pas que j'allais la contaminer. Et je suis parvenue à ne pas me gratter.

La pharmacienne avait des yeux pleins de bonté et un nez épaté et elle parlait le norvégien avec un accent étranger, mais elle ne me demanda rien. Elle se contenta de jeter sur moi un regard rapide. Cela pouvait tout aussi bien être un regard ordinaire, celui de commerçant-à-client. Mais je n'en étais pas sûre. J'ai baissé les yeux. Sournoisement, l'image du dictionnaire médical m'apparut sur le comptoir.

Une fois rentrée je me suis attaquée à tout ce qui avait été en contact avec moi les derniers jours. Mon cerveau était en état d'alerte maximum afin de ne rien oublier. Après quatre heures un quart, je me suis retrouvée dans la baignoire.

Là, j'ai fondu en larmes. Cela n'avait aucune importance. J'étais déjà trempée et personne ne me voyait. Au bout d'une demi-heure, j'avais les yeux rouges mais j'étais sèche et prête à l'enduit total. Sous la plante des pieds et sous les ongles, dans tous les replis et orifices. Dans les oreilles. Jusqu'à la racine des cheveux et jusqu'au menton. Il fallait éviter le visage, était-il prescrit. Mais je n'avais pas entièrement confiance. J'ai seulement évité les yeux et la bouche. Le problème était que je n'arrivais pas à atteindre une petite partie du dos. J'ai mis de la pommade sur une serviette de toilette et je suis arrivée à m'en tartiner en la tirant de mes deux mains entre mes omoplates.

Ensuite, je me suis affalée sur le couvercle de la cuvette des cabinets. Frank n'avait pas appelé. Il pouvait partager sa gale avec trois autres. Moi, j'étais seule au monde avec la mienne.

Je me suis grattée toute la nuit. Me réveillant et me rendormant. Me réveillant en me disant que je me faisais des idées. Me rendormant. Pour rêver que toute une armée, une armée de plusieurs kilomètres carrés d'acariens microscopiques s'approchaient de mon lit au pas cadencé et me recouvraient entièrement durant plusieurs heures. Ils grignotaient et creusaient, déposaient des œufs et creusaient. Ils entraient dans tous mes orifices, déposaient des œufs et rampaient plus avant.

Le lendemain je suis restée dehors aussi longtemps que possible. Même les fissures des trottoirs me paraissaient plus saines que mon appartement infesté. Le grand nettoyage que j'avais entrepris ne servait à rien. Je suis restée longtemps sur le banc près de l'arrêt du tram sans intention aucune de monter dedans.

— Et tu restes là à divaguer, dit-elle tout à coup sans que je l'aie vue approcher.

— Oui, Frank m'a refilé la gale !

— Tu sais depuis longtemps qu'il va falloir faire quelque chose. Voilà l'occasion qui se présente ! Commence par annuler le contrat de ton téléphone mobile et demande un numéro secret. Va à la banque et ouvre un nouveau compte avec de meilleurs intérêts pour l'argent de Frank. Mais toujours à ton nom ! Achète un ordinateur portable au lieu de ton gros PC. Mets le nécessaire dans une valise et résilie la location de ton appartement.

— Il me faudra payer le mois en entier, ai-je dit avec hésitation.

— As-tu oublié la somme que tu as sur ton compte ?

— Mais elle n'est pas à moi, ai-je protesté.

Son rire déferla sur nous. Il était un peu effrayant, mais je ne pus m'y soustraire.

— Liquide tout ! On part à Berlin !

— Pourquoi Berlin ? ai-je demandé.

— C'est évidemment un endroit de choix d'où les ploucs peuvent contempler le monde. C'est dans cette ville que bat le cœur de l'Europe.

En l'espace d'une heure j'avais mis en œuvre toutes ses suggestions.

Du banc où nous étions assises nous avons changé l'abonnement du téléphone et la banque était à deux pas. Ensuite je suis retournée à l'appartement et j'ai enlevé le tissu qui couvrait mon PC, mais pas pour me remettre à mon manuscrit. J'ai cherché des agences de location allemandes.

Il m'arrivait de penser à Frank de temps en temps. Il essayait peut-être de me joindre. Une voix métallique de femme lui répondait alors : « Ce numéro n'est pas attribué. »

À un moment j'ai eu l'impression qu'on sonnait à la porte, mais je savais que c'était impossible. Frank ne venait jamais à l'improviste, il fallait lui reconnaître cela. Néanmoins je suis restée assez agitée jusqu'au moment de monter dans le taxi.

— Je savais bien que tu étais capable de prendre des décisions importantes ! a dit Frida, triomphante, une fois installées dans une chambre d'hôtel brunâtre dans laquelle les gens durant des années s'étaient amusés à écraser leurs cigarettes. L'adresse, comme l'emplacement, était plus centrale que rassurante, mais Frank n'aurait jamais imaginé que je me cachais dans un endroit pareil.

— Depuis quand ? ai-je demandé tout en acceptant la literie avec une certaine hésitation.

— Depuis la fois où tu as vomi sur l'ami de la maison, à l'orphelinat !

— Ne m'en parle pas. Je ne me souviens pas…

— Peut-être, mais quelques souvenirs peuvent te revenir si tu t'y mets. Maintenant on va passer aux affaires, dit-elle avec gaieté.

— Mais on est sur le point de partir, murmurais-je.

— C'est bien pour ça. Viens ! On va acheter une voiture.

— Mais pour quoi faire ?

— Laisse-moi faire. J'ai seulement besoin de ta signature.

Et nous sommes parties en taxi en direction d'un concessionnaire automobile dans la banlieue d'Oslo.

— C'est stupide de ne pas prendre le bus pour aller aussi loin, ai-je dit.

— Mets de côté tes habitudes de pedzouille ou bien les gens vont voir que tu n'as pas l'habitude de l'argent.

Une Honda 4x4 toute neuve avec pare-chocs renforcé était là, sans propriétaire. C'était celle-là que voulait Frida. Une fois tout réglé, alors que nous roulions vers Drøbak[1], j'ai demandé :

— Elle n'était pas un peu chère ?

— Il nous faut une bonne voiture, tu sais. On va aller loin.

— C'est toi qui vas devoir conduire, moi je n'ose pas.

— Je l'ai bien compris, répondit-elle sèchement, et elle doubla un cabriolet grand sport avec au volant un jeune homme aux muscles bien entretenus.

— Qu'est-ce qu'on va faire à Drøbak ? ai-je demandé.

— Rien. Seulement, je n'y suis jamais allée en voiture avant, dit-elle en riant. Quelque chose dans son rire me fit chaud au cœur. Le sentiment de présence et de liberté. Comme de tenir quelqu'un par la main pendant qu'on vole dans les airs.

Frida ouvrit le toit. Les cheveux se soulevaient au maximum dans le vent. Le soleil défilait à cent à l'heure dans le ciel et l'automne était mauve. Il explo-

1. Petite ville au sud d'Oslo.

sait parfois dans les vitres de voitures qui nous dépassaient.

— Il y a des gens qui meurent à cette allure-là, ai-je dit.

— Oui, n'est-ce pas ? ricana Frida.

Je me suis renversée en arrière. De curieuses images prirent forme et s'animèrent. Comme si elles faisaient partie du présent :

Une jeune femme quitte une chaise longue sur le pont. C'est son premier voyage. Aucun des autres voyageurs ne la connaît. Elle vient de passer deux jours avec des tas de gens qui ignorent d'où elle vient. Personne n'a l'air de trouver curieux qu'elle soit là. Elle peut se lever, aller et venir. Elle peut sortir des choses de son manteau élimé, mais entier. Ou de son sac qu'elle a hérité de quelqu'un d'inconnu et de ce fait qu'elle n'a pas remercié. Un crayon, un bloc de papier à lettres acheté à la coopérative, de la monnaie pour un café, une épingle de sûreté, son billet – quand elle veut s'assurer qu'elle l'a bien... une petite boîte de crème Nivea, le papier brun d'une tablette de chocolat à cuire qu'elle frotte contre ses joues quand elle se trouve trop blafarde. Le sac est en plastique blanc et presque neuf. Elle ne s'en départ pas où qu'elle aille. La nuit dans le salon elle s'en sert d'oreiller. Vers quatre heures une banquette est libérée et elle peut s'allonger. Avant cela, elle a été assise devant une table, la tête posée sur ses bras, à respirer le plastique blanc. Elle n'a même pas besoin de se réveiller pour savoir qu'il est là. Maintenant, alors qu'elle se lève de la chaise longue, emportant son sac, elle sait qu'elle possède 107 couronnes et 40 öre. Les autres passagers sont beaucoup plus âgés qu'elle. Mais elle sait qu'ils ne sont pas parmi les plus riches. Sinon ils auraient voyagé en première classe. Néanmoins certains ont laissé un livre ou un plaid pour marquer leur siège. Elle pourrait bien sûr en faire autant. Mais alors il faudrait laisser son manteau ou bien le numéro de Romantique *offert par la cuisinière. Or elle ne peut pas risquer de perdre son manteau, et le fascicule n'empêchera pas quelqu'un de prendre son siège. Du reste, elle n'a pas besoin d'avoir un siège réservé pour elle seule. Elle n'en a pas l'habitude. À l'endroit d'où elle vient il est de règle que les plus forts utilisent tous les endroits laissés libres, mis à part un lit. Celui qui veut obtenir quelque chose, arriver à quelque chose, doit être présent à l'endroit même. Maintenant ou jamais.*

BERLIN

Cette partie de Kreuzberg avait été épargnée durant ce que nous appelons volontiers « la dernière guerre mondiale ». Toutefois, certaines façades semblaient conserver la fumée de nombreux incendies sous une couche de pollution vieille de cinquante ans. Le couple à qui appartenait l'immeuble prétendait que le quartier était très attractif. Frida s'y connaissait mieux que moi.

Je ne sais ce à quoi je m'étais attendue. Mais je n'étais pas préparée à devoir traverser plusieurs pièces avant d'atteindre mon lit. Dès l'entrée, le souvenir de Frank a surgi. Un vieux buffet rustique bâillait de ses portes. Ce n'était que le début. L'appartement était rempli de meubles anciens.

— Je ne peux pas vivre au milieu de choses qui ont entouré des étrangers pendant des années, ai-je dit, désespérée.

— C'est un bel appartement, agréable. Et quelle place ! Même une petite terrasse avec des plantes grimpantes qui sont encore vertes. Tu as rêvé de ça toute ta vie, a dit Frida.

Avec précaution je suis passée de pièce en pièce, prête à me défendre au cas où les armoires, les portes, les tables et les étagères seraient hostiles à ma présence.

— Une seule pièce aurait suffi, ai-je avancé timidement tout en évaluant ce qui aurait pu intéresser Frank.

— Une seule pièce ! Quelle bêtise ! Par ailleurs, la vitrine du salon aux vitres biseautées est un petit bijou, dit Frida.

— L'armoire de la chambre a l'air d'avoir servi à ranger les épées et les armures d'un château fort, ai-je gémi.

— Depuis quand cette aversion pour la chevalerie ? lança Frida tout en débouchant une bouteille de vin, cadeau de bienvenue de nos propriétaires.

— On pourra peut-être s'habituer à avoir tant d'objets autour de soi, ai-je murmuré, le doute dans la voix.

— Tu as vu que la table de travail donne sur la rue ? et qu'elle est en verre ! Frida souriait, au milieu de la pièce.

— Je pense qu'il y aura trop de lumière.

— Sanne ! Si tu n'as pas assez de courage pour te réjouir, je ne joue plus ! a dit Frida en vidant son premier verre.

On était à la mi-octobre. J'ai traversé devant notre immeuble et j'ai remonté le petit tronçon de rue à partir de Willibald Alexisstrasse. Dans un élan d'optimisme j'ai trouvé que grâce au soleil chacun des pavés usés de la rue contenait assez d'or pour recouvrir un clocher d'église de taille moyenne. Des balcons pendaient des fleurs d'été sur le retour qui transformaient les façades sales et délavées en exotiques jardins suspendus.

De la fenêtre ouverte d'un rez-de-chaussée s'échappaient des sons que Frida appelait musique de poupée Barbie. Un chien aboyait derrière une grille. Plus haut dans la rue je suis passée à côté d'un impressionnant château d'eau qui du reste ne contenait plus d'eau, mais des jeunes et de la culture. J'ai traversé Fidicinstrasse et je suis entrée chez un coiffeur recommandé par Sofie, notre propriétaire.

Un jeune homme portant un anneau à l'oreille m'accueillit à la porte en disant :

— Ich bin Frank[1] !

C'était assez comique. Je ne m'attendais absolument pas à ce qu'un être vivant puisse proférer pareille chose. Ici ! J'avais bien sûr pensé à Frank depuis notre arrivée à Berlin. C'était inévitable. L'appartement était en quelque sorte une extension de son magasin d'antiquités. Mais tout avait changé depuis mes rencontres avec Frank à Oslo. Les pensées que j'avais là-bas, elles étaient inutilisables ici. Il y avait tant de choses à faire et à découvrir. Toutes ces nouveautés se suffisaient à elles-mêmes. Dès le premier jour j'ai eu un emploi du temps strict. Je devais rester quelques heures assise à mon bureau dans la salle à manger, ne serait-ce que pour contempler la rue. Frida était continuellement en course, je ne savais pas toujours où elle se trouvait. Aussi bien mentalement que physiquement.

Ce Frank-là me conduisit galamment à mon fauteuil. Nous eûmes une courte discussion pratique en anglo-allemand, après quoi il me coupa les cheveux durant près de trois quarts d'heure. Les yeux mi-clos et les narines vibrantes, comme un phoque sur un bloc de glace au soleil, je m'imprégnais de toutes sortes d'odeurs. Quand j'ouvrais grand les yeux, j'apercevais des tas de cheveux sur le plancher. De couleur ou décolorés. La poussière se rassemblait le long des plinthes, dans les fentes et les recoins sombres. Comme toujours dans cette sorte d'endroit il y flottait une forte odeur d'ammoniaque. Et de parfum bon marché ou de déodorant qui passait par là par hasard.

1. Je m'appelle Frank !

Le Frank de Berlin n'avait pas la même odeur que celui d'Oslo. Cette version-là sentait le coiffeur. N'empêche que je me rappelais nettement les odeurs de mon Frank à moi. Un mélange inimitable de vieux journaux, de moisi, de sueur et de poussière. Autre chose aussi ? De sperme frais ?

Mais ce Frank-là était simplement un autre Frank. Il avait une voix jeune. Montrant qu'il n'avait pas le talent naturel de Frank et son expérience pour tendre des pièges. Et aussi quelque chose me disait qu'il ne se laissait pas séduire par les dames. Cela dépassait mon entendement que ce garçon, d'ailleurs fort sympathique, puisse porter le nom de Frank sans avoir connaissance de la stratégie de Frank. Mais ce n'était bien évidemment pas sa faute. Il ne savait probablement rien du rythme syncopé. Ce déboîtement de cadence marqué par une mesure légère suivie d'une mesure appuyée. Ou bien, si l'on s'en tient purement au texte, la disparition d'une voyelle légère dans l'actuelle cavité. (Oh-h-h !) Ou bien encore comme un phénomène médical, c'est-à-dire de courtes et brutales pertes de connaissance. Pour finalement syncoper les crampes naturelles.

Que savait-il de tout cela, ce garçon ? Il sentait le coiffeur et était payé pour approcher ma chevelure. J'ai pensé au hasard qui nous gouverne. Que nous sommes entraînés dans un carrousel de coïncidences. Et celui qui veut voir toute l'image doit accepter que les détails ne correspondent pas. Au risque de devenir fou. Si j'ouvrais les yeux, juste un peu, je pouvais voir sa main, le bout de son pouce dressé en l'air pendant qu'il taillait. Car il ne coupait pas les cheveux, il les taillait au rasoir. À quelques millimètres de mon oreille et de ma carotide. Par des mouvements rapides, sûrs et cependant appuyés.

Je revoyais Frank mettre son caban, la dernière fois qu'il était chez moi. Je le revoyais mettre les pouces sous son col pour le resserrer autour du cou. La fois d'avant, la dernière fois où nous avions couché ensemble, j'avais tout gâché en pensant qu'il n'avait pas demandé le divorce. Et cette dernière fois, où nous n'avions pas couché ensemble, on avait parlé affaires. Frank et moi ! Une liaison ne peut pas se nourrir d'un compte en banque. Il y a quelque chose de destructeur dans les conversations d'ordre économique. De catastrophique. Au moment même où l'on considère une liaison d'un point de vue bancaire, tout est fini, ai-je pensé. Et un tableau surgit entre les mèches de cheveux sur le plancher.

Une jeune femme allume la radio et une voix annonce L'Après-midi d'un faune. *Elle augmente le volume et soulève l'enfant de son berceau, bien qu'il ne crie pas. Elle le serre contre sa poitrine et se met à tournoyer doucement dans la pièce. La bouche contre la tête de l'enfant, elle fredonne. C'est pourquoi elle n'entend pas frapper à la porte. L'homme est entré avant qu'elle n'ait eu le temps de se ressaisir. Elle est surprise et heureuse de sa venue. Mais il sourit un peu timidement, ou avec incertitude.*

— J'ai de mauvaises nouvelles, dit-il.

Elle ne sait pas s'il veut prendre l'enfant dans ses bras alors qu'il a quelque chose de grave à dire, donc elle le repose dans son berceau.

— On m'a affecté dans le Nord, dit-il avec un peu de gêne dans la voix.

Elle le regarde. Il est exactement le même que la dernière fois qu'il est venu.

Cependant il est étranger. Elle ne trouve rien à dire. Ce n'est pas sa faute.

— Mais je viendrai souvent vous voir, dit-il en la prenant dans ses bras – ses bras sont les mêmes qu'avant. – Il ne faut pas penser que je t'abandonne. Je vais demander qu'on me retienne sur ma solde de

l'argent qui te sera ponctuellement versé à la banque, dit-il en la lâchant pour se pencher sur le berceau.

Elle fait un mouvement approbateur de la tête. La musique s'arrête, elle éteint la radio.

Je me suis sentie plus libre avec les cheveux courts. Mais je n'arrivais pas à m'ôter de la tête qu'il me manquait une faculté essentielle. Le mot de passe était le bonheur. Le bonheur véritable. Chaque fois que j'étais sur le point de ressentir quelque chose d'approchant, autre chose surgissait. Ou bien je pensais que ça n'allait pas durer et que ce n'était pas la peine de s'y adonner. Ou bien que ce n'était qu'une mise en scène pour me leurrer. Par exemple quand quelqu'un à la porte d'un coiffeur de Kreuzberg disait : *Ich bin Frank !*

Frida me dit avec découragement, alors que nous étions à la terrasse d'un café à attendre qu'une manifestation pour la paix en Afghanistan se termine :

— Ta compagnie n'a rien de bien stimulant. Qu'est-ce qui te préoccupe ? La guerre ?

— Pas cette guerre-là. Je suis en train de perdre ma vie moi-même. En plus ça m'énerve de ne pas me souvenir des mots allemands.

— Tu es tellement occupée à te faire du souci que tu en oublies de vivre. Tu n'arrives pas à saisir la réalité parce que tu te laisses prendre par des chimères. Si au moins tu étais arrivée à les coucher sur le papier, cela aurait servi à quelque chose. Par exemple que tu passes ton temps à attendre que Frank te retrouve.

— Ne m'en parle pas !

— Imaginons qu'il arrive à te retrouver. Tu crois qu'il va t'assommer ?

— Frank ne ferait pas de mal à une mouche.

— Eh bien, tu vois ! Tu n'as pas besoin d'avoir peur, dit-elle avec autorité.

Ce n'était pas la première fois que Frida minimisait d'éventuelles catastrophes. Elle se contentait d'aspirer fortement, de reconnaître le fait et de poursuivre sa route. Comme si les arguments contraires ou les difficultés n'existaient pas. Il suffisait de définir la solution par des mots. Par expérience je savais que ce n'était pas aussi simple. C'est pourquoi je n'ai pas répondu.

La police habillée de vert était partout. Des ballons voltigeaient dans l'air. Bleus, décorés d'une colombe. La foule se pressait vers notre table qui était au bout. Des voitures d'enfant, des parents en nage. Des gens portaient des bannières où il était inscrit : « À quoi sert la guerre ? À rien ! »

Quelques gamins portaient des chapelets de sifflets autour du cou qu'ils proposaient à tous ceux qui se trouvaient sur leur chemin. D'autres étaient entrés dans le Französischer Dom. Ou bien s'agrippaient à la statue de Schiller devant la salle de concert. La police n'essayait pas de les en empêcher. La loi de la pesanteur décidait de l'emplacement de ces jeunes aussi longtemps qu'ils ne jetaient rien sur les gens. S'ils tombaient, eh bien, ils tombaient.

Jägerstrasse, Taubenstrasse et Charlottenstrasse étaient pleines à craquer. Mais nous avions eu la chance de trouver une table libre en terrasse. La foule était calme, à première vue sous contrôle. Une grue rouge s'étirait vers le ciel, bien au-dessus du dôme de l'église, comme une impressionnante plume sur un chapeau. Du toit du Deutscher Dom toute une armée d'uniformes verts montait la garde, telle une palissade de bonshommes en pâte de guimauve dressée vers le ciel.

— Bien, je ne sais pas si tu as entendu ce que j'ai dit ? Mais je veux apprendre l'allemand. Ce que toi, tu ne peux pas faire, puisque tu dois écrire. Ça doit te suffire, n'est-ce pas ? dit Frida.

— Me suffire ? Qu'est-ce que tu veux dire ?

— C'est important que tu termines ton livre. Il n'a jamais été question que ce voyage t'empêche d'écrire. Bien au contraire.

— Tu me reproches justement de m'évader de la réalité en me réfugiant dans l'inquiétude. Et ensuite tu me tannes pour que j'écrive.

— L'écriture et l'inquiétude sont deux choses différentes, dit Frida sèchement.

— Je n'en suis pas si sûre, ai-je répondu.

L'image fut troublée par une voix solennelle venue d'un haut-parleur. Cet appel me rappelait malencontreusement par moments les discours d'Hitler, tels que je les avais entendus à la radio. C'était probablement dû à la langue et à cette voix qui s'imposait à la foule. Afin de la séduire et de lui inculquer la foi.

Un hélicoptère tournoyait autour de cette zone et des photographes de toutes catégories essaimaient comme des abeilles. Des ombres humaines curieusement déformées circulaient derrière les hautes vitres de la cathédrale. Toute cette scène me donnait l'impression de regarder un film de Fellini. Assise au premier rang d'orchestre. En contrebas, tout près de l'écran.

Un homme, se frayant un chemin, passa devant nous avec une pancarte fixée à sa bicyclette avec « Make love, not war » inscrit au-dessus de la caricature d'un couple d'hommes en coït. L'un basané et en turban, l'autre blanc. Ben Laden et Bush.

Certains se mirent à rire et à lancer des quolibets. Un homme en colère frappa du poing sur le carton et s'en alla en courant. Mis à par cela, tout était calme. À Berlin, on avait l'habitude des manifestations.

L'homme s'approcha dangereusement de ma jambe avec sa bicyclette. Au moment même où je poussai un cri, il s'est retourné et sa bouche a formé ce qui devait être une excuse. Il avait un visage glabre, rasé de près. Les yeux mi-clos, comme s'il préférait ne pas voir ce qu'il venait de faire. Quelque chose dans son nez et son menton me coupèrent la respiration. J'aurais pu crier son nom.

Une seconde plus tard je n'ai plus aperçu que sa chemise à carreaux dans la foule. Mais une chaleur se répandit dans toutes mes veines. Je sentis sa main sur mon épaule. Indécise et cependant ferme. Il me relâchait pour cette fois. En vérité ce n'était pas moi qu'il cherchait, il voulait seulement m'emmener à la banque.

À la table voisine ils s'étaient mis à jouer avec un vieux jeu de cartes. Le gamin de huit-neuf ans était arrivé à faire tirer « le pouilleux » à son père. Il souriait, barbouillé de soft-ice. Ses cheveux coupés court se dressaient tout droit. Il transpirait, il était heureux et la manifestation lui était bien égale.

Un tableau surgit :

La fillette est assise près de la table en bois blanc avec quelques autres gosses dans le dortoir. Les cartes sont distribuées. La première qu'elle voit est le pouilleux. Elle en a l'habitude, mais ne sait pas trop quoi faire. Les autres ont l'air contents. Elle essaie de placer la carte de telle manière qu'elle soit facile à prendre par celui qui tire. Mais ça ne marche pas. Les autres évitent cette carte en trop. Qui ne fait pas la paire. On ne la choisit pas. Il faut donc qu'elle la garde.

Le chef d'orchestre et la folle

Frida avait insisté pour que nous prenions le métro jusqu'au KaDeWe où nous devions acheter de bonnes choses au rayon alimentation. Elle avait découvert que je préférais ne pas sortir. Berlin n'était pas si loin d'Oslo, et on pouvait me reconnaître. Nous venions de terminer nos emplettes et nous nous sommes installées à Wittenbergplatz. À mes yeux, un endroit pas très beau. La première fois que nous y sommes venues, c'était par une chaude soirée où il faisait plus de 20 degrés. Nous nous sentions maîtres du monde et sereines, alors qu'une lune peinte en blanc roulait lentement sur les toits. Frida l'avait baptisée *la place du clair de lune*.

Mais ce soir-là il n'y avait ni chaleur ni clair de lune, si bien que nous nous sommes réfugiées dans un café. Le froid humide nous suivit. Je le sentais à travers le siège traverser tous mes vêtements. Frida posa le téléphone devant elle sur la table.

— S'il te plaît, mets ça ailleurs, ai-je dit, inquiète.

— Non seulement tu as peur de sortir mais le téléphone te fait peur aussi. Tu m'as l'air plutôt affolée. Qu'est ce qui ne va pas ? s'écria-t-elle.

— Tu crois que Frank a demandé à la banque de suivre les transactions sur mon compte ? ai-je demandé.

— C'est pour ça que tu regardes par-dessus ton épaule sans arrêt ? Tu t'imagines qu'on va avoir la police allemande sur le dos en quelques heures ? soupira Frida.

— Frank doit avoir désespérément besoin de son argent maintenant.

— Tu comptes l'aider ?

— Non, mais tôt ou tard il arrivera à me trouver.

— Et alors ? Il n'emmènera sûrement pas sa femme avec lui s'il vient. Du reste, cela aurait pu être une rencontre du tonnerre. C'est ça que tu veux, au fond ? Qu'il te coure après ? Ne serait-ce que pour récupérer son argent !

Je n'appréciais guère les moqueries de Frida, aussi n'ai-je pas répondu.

— Comment pourrait-il savoir où tu es ? poursuivit-elle.

— La voiture est à mon nom et on a pris le ferry pour Kiel.

— Réfléchis un peu. Comment va-t-il expliquer qu'il a mis de l'argent sur ton compte sans exiger un reçu ? Crois-tu que la police donne la priorité à de pareilles histoires ? Et je vais te dire une chose : ils manquent terriblement de personnel. Du reste, ils ne le croiront pas.

— Il peut dire la vérité tout simplement. Qu'il a voulu cacher cet argent. Et qu'il était très intime avec moi. Peut-être que la banque va le mettre sur la piste ? Il me semble l'avoir aperçu durant la manifestation.

— Tu veux que je te dise une chose ? Eh bien, si cela n'avait pas été aussi flagrant, j'aurais prétendu que tu as la manie de la persécution ! lança Frida.

— Je n'ai pas l'habitude de vivre de cette manière, ai-je gémi.

— Tu n'as pas l'habitude de vivre tout court, voilà la vérité. Tu avais décidé de remédier à cela. Peux-tu seulement essayer de te concentrer sur le fait que tu es, à proprement parler, en bonne voie ?

Il était clair que Frida refusait de partager mon inquiétude.

— Tu as besoin de voir du monde. De parler d'autres choses que de tes propres histoires.

— Je ne me sens pas à ma place. Je ne sais pas de quoi parler avec les gens, ai-je murmuré.

— Peux-tu m'expliquer où est la logique ? Tu veux que les gens lisent tes livres. Tu voles l'argent de ton amant secret pour aller vivre à l'étranger. Mais pourquoi, Seigneur, ne peux-tu pas faire preuve d'un peu de témérité ? Par exemple en sortant pour apprendre un peu de ceux qui vivent en dehors de ta fiction ?

— Je n'ai pas l'habitude de fréquenter les gens qui parlent allemand.

— On peut fréquenter des endroits où tu n'auras pas besoin de t'adresser à quiconque à part moi. À l'Opéra. Au théâtre. Au concert. Au Paris Bar.

— Je n'ai rien à me mettre, ai-je dit, et je m'entendis réciter la réplique d'un film publicitaire pour des vêtements féminins.

— Tu ne peux pas t'acheter quelque chose ? demanda Frida

— Pas question. Ça prend du temps et ça coûte de l'argent.

— Frank en a pourtant les moyens, ricana Frida.

Dans la cuisine, Frida était plongée dans la préparation des ingrédients achetés au KaDeWe. J'avais pris l'habitude de mettre tous les vêtements légers dans le bac congélateur du réfrigérateur. C'est alors que Frida découvrit ma manie purificatrice.

— C'est inquiétant que tu commences à te gratter chaque fois que tu rencontres un obstacle que tu crois infranchissable. Tu es folle ! décréta-t-elle, comme si c'était un crime.

— Ce serait gênant si je refilais la gale à quelqu'un.

La dernière fois, c'était elle qui était allée acheter la pommade. Dans une pharmacie très éloignée de notre domicile. Pour commencer elle était rentrée avec un traitement contre les poux. Le jargon médical est une vraie jungle, avait-elle soupiré, mais elle y était courageusement retournée et on lui avait donné un remède de cheval pour venir à bout de la vermine. *Antiscabiosum 25 %.* Une assez grande bouteille dans une boîte verte, produite par Strathmann AG à Hambourg. Bien autre chose que le petit tube acheté à Oslo. La discipline allemande allait faire de l'effet, ai-je pensé. Il y avait de cela plusieurs semaines. N'empêche que j'avais toujours des accès de démangeaison.

Je traînai derrière elle à la cuisine. Même si elle pensait que je n'avais pas la gale, j'avais besoin de partager avec elle mon incertitude sur ce point.

— Bien, je me rends. Tu as la gale. Tu suis un traitement pour t'en débarrasser afin de ne contaminer personne. Tu es satisfaite maintenant ? dit Frida.

Mais je n'étais pas satisfaite. Elle me parlait comme si j'étais demeurée, ou comme si j'étais un enfant. Je n'ai donc pas répondu. Au lieu de ça, je me suis mise à préparer notre salade préférée pendant qu'elle faisait cuire les filets de poulet. Mais je me suis d'abord lavé les mains avec soin. Je les ai scrutées et les ai séchées avec de l'essuie-tout que j'ai ensuite jeté dans la poubelle.

La salade était un mélange de roquette, d'oignon nouveau, de tomates et de racine de gingembre finement hachée. Assaisonnée de poivre blanc, de vinaigre de vin blanc et d'huile d'olive. Je me suis calmée en me remémorant les ingrédients, en regardant les couleurs et en retrouvant la routine des mélanges.

— Je comprends bien que ce n'est pas drôle de se sentir pestiférée. On fait la paix ? fit-elle au bout d'un moment.

— Je veux bien, ai-je dit.

Frida s'est mise à siffler. C'était un peu faux, mais je n'ai rien dit.

— À Oslo, tu rêvais d'avoir un abonnement au Palais des Concerts. Maintenant tu vas aller assister à la représentation exceptionnelle de l'Ensemble philharmonique de Vienne à Berlin. Son chef d'orchestre est à croquer ! dit-elle.

— Je l'ai vu à la télé, on l'a anobli.

— Oui, évidemment en Angleterre on anoblit n'importe qui pour empêcher la dégénérescence de la classe dirigeante. Mais il est certainement déjà assez *sir* en lui-même pour avoir bien en main ces garçons viennois, dit Frida avec désinvolture.

— Combien de distributeurs de billets avons-nous utilisés à Berlin ? ai-je demandé quand nous avons payé les billets par carte bancaire.

— Tu recommences ? Un distributeur de plus ou de moins ne fait aucune différence.

— Je me demande s'il est très sage de rester ici plus longtemps, ai-je dit.

— Si tu continues comme ça, tu peux tout aussi bien aller te rendre à la police. Je te conseille de te concentrer sur ce concert. Sur la musique ! Fredonne, ou bien chante. Comme tu veux ! dit Frida.

Je me mis en condition sans chanter. Je me préparai à entendre l'Ensemble philharmonique de Vienne jouer au 51e Berliner Festwoche dirigé par un chef d'orchestre que j'avais vu à la télé. Au programme il y avait la deuxième symphonie de Beethoven, et la cinquième après l'entracte.

On était au troisième rang. J'occupais le fauteuil n° 12.

Il était plus petit qu'il m'avait paru à la télé. C'est toujours différent de voir les gens en vrai. Ils sont dépouillés de l'idée qu'on se fait d'eux. La réalité détruit nos rêves en quelque sorte. Ses cheveux n'étaient pas aussi dorés que dans ma mémoire. Plutôt gris acier. Tout était gris et noir sous cet éclairage. Il nous tournait le dos, sauf quand il entrait en scène ou bien la quittait. Les chefs d'orchestre font souvent cela. Mais il entrait en scène avec une aisance élégante et pleine d'assurance. La routine était devenue naturelle. C'était sûrement comme de faire des mots croisés dans le même journal des années durant. À partir du moment où l'on maîtrisait la chose, on pouvait y aller, pour ainsi dire, les yeux fermés.

J'ai réfléchi à ce qui arrive aux idées que l'on se fait de personnages connus. On les absorbe et on les forme à notre idée. Ils n'ont aucune chance d'échapper aux métamorphoses imposées. Plus ils se livrent à nous, plus nous avons de pouvoir sur eux. On peut imaginer qu'en fin de compte ils cessent d'exister individuellement et ne vivent qu'à travers la vie que nous leur inventons.

Après l'entracte il commença par faire un léger mouvement dans l'air, comme une caresse à sa joue avec la main gauche. Comme s'il tenait quelque chose tout au bout de ses doigts. Il s'est tourné de côté, la bouche entrouverte, pour entraîner certains des musiciens. En vrai séducteur. Était-il possible de se rendre digne de sa propre séduction ? Était-ce un idéal suffisant pour vivre ?

Ou bien ce chef d'orchestre anobli était-il, à l'encontre de Frank, victime de quelque chose qui dépassait la séduction ? Était-ce la musique qui exigeait ce sacrifice de sa part – à tel point qu'il ne savait plus s'il séduisait pour l'amour de l'art ou dans son propre intérêt. Même quand il se tenait là, sa baguette levée, ou durant une interview à la télé. Certaines des personnes légendaires survivent dans la conscience populaire par ce que l'on raconte sur eux. De cette manière, si leur vie n'est pas meilleure, elle est au moins plus exemplaire que dans la réalité.

Maintenant il se tenait beaucoup trop en avant sur l'estrade. La balustrade ne tiendrait certainement pas s'il faisait un faux pas. Allait-il tomber ? Non. Il avança à petits pas. Comme s'il contrôlait tout de la pointe de ses pieds et du bout de ses doigts. Contrôlait tout l'orchestre durant le frémissement du troisième mouvement.

Au dernier mouvement, allegro-presto, je me suis mise à pleurer, probablement là où il ne fallait pas. Je découvrais en moi des cordes que j'ignorais. Ce soir-là, elles étaient incontrôlables.

La nuit qui suivit le concert j'ai rêvé que je décrivais une femme qui poursuivait le chef d'orchestre de concert en concert, de ville en ville, tout autour du monde. Bien que les personnages m'aient semblé réels ils étaient cependant des personnages de roman. Peut-être même faisaient-ils partie d'une trilogie.

Je comprenais la femme, même si elle faisait le contraire de ce que j'avais fait en fuyant Frank. De cette manière, non seulement elle jouissait de la musique, mais aussi du plaisir de se trouver dans le même local que lui durant deux heures. Dans mon rêve elle essayait aussi d'entrer dans sa chambre d'hôtel. Profitant d'un moment d'inattention elle était arrivée à s'emparer de la clé à la réception. Je n'arrivais pas à saisir de quelle ville et de quel hôtel il s'agissait. Pour tout dire, j'aurais aimé mieux me souvenir de ce rêve. Mais j'avais clairement ressenti son obsession. Moi, qui rêvais, j'avais senti son cœur battre. Elle avait monté plusieurs étages en ascenseur et avait longé de longs corridors couverts d'une épaisse moquette. Tout à coup elle avait introduit la clé dans la serrure d'une porte qui n'avait pas de numéro. Toutes les autres portaient des numéros soigneusement découpés dans du laiton, seule celle-là n'en portait pas.

Quand la porte s'ouvrit il apparut que ce n'était pas sur une chambre d'hôtel. C'était sur une scène énorme remplie d'un orchestre complet qui naturellement lui tournait le dos. Ils attendaient le chef d'orchestre. Devant eux s'ouvrait dans la pénombre une immense salle de concert remplie de centaines de gens. Au premier rang les yeux scintillaient, et l'une des femmes portait sur sa robe une broche à pendeloques qui tintaient d'une manière insistante.

Et il apparut ! Le chef d'orchestre. Il arriva sur la droite, frôlant la femme qui avait cru s'introduire dans sa chambre. Il resta un instant le dos tourné vers elle pour recevoir les applaudissements, puis il se retourna vers elle – et l'orchestre. Les yeux mi-clos il leva sa baguette et devint le faune de *L'Après-midi d'un faune*.

Je voyais ce que voyait la femme. Comme un gros plan sur un écran de télé. Un homme aux mouvements rapides et au regard intense, dont le flirt arrogant irritait certainement tous les hommes dans la salle. Il n'était pas seulement un séducteur, il pouvait certainement être dangereux. Ses cheveux mi-longs tombaient en boucles qui ne cessaient de bouger. Les commissures de ses lèvres, pointant tantôt vers le haut, tantôt vers le bas, invitaient à quelque chose d'indéfinissable. Et chaque fois qu'on le croyait diaboliquement, presque rageusement perdu dans la musique, il souriait subrepticement, semblant inviter à faire plus ample connaissance.

Et la femme qui croyait être entrée dans sa chambre mais qui se retrouvait tout à coup exposée aux feux de la rampe, croyait qu'il l'avait choisie spécialement, elle. Il avait le regard de celui qui vit pour quelque chose au-delà de toute mesure et de tout jugement. Pour quelque chose qui ne pouvait que se vivre. Le regard de celui qui mettait en scène ses propres dons. C'était l'essence même de l'art.

La femme dans mon rêve se tenait derrière l'orchestre et regardait droit devant elle. Un projecteur fut dirigé sur elle mais elle ne bougea pas, bien que sachant que toute la salle pouvait la voir. C'était la seule façon qu'elle avait de venir à sa rencontre. J'ai d'abord cru qu'il n'était question que d'une obsession érotique de sa part. Petit à petit j'ai compris que ce qui comptait, c'était la poursuite. Elle désirait quelque chose que, selon elle, beaucoup avaient découvert et désiraient posséder. Elle s'était donné pour but d'être celle qui l'approcherait de plus près. Non seulement d'oser s'introduire dans ce qu'elle croyait être sa chambre, mais aussi de supporter les feux des projecteurs braqués sur elle. Elle savait aussi que si elle arrivait à son but, s'approcher tout près de cet homme, elle le perdrait. Mais cela aussi, elle était assez folle pour le tenter. Elle avait saisi le regard qui contrôlait tout l'orchestre. Ce regard que personne dans la salle ne peut voir.

Quand je me suis réveillée, je suis allée droit à mon bureau et j'ai forcé Frank à participer à ma scène. S'il était à ma poursuite pour me démasquer, j'aurais au moins cet avantage :

Une femme va traverser la rue. Peut-être ne fait-elle pas attention, car elle trébuche et tombe. Une douleur aiguë au genou l'oblige à rester par terre. En tournant la tête pour éviter de lécher une peau de banane, elle voit le jean d'un homme agenouillé. Quand il la touche, elle comprend qu'il n'est pas fictif. Quoiqu'on ne sait jamais.

— Tout va bien ? entend-elle, après que le tram est passé tout près de sa tête.

Elle sent un bras fort derrière son dos, se relève et s'agrippe à un réverbère.

— Tu t'es fait mal au genou, dit-il en continuant à lui soutenir le dos.

Elle baisse les yeux. Le sang coule à travers son pantalon qui est abîmé. Il lui avait coûté presque sept cents couronnes et était irréparable. Ce n'est pas tant le sang, mais ce n'est pas joli. Il l'aide jusqu'à un escalier et relève la jambe de son pantalon. L'idée que personne n'a jamais fait cela la traverse. En tout cas pas de cette façon. Et parmi toutes les choses qu'un homme peut rassembler dans son portefeuille, celui-là a un bout de sparadrap. Juste assez grand pour recouvrir la blessure. Elle n'a jamais rencontré quelqu'un qui se promenait avec du sparadrap pour elle. À ce qu'elle sache. Qu'il ait deux fillettes en âge de se couronner le genou, comme elle l'apprit plus tard, ne changeait rien à l'affaire.

À la chaleur de son corps et de son portefeuille le sparadrap est devenu un peu collant. Petit à petit elle s'aperçoit qu'il a les cheveux blonds coupés court. On ne peut pas déceler au premier abord si c'est par colère, irritation, ou bien enthousiasme et concentration : il se sert de ses mains pour souligner ce qu'il dit.

— Ce n'est pas grave, mais il faut que tu laisses reposer ton genou. Je vais t'aider. Et si on prenait un café ?

Puisqu'ils n'ont encore rien fait de mal, ils se dirigent devant tout le monde vers l'Harlekin.

Qui porte le visage du mal ?

Une étoile de David éclatée comme par le zigzag d'un éclair coupait le bâtiment d'une crevasse gigantesque. Plusieurs corridors conduisaient à la tour de l'holocauste dépourvue de fenêtres. On était en novembre et nous nous trouvions dans le Jüdisches Museum. Il n'y avait aucun angle droit, cela donnait une impression d'éclatement, toutes les lignes étant cassées. La conception habituelle qu'on se fait d'une maison était détruite. Mais l'horreur en elle-même en était absente. À mon grand soulagement on avait choisi de mettre l'accent sur l'histoire. Celle des familles. Des maisons de commerce. Des choses de tous les jours. Plusieurs pièces vides symbolisaient la perte totale.

Ce n'est qu'en arrivant dans la salle de projection que le visage du mal fit son apparition. On passait un documentaire authentique sur la libération des camps. Les autobus blancs de la Croix-Rouge. Des visages apathiques et squelettiques apparaissant dans l'entrebâillement des portes. Des gens titubant dans leurs pyjamas rayés au milieu d'espaces vides. Des corps desséchés, le crâne nu et les yeux immenses et brumeux. Des enfants qui n'avaient jamais été en liberté. Un environnement désertique à l'extérieur comme à l'intérieur. Des lits empilés sur plusieurs étages. Sans literie. Comme des loges dans une étable. Des êtres épuisés n'arrivant plus à marcher. La caméra avait tremblé. On ressentait l'émotion du photographe.

Frida et moi remontâmes la Lindenstrasse sans échanger une parole. La nature semblait trop exubérante, même en ville. Les arbres, les canards sur l'eau, les enfants jouant au soleil, et les bateaux arrimés sur les rives comme des jouets oubliés.

— On va entrer là et boire quelque chose, dit Frida quand nous arrivâmes à un café.

On est d'abord restées là devant une tasse de café. La mousse et le contenu brunâtre de la tasse me firent penser au produit de nettoyage Jif dans une cuvette de toilettes.

Frida ne sortit pas le livre qu'elle lisait quand elle n'avait pas envie de parler. Et je ne pris aucune note comme je le faisais d'habitude. Il n'y avait pas beaucoup de clients. Une jeune femme le nombril à l'air et percé buvait du thé tout en regardant à travers la vitre. Deux hommes d'un certain âge qui avaient l'air turcs, avec un jeu entre eux. De temps en temps l'un d'eux levait la main et déplaçait un pion. De l'arrière-boutique, ou de la cuisine, on entendait quelqu'un siffler si fort que ça soulevait le cœur. Une lampe bancale se balançait doucement au-dessus de notre table, dans le courant d'air de la porte ouverte. J'avais froid aux pieds.

— Comment peut-on être là et parler si haut ? demanda Frida avec colère.

— Qui ?

— L'homme au musée, dans la pièce réservée au recueillement.

— C'était un employé. C'est toujours comme ça…

— Heureusement que tu l'as fait taire, dit-elle.

— Je n'aurais pas dû. Être aussi agressive ne me rendait pas meilleure que lui.

— Tu te souviens des gens qui faisaient la queue devant la salle de projection ? Peut-être que la plus vieille avait été dans un camp ? Qu'elle se reconnaissait ?

— Comment avait-elle le courage de voir ça ?

— Elle avait dû en voir d'autres. Maintenant elle a pris une certaine distance.

— Peut-on jamais prendre de la distance avec de pareilles choses ? Moi, je n'ai pu que pleurer.

— Les larmes aujourd'hui, en 2001, ne servent pas à grand-chose. Il aurait fallu pleurer, hurler et faire quelque chose quand il était encore temps ! dit Frida en commandant du vin. Un garçon en chemise à carreaux et tablier de cuir sur son ventre rond nous servit. J'ai laissé le reste de mon café.

— Mais il est important d'en parler, dit Frida quand le garçon fut parti.

— Oui.

— C'est toujours moi qui dois parler la première, déclara-t-elle, comme si cela avait un rapport quelconque avec le sujet. Elle était comme ça.

— C'est bien possible. Mais, sérieusement, quel intérêt cela peut-il avoir maintenant ?

— J'ai bien le droit de le faire remarquer, non ?

— Bien sûr, si cela peut te faire plaisir.

La jeune femme au nombril dénudé nous regardait. Le garçon revint de l'arrière-boutique et se mit à débarrasser la table voisine.

— Tu es déprimée et tu as peur ? demanda-t-elle.

Je n'arrivais pas à trouver une seule raison d'être déprimée. Pas après notre visite au Jüdische Museum.

— Le grotesque dans tout ça est que j'utilise le malheur des autres pour me plonger dans le mien, ai-je murmuré.

— Le monde est peuplé de gens égocentriques et malheureux qui ont tout sauf le courage de remplir le vide de leur vie. L'Histoire en est remplie. La littérature en est pleine, déclara-t-elle.

Je fouillai dans mes poches pour trouver un mouchoir.

— Tu ne peux quand même pas nous reprocher cela à nous, ai-je dit aussi posément que possible.

— Nous, qui sommes là à glander ! Nous ! Tu aurais dû écrire quelque chose là-dessus, quelque chose de si formidable que les gens l'auraient compris !

— Si on arrivait à endosser tous les malheurs du monde, tout le temps, à chaque minute, tu ne crois pas qu'on y laisserait sa peau ? ai-je murmuré, me sentant rapetisser sur ma chaise.

— Qui crois-tu qu'ils étaient, ces tortionnaires ? ai-je demandé au bout d'un moment.

— Des gens sur le point de perdre leurs privilèges, ou bien qui ne sont pas acceptés à moins de suivre certaines règles, ou qui risquent leurs vies s'ils ne suivent pas les règles établies, tous sont des tortionnaires en puissance. La première fois il peut être seulement question de participer à l'arrestation de quelqu'un, une autre fois d'obliger un prisonnier à la délation. Peut-être même provoquer quelques douleurs parce que le prisonnier ne veut pas parler. Quelques douleurs avant le déjeuner peuvent devenir la routine, avec du sang et des bras cassés avant le dîner. Une vie humaine est si fragile que la mort peut s'ensuivre avant le petit déjeuner suivant. Ensuite, quand on rentre chez soi, on peut avoir besoin d'être spécialement tendre envers ses enfants. Surtout si l'on ne doit en aucun cas parler de ses expériences. À personne ! Et les heures passent, les jours et les années. Chacun de nous est un instrument, ensemble nous formons toute une machinerie efficace au service du mal.

J'ai baissé les yeux vers la table alors qu'un tableau se présentait à mes yeux :

Une gamine de dix à onze ans se trouve devant l'estrade dans une classe avec deux garçons. Le plus jeune a une lèvre blessée qui saigne, l'autre fixe le plancher avec obstination. Le maître demande à la gamine si elle sait ce qui s'est passé pendant la récréation. Elle ne répond pas tout de suite. Le maître se met en colère et la gamine comprend qu'il faut dire quelque chose.

— Je n'étais pas là juste à ce moment-là.

— Mais tu étais là quand je suis arrivé ?

— Oui, je venais d'arriver.

— Tu étais là tout le temps, pleurniche le garçon qui saignait.

— Est-ce la vérité ? demande le maître.

— Je ne m'en souviens plus, murmure la fille.

— Tu as vu Jon frapper ?

— Non.

— Tu as vu Atle tomber ? Et se blesser en tombant ?

La fille hésite.

— C'est possible.

— Tu n'es pas sûre ?

— Pas tout à fait.

— Jusqu'à quel point es-tu sûre ?

— Presque... tout à fait.

— Donc ce n'est pas vrai ce que dit Atle, que Jon l'a frappé ?

— Je ne crois pas...

— Est-ce vrai ce que dit Atle, que Jon le frappe tout le temps, lui donne des coups de pied et lui fait des misères quand vous rentrez de l'école ?

— Je n'en sais... rien.

— Mais vous rentrez tous les trois ensemble à l'orphelinat ?

La fille ne répond rien, mais elle se met à pleurer.

— Je ne supporterai pas que l'un de vous donne des coups, souvenez-vous-en ! dit le maître en faisant le tour de l'estrade. Ses souliers grincent.

— Atle, tu restes ici. Vous deux, vous pouvez partir, dit-il finalement avec un soupir.

La gamine et Jon sortent de la cour de l'école. Les autres sont déjà partis. L'endroit est désert. Elle avait espéré qu'il resterait quelqu'un avec qui elle pourrait rentrer. Elle s'arrête et veut qu'il passe devant.

— Mais viens donc, nom de Dieu ! Fini de moucharder !

La fille entend à sa voix qu'il est encore mort de frousse. C'est alors qu'il est le plus dangereux. Donc elle le suit. Il se retourne pour contrôler qu'elle est bien derrière lui.

— Moucharder, c'est lâche ! dit-il entre ses dents.

— J'ai pas mouchardé.

— Non, mais c'était tout juste. T'as commencé à chialer. Le maître croyait plus Atle que nous. Et c'est ta faute. Si tu fais pas attention, je t'écorche vive !

— J'ai pas...

— La ferme ! Tiens ta gueule, espèce de pisseuse ! dit-il en cassant une pousse de bouleau le long du chemin. Il en frappe le sol avec force tout en marchant. En peu de temps il ne reste plus aucune feuille sur la branche.

Il ne faut pas marcher trop lentement. Pendant plusieurs jours il l'aura à l'œil. Mais c'est bientôt les vacances et il va aller passer deux semaines dans le chalet de l'ami de la maison. C'est son tour cette année. Quand il reviendra il aura peut-être tout oublié.

J'ai mal dormi et chaque bruit venant de la cour, même le plus ténu, me réveillait. À la lumière du matin, elle était autre que pendant la nuit. J'étais près de la fenêtre de la cuisine et contemplais l'extérieur pendant que le café passait. De grands arbres noirs feuillus, que je ne connaissais pas. Sauf le bouleau. Quelqu'un comme moi reconnaît toujours un bouleau.

La cour était une sorte de parc à plusieurs niveaux et assez grand parce que tous les immeubles alentour étaient réunis. Les marches du niveau le plus bas étaient couvertes de sable. On ne plaisantait pas avec le verglas. Des feuilles mortes s'étaient entassées et essayaient sans succès, comme des vieilles dames en groupe, de conserver les splendeurs de l'automne. Il s'est mis à neiger. Certains immeubles étaient crépis d'orange et de jaune comme si leur rôle était de remplacer le soleil. Un jeune homme apportait ses bouteilles vides et les laissait tomber dans le container. Durant plusieurs minutes j'ai privilégié le son du verre cassé. Une petite fille en anorak vert arriva en sautant. Tout à coup elle s'est arrêtée et a levé la tête, comme si elle découvrait quelque chose. Elle resta longtemps ainsi sans bouger.

Quand j'ai senti la présence de Frida, j'ai demandé :

— Est-ce que les oiseaux chantaient à Auschwitz ?

Des poupées à la frontière

Frida trouvait que je ne devais pas utiliser le mot tableau dans le roman.

— Pourquoi donc ? ai-je demandé.

— Cela n'a aucun sens. Ça a plutôt l'air d'une idée fixe. Juste comme la gale. Au reste, je crois que tu l'emploies à tort. Tu racontes une histoire. En mouvement. Un tableau est immobile, répondit-elle.

Quelquefois il faut écrire ce que l'on ressent comme vrai, même si d'autres pensent que ça sonne faux. À mon grand étonnement, ma voix exprimait un certain entêtement.

Je suis allée chercher le dictionnaire pour voir au mot « tableau » et son sens initial. Je n'avais pas confiance en Frida à ce sujet. Combien de fois ne m'était-il pas arrivé de voir les mots prendre un autre sens après avoir été détruits par les préjugés et les déformations.

J'ai lu à haute voix :

— *Tableau : (dans une pièce de théâtre, revue) groupe d'acteurs rassemblés de manière à frapper l'esprit ; présentation pittoresque d'un tel groupe ; (comme un point d'exclamation après un incident gênant) celle dont les autres venaient de dire du mal apparut derrière le rideau – tableau ! ; subdivision dans une pièce de théâtre.*

— Mais tu écris un roman, protesta Frida.

— Faut-il prendre ça au pied de la lettre ? Il est question d'une histoire dans l'histoire.

— Oui. Et si cette histoire est tellement importante, tu peux la glisser dans le texte sans mettre une étiquette dessus.

— Ça ne donnera pas ce que je voudrais, ai-je dit avec découragement.

— Bon, je n'ai pas l'intention de me disputer avec toi. Combien de pages as-tu écrites aujourd'hui, au fait ?

— Mais tu sais bien que ce n'est pas le nombre de pages qui compte, mais ce qu'on y dit.

— D'accord, mais si tu n'écris pas une ligne, tu ne dis rien non plus.

Je n'ai pas daigné répondre, je me suis contentée de remettre le dictionnaire en place et de m'asseoir à ma table. Le silence devint pesant à la longue. Aussi ai-je fait remarquer après un certain temps :

— Quelqu'un a sonné avant qu'on se lève. Sais-tu qui c'était ?

— Probablement le facteur.

— On a une boîte aux lettres. Et du reste, on ne reçoit pas de courrier.

— Il devait déposer *Aftenposten* et la fente n'était pas assez large.

— Il faut nous désabonner de ce journal. C'est une erreur de l'avoir fait suivre ici.

— Crois-tu maintenant que Frank est allé se renseigner à la Poste ? a-t-elle soupiré.

Mais pour une raison ou pour une autre elle a composé un numéro et a pris le temps d'annuler l'abonnement.

— Voilà ! Maintenant tu peux être tranquille, a-t-elle dit une fois la chose faite.

Mais ma concentration s'était évanouie. Je n'arrivais plus à écrire. Tout spécialement parce que je savais que le nom de Frank était dans le manuscrit.

— On ne peut pas rester ici. Il faut qu'on aille ailleurs, ai-je dit en refermant mon nouvel ordinateur portable. Il était bien plus plat qu'une valise d'agent secret.

— Bien. Il est grand temps aussi de faire quelque chose de sensationnel. On part pour Prague ! Ça nous inspirera de nouvelles idées, dit Frida.

— Prague ?

— C'est excitant. On est libres, non ? On fait exactement ce qu'on veut.

— Mais qu'est-ce qu'on va aller faire là-bas ? Je veux dire – pourquoi Prague ?

— Nous n'y sommes jamais allées. Tu as même un guide de Prague.

— Mieux vaudrait un endroit tranquille. J'ai eu trop de mal à me concentrer ces temps-ci. Les idées se dessèchent au fur et à mesure que le temps passe. Je n'arrive pas à profiter des choses que je vois car j'ai continuellement mauvaise conscience de ne pas travailler.

— C'est plutôt l'argent de Frank qui te donne mauvaise conscience ! Mais si tu ne vis pas et ne fais aucune expérience, tu n'auras rien à écrire.

— Tu n'y comprends rien, ai-je dit, découragée.

— Bien, bien ! Mais j'ai pensé à partir dès que tu as commencé à regarder derrière toi chaque fois qu'on sortait dans la rue. J'ai trouvé un hôtel Art nouveau datant de 1905. On en parle dans toutes les brochures sur Prague. Il y a un type qui a écrit un article dessus dans *Aftenposten*, donc ça doit être bien. Tu ne crois pas ? Hôtel Grand Europa !

Nous avons traversé le paysage luxuriant de l'Allemagne, dans lequel même quelques laideurs architecturales n'arrivaient pas à détruire l'impression que donnait ce pays d'être un jardin cultivé. Bien inspirées, nous avons fait un détour jusqu'à la région de Meissen.

Les arbres étaient encore verts, comme si nous étions au début de l'automne, et les bateaux glissaient sur l'Elbe. Le paysage semblait être un tableau du XVIIe dont la peinture n'était pas encore sèche.

C'était là que les figurines de porcelaine de Frank étaient fabriquées. Il n'en possédait pas beaucoup, mais en vérité il ne désirait pas vendre celles qu'il possédait. C'est la raison pour laquelle il en demandait un prix élevé. Elles étaient rangées dans une vitrine tout au fond de la boutique. Derrière des sièges en rondin et des tables à abattants. Il fallait presque ramper pardessus un banc suédois pour en voir le contenu à travers la vitrine poussiéreuse.

Frank aurait insisté pour aller en ville, trouver la fabrique et un point de vente. Ensuite il aurait rempli la voiture de ces objets qui à mes yeux étaient encombrants puisqu'ils pouvaient se casser. Frank, au contraire, avait l'habitude de les toucher avec nonchalance, de les caresser en quelque sorte. Comme s'ils étaient des chatons dont la fourrure supportait beaucoup de choses. Sans pour autant les prendre par la peau du cou, on pouvait se conduire avec eux avec naturel. Il avait la faculté étonnante de manier les choses les plus précieuses avec un amour désinvolte.

— On va jusqu'en ville ? ai-je demandé comme pour venir en aide à Frank.

— Peut-être au retour. Maintenant il faut se dépêcher de passer les montagnes et la frontière, répondit Frida d'un air absent.

On a continué sur l'autoroute, traversant des paysages plus idylliques les uns que les autres. Une couche de brouillard voilait de vert et d'or les deux côtés de l'interminable file de voitures qui serpentait à 150 km à l'heure. De pittoresques villages au fond des vallées et sur les collines. On voyait d'abord la flèche de l'église, ensuite apparaissaient les chapelets de maisons.

Après Dresde, tout fut différent. Menaçant. Incertain. J'essayai d'être positive, comme on dit. Par exemple en me disant que nous étions à Erzebirge, là où l'on fabrique ces romantiques et curieuses figurines en bois. Faites à la main, elles coûtaient une fortune. Frida avait acheté un nain qui pouvait fumer la pipe – dans une boutique à Berlin.

À un endroit le paysage se fondait dans un ciel noir d'orage. Il n'y avait plus de ligne de chemin de fer apparaissant régulièrement à gauche de la route. Si jamais nous avions cru à une civilisation occidentale jusqu'à présent, on nous signalait qu'elle s'arrêtait définitivement à cette gare désaffectée, pour ainsi dire enterrée. Une colline couverte de sapins droits et barbus et un mouchoir de ciel bleu aperçu entre leurs troncs tentaient d'adoucir cette impression d'isolement. Avant d'y arriver nous avions dépassé une église avec un grand écriteau invitant à assister à la sainte messe comme s'il s'agissait d'une réclame pour des valeurs sûres.

Et nous avons grimpé vers le noir, le gris et le blanc. Mes connaissances géographiques m'avaient fait défaut. Je ne savais pas qu'il fallait passer les Alpes pour arriver en Tchéquie et j'ai fait remarquer qu'heureusement, nous avions des pneus neufs. On risquait de rencontrer du verglas. Frida approuva d'un signe de tête et se concentra au volant.

Juste avant la frontière il y eut un rayon de soleil. Nous avancions lentement vers le contrôle des passeports. Après s'être assuré que tout était en ordre, l'homme en uniforme nous fit signe de passer. Frida appuya sur l'accélérateur, nous pensions en avoir terminé. Mais de grands cris et deux hommes au galop à nos côtés nous ramenèrent à la réalité. Quand nous nous sommes arrêtées ils étaient 4 ou 5 à nous entourer. Un sentiment d'irréalité m'envahit et mon cœur battait comme si j'avais eu plus d'un secret à cacher.

Au minimum des documents ultra-secrets du contre-espionnage allemand. Ou alors : la police norvégienne avait donné l'ordre d'arrêter la voiture portant cette plaque minéralogique à tous les postes frontaliers en Europe.

J'étais contente d'être assise, tant mes genoux tremblaient. Frida ouvrit la vitre et rencontra le regard de celui qui était le plus proche. Il parlait en tchèque de manière brusque. Ici, on ne prenait visiblement aucun risque. Les voitures étaient contrôlées à la fois par les autorités allemandes et les autorités tchèques. Quand Frida se mit à parler anglais, l'homme se mit à nous questionner dans un anglais local et approximatif, cependant tout à fait méthodiquement. Il ne pouvait pas comprendre qu'on veuille aller à Prague pour admirer les ponts et les cathédrales. Il semblait même décidé à nous déconseiller un tel projet. Il inspecta l'intérieur de la voiture à travers les deux portières côté chauffeur. Puis, la portière arrière attira son attention et Frida dut l'ouvrir.

Il souleva un plaid de ses deux doigts et inspecta ce qui lui semblait suspect. Pensait-il que nous avions entassé l'argent de Frank dans les bagages à l'arrière ? Je m'étais couverte du plaid pendant l'ascension parce qu'il faisait froid, il y avait donc une chance qu'il attrape la gale de Frank en fouillant. Cette perspective ne me réjouissait pas le moins du monde puisque je ne le saurais jamais. Je serais alors internée depuis trois mois dans une prison sale sur la frontière, ou alors, au mieux, de retour à Berlin.

Maintenant mes mains tremblaient aussi. Mon passeport semblait suspect. Il l'apporta à un autre homme en uniforme qui se tenait sur le côté. Celui-ci le feuilleta en long et en large avant de revenir seul vers la voiture.

Mon visage se plissa en ce que j'espérais être un sourire lorsque je tendis la main en disant quelques phrases simples en allemand. Il répondit d'abord avec hésitation. Puis quelque chose se passa dans sa tête. Il sourit à son tour et me rendit mon passeport. Un peu timidement, avec gaucherie. Comme un gamin déguisé en uniforme à qui on avait appris à être rude quand il était confronté à des gangsters norvégiens en jupon passant la frontière allemande.

J'ai repris mes esprits et je me suis penchée hors de la portière et nous avons échangé quelques propos. Puis il porta la main à son képi, sourit largement et nous fit signe de passer. Ses acolytes semblaient dire que le contact avec les gens à la frontière était aussi désagréable que d'avoir des fourmis dans son caleçon.

— Maintenant tu peux en tout cas être tranquille. On a été contrôlées à la frontière et on nous a trouvées irréprochables. Personne n'est à notre poursuite, a dit Frida en riant.

— J'ai vraiment cru que nous étions faites, ai-je soupiré, quand ils furent à quelques mètres derrière nous.

— J'ai démarré un peu vite. J'aurais dû voir qu'il y avait deux postes de contrôle. Ils ont cru qu'on essayait de forcer la frontière, ça les a provoqués. Mais l'atmosphère s'est détendue quand on leur a fait du charme.

— Le garde-frontière m'a rappelé quelqu'un que j'ai connu autrefois, cela a éveillé ma sympathie.

L'asphalte était comme un boyau noir et humide tendu entre notre Honda et l'hôtel à Prague. Il n'y avait qu'à se laisser tirer.

— Des visages étrangers peuvent parfois me rappeler des gens que j'ai rencontrés ou connus. Je finis alors par penser plus à la personne rencontrée autrefois qu'à celle qui est devant moi. Si j'en ai un bon souvenir, cela influence mon comportement. Quelquefois, c'est une chance, comme maintenant, ai-je dit.

— Mon café est froid. Pourrais-je en avoir du chaud ? demanda-t-elle.

Le moteur travaillait avec un profond grondement de basse. La montée mettait à l'épreuve le changement de vitesse automatique. Les roues rencontraient les raccords des plaques de béton sur la route dans une secousse monotone. Le semi-remorque à notre droite avait un problème. Il crachait une fumée grise et hurlait affreusement. Un mur de brume blanche se détacha tout à coup du paysage sur la droite. Comme si une énorme marmite de géants débordait quelque part hors du champ de vision.

— Il t'a rappelé le père de l'enfant, tel qu'il était quand tu l'as connu ? demanda-t-elle brusquement.

— Surtout la bouche, je crois. Celle du Tchèque... elle était exactement pareille, ai-je dit. Ce qui m'a frappée c'est qu'il n'avait pas beaucoup changé, même s'il avait vieilli. J'y ai cru quelques secondes. Que c'était lui, je veux dire.

— Pourquoi as-tu rompu avec lui ?

— Je doutais de moi. Il attendait de moi quelque chose que je ne pouvais pas donner. Je n'y arrivais pas.

La montée commençait à s'essouffler, on avait atteint le plat. Le compteur marquait 140.

— Et toi ? Qu'est-ce que tu attendais... qu'il ne pouvait peut-être pas donner ?

— Qu'il me donne tout ce dont je manquais, ai-je avoué.

— Tout ou rien. Et ce fut rien ?

— Après l'histoire du camion, il n'y avait plus rien.

— Comment l'a-t-il pris ? demanda-t-elle.

— Je n'en sais rien.

— Tu ne lui as pas demandé ? Tu as bien dû t'en rendre compte ?

— À ce moment-là... je crois que je n'arrivais pas à parler. Je ne croyais pas être capable d'exprimer les choses les plus simples.

— Est-ce que c'est pour ça que tu peux encore sortir des phrases toutes faites ? Comme si tu n'avais pas confiance en ton propre langage ?

Ceci n'était qu'une taquinerie sans méchanceté, mais elle me blessa. Ne lui avais-je pas justement confié des choses jamais dites à personne ?

— Tu ne lui as jamais dit que tu tenais à lui ? C'était à lui de savoir ce que tu ressentais, c'est bien ça ? poursuivit-elle, faisant semblant de ne pas remarquer mon mouvement de retrait.

C'était probablement ça.

Il commençait à neiger. Les muscles de mon ventre continuèrent à protester durant plusieurs kilomètres, mais Frida n'en ralentit pas pour autant. Au bout d'un moment un panneau passa à travers la neige épaisse, probablement avec quelque chose d'écrit dessus. Teplice. Ensuite, il y eut une éclaircie et certains panneaux de fabrication artisanale indiquaient des dancings. À un endroit on pouvait lire le mot prometteur *Éden* encadré par un cœur écaillé, à un autre il était écrit *Casablanca* au-dessus d'une fenêtre à l'encadrement de fer cassé. Un panneau Camel digne d'un film de cow-boy, des étalages de marché remplis de tristes objets en plastique, de Pères Noël aux teintes délavées et des représentations d'ET comme il en existait dix ans auparavant. On ne voyait aucun client.

— Tu veux me dire son nom ?

— Pourquoi ? Il y a si longtemps…

— Parce que je crois que c'est important pour toi.

Des immeubles vétustes aux vitres cassées apparurent. Les uns après les autres, et en bordure de route. Visiblement abandonnés et insalubres, mais avec des restes de vie humaine çà et là.

— Steinar… ai-je dit, hésitante. Je l'ai prononcé clairement. – Il s'appelait Steinar !

Je n'y étais absolument pas préparée. L'idée ne m'en serait même pas venue. Mais elles sont apparues comme des poupées de porcelaine maltraitées et dépenaillées. La première portait un short blanc et avait les cuisses nues. Ses jambes maigres étaient plantées dans des bottes de cow-boy blanches beaucoup trop larges et à talons hauts. Malgré le côté sinistre du spectacle, cela m'a fait penser à Dolly Duck dans ses chaussures de bande dessinée. Sa poitrine de poupée était remontée jusqu'à la naissance du cou. Et un chemisier de dentelle rose, ouvert, flottait à tout vent telle une voile naufragée. Elle avait des bras maigres et bleutés plantés de chaque côté comme des aiguilles à tricoter dans un ouvrage inachevé.

D'abord, je n'en crus pas mes yeux. Ces gamines sur le bord de la route, dans une neige tombant dru, ne pouvaient pas être réelles ! Je n'arrivais pas à les compter tant elles étaient nombreuses. Grelottantes et à moitié nues, avec un maquillage grotesque. La plupart d'entre elles se tenaient près des bureaux de change aux grandes fenêtres panoramiques s'ouvrant sur la route, avec des camions et des voitures garés devant. À l'intérieur se trouvaient celles qui avaient les moyens de se procurer une place au chaud dans une devanture. La plupart devaient être mineures. Certaines étaient assises en sous-vêtements, ou ce qui se voulait en être. Quelque part sur chaque tête était marqué un trait rouge vif. On n'aurait pu dire s'il s'agissait d'une bouche ou d'un organe sexuel s'il n'avait pas été placé là. C'était probablement indifférent à ceux qui s'arrêtaient. Elles avaient à peu près toutes les cheveux décolorés arrangés en coiffures élaborées.

Nous avons traversé un village où ces enfants-prostituées se promenaient en groupes entre la cathédrale et la banque, entre la boulangerie et l'école. Elles tendaient vers nous leurs mains bleuies de froid et nous faisaient des sourires qui ressemblaient à des grimaces. Jusqu'à ce qu'elles s'aperçoivent qu'elles étaient trompées par l'aspect masculin de notre voiture au pare-chocs imposant.

À un endroit, une vieille femme voulut traverser la route pour aller au marché avec son caddy. Elle ne nous gratifia pas d'un seul regard, ni nous, ni les enfants-prostituées. Elle se contenta de s'arrêter et d'enlever la neige de son visage en attendant qu'on la laisse passer.

La voiture devant nous s'arrêta devant la vieille, ce qui amena la horde des malheureuses gamines à se jeter littéralement sur le capot. Le chauffeur se gara sur le côté. Une brutale nausée s'empara de moi.

— Eh bien, nom de Dieu ! entendis-je Frida feuler. Nom de Dieu ! Achète-les donc ! Donne-leur de l'argent pour qu'elles ne meurent pas de froid avant d'être sorties de l'enfance !

Trois gamines au sexe certainement usé et au regard de vieillard se sont penchées sur notre voiture alors que nous freinions pour laisser le client se garer. L'une d'elles posa la main sur la vitre et nous fit une grimace quand elle vit que nous n'étions pas des hommes. Son visage était barbouillé de fard. De saleté ? Probablement des deux. Elle avait des yeux drogués, ou seulement apathiques. Comme le bout d'un cigare éteint. Comme appartenant à un mort, ou un robot. Une poupée Barbie – abandonnée au bord de la route sans vêtements, mais avec une coiffure irréprochable comme une blondinette américaine des années quatre-vingt.

Au lieu de leur lancer mes billets de banque allemands, je me suis mise bêtement à pleurer. Deux camions et deux voitures particulières immatriculées en Allemagne étaient garées près d'un des kiosques qui présentaient des fillettes dénudées assises sur des chaises. En un éclair, alors que nous passions, j'ai vu l'une d'elles se lever pour aller au travail. Celle qui nous avait tiré la langue grimpait dans le camion le plus proche. Elle avait sorti ses petits seins de sa blouse tout en grimpant, pour gagner du temps.

Sur un ton glacé Frida bénit le chauffeur qui laissait la petite entrer dans la cabine. Pour une raison ou pour une autre je pensai à un aquarium que j'avais vu dans un café à Kreuzberg. Des poissons rouges aux lèvres gris-blanc et aux corps tachetés. Les yeux de chaque côté de la bouche et une petite chose grise et molle fixée au ventre, filiforme comme un pénis qu'on aurait tiré par le prépuce jusqu'à en faire un entonnoir déformé. Avec leurs têtes plates et leurs nageoires ils tournaient en rond, se reposaient quelques secondes avant de poursuivre leur route en mangeant. L'ergot était dressé comme une faucille, ou une arme. Il y avait aussi quelques poissons fluos au dos lumineux et aux côtés rouges – qui lapaient autour d'eux avec de petits mouvements rapides des hanches comme s'ils s'entraînaient au coït. Ils nageaient maintenant dans ma tête avec l'image de la fillette en train de grimper et du visage boursouflé du chauffeur par la portière ouverte. Les poissons-baiseurs se collaient à la paroi en verre et découvraient leur organe. Au-dessus des pierres, les plantes à moitié crevées et de l'eau sale en circuit fermé. Et la pierre calcaire avec ses ouvertures grises et ses creux.

En même temps, et très injustement, le portrait de Václav Havel surgit en surimpression. Il était fatigué et n'avait pas l'air très gai. Je le comprenais mieux ici, maintenant, que je ne l'avais jamais compris auparavant. Comme il devait être fatigué, là-bas dans son château, derrière le grand bâtiment des gardes que j'avais vu sur les photos. Ses gardes étaient aussi en devanture, juste comme les poupées mortes à la frontière. Mais les hommes avaient une certaine dignité, des armes et un uniforme derrière des vitres pare-balles. Et le président Václav ? Savait-il que ces gosses, pour simplement survivre, collaient leurs organes sexuels à des carrosseries de voitures et à des pères de famille obèses ? Ou bien était-il trop fatigué pour le savoir ?

La directrice est debout près de son bureau et regarde de haut une gamine vêtue d'une veste tricotée trouée au coude. La fillette va faire sa confirmation, il faut l'interroger et la préparer à son prochain départ. La directrice l'a fait demander. Sur la table il y a du papier d'emballage avec quelque chose dedans. La ficelle est déjà dénouée, comme si un gardien de prison en avait contrôlé le contenu avant de le livrer au prisonnier.

— Ouvre donc, dit la directrice, sans sévérité mais avec son autorité habituelle.

La gamine fait deux pas vers la table et commence à ouvrir. C'est probablement au début du printemps car l'arbre qu'on voit par la fenêtre est encore nu. Le paquet contient un morceau de couverture en laine. Usé mais dont on voit que la couleur est grise. L'un des côtés est bordé de grossiers points de feston typiques pour cette sorte de couverture. En fil de laine grise formant un U. Les autres côtés effilochés montrent qu'il ne s'agit que d'un morceau découpé. Dans une enveloppe démodée doublée de violet se trouve un papier avec une inscription illisible.

— Il n'y avait pas d'enveloppe quand on t'a trouvée, seulement le mot. Il était si mouillé qu'on ne pouvait pas le lire. Mais on a voulu tout conserver, donc, le voici, dit la directrice en se raclant discrètement la gorge. Son regard n'est pas impatient, seulement vague, comme si elle désirait en avoir fini au plus vite.

— Ce nom, celui qu'on croyait inscrit sur le papier, on n'arrive pas à le lire, dit la directrice en sortant le papier de l'enveloppe sans regarder la petite.

Il y a un léger bruit de papier froissé. Un bruit enfermé dans l'enveloppe durant quatorze ans.

— On n'est pas arrivé à comprendre. Ni l'Administration, ni l'Armée du Salut. On n'est pas sûr si c'est Susanne ou Sanne qui est écrit... et maintenant que tu vas être confirmée, on va t'aider à prendre le nom que tu désires. Mais maintenant tu dois en avoir pris l'habitude.

Quelque chose dit à la gamine que tout ça n'est pas facile pour la directrice non plus.

Qu'elle doit lui rendre les choses aussi faciles que possible, et ne rien changer. La directrice a déjà assez de soucis. Il y a les factures, et la fille de cuisine qui a disparu sans crier gare. En plus le petit salé s'est gâté dans son tonneau dans la cave. Il y a une série interminable de soucis journaliers. Ce papier, il date de longtemps. Terriblement longtemps. La gamine ressent le poids de ses quatorze ans peser comme un joug sur ses épaules. Au bout des chaînes, de chaque côté, pendent des seaux. Maintenant elle va s'en aller de par le monde et se porter elle-même. Quelle importance peut avoir un vieux papier illisible ?

— Vous croyez qu'on peut encore le retrouver ? Celui qui m'a déposée sur les marches ? demande-t-elle quand même.

— Tes papiers sont à l'Administration. Ils ont tout le temps été là. On a pensé que ça devait être des gens du voyage, ceux qui t'ont déposée là. Tu n'es pas d'ici, ça c'est sûr. Une mère du pays se serait trahie. On a cherché... On a fait ce qu'on a pu, tu peux me croire, dit la directrice en soupirant profondément.

La petite aurait aimé s'asseoir, car elle se sent bizarrement vaciller. Mais elle ne peut pas demander ça. La directrice dit sûrement la vérité, ils auraient saisi la première occasion de se débarrasser d'elle. Elle a coûté beaucoup d'argent à l'orphelinat tout au long de ces années durant lesquelles personne ne l'a réclamée.

Entre les plis de la couverture, il y a une serviette bordée de dentelle fine et de franges. Elle la prend délicatement par le bout des doigts. La serviette n'a visiblement pas été lavée depuis qu'elle avait servi à l'envelopper, elle. La petite la tient devant elle, bien que sachant que la directrice n'a pas un temps illimité. Les dentelles sont trouées à plusieurs endroits. Mais on peut les réparer. Des auréoles brunes d'humidité séchée depuis longtemps dessinent une carte illisible. Comme si on voulait lui raconter une histoire sans y parvenir. Le morceau d'étoffe n'est pas grand, mais il a donc été suffisant pour elle, à un moment.

Une enveloppe brune de format C4 est posée sur les cicatrices de la table. La directrice pointe le doigt vers elle sans la toucher.

— Bon, bien, voilà, en tout cas, tout cela est pour toi. Les certificats. Les papiers. Le règlement. Tu es vaccinée, donc tout est en ordre.

Gel à Prague

Le comptoir de la réception était recouvert de cuir rouge. Des colonnes brunes ornées d'appliques en forme d'écusson du temps des chevaliers. Des meubles usés recouverts de velours qui avait dû être vert ou rouge s'appuyaient les uns aux autres comme des accessoires oubliés sur une scène abandonnée.

À chaque étage il y avait un grand hall qui rappelait des scènes de film d'épouvante. Des lustres pendaient de tous les plafonds, pointant leurs fers de lance directement sur vous, si vous aviez la mauvaise idée de vous mettre en dessous. Des tapis râpés, qui avaient connu des jours meilleurs, recouvraient les planchers et les escaliers.

La chambre 202 était à première vue d'un romantisme plus ou moins élimé. Deux vieux lits jaune sale dont la tête était sculptée ainsi que les tables de nuit. Une armoire avec un rideau de dentelle pourri sur la porte vitrée ne manquait pas d'un charme désuet. Les tentures avaient eu leurs jours de gloire mais ressemblaient maintenant à du papier d'étagère dans une cave condamnée. L'endroit le plus authentique était sans aucun doute la salle de bains. Ça gargouillait sans arrêt sans que nous ayons ouvert un robinet.

La cuvette des cabinets ressemble à l'entrée d'un couloir de mine, ai-je fait remarquer avec découragement en frissonnant devant un trou grossier couleur d'excréments que personne n'avait eu le courage de nettoyer depuis longtemps. Et je comprenais ça.

— Calme-toi ! L'aseptisation des toilettes est ton idée fixe, dit Frida avec indulgence.

La chambre, par ailleurs, était un labyrinthe de recoins et de fissures, de tuyauterie et de carrelage cassé datant des joyeuses années vingt. Il valait mieux fermer les yeux sur le crépi des murs, les toiles d'araignée desséchées et une éventuelle vie animale. Je m'écroulai sur le couvercle des cabinets alors qu'apparaissait un tableau :

Une fillette est assise sur une cuvette de cabinets dans un réduit au fond d'un couloir froid. Ses bras sont bien trop courts pour retenir la porte si quelqu'un vient. On n'a pas le droit de s'enfermer, c'est la règle. Elle parvient juste à terminer avant qu'un des grands garçons arrive. Elle sort en courant et descend un escalier vers un lavabo fêlé. Hésitante, elle s'empare d'un gros morceau de savon posé sur le bord. Ils ont été nombreux à l'utiliser avant elle. Il porte des traînées noires de vieille crasse. Dans un coin il y a une baignoire à l'émail craquelé et jaunâtre et aux tuyaux rouillés. Tous les samedis, les enfants se baignent là, les plus petits trois par trois. Les grands n'ont pas toujours de l'eau propre. Cela dépend de l'état de saleté des plus petits. Les frissonnements et les protestations sont restés dans les murs. Elle peut les entendre même si elle est seule. C'est aussi le jour où l'on distribue des vêtements propres qui doivent durer toute la semaine. Elle a peur de devenir grande et d'être grondée parce qu'elle a du sang dans sa culotte. C'est une terrible honte.

— Il faut qu'on change de chambre ! ai-je dit avec force en prenant la clé, et je suis descendue.

Toute une équipe de film avait envahi le hall et ils ne m'adressèrent même pas un regard, ils étaient occupés par leurs affaires. Des acteurs affublés de costumes bizarres étaient affalés dans les fauteuils et les canapés. Ils semblaient attendre quelqu'un. Cela n'aurait eu aucune importance si j'avais participé au film comme figurante inattendue. Il n'y avait qu'à suivre son propre scénario.

Il était impossible d'obtenir une autre chambre, dit la dame à la réception. Ses sourcils et ses lèvres étaient soigneusement soulignés au crayon, et elle m'expliqua en anglais que tout était pris.

— La salle de bains est un vrai taudis, ai-je ajouté avec une certaine impertinence.

Elle prétendit que je devais me tromper, personne ne l'avait jamais signalé. Par ailleurs elle ne pouvait rien faire car l'hôtel Grand Europa avait l'honneur d'héberger toute une équipe de cinéma. J'ai insisté plus sévèrement, mais elle leva les bras au ciel et haussa les épaules jusqu'aux oreilles. Finalement elle choisit de m'ignorer totalement et se mit à parler avec l'homme qui attendait derrière moi. Si l'on en croyait son costume, c'était un des acteurs qui attendait de tourner sa scène.

Frida essaya de me faire oublier ces ennuis. Elle me montra la vue que nous avions de la fenêtre, prétendant que tout était absolument palpitant. Sans répondre je me suis mise à essuyer la poussière sur la table de nuit et j'ai déballé ma valise. Oui, je me suis même rendue jusque dans la grotte qu'était la salle de bains pour faire un brin de toilette avant le dîner.

Là, j'ai constaté plusieurs taches rouges sous un sein. J'ai pensé qu'il faudrait prendre une douche et m'enduire de pommade avant de me coucher. J'avais pris l'habitude de mettre de la pommade sur toutes les taches rouges que je découvrais afin de tuer ce qu'il y avait à tuer. Quelquefois – comme cette fois-là – je n'attendais pas que cela démange avant de sortir ma pommade. Je tenais mes vêtements dans un ordre impeccable. Cela entraînait une considérable utilisation de sacs en plastique et de gymnastique intellectuelle.

La situation n'était pas pour améliorer mon humeur. J'étais consciente de traîner un découragement permanent dont j'oubliais la cause, tant il avait persisté. Toute une série de choses plus ou moins importantes m'oppressait constamment, un vide persistant, contre lequel je ne pouvais rien faire.

Il faisait froid, c'était de la folie de se promener en jupe. Et je n'étais pas assez couverte sous mon manteau léger. L'hôtel était situé près de Vaclavské namèsti avec le Musée National trônant sur la hauteur. Nous nous dirigeâmes vers la place Staromèstské. Je ne montrai aucun intérêt pour l'église Saint-Nicolas. Ni l'église Notre-Dame de Tyn ni le tableau de la Vierge et l'Enfant ne firent impression sur moi. Quand nous avons dépassé l'horloge astronomique avec ses apôtres sortant à chaque heure, mes orteils étaient insensibles et j'avais l'impression d'avoir la gorge pleine d'écorces. Je toussais. La lune, les étoiles et le reflet des vitraux d'église me faisaient comprendre que tout ça n'était pas pour moi.

— J'ai tellement froid, il faut que je rentre à l'hôtel, ai-je dit plaintivement.

— Mais enfin, tu es à Prague ! s'écria Frida.

— Quand on a froid, on peut difficilement jouir du spectacle.

— Ce n'est pas seulement ça. De vieilles idées font obstacle. En vérité, tu aurais pu te trouver n'importe où au monde. Il te manque la capacité d'enthousiasme parce que tu te laisses distraire par le passé. Ton enfance. Frank. Ton manuscrit. Ai-je tort ?

— Tu n'y comprends rien. Un de mes plus gros défauts, c'est justement que je n'arrive pas à me faire comprendre, ai-je dit, découragée.

On a fini par faire un tour pour contempler des maisons gothiques et des façades d'églises, admirer les stands dressés pour le marché de Noël, passer devant des crèches, des branches de sapin, des lanternes – et des gens grelottant entortillés dans d'innombrables couches d'écharpes et de cache-nez. Je fus frappée du fait que presque tout le monde, comme moi-même, portait des chaussures trop minces qui claquaient ou se traînaient sur les pavés verglacés.

On grillait des marrons sur un feu de charbon dans de vieux bidons d'essence coupés en deux. Des amoureux enlacés jetaient les épluchures autour d'eux. L'air était saturé de voix et de bruits de la rue. Un musicien, habillé en bouffon, sautillait çà et là. Il portait un bonnet en forme de pieuvre dont les bras se terminaient par des clochettes. Il nous demanda de l'argent. Ce qu'il obtint bien entendu. Sous ce ciel froid et devant ce passé architectural, il était témoin d'une humanité congelée en mitaines et au regard fatigué.

Je ne sais si c'est le bonnet du musicien qui m'a rappelé Frank assis derrière la vitre du café Harlekin en compagnie de sa belle épouse. J'eus le même sentiment que cette fois-là, d'être une vilaine grenouille évincée. Je souhaitai qu'ils soient malheureux, qu'ils se disputent, se battent, se déchirent. Que leurs enfants soient mis dans une institution. Mais au moment même où je fus consciente de cette pensée, je m'arrêtai net en portant mes mains à mes tempes. Je ne voulais pas montrer à Frida à quel point je me faisais pitié à moi-même parce que j'étais si mauvaise.

— Tu es encore en train de penser à Frank, dit-elle.

— Ça ne t'arrive jamais, à toi ?

— Je suis contente qu'on ait réussi un beau coup à ses dépens, et qu'il ignore où nous sommes.

— Tu n'as jamais de regrets ?

— Non, quelle alternative avions-nous ? Rester à Oslo, broyer du noir sans argent, sans amis et sans Frank ?

— Tu es d'un cynisme. Et d'une insensibilité !

— Toi et moi, nous avons des rôles différents, ma chère Sanne.

Le jour suivant nous avons enjambé les accessoires et tout l'attirail des gens du cinéma et nous avons pris le petit déjeuner derrière une balustrade, une sorte de galerie – encombrée de meubles d'origine incertaine relégués là. La déchéance d'une gloire passée était visible partout. Dans les murs, les corniches, les lustres. Les couverts semblaient venir d'un marché aux puces, vendus au profit de l'orphéon d'une quelconque école, les serviettes étaient d'un rose fané, comme si elles avaient été exposées à une fenêtre au sud durant des années. La serveuse me fit penser à une gardienne de prison, bien que je n'aie jamais mis les pieds dans une prison. En tout cas jusqu'à ce jour.

Le pain était rassis, la margarine dans des barquettes de plastique et la marmelade faite de matières premières inconnues. Pendant que je mâchais lentement et avec soin je vis le tableau suivant :

Les murs de la salle où mangent les enfants avaient autrefois été vert clair. Mais la peinture a en quelque sorte disparu. Surtout là où la table est entourée de chaises. À la hauteur du tube métallique en haut du dossier de chaque chaise il y a une rayure qui partage le mur en deux. Personne ne sait comment c'est arrivé, car on n'a pas le droit de pousser sa chaise contre le mur. Entre les fenêtres est accroché un tableau au cadre doré. Il représente Jésus qui tient ses mains au-dessus d'une fille et d'un garçon. Ils ont de beaux vêtements bien ajustés. La fille a un volant au bas de sa jupe et une ceinture en étoffe autour de la taille se terminant par un gros nœud dans le dos. Il est possible que les vêtements soient en velours, juste comme le col de la robe des dimanches de la directrice. La table est recouverte d'une toile cirée à fleurs. Quelques-unes des fleurs sont usées jusqu'à la corde. Çà et là on voit des écorchures et des accrocs faits avec des couteaux ou des objets coupants. Le plateau de la table a une surface mate, comme si elle avait eu de la fièvre – pendant longtemps. Sur un mur il y a un guichet qui s'ouvre sur la cuisine. C'est là que sont déposées les assiettes pleines. Chacun des gosses en prend une et va s'asseoir. C'est la règle. Le matin, c'est du porridge qu'on a fait cuire la veille au soir. Le soir, il y a deux demi-tartines. La rondelle de saucisson est petite sur une demi-lune desséchée. Le fromage est aussi solitaire sur sa moitié de tranche de pain. Elle la pousse devant elle pour se garder une consolation pour la fin. Ce matin-là la fille de cuisine reçoit une gifle de la cuisinière parce qu'elle a mis trop de margarine sur la tartine des deux grands garçons. C'est presque un événement quand quelqu'un d'autre que les enfants reçoit une gifle. Mais après ça, la fille de cuisine racle si bien les tartines qu'elles en deviennent raboteuses et toutes plates. Ce qui doit remplir les verres, ils n'ont pas le droit de le porter eux-mêmes, c'est la fille de cuisine ou les grands qui s'en chargent. Il ne faut pas en perdre une goutte. Le lait est cher, même s'il a tourné. Pour les jours de fête, il y a du sirop rose pale, quelquefois même pas rose du tout, mais il est cher aussi.

Quand nous avons traversé la Vltava par le pont Charles, j'ai compris que nous étions dans la plus belle ville du monde. Nous sommes entrées sur le pont entre les deux tours Staré Mèsto et Malà Strana. Et en dessous flottait le fleuve, brillant comme le papier argent de notre enfance que nous lissions avec le dos d'une cuillère. Çà et là quelques rides sur la surface créées par des planches de barrage, des bateaux, des canards, des mouettes qui tracent leur sillon à contre-courant. Je me sentais apparentée aux rivières. Personne ne savait d'où nous venions.

— La prochaine fois je veux venir ici au printemps ! s'écria Frida.

On a grimpé les marches, on est passées devant les ateliers de poupées, les boutiques de souvenirs et quelques antiquaires. Notre but était le vieux château et derrière lui la rue qui longeait son mur – Zlatá ulička ou Golden Lane « avec ses bizarres petites maisons de la fin du XVIe siècle » comme dit le guide. On a fait la queue pour entrer dans la petite maison bleue au n° 22, avec une petite lucarne en plus des deux petites fenêtres sur la façade. C'est là qu'habita Franz Kafka et où il écrivit à partir de 1917. Son portrait montrait, comme d'habitude, un jeune homme triste aux grands yeux sombres, avec des oreilles un peu décollées. Impeccable dans son col blanc et probablement un large nœud de cravate.

Au retour je suis entrée dans un magasin de poupées. La vendeuse montrait ses poupées et présentait ses collaborateurs dans l'arrière-boutique. L'un était en train de monter une poupée, un autre peignait un visage sur une boule de bois, une jeune femme cousait des vêtements de poupée avec une vieille machine à coudre. Je n'avais jamais eu de poupée en ma possession, sauf celle que j'ai donnée à l'Armée du Salut après l'affaire du camion. À ce moment-là, j'étais déjà trop mature, si l'on peut qualifier ainsi une ex-mère.

Ici, les poupées pendaient à des fils fixés par une vis à une petite croix en bois. La vendeuse me fit une démonstration enthousiaste de la façon de les manier. Elle fit danser ensemble deux poupées jumelles comme si elles avaient été vivantes, à la lumière d'un globe blanc.

La gamine voudrait devenir amie avec celle qui a reçu pour Noël une poupée en bois envoyée par un lointain parent. La poupée a deux visages. Un souriant et un pleurant, de chaque côté de la tête. On peut choisir son humeur en dévissant la tête et en cachant l'autre visage derrière des cheveux en laine jaune. Tous les enfants veulent dévisser la tête. C'est pourquoi elle finit par tomber. La propriétaire de la poupée est inconsolable et la gamine ne sait pas quoi faire. Elle voudrait proposer de l'enterrer dans une boîte à chaussures. Mais on est en hiver, il y a un mètre de neige et pas une fleur à cueillir, alors elle ne dit rien. Quelque part en elle, la gamine ressent un certain soulagement de ne pas avoir de poupée, donc de n'avoir rien à perdre. Plus tard elle est assise devant un haut placard. La pièce est grande. Les fenêtres sont en quelque sorte devenues trop grandes pour les rideaux. Ils pendent en une ligne inégale à bonne distance au-dessus de l'appui de la fenêtre. Cela ressemble à la robe qu'elle a héritée de quelqu'un qui est parti. Elle est trop courte et la serre aux entournures. Il faut qu'elle la mette le 17 mai[1]*, mais ça ne dure qu'une journée. Un globe blanc pend du plafond par une tige en métal qui se termine par un bouchon brillant. Une lumière blanche et froide coule sur la fillette et la fait frissonner. Les portes du placard sont ouvertes. Quinze caisses brunes sont rangées sur les rayonnages. Les enfants y rangent leurs jouets. La petite fille a la sienne. Dedans il y a un plumier en bois avec un crayon de menuisier et un casier pour la gomme. Mais celle-ci a disparu et elle n'ose pas demander où elle est passée. Dans sa caisse elle a aussi deux cubes en bois qui ont été rouges. Elle pense qu'il y en a eu beaucoup de pareils, mais ils ont aussi disparu.*

J'ai acheté les poupées jumelles. Elles étaient vêtues en ballerines et avaient des cheveux de coloris psychédéliques comme un nuage autour de la tête. La vendeuse les a emballées avec précaution dans du papier

1. Fête nationale norvégienne.

de soie. Puis elle les a déposées dans des boîtes spécialement fabriquées à cet effet, faciles à porter. Ce n'est qu'après être sortie de la boutique que j'ai pensé aux filles de Frank. Du moins je pense que c'était après. Si Frank avait été là, j'aurais pu proposer qu'il les ramène à ses filles.

J'ai eu le malheur de le dire à Frida. Son silence exprimait une telle pitié que je me suis mise à pleurer.

Signes précurseurs

Nous avons traversé l'affreuse banlieue de Dresde, des maisons mal entretenues, des hangars en ruine. La circulation était déprimante, et nous y participions. Voilà donc la ville que les Alliés avaient démolie par des bombes alors que la guerre était pratiquement finie. Comme une sorte de juste vengeance envers le peuple allemand.

— Cela fera du bien de rentrer à Berlin, à la maison ! a dit Frida brusquement.

— S'il te plaît, regarde la route ! ai-je répondu en essayant de laisser ce mot derrière nous, comme tout ce que nous dépassions sur notre route.

Je ne pouvais pas me souvenir d'avoir jamais dit ou pensé « la maison » de l'endroit que j'habitais. Je me retranchais probablement derrière des expressions comme « il faut partir » ou « je dois aller me coucher » ou bien « maintenant je m'en vais ».

L'expression « je rentre à la maison » déclenchait souvent chez moi une certaine antipathie envers celui qui l'avait dit. Me savoir injuste n'arrangeait rien. Frank disait tout le temps « Je dois rentrer à la maison » ! Le petit mot « dois » indiquait qu'il y était forcé, mais ne le désirait pas. Néanmoins cela marquait désagréablement la journée. Surtout parce que je ne pouvais pas lui demander de ne pas le dire.

— Il y a toujours une chose sur laquelle je bute. L'emplacement, la pièce, l'endroit, le bâtiment – ou l'atmosphère. Le mot « maison » est sans substance, sans référence, ai-je dit.

— Pardon ! a dit Frida. C'était inattendu de sa part.

— Cette nuit, du reste, j'ai rêvé que j'étais invitée dans une maison avec beaucoup de monde. Tout semblait idyllique. Lentement je me suis rendu compte que j'étais étrangère à tout cela. Les autres allaient et venaient, vaquant à leurs occupations, ou bien ils étaient assis ensemble et parlaient à voix basse. Personne ne s'adressait à moi. J'essayais de comprendre pourquoi j'étais dans cette maison, mais personne ne voulait me parler. Ils échangeaient entre eux leurs opinions sur la décoration, le repas qu'ils préparaient, les invités, les serviettes de toilette qu'il fallait préparer, etc. Les chambres étaient en parfait état, ainsi que les décorations florales, les meubles, les tableaux, les couleurs. Les femmes étaient en plus grand nombre que les hommes. Les hommes étaient en quelque sorte relégués à la périphérie, dans les pièces voisines, ou alors je les voyais à travers une fenêtre. Tout d'un coup il a fait nuit et tout le monde s'est endormi sur place, debout, assis ou en train de marcher. Raidis dans une position comme des mannequins dans un grand magasin élégant spécialisé dans l'ameublement. J'ai commencé à traverser les pièces qui devenaient de plus en plus sombres. Petit à petit quelque chose qui ressemblait à une plainte se fit entendre de plus en plus nettement. Quand j'ai ouvert une porte qui conduisait à la cave la plainte s'est rapprochée. J'ai descendu l'escalier étroit, bien que réticente. Un projecteur s'est allumé brusquement et j'ai vu une grande pièce avec un matelas jeté au milieu sur le sol. Une fillette était couchée sur une couverture grise avec un chiffon sur le bas-ventre. Elle était recroquevillée sur le côté. La plainte venait d'elle. J'ai fini par comprendre qu'elle essayait de crier

« Maman, aide-moi ! » J'arrivais à peine à comprendre les mots. Quand je suis allée vers elle pour la toucher, elle a disparu. Mais je savais qu'elle était là.

— Tu aurais dû porter plainte quand tu as atteint l'âge requis, dit Frida.

— On avait honte, et on ne pouvait rien prouver. Et il ne s'agissait pas seulement de moi. Et ça n'arrivait quand même pas chaque semaine.

— Mais tu ne l'as jamais raconté à personne ?

— Non, à quoi cela aurait-il servi ?

— À des éclaircissements, des améliorations.

— Un des garçons a écrit à quelqu'un de sa famille. La lettre a été interceptée et certainement jamais envoyée. Il a été convoqué dans le bureau de la directrice. L'ami de la maison s'y trouvait aussi, il était toujours là pour aider… et s'occuper de nous. Je crois qu'il versait de l'argent à l'institution. Mais c'est peut-être quelque chose que j'ai rêvé.

— Qu'est-il arrivé au garçon qui avait écrit la lettre ?

— Comme d'habitude. Il a passé un moment dans la cave. Et tout le monde a dû promettre de ne jamais dire du mal de l'orphelinat et de ceux qui y travaillaient. Oui, il s'en est sorti. Il a pu se défouler sur quelqu'un. Ce n'était pas moi.

— Tu te souviens de certains épisodes ?

— Non, rien ne peut être prouvé. Les gens croiraient que je les ai rêvés. Ou inventés. Puisque j'écris des livres. On ne peut pas faire confiance à la réalité. Elle nous glisse entre les doigts. Tout n'est pas bon à se rappeler. Il faut bien aller de l'avant.

Frida se concentrait sur la route. De grands panneaux annonçaient un rétrécissement de la route pour cause de travaux. Nous fûmes dirigées dans un entonnoir bordé de planches. Il n'y avait qu'une seule file de voitures dans chaque direction, et un camion à remorque essaya, comme d'habitude de passer devant. Mais Frida tint bon et ne le laissa pas passer. Le chauffeur klaxonna et Frida lui répondit par un pied de nez. Elle gagna, moi je tremblais.

— Tu ne te plains pas de ma manière de conduire ? demanda-t-elle quand nous nous sommes retrouvées sur trois files et que le trafic reprit sa fluidité.

— Non.

— C'est toujours comme ça. On dit rarement ce que l'on pense ou ressent vraiment. La plupart des conversations ne sont que des camouflages. La vraie vie n'arrive que rarement, ou peut-être même jamais, jusqu'à la surface. Elle n'existe que dans la tête des gens.

La pluie battait sur le pare-brise et les deux essuie-glaces ne faisaient qu'un.

— Crois-tu qu'il existe des lignes ouvertes entre nous, presque métaphysiques, comme il existe des lignes ouvertes entre la fiction et la réalité ? ai-je demandé.

— Bien sûr ! Et entre toi et la gamine dans la cave. Couche-le sur le papier ! dit Frida.

— Tout ça… on ne trouve pas de mots pour le dire.

— Pourquoi donc ?

— Je n'ai pas assez de distance, ai-je avoué.

— Comment peux-tu prétendre en avoir fini avec tout ça quand tu n'as même pas pris de distance ?

Je n'ai pas répondu.

— Il faut décrire la vie humaine sans penser que tu te compromets, que tu te démasques ou te présentes sous un jour peu flatteur. Sans penser que cela peut influencer l'opinion que les gens ont de toi. Même si un quidam, qui peut-être n'ose pas reconnaître sa propre vie, n'aime pas ce qu'on lui sert, il faut oser donner. Il faut avoir confiance en la première pensée hésitante. Ce qui a fait que tu as alors dit justement ces mots. Il faut permettre au lecteur d'utiliser, de rejeter, de se réjouir, d'être déçu et en colère. Laisse-les refermer le livre parce qu'ils refusent ce que tu leur donnes.

C'est à eux, pas à toi. Il est probable qu'il est important pour eux d'avoir quelqu'un à conspuer. À détester peut-être. Ou quelqu'un à aimer d'abord pour ensuite avoir quelqu'un à tourner en dérision. Ou à haïr. Oui, aimer d'abord – pour ensuite haïr. Ou le contraire. Choisis ce que l'on ne peut jamais écrire parfaitement. L'absolu n'existe pas en réalité, alors pourquoi la fiction devrait-elle s'en soucier ? Tu dois écrire les rêves que personne ne t'a demandés. C'est la seule manière de nous faire sortir de la cave, termina Frida.

Nous nous sommes arrêtées sur une aire de repos. On s'est garées sous des érables avec vue sur trois boîtes à ordures vertes. Nous avons mangé là notre casse-croûte et bu l'amer café de l'hôtel Grand Europa.

— On mangera mieux quand nous serons rentrées à la maison, déclara Frida en étudiant la carte. On ira droit manger chez Zorba, on l'a bien mérité.

Immédiatement je m'imaginai le restaurant grec et sentis l'odeur des brochettes de scampi et le goût d'anis de l'apéritif offert par la maison. Je vis le portrait de Che Guevara au-dessus des étagères remplies de verres et de bouteilles en miniature, comme si l'on était en visite dans le salon d'un vieux parent.

— C'est ça, c'est ce qu'on va faire, ai-je dit, retrouvant le parapluie que j'avais mis derrière mon siège la dernière fois que j'étais allée aux toilettes.

Quelques minutes plus tard nous reprenions l'autoroute. Les essuie-glaces balayaient de vraies cascades. Le vieux revêtement de la route avalait les phares des voitures en sens contraire et des arbres pendaient au-dessus de la file de droite comme un mur sombre. Il ne fallait pas grand-chose pour se retrouver collé à la carrosserie d'une autre voiture.

— Il faut que je te dise quelque chose, a dit Frida.

— Ah bon ?

— J'ai téléphoné à la boutique de Frank. Personne n'a répondu.

— Qu'est-ce que tu dis ?

— Ensuite j'ai téléphoné à sa mère et me suis présentée comme une associée. Cela faisait un bout de temps qu'il n'était pas venu, a-t-elle dit, et m'a conseillé de l'appeler chez lui.

— Frida ! me suis-je écriée, sentant qu'on était tout près de l'accident.

— J'ai eu la femme de Frank. J'ai fait comme si j'étais quelqu'un avec qui il avait rendez-vous et j'ai demandé pourquoi il n'était pas au magasin. Elle a d'abord fait semblant d'être la bonne d'enfant qui ne savait rien. Puis elle a fini par dire qui elle était et elle semblait assez hors d'elle.

— Quand as-tu téléphoné en Norvège ?

— Avant de quitter Prague, avoua-t-elle.

— Et c'est maintenant que tu me le dis ?

— Je pensais d'abord ne rien dire du tout. Mais on a eu cette conversation… Ce contact téléphonique peut être décisif pour l'évolution du manuscrit.

— Pourquoi as-tu téléphoné ?

— Je viens de le dire. Le manuscrit. Pour savoir ce que fait Frank. Si tu as raison de croire qu'il est sur notre trace.

— L'est-il ? ai-je dit dans un hoquet.

Une énorme camionnette essayait de se glisser dans notre file. Frida appuya sur le champignon pour bien marquer qu'elle ne voulait pas la laisser passer. J'avais mal au cœur.

— D'après ce qu'elle a dit, ça n'en a pas l'air. Mais je ne pouvais pas lui poser la question directement, répondit Frida.

La camionnette avait renoncé, mais maintenant c'était un poids lourd qui déboîtait sur la file de gauche. Frida donna un coup de frein pour éviter une collision. Le lourd véhicule et sa remorque s'agrippèrent au revêtement et nous contraignirent à lui faire place.

Frida arriva à profiter d'une ouverture juste au bon moment.

— Je crois que Frank a emprunté à des amis qui ont de l'influence et qui n'hésitent pas à employer des méthodes peu orthodoxes pour récupérer leur argent.

— Que veux-tu dire ?

— Bon, il n'emprunte pas à la banque, mais à des gens qui ne peuvent pas envoyer un avis de recouvrement par voie judiciaire. Et ils ont leur méthode à eux.

— Je crois que je n'en peux plus. On va lui renvoyer son argent et lui demander pardon, ai-je dit.

— Quelle bêtise ! Tu peux en tout cas être sûre qu'il ne l'utilisera pas à payer ses dettes. Pas avant de recevoir des menaces de mort.

— Des menaces de mort ? Épargne-moi tes plaisanteries ! me suis-je écriée.

— Je ne plaisante pas. Et ce n'est quand même pas nous qui sommes responsables de sa dette de jeu.

— Arrête ! Comment sais-tu, au fait, qu'il a une dette de jeu ?

— Je ne sais rien du tout, mais j'ai de l'intuition, a-t-elle soupiré.

— Tu ne me dis que la moitié de la vérité, ai-je dit, accusatrice.

— Toutes les vérités partent de pensées suspectes et ont des circonstances atténuantes. Les créditeurs de Frank sont sûrement plus dangereux pour lui que lui ne l'est pour nous.

— S'il te plaît ! Dis-moi tout ! ai-je supplié.

— J'ai parlé à sa femme et à sa mère. C'est à partir de ça que j'essaie de me faire une idée de la situation, répondit-elle.

Heureusement que ce n'était pas moi qui conduisais, nous nous serions retrouvées dans le fossé.

— Comment as-tu pu avoir une idée aussi folle ?

— C'est bien ce que je pensais. Tu crois que chaque vérité peut conduire à la catastrophe. Mais la vérité peut apporter une solution. Tu n'es pas la seule à avoir des problèmes avec Frank, elle aussi elle en a. En ce moment, justement, c'est pire pour elle. Il la trompe à nouveau. Elle veut en sortir. Mais il y a les enfants, alors… Tout d'abord elle a cru que j'étais la nouvelle maîtresse de Frank. La pauvre !

— Et c'est elle que tu plains ? me suis-je écriée.

— Toi aussi, tu la plains, mais tu ne le dis pas.

Le temps de l'Avent

Ma propre plainte m'a réveillée et je suis restée un moment à reprendre ma respiration alors que je prenais conscience que c'était mon lit et ma chambre et que j'étais à Kreuzberg. J'avais la nuque raide et les mâchoires serrées. Le froid traversait les rideaux de nylon devant la fenêtre. Comme une grande plaque de glace ombrée de branches se détachant en noir. Elles étaient comme collées par le gel, de l'extérieur.

J'avais rêvé d'un homme et d'une femme qui partageaient une chambre. Ils savaient tous les deux que l'un d'eux allait mourir au cours de la nuit, mais ne savaient pas lequel. J'étais là uniquement parce que je savais ce qu'ils pensaient. Une sorte de coordinateur ou d'observateur. Ils ne me voyaient pas. Ou alors j'estimais être invisible, puisque aucun d'eux ne faisait attention à moi. Mais je n'en étais pas tout à fait certaine. Auquel cas, j'étais si insignifiante que je ne comptais pas pour eux. Ils étaient suffisamment occupés l'un par l'autre, ou par eux-mêmes. Plutôt par eux-mêmes. La femme avait peur de la mort. Elle pensait que ce n'était pas juste qu'elle meure, elle qui avait si peu profité de la vie. Ce n'était même pas logique, car elle n'était pas malade. Il était impossible que ce soit son tour ! Elle allait et venait devant un grand lit et ne cessait de répéter à quel point il était injuste que les gens meurent sans avoir été malades ou victimes d'un accident. Elle portait une chemise de nuit blanche ornée de dentelles vieillottes sur les épaules et la poitrine. Elle avait de longs cheveux blonds qui visiblement avaient été mis sur de gros rouleaux pour être ensuite lâchés artistiquement autour d'elle. Elle secouait la tête de temps à autre et me rappelait que j'avais mal à la tête. On ne meurt pas d'un mal de tête, ai-je pensé dans mon rêve. L'homme était assis tout droit contre un grand coussin et pensait que, selon toute probabilité, c'était lui qui allait mourir, car il avait des dispositions pour cela. Pour lui, cette femme était « elle ». Elle n'était pas sa bien-aimée ni sa femme. Il pensait que ce serait plus facile pour elle s'il mourait. Elle n'aurait plus alors à s'inquiéter. Et elle pourrait disposer de tout ce qu'il possédait, ou ce qu'ils avaient en commun. Il ne savait pas trop quel était leur statut, mais cela ne faisait rien. C'est pourquoi il a dit pour la calmer :

— Ne t'inquiète pas ! Tu pourras tout utiliser. La voiture aussi.

— C'est ça qui est si triste ! Je ne pourrai pas me servir de la voiture si je suis morte.

À ce stade du rêve, j'ai commencé à prendre son parti à lui, contre elle. J'ai commencé à les observer comme dans une pièce de théâtre.

— Viens te coucher, on ne saura rien avant demain matin de toute façon, a-t-il dit.

— Je ne peux pas me coucher pour dormir, ne sachant pas si je serai morte demain, a-t-elle répondu.

— À ton avis qu'est-ce qui est pire, mourir ou être celui qui reste tout seul ? a-t-il demandé.

— On ne le saura jamais, puisqu'on meurt dans un des cas, a-t-elle répondu avec colère.

C'est alors que l'homme s'est mis à pleurer. Il espérait qu'elle dirait autre chose. Qu'elle allait se sentir terriblement seule s'il venait à mourir. Il essayait de se cacher le visage. La femme ne prêtait pas attention à ses larmes. Mais je voyais, j'étais certaine, qu'elle était froide et insensible. Il valait donc mieux pour tout le monde que ce soit elle qui meure. Lui, par contre, était quelqu'un de bien qui méritait de vivre.

Mais même dans le rêve je savais que la vie et la mort n'étaient pas distribuées selon les mérites. Il me fallait donc faire quelque chose. Je la renversais sur le lit sans qu'elle s'en rende compte. Je mettais mes mains sur sa gorge et je serrais. C'était facile. Elle ne se débattait pas.

C'est alors que je sentis tout à coup les mains de l'homme autour de mon cou. Il était fort. Terriblement fort. Je lâchai la femme et j'essayai de me libérer, sans y parvenir. Cette sensation, cet étouffement, était différente de toute autre douleur ressentie jusqu'à présent. La pièce tournoyait autour de moi. De plus en plus vite. J'étais aspirée dans un entonnoir pour ensuite être rejetée sur une surface sombre. Cela ressemblait à un voyage à travers de l'eau glacée. Autour de moi des objets ressemblant à des étoiles explosaient comme des particules arrachées de moi-même. Finalement j'étais totalement en apesanteur.

Au bout d'un moment j'ai quitté mon lit. Courbatue et ankylosée. Le réveil quadrangulaire n'affichait pas encore cinq heures. Je me suis traînée sur le plancher et j'ai ouvert la porte sur le couloir. Le plafonnier était allumé et c'était physiquement désagréable. Assise sur le couvercle des toilettes, j'ai reconnu l'homme dans mon rêve.

Je me suis lavé les mains et le visage et me suis essuyée sans me regarder dans la glace. Ceux qui avaient habité là avant nous avaient fixé au mur un récipient en plastique muni d'une ventouse. Il était fait pour qu'on y place les brosses à dents, mais il tombait continuellement. Jusqu'à présent je l'avais patiemment remis en place chaque fois. Maintenant il gisait sur le sol à nouveau. Je l'ai pris et je l'ai mis à la poubelle.

Qui était cette femme qui ne voulait pas mourir ? Était-ce moi qui avais peur que tout finisse bientôt ? Ou bien était-ce déjà fini ? Ce voyage régi par Frida n'était-il que du temps perdu ?

Ma vie n'avait-elle jamais été réelle ? Même les courts instants avec Frank ? Avais-je utilisé toute mon énergie à tuer ce temps qui n'existait pas, parce que le vrai était ailleurs ? Et le fait d'écrire était-il seulement une manière de faire passer le temps en attendant ? En attendant quoi ? Mon corps n'était-il qu'une coquille molle autour de rien ?

Je me suis assise devant ma table et j'ai mis en marche ma machine. Pendant qu'elle crépitait et se préparait à m'expédier dans sa réalité électronique – j'entendais la voix de Frida, comme si c'était elle le personnage principal du livre :

— C'est la femme de Frank qui est à plaindre !

Je m'étais réjouie de revenir dans l'appartement de Kreuzberg et de m'asseoir à ma table de travail. Mais cette dernière conversation dans la voiture au retour de Prague avait détruit ma concentration. Je pensais tout le temps aux nouvelles de Norvège. Frida avait pris un ascendant terrifiant sur moi, et sur le manuscrit. Le fait d'être ma complice lui donnait du pouvoir non seulement sur ma vie mais aussi sur ma manière d'écrire. Le mieux aurait été de m'en débarrasser. Mais pouvais-je exister sans elle ?

Je les ai remarqués dès que nous avons tourné le coin près du café qui porte la pancarte « Frühstück ab 8.00 Uhr bis 16.00 Urh.[1] »

— Ça fait un moment qu'ils nous suivent, ai-je dit.

1. Collation de 8 h à 16 h.

Frida se retourna vivement, puis hocha la tête.

— Bêtises ! Ce sont des Turcs ordinaires, troisième génération de Berlinois. Ils ont bien le droit de se promener dans leur propre quartier.

— Ils se sont arrêtés quand nous sommes allées au distributeur de billets.

— Sanne ! dit-elle, menaçante.

— J'en suis sûre, ai-je dit.

— O.K. Faisons un test. Asseyons-nous ici.

Il y avait des chaises vert menthe à l'extérieur du café, avec des lanières de plastique tressées sur des tubes d'acier noir. Sur le trottoir, une cuisinière électrique avait été déposée par quelqu'un. Quand nous nous sommes assises, les deux hommes en ont fait autant. Je me suis agrippée au premier objet venu. Le sac à dos que j'avais sur les genoux. Je faisais cependant attention de ne pas avoir l'air crispé. Le garçon arriva et les deux hommes passèrent commande. J'étais déjà levée pour partir quand il est venu à notre table, mais Frida a demandé un café.

Un des hommes nous regardait les yeux mi-clos. L'autre tambourinait sur la table avec ses doigts. Il attendait que le temps passe. Ils ne se parlaient pas. J'essayais de ne pas diriger mon regard sur eux mais plutôt sur tout ce qui nous entourait.

Il était habituel de se débarrasser de choses dont on ne voulait plus en les déposant dans la rue. Une lampe à pied bancale à l'abat-jour dégarni et une poupée gonflable dont la bouche rouge avait la forme d'un bouchon qui se visse. Dans sa boîte en carton mouillée de pluie, elle avait un air flasque. Elle était à moitié dégonflée. Son visage était concave et sa perruque ressemblait à une énorme cocotte de Pâques à moitié plumée. Une femme en jupe longue, un foulard sur la tête, passa avec une voiture d'enfant sans lui offrir un seul regard.

— Dépêche-toi, on s'en va ! ai-je murmuré.

— Non, laisse-les partir d'abord.

Maintenant, l'autre homme s'était mis à nous regarder aussi. Il portait une veste noire épaisse dont la poche intérieure semblait bourrée ; cela me faisait penser à un gangster qui cachait mal son arme. Il n'y avait personne d'autre que nous, et il faisait assez sombre. L'un des deux se pencha sur son camarade et lui dit quelque chose. L'autre opina fortement du bonnet – tout en nous fixant intensément.

J'ai fouillé dans ma poche à la recherche de monnaie que j'ai déposée avec précaution sur la table pour payer le café. Comme si cela pouvait me rendre invisible. Puis je me suis levée en un seul bond. Frida m'a suivie sans un mot. On a descendu la rue et fait un crochet par une rue parallèle. Maintenant c'était moi qui prenais la direction des opérations. Quand nous fûmes certaines qu'ils ne nous suivaient pas, elle dit :

— Tu vois bien, ce n'étaient pas des espions lancés à nos trousses.

— Ils voulaient peut-être découvrir où nous habitions.

— Essaie d'être un peu logique. Pourquoi Frank ou bien la police norvégienne utiliseraient-ils des limiers pour nous prendre ? Cela demanderait trop d'argent et de temps. Crois-tu vraiment que cette affaire est tellement importante ?

— Ne parle pas de cela comme d'une affaire !

— Tu t'enfuies devant deux hommes que tu imagines à ta poursuite, et je n'ai pas le droit d'employer le mot « affaire » ?

— Je les ai déjà observés dans le quartier, ai-je affirmé avec entêtement.

— Ils habitent peut-être ici, juste comme nous ?

— On prend le métro ! Il faut continuellement se déplacer ! ai-je répondu.

Un peu plus tard nous étions assises dans le métro, sur la ligne 6 pour changer ensuite à Ku-damm.

— Zurückbleiben bitte ! nasillait une voix de femme dans le haut-parleur.

J'étais en garde contre tout ce qui pouvait ressembler à ces espions turcs. Ce n'était pas facile, le wagon était plutôt plein. Nombreux étaient ceux qui restaient debout au milieu. Certains lisaient, même debout. Des journaux pliés dans un format pratique ou des livres de poche. D'autres étaient assis, avec une expression de repli sur soi-même. Incroyable jusqu'à quel point on peut revendiquer une zone privée dans un wagon bondé.

Je commençai à me sentir relativement en sécurité quand quelque chose qui ressemblait à une femme fit son entrée. Non seulement elle paraissait mourante, mais elle avait l'air d'être morte depuis longtemps. Néanmoins, elle bousculait tous ceux qui passaient devant elle avec une tirelire de quêteur. D'une voix haut perchée elle ressassait sa litanie. Ses vêtements étaient un étui autour de son squelette.

— Celle-là, elle file un plus mauvais coton que nous, elle devrait être mise aux soins intensifs, murmura Frida.

Mais avec une rapidité forçant l'admiration, vu son état, la femme se retrouva devant nous, pour ainsi dire taquinant de sa béquille le portefeuille contenant l'argent de Frank. J'essayai en vain de regarder ailleurs. Avec une précision incroyable elle jonglait avec sa tirelire, comme un prestidigitateur. Son visage était recouvert d'une mince couche de peau qui ne pouvait pas cacher ses dents déchaussées. Les pommettes annonçaient le dessèchement par lequel nous devrons tous passer. Quand j'ai lâché l'argent dans la tirelire, elle a découvert une rangée de dents qui m'a fait penser à une signalisation lumineuse par temps de brouillard. Les parties les plus exposées de son corps étaient rembourrées d'amortisseurs fabriqués de manière artisanale, découpés dans de vieux matelas en mousse et fixés aux vêtements par des épingles à nourrice.

Les gens se détournaient, se plongeaient dans leurs lectures ou bien changeaient de place s'ils en avaient la possibilité. Tout le monde ne donna pas son obole tant s'en faut. J'ai pensé que cette ligne devait être son lieu de travail habituel.

— Aujourd'hui tout est effrayant. Crois-tu que les gens peuvent voir ce que je pense ? Que j'ai peur ? ai-je demandé quand nous regrimpions vers la surface.

— Si tu dois habiter Kreuzberg et continuer à te sauver chaque fois que tu rencontres un Turc, ça finira par se savoir. On va s'asseoir quelque part ?

— Non, on rentre en taxi. J'ai hâte de refermer la porte.

— As-tu l'intention de rester derrière une porte verrouillée durant toutes les fêtes de Noël ?

Je n'ai pas répondu, j'avais froid. Les vitrines étaient d'énormes sources d'éclairage. Il y avait bien trop de lumière. Mais s'il avait fait noir, cela aurait été pire.

— On part en Italie, a dit Frida tout à coup.

— L'Italie ! me suis-je écriée.

— Oui, j'ai trouvé un établissement thermal de luxe, pas loin de Venise. Là, tu pourras te sentir en sécurité.

— Pourquoi faire de tels projets sans réfléchir ? Cela va coûter une fortune.

— Tant pis pour l'argent. Tu m'inquiètes. Tu ne dis plus rien. Tu restes des heures devant ton clavier en fixant la rue jusqu'à ce que je vienne allumer la télé dans l'après-midi. Je vois bien que tu préférerais m'envoyer au diable pour pouvoir rester ainsi le reste de la journée. Quand on sort, tu vois un agent d'Interpol à chaque coin de rue. C'est effrayant. Ce dont tu as besoin, c'est d'eau, de chaleur et de calme. De thérapie aromatique, de spa et tout ça.

— Mais enfin tu ne peux pas décider ça pour moi. Je ne sais même pas si j'en ai envie !

— Bon, eh bien, moi je pars de toute façon.

Quelque chose dans son expression me fit croire qu'elle disait vrai. J'avais donc maintenant une chance de m'en débarrasser. Mais l'idée d'un Noël solitaire à Kreuzberg avec un arbre déplumé et des agents à la porte n'était guère alléchante.

— Quelle ligne aérienne prend-on pour y aller ? par Naples ? Rome ? ai-je fini par demander.

— On ne va pas prendre l'avion, on y va en voiture !

— Mais tu es folle ! C'est loin.

— On traverse le sud de l'Allemagne, on passe par l'Autriche, les Alpes jusqu'en Italie et on descend la côte. Deux jours. On prend l'A9, c'est le plus simple. On est bien quand on est en voiture, pas vrai ?

Je ressentis tout à coup des étaux se resserrer sur mes tempes. J'avais oublié de regarder si j'étais suivie.

— Faut-il décider cela tout de suite ? ai-je demandé, épuisée.

— Moi, ma décision est déjà prise, mais tu peux réfléchir jusqu'à demain.

Les décorations de Noël étaient allumées à Ku'damm. On l'avait vu à la télé. Tout ici était plus grand qu'à Karl Johan[1]. Ku'damm n'était pas beaucoup plus longue. Mais avait le désir de surpasser les autres quartiers et de montrer sa souveraineté en tant que lieu de parade. C'était plus fort ici que dans la plupart des autres villes. D'énormes Pères Noël, des étoiles filantes, de saintes familles, des arbres de Noël – faits d'ampoules électriques. Sur la chaussée la circulation donnait son propre spectacle de lumière.

Les gigantesques vitrines des grands magasins étaient pleines de maisons de poupées anciennes. Si

1. Rue principale d'Oslo.

Frank avait pu en avoir quelques-unes, il aurait fait des affaires.

— Tout va mieux maintenant ? dit Frida, presque aimablement.

— Oui. Mais je serai contente quand j'aurai fermé la porte derrière moi.

Nous nous sommes retrouvées dans un groupe d'enfants de tous les âges, certains pourtant bien plus âgés que moi. Qui pointaient du doigt et poussaient des cris de ravissement. Sur tout un monde de maisons en miniature à plusieurs étages. Avec des pièces séparées, des cages d'escalier, des jardins, des balcons, des meubles et des poupées. Certaines étaient éclairées de minuscules lampes, qui nous faisaient assister à des idylles familiales, des travaux ménagers ou des négoces. Avec des détails d'intérieurs d'époques et de styles différents. Un arbre de Noël était allumé dans plusieurs des salons.

Alors que nous nous tenions là, un tableau a glissé sur la surface de la vitre, rendant plus flou tout ce qui se trouvait à l'intérieur :

La fillette est devant une maison peinte en rouge et voit les lumières à travers les fenêtres. Les volants des rideaux. Les fleurs en pot. Les habitants qui bougent à l'intérieur. Ils sont assis autour d'une table et se penchent continuellement les uns vers les autres. Derrière eux il y a un arbre de Noël, un cône vert, doré et luisant. La fillette se tient derrière un talus de neige, mais peut quand même voir à l'intérieur si elle se met sur la pointe des pieds. C'est dans la matinée, pourtant il fait presque nuit. La congère a des contours violets contre la clôture du jardin. Et sur chaque pointe de la palissade est déposé un petit chapeau de neige. Les mésanges se battent et pépient dans la haie. Elle avance vers la porte d'entrée et frappe. L'instant d'après, la fille qui habite là se tient dans l'embrasure et lui demande ce qu'elle veut.

— Est-ce que je peux entrer un moment ? se dépêche-t-elle de dire.

— Non, ce n'est pas le moment, la famille est là, répond l'autre.

Derrière elle tout est clair et douillet, les voix sont feutrées. Une odeur de café, de cacao et de beignets. De biscuits au gingembre. La fillette se retourne et s'enfuit en courant. Vite. Elle court à travers la route, à travers champs. Quelque part l'un de ses brodequins reste accroché dans les taillis. Ses deux moufles y restent aussi. Mais elle ne s'arrête pas avant d'avoir atteint la lourde porte marquée de griffures. Il y a des marques d'usure autour de la poignée et la trace de nombreux pieds sur l'escalier. Elle comprend qu'il sera difficile de rentrer sans brodequin et sans moufles, donc elle refait en claudiquant le même chemin. Elle exagère son boitement, comme le vieux bedeau. Le pied avec la chaussette est tout mouillé. Elle suit ses propres traces dans la neige jusqu'à ce qu'elle retrouve tout. D'abord le brodequin droit plein de neige, puis les moufles. Elle sait qu'elle doit s'en estimer heureuse. Alors elle retourne vers la lourde porte marquée de griffures. Un peu plus tard, tous les enfants sont réunis dans le salon froid. Dans un coin il y a un arbre qui n'a pas l'air de se plaire à l'intérieur. Il perd ses aiguilles sur le plancher peint en gris. Quelques-uns des enfants ont reçu un paquet envoyé par quelqu'un qui les a connus autrefois. La fillette n'a reçu aucun paquet. Un des adultes qui est de garde ce jour-là allume la radio. Il en sort un son de cloches et un psaume de Noël.

En route à travers l'Allemagne

— Pourquoi ne peuvent-ils pas faire en sorte que les gens les comprennent ? ai-je remarqué, irritée. À intervalles réguliers des voix métalliques se hâtaient de donner des renseignements sur les bouchons qui se formaient, les accidents et les routes verglacées, mais il était difficile de suivre ce qui se disait.

— Regarde le paysage ! Il fait soleil. On a un thermos, un casse-croûte et de quoi faire un repas dans un hôtel à 5 étoiles. On est des globe-trotters en Honda CR-V pourvue de pneus flambant neufs, en route pour Venise, dit Frida gaiement.

Depuis plusieurs heures, je m'étais faite à l'idée que ce voyage serait le plus beau de ma vie. Il m'en fallait peu, du reste, car je n'avais guère voyagé. Au cours de la journée les phares des voitures devinrent plus visibles et les arbres et le paysage prirent des contours plus nets. Le ciel formait un couvercle blanc sur tout ce noir. Les nuages faisaient la course de chaque côté et le vacarme des camions était intense. Surtout quand ils allaient à plus de 130 à l'heure.

Une fois entrées dans ce qui, sur la carte, était défini comme les Fränkiske Alb, il a commencé à neiger sérieusement. Une myriade de pancartes camouflaient mal ce qui pouvait rappeler Frank. Par exemple Frankenwald, entre autres. Je savais bien que cela n'avait rien à voir avec Frank, que probablement ces terres avaient autrefois appartenu à la France. N'empêche, cela me mit de mauvaise humeur. La neige n'arrangeait pas les choses, non plus. Les essuie-glaces gémissaient sous le labeur. D'énormes plaques de neige se rassemblaient sur le pare-brise. Heureusement que Frida s'en tenait à la file de droite. On était souvent forcées de s'arrêter totalement à cause de véhicules qui avaient dérapé et se retrouvaient sur la bande d'arrêt d'urgence. Ou bien complètement en dehors de la route.

Petit à petit elle est devenue tendue. Une ou deux fois elle a mis les feux de détresse parce qu'elle avait vu d'autres le faire devant nous. La circulation se traînait à 20 à l'heure. Tout à coup une voiture s'est retrouvée en travers de la route, à moitié dans notre file. Un homme se tenait à l'extérieur, l'air préoccupé. S'arrêter pour l'aider était impensable, cela aurait amené encore plus de chaos et peut-être même un carambolage.

— Heureusement que les bornes de secours sont rapprochées, ai-je dit, la gorge sèche.

Frida ne répondit rien. On a avancé par à-coups sur quinze kilomètres, par moments en passant à 60 ou 70. Puis ce fut l'arrêt complet. Le bouchon s'épaississait. De plus en plus long. On a écouté la radio pour essayer de savoir ce qui se passait. Sans résultat. Mais au bout d'un certain temps on a entendu le son agressif de sirènes.

— Mais comment vont-ils parvenir au lieu de l'accident ? ai-je demandé. Frida resta sans réponse.

On est restées sur nos sièges à contempler les trois voies bondées, et la bande de sécurité qui petit à petit ne fut pas moins bondée. Il n'y avait pas la place d'un caddy entre les voitures, encore moins celle d'une ambulance ou d'une voiture de dépannage. J'ai pris la carte et j'ai allumé le plafonnier.

— On est en Bavière, dans le Frankenwald, ai-je dit en mettant l'accent sur Frank pour être drôle.

— La ferme ! grogna Frida.

Je la surveillais du coin de l'œil dans le rétroviseur. Elle était méconnaissable. Elle était pâle. Ses mains s'agrippaient au volant alors que nous étions à l'arrêt. Qu'allais-je faire si Frida avait peur ? Avait-elle des raisons d'avoir plus peur que moi ? Était-ce parce qu'elle en savait plus sur la situation ?

— On a fait le plein, ai-je tenté.

Elle ne répondit pas, se contenta d'ouvrir la portière et de se pencher en avant, gardant un pied dans la voiture. Un bruit rugueux de verre brisé me parvint car elle était en train de nettoyer le pare-brise, enlevant la neige avec sa main. J'ai trouvé la brosse et le racloir et m'apprêtais à en faire autant du côté droit, mais une Mercedes sombre vint se serrer si près qu'il fut impossible d'ouvrir la portière. Les gaz d'échappement remplissaient l'étroite bande qui séparait les files de voitures. Les feux rouges des véhicules devant nous s'égrenaient comme des colliers. De l'endroit où nous étions on ne pouvait pas voir la circulation en sens contraire. Elle était cachée derrière une haie. Mais les lumières jaunes passaient à vitesse modérée. C'était donc bien dans notre sens, devant nous, qu'il était arrivé quelque chose. Mais où ?

Frida échangea quelques mots avec un homme qui était sorti de la voiture devant nous. Ils se firent un signe de tête. Elle remonta et fit marcher les essuie-glaces au ralenti. Ceux-ci gémirent, faisant des génuflexions pour nous amadouer. Le moteur ronflait en chœur avec les autres. J'ai changé d'ondes pour voir si on parlait d'accident ou autres difficultés de circulation. Mais rien.

Les minutes passaient. Une demi-heure se fit heure. J'ai versé du café et offert des biscuits. Frida se servit sans remercier. Puis elle sortit le livre qu'elle était en train de lire et monta le chauffage. C'était bien ce que je pensais. Frida avait peur ! Nous étions coincées sur l'autoroute dans une tempête de neige avec des milliers d'autres voyageurs. Je me suis dit que moi, à l'inverse d'elle, j'étais habituée à avoir peur.

On était en terrain plat. La visibilité était mauvaise, mais on pouvait voir les feux arrière rouges former une sorte de S sur la route. Cela me rappela une installation que j'avais vue à une exposition. Cette grisaille diffuse ponctuée de rouge luminescent. Sans intervalle. Nous étions dans un film vidéo en panne. Dans chaque voiture se tenait au moins une personne dans une attitude figée. Kilomètre après kilomètre, probablement plusieurs dizaines de kilomètres de voitures. Roue contre roue.

Un message interrompit le programme musical. On parlait de l'A9 ! On nous déconseillait de prendre des routes secondaires. Là c'était le chaos complet. Il fallait laisser passer les voitures de dépannage, disaient-ils. Il était clair que les gens dans le studio n'avaient aucune idée du nombre de centimètres qui séparaient chaque véhicule. Ils ne comprenaient pas non plus qu'on ne pouvait guère faire autre chose que rester là où on était.

Dans la voiture voisine on aidait une vieille femme à sortir. Elle était assez grosse et avait des difficultés à s'accroupir pour faire ses besoins. Une femme plus jeune essaya, sans grand succès, de lui servir de paravent.

— Qu'est-ce qu'ils vont faire ceux qui n'ont pas fait le plein, si ça continue ?

— Ils auront froid, dit Frida.

— Tu crois que ça va durer longtemps ?

— Je ne suis pas un oracle ! Et toi, qu'est-ce que tu en penses ?

— Je pense que ça va prendre plusieurs heures.

— Sais-tu si nous avons des moufles ? demanda-t-elle.

— Bien sûr. Laisse-moi seulement terminer mon café, et je vais me faufiler à l'arrière pour les trouver.

— Il faut que je balaie la neige maintenant ! Je ne supporte pas d'être ensevelie sous la neige !

J'ai posé ma tasse, allumé le plafonnier et me suis glissée à l'arrière. Il m'a fallu un certain temps avant de trouver des bonnets, des cache-nez et des moufles. J'ai aussi pris le plaid de la voiture. Le bruit d'un hélicoptère se fit entendre au milieu des ronflements de moteurs. Deux hélicoptères. Dieu seul sait où ils ont trouvé un terrain d'atterrissage, mais un moment après un homme en uniforme se faufilait entre les voitures et frappait à la vitre. Il voulait qu'on se déplace ! Jusqu'où pouvait aller la folie, ai-je pensé.

Frida a secoué la tête, lui a parlé avec un calme forcé, lui a demandé combien de temps cela allait durer. Il ne s'est pas formalisé, il a seulement demandé si nous avions assez d'essence et si nous pouvions recueillir quelques personnes frigorifiées le cas échéant. Frida évalua rapidement l'intérieur de la voiture où les objets étaient éparpillés, et fit un signe affirmatif de la tête. Bien entendu.

Vers le soir, la Croix-Rouge arriva avec des couvertures et du thé pour ceux qui en avaient besoin.

— Il faut pas mal de bénévoles pour que ça serve à quelque chose, ai-je lancé, en guise de ballon d'essai.

Frida lisait et ne répondit pas. J'abandonnai toute tentative de contact et j'essayai de me concentrer sur mon livre. J'avais soif, mais me retins de boire. La perspective de faire ses besoins devant des spectateurs ne me disait rien. Les gens essayaient bien de se cacher derrière une haie ou derrière leur voiture. Mais il y avait toujours une autre voiture sur le côté ou derrière. Il y avait toujours quelqu'un aux premières loges, qu'on le veuille ou pas, malgré la mauvaise visibilité.

Nous n'avions pas encore de locataires. Ça puait le pot d'échappement dès qu'on ouvrait la portière. Par ailleurs, nous n'avions pas à nous plaindre par rapport à beaucoup d'autres. Et ils étaient nombreux. J'essayais d'imaginer les autres voitures, les gens assis dedans. Comment ils allaient. S'ils se disputaient, s'ils avaient peur. Ou bien s'ils avaient des portables pour pouvoir prévenir leurs familles et leurs amis qui les attendaient. Ils avaient emporté des cadeaux de Noël. Ils avaient peut-être retenu des chambres d'hôtel dans une ville qu'ils n'atteindraient pas ce soir, même si la route était déblayée.

La radio annonça des bouchons causés par un accident et la neige. Mais personne ne dit où en étaient les équipes de secours dans leur travail de déblayage, ni combien de blessés, éventuellement de morts, il y avait. On était en prison et nous ne devions rien savoir de ce qui se passait dans le monde. Il fallait attendre jusqu'à ce que l'aide nous parvienne ou que les voitures se remettent à rouler d'elles-mêmes.

Ils étaient nombreux à avoir quitté leurs voitures pour se rendre à pied quelque part pour téléphoner, acheter de quoi manger ou boire. Il n'y avait toujours aucun mouvement dans l'interminable file. J'essayai de ne pas irriter Frida. Elle avait cessé de communiquer. Cela m'inquiétait, si bien que je la surveillais. J'avais l'impression que nous n'étions pas si différentes que ça, mais qu'elle avait été meilleure comédienne jusque-là. Et cela n'était pas fait pour rassurer. Le pire qui puisse arriver, c'est que Frida s'approprie mes défauts. De temps à autre elle balayait la neige avec beaucoup d'énergie. On ne voyait pas grand-chose à travers les vitres, mais elle refusait ce sentiment d'ensevelissement sous la neige, comme elle disait.

Elle prit un autre livre que celui qu'elle était en train de lire. Je n'arrivai pas à déchiffrer le titre dans le noir. Elle le posa sur ses genoux. D'une manière ou d'une autre, il fallait que je la force à l'ouvrir. Je la voulais de retour dans son rôle habituel de personne calme. C'était celui dont j'avais besoin.

— Que lis-tu ? ai-je entamé, amicalement.

— Tu ne vois pas que justement, je ne lis pas ! dit-elle avec aigreur.

— Excuse-moi ! ai-je murmuré.

— Arrête de t'excuser ! J'en ai marre ! De tes phobies, de ta complaisance, de ton refus d'écrire, de ton soi-disant malheur, de ta mauvaise conscience et de ta suspicion ! Marre ! Marre ! Marre ! Fiche-moi la paix ! Et arrête de reporter ton humeur du moment sur moi. Je n'en veux pas. Je suis libre ! Il me faut seulement sortir de cette prison sur route.

Je reconnus qu'il n'y avait rien à ajouter. Elle avait raison. Je n'avais à m'en prendre qu'à moi-même, on ne pouvait pas confier sa vie à d'autres.

— C'est bon, ai-je dit, sans force. Du reste on est tous des égoïstes. Sur la route, quand on roule, on se conduit comme des brutes pour être les premiers de la file. Mais dans des situations comme celle-là il arrive peut-être quelque…

— Je pense que Frank est au restaurant, au Lorry, en train de manger du *lutefisk*[1], juste maintenant, dit Frida avec un rire méchant.

— Au Lorry ? ai-je demandé bêtement, comme si l'endroit où il mangeait était ce qui importait le plus.

Frida était donc arrivée à ses fins. Cela m'agaçait que Frank prenne du bon temps pendant que nous étions coincées ici. Je me l'imaginais. Il tenait son verre de bière d'une main, et l'autre était posée sur sa main à elle. Ou pire, il était sorti avec une nouvelle

1. Morue séchée et ensuite marinée dans une solution de soude. Si bizarre que cela paraisse, et malgré une forte odeur, c'est une excellente spécialité que l'on sert au moment de Noël, accompagnée de pommes de terre, de purée de pois cassés, de bacon frit et de moutarde.

conquête qui devait lui vendre les objets hérités de sa grand-mère. Il avait peut-être posé sa main sur son dos, comme par hasard. Il avait pressé son genou entre ses genoux à elle, sous la table et venait de lui faire accepter ce qu'elle prenait pour un marché équitable.

— Est inclus dans le prix que je me charge de tout à ta place, pouvais-je l'entendre dire. Rangement, tri, enlèvement, nettoyage. Pas de problème. Tu peux partir en vacances en Californie sans soucis. Je m'en charge pendant les vacances de Noël.

Je le voyais reposer son verre sur la table avec ce petit sourire en coin qu'il utilisait quand il voulait faire le modeste.

— Frank… ai-je murmuré à son oreille.

Mais il a fermé les yeux à moitié et a fait semblant de rien. Comme s'il n'avait pas pensé à moi un instant depuis notre dernière rencontre. Comme si la seule chose qu'il associait à mon nom était un compte courant à la Nordea Bank auquel il n'avait pas accès, et les deux Turcs qu'il avait engagés pour me retrouver. Au-dessus de sa tête se trouvait l'étagère avec le lion empaillé. Il était tellement mité qu'on ne pouvait pas voir si c'était une femelle sans crinière ou bien un mâle à la crinière mitée. Il considérait Frank qui n'y prêtait pas attention avec des yeux vides. Et le serveur suédois arrivait avec le lutefisk. La vapeur montait au plafond répandant son odeur écœurante. Frank se servait de bacon et de purée de pois cassés. Je n'arrivais pas à croire qu'il ait jamais ressenti une once de nostalgie envers Sanne Svendsen. Il était tout ce qu'il y a de plus satisfait du dernier marché qu'il venait de conclure.

La neige s'accumulait sur les pare-brise en Bavière. Il est vrai, avec des crevasses çà et là quand elle devenait trop lourde. Toutes les ombres blanc grisâtre alentour, enrobées de neige, me firent penser à l'œuvre de Christo à Berlin. Les planchers grinçants, les gardiens aux cheveux gras qui essayaient de camoufler leur existence juste pour surprendre les visiteurs en flagrant délit. En quoi consistaient ces délits, je n'en savais rien. Que pouvait-on bien chaparder parmi ces curieux objets, en général extrêmement volumineux, cela reste pour moi un mystère. Mais la punition était certaine. Et tout ce vide empaqueté dans l'œuvre de Christo. De grandes photos du Riksdag soigneusement emballé, par exemple. Ou bien de nature empaquetée, de meubles empaquetés. On peut dire que ça avait en quelque sorte la beauté d'une momie, hors de toute réalité. Et le même jour nous nous étions retrouvées dans un musée de la réalité, Frida et moi : Topographie des Terrors. Visages de souffrance dans les caves rasées par les bombes. Des documents pris par les bourreaux eux-mêmes. Avec précision. Même sur le froid il y avait des documents. Et des noms apparaissaient sans que je me souvienne de ce qu'ils représentaient. Frank Wildenhahn. Ou bien était-ce Frank Wildenhalm ? Quelque chose comme Verlorener Himmel. Frank ! Le nom était fixé comme un aimant sur une porte de réfrigérateur.

— Cela ne serait jamais arrivé en Norvège, ai-je dit, essayant de rétablir le contact. On aurait fermé toutes les routes alentour à temps pour éviter que la circulation ne se bouche. On serait arrivé à faire passer les voitures de dépannage. Il ne s'agit que d'une chute de neige ordinaire qui ne devrait pas les mettre en état de siège. 400, 500 km de bouchon ? Combien de personnes sont impliquées à ton avis ? Des milliers. Mais il y a cependant plus d'habitants en Allemagne qu'en Norvège. Mais beaucoup de choses ne seraient pas arrivées si on était restées chez nous.

— Quoi donc ? ai-je demandé. C'était tout juste si je ne la remerciais pas de bien vouloir me répondre.

— On ne serait jamais parties en voiture pour l'Italie deux jours avant Noël.

J'aurais pu lui demander si elle pensait que c'était ma faute, mais je m'en suis abstenue. Sans savoir pourquoi, je la comprenais.

Vers les huit heures, une femme sortit d'une voiture dans la file du milieu, avec un enfant sur le bras. Il criait fort, donnait des coups de pied et se débattait. Deux autres enfants suivaient derrière. La mère essaya de frapper à la vitre d'une voiture devant. Mais ses occupants ne désiraient aucun contact. Les gens de la Croix Rouge avaient disparu depuis longtemps. Par pur désespoir elle basculait l'enfant d'un bras à un autre. L'installait sur sa hanche, le secouait et le serrait contre elle. L'enfant pleurait encore plus fort et voulait descendre sur la route.

Un homme sortit de la voiture devant nous. L'enfant avait maintenant quitté les bras de sa mère et rampait à moitié sous la voiture la plus proche. La mère se penchait entre les voitures tout en criant et tempêtant. Elle finit par attraper l'enfant de trois ou quatre ans, le souleva par un bras et le secoua avec force. Le remit par terre sans douceur et le retint par la nuque tout en le frappant à la tête du plat de la main. Quand Frida ouvrit la portière, on entendit les claques à travers les ronflements des moteurs. Le petit garçon était tombé maintenant, mais sa mère continuait à frapper. Elle criait tout le temps quelque chose que je ne saisissais pas.

Frida et l'homme s'approchèrent en même temps. Frida enleva l'enfant à sa mère d'un geste résolu et le tint serré contre elle. Il se taisait maintenant. Mais ses hoquets étaient si forts que Frida en était secouée.

L'homme souleva pour ainsi dire la mère et l'entoura de ses bras jusqu'à ce qu'elle se calme. Il lui parlait sans s'arrêter en allemand. Elle finit par répondre à ses questions. Ils n'avaient plus ni essence ni provisions. Le plus petit avait fait une crise.

Finalement Frida et l'homme se mirent d'accord : il était plus pratique de mettre tout ce monde dans la voiture vide de l'homme. Ils y poussèrent la mère, les enfants et une innombrable quantité de sacs en plastique. Frida vint chercher nos provisions et du chocolat. Quand elle revint s'asseoir dans la Honda, j'étais retournée à des années en arrière :

Une femme marche en tenant d'une main la poignée froide d'une poussette tout en essayant de contrôler de l'autre l'enfant qui court à côté d'elle. L'enfant lui en veut parce qu'elle ne la laisse pas piétiner dans les flaques d'eau. La femme la soulève et la force à s'asseoir dans la poussette. Sans douceur, mais avec un sentiment d'impuissance. Elle oublie peut-être de l'attacher. En tout cas elle en sort en un clin d'œil. Pendant que la femme court derrière elle, le soleil apparaît à travers les nuages et éclaire une flaque sur l'asphalte. Et puis arrive quelque chose d'incompréhensible. L'enfant gît là, en quelque sorte à l'ombre de la grosse roue. Elle se repose un peu, elle qui est si remuante. Son bonnet de laine a l'air bizarre. La femme sait bien qu'il est blanc. Et il est devenu tout rouge. Tout est si aplati. L'eau de pluie sur l'asphalte n'a pas sa couleur habituelle. Elle n'a jamais rien vu de pareil. C'est presque beau. Mais ce n'est pas normal. Ce n'est pas réel. Le chauffeur est sur l'asphalte maintenant. Ils y sont tous les deux. Sous le véhicule. Non, tous les trois. La femme attrape l'enfant et veut la tirer par le bras. La main nue est douce et chaude. Elle a la même odeur que d'habitude. Une odeur de transpiration, d'énergie et de défi comme chez tous les petits enfants normalement remuants. Et son odeur à lui, l'homme, mêlée à celle de l'automne et de feuilles fraîchement décomposées. De tabac à rouler et de sueur de la veille. Et autre chose aussi, qui avait peut-être un rapport avec le moteur. Sa respiration fait le bruit d'un vent violent à travers un vieux conduit d'aération. Il a de grandes mains qui tremblent aux paumes noircies, comme s'il venait de changer une roue.

— Pour l'en sortir, faut que je recule, dit-il sur un ton curieusement ordinaire, et il monte dans la cabine.

Il ne ferme pas la portière. Qui se balance en l'air, avec hésitation. Elle entend un grand cri rauque. Venant de lui, ou bien d'elle-même. Puis le moteur se met à ronfler. Il recule de quelques centimètres. Les roues agrippent les vêtements de l'enfant – une seconde, avant de la libérer. La femme cherche son visage. Il a disparu.

Une mère italienne

— Si j'avais été italienne, j'aurais eu constamment la nostalgie de mon pays ! déclara Frida.

On avait dormi à Münchberg et à Innsbruck, nous avions le col du Brenner derrière nous et nous étions arrivées sur le versant italien. Le soleil était un ovni blanc et le paysage n'était que vallées verdoyantes. Les voitures s'arrêtaient, les portières et les vitres s'ouvraient et les gens allaient tous dans la même direction que nous. Au bar pour prendre un café. C'était visiblement un arrêt qui inspirait la sociabilité.

Des hommes de tout âge sortaient de leurs voitures et se mettaient à astiquer le capot, les vitres, le nickel. Ils ouvraient le coffre et en tiraient des bouteilles et des boîtes de produits de polissage et des peaux de chamois. Ils mettaient la radio à plein tube tout en frottant et fourbissant. Au moins dix chaînes à la fois déversaient en même temps de la musique pop, des informations, des psaumes et des reportages de foot.

Quel est le Norvégien qui aurait emporté avec lui tous les produits nécessaires à astiquer sa voiture avec l'intention d'y passer son temps ? Pendant que les femmes et les enfants restaient assis sur la glissière de sécurité et se tenaient bruyamment compagnie, en concurrence avec les chaînes stéréo des voitures.

— Regarde comme ils astiquent ! ai-je dit, admirative.

— C'est l'Italie, ici on a des mères pour préparer Noël et s'occuper de l'enfant Jésus. Les hommes s'occupent des voitures, répondit Frida en sifflotant.

Ce genre de son pouvait me mettre hors de moi. Je l'interprétais comme un appel venant de quelqu'un qui n'a pas d'oreille. Et bien souvent c'était par besoin de se montrer et de se faire entendre.

— Même si tu prétends pouvoir écouter de la musique, cela ne veut pas dire que tu peux en produire, ai-je dit.

L'humeur changeante de Frida durant ce pénible voyage m'avait fait comprendre qu'il ne fallait pas me laisser faire et qu'il fallait marquer mes limites. Cette fois-là, elle s'arrêta. Mais il y avait toujours un risque qu'elle continue, ce qui n'améliorait rien. J'ai détaché ma ceinture, ouvert la portière et enlevé mon chandail. La température avait augmenté d'au moins 20 degrés depuis la dernière fois que j'étais sortie de la voiture. Je suis restée debout, la main en visière.

Une vieille femme sortit d'une voiture noire, une chaise longue sous le bras. Elle resta un instant à cligner des yeux vers le soleil, puis elle déplia la chaise longue et s'y assit, le visage tourné vers moi. Les pieds un peu en dedans, les mains posées sur les genoux. Son visage était d'une pâleur grisâtre, couvert d'un réseau de rides. Ce n'était certainement pas une paysanne, mais quelqu'un qui avait le temps de pouvoir rester à l'ombre. Ses cheveux ondulés étaient striés de gris et de noir, retenus par un chignon lâche sur la nuque. Un souffle de vent s'engouffra sous le châle noir et le fit frémir. Un instant il sembla prêt à s'envoler. Mais elle n'y prêtait pas attention. Ses yeux noirs étaient fixés sur moi.

Je restai sans bouger. Et quand elle me fit un signe de la tête, je m'approchai. Elle me tendit la main et me dit quelque chose en italien que je ne compris pas. Avant même de savoir ce que je voulais, j'avais saisi sa main. Elle était sèche et lisse comme du papier de soie et il émanait d'elle une curieuse force. Elle déversait des mots sur un ton monotone, comme si elle récitait des psaumes. Elle parlait bas, avec une sorte d'invite dans la voix. J'essayai de sourire sans y parvenir. Au lieu de ça, j'ai pris sa main entre les deux miennes. Elle approuva de la tête et se tut. La brise faisait ondoyer son châle pendant que je lui tenais la main.

De la voiture, un homme l'appela. Elle croisa ses jambes sous elle, essayant de se lever. Je l'aidai, un peu gauchement. Quand elle s'est appuyée sur moi, j'ai senti la force de ce corps frêle au petit ventre rond sous sa poitrine. Une fois debout, elle dégagea lentement sa main des miennes, replia la chaise longue avec habileté, me fit un signe aimable de la tête et s'en alla vers la voiture. Elle boitait légèrement de la jambe droite. Et elle disparut tout de suite après.

J'ai gardé sur moi un vague parfum de lavande durant plusieurs kilomètres. Comme si, croyant avoir rêvé, je découvrais à ma grande stupéfaction qu'il en restait des preuves tangibles.

— Elle aurait pu être ta mère italienne, dit Frida. Sa voix ne marquait ni mépris ni indulgence, mais je me rendis compte à quel point j'étais sensible à toute nuance de cette sorte. – Dans ce cas elle t'a abandonnée encore une fois sans se faire connaître.

— Pourquoi dis-tu ça ? ai-je murmuré.

— Parce que tout ce qui ne sort pas peut engendrer une plaie. Il n'y a aucune raison de ne pas parler de ce à quoi nous pensons toutes les deux. Ta mère n'est jamais venue te chercher !

Elle fit cette déclaration avec un sous-entendu presque rusé dans la voix, comme si elle avait longtemps attendu cette occasion.

Un relent de cette enfance mal digérée remonta à la surface.

— Non, mon père non plus, ai-je dit sèchement.

— Mais tu les attendais ?

— Je ne m'en souviens pas.

Frida fit passer la voiture dans la file de droite. On roulait à une allure agréable. Un camion avec une paroi ouverte était devant nous. Il transportait sûrement des animaux vivants. La portière arrière était barbouillée de fumier et les serrures brinquebalaient.

— Bien sûr que tu les attendais. Tu voulais avoir une famille.

Les rares fois où nous étions objets de convoitise, ils en choisissaient toujours un autre. Même l'ami de la maison qui en emmenait certains dans son chalet ou bien les invitait chez lui, il m'évitait. Je n'étais pas de premier choix. Une famille ? Un rêve sentimental, ai-je conclu.

— Un enfant a bien le droit de faire de tels rêves, tu n'as pas besoin de t'en moquer maintenant, dit Frida. As-tu réfléchi au fait que c'est ta mère qui était la pierre d'achoppement ?

— La pierre d'achoppement ?

— Oui. Les rares papiers qui prouvent ton identité montrent clairement que les titres de propriété étaient assez vagues. Les enfants sont comme des objets ou des biens. Sans titre de propriété tout acheteur se retire. En théorie, ta mère pouvait surgir à n'importe quel moment et faire valoir ses droits sur toi. Peut-être ne s'est-elle pas fait connaître justement parce qu'elle voulait te garder internée jusqu'au moment où il lui plairait de te reprendre. Ainsi a-t-elle laissé passer les années jusqu'à ce qu'il soit trop tard.

— C'est méchant, ce que tu dis. Les femmes ne pensent pas de cette façon.

— Maintenant tu t'exprimes comme un critique littéraire masculin. Tu crois qu'elles ne pensent pas ainsi ?

Bien sûr que si ! En attendant la venue d'un homme riche, qui probablement n'était pas ton père, elle s'est tenue à l'écart pour que rien ne soit décidé, et ainsi éviter de tenter ceux qui auraient pu t'adopter. Le temps travaillait pour elle, mais contre toi.

— Comment cela ?

— La plupart de ceux qui adoptent désirent une boule de cire toute neuve avec laquelle ils peuvent jouer et qu'ils peuvent former à leur guise. Une gamine maigre et pâle qui a cessé de communiquer n'est pas une pièce d'inventaire très décorative dans une famille bien. Non, la vérité est que ta mère a pris la liberté de te mettre au monde et de t'abandonner, tout en te gardant comme sa propriété.

— On ne sait pas qui elle était, ni quel motif elle avait. On ne sait pas ce qui lui est arrivé ni ce qu'elle pensait, ai-je rétorqué.

— Les pires sont ceux qui ne pensent pas et laissent les années passer, en attendant que quelqu'un s'occupe d'eux. En l'occurrence un homme avec un grand H. Qu'importe qui elle était, elle a en tout cas montré bien peu d'intérêt pour ta petite personne.

— Tu es incroyablement pleine de préjugés envers les femmes !

— Ah oui, tu trouves ? Regarde autour de toi. À tous les âges. En train d'attendre, bavant, pleurnichant, les jambes écartées, couvertes ou le nombril à l'air. Ivres ou sobres. Donne-leur un vieil homme muni d'une belle situation et d'un portefeuille et elles se couchent là, avec leurs seins en silicone et leurs vagins offerts.

Elle accéléra, mit le clignotant et passa sur la file de gauche avant de dépasser le camion aux animaux.

— C'est bien sûr tout autre chose quand il s'agit d'un père, continua Frida.

Je ne répondis rien.

— On n'attend rien d'un père. Ni à cette époque ni maintenant. Ils ne sont présents que s'ils le veulent bien. Grâce à leur charme, leur portefeuille ou leur volonté la vie peut toujours changer. C'est tout. Une femme qui n'accepte pas ça et qui ne le prend pas avec bonne humeur et responsabilité a encore beaucoup à apprendre.

— Tu parles comme quelqu'un qui n'y connaît rien. Regarde Frank ! Il s'occupe de ses enfants ! ai-je dit.

Frida se mit à rire.

— Attention, petite Sanne, tu risques de finir comme quelqu'un de bien !

— Arrête ! l'ai-je suppliée.

— Bon, d'accord, dit Frida, étonnamment pacifique.

Quand la mer surgit, j'étais épuisée à force d'avoir essayé de faire surgir des pensées positives sur une mère. Ou un père. Je m'étais promis, il y avait de cela longtemps, d'éviter de telles traversées du désert. Et voilà que Frida n'avait eu qu'à creuser dans le sable pour m'y ramener.

À la lumière d'une crèche

Le hall de l'hôtel ressemblait à une scène de film à grand spectacle américain, ou peut-être italien. Un énorme arbre de Noël chargé de clinquant et de couleurs. Sur une table, sous un lustre éclatant se trouvait une crèche pleine de détails astucieux, illuminée par des projecteurs. Les moutons étaient certainement recouverts de vraie laine. On s'attendait à ce que l'enfant Jésus se mette à pleurer. Le visage de Marie était celui d'une sainte. Joseph le charpentier avait caché durant plus de deux mille ans qu'il était en réalité un aristocrate. Mais ici il pouvait tranquillement faire état de sa noble extraction. Il tenait son bras, en geste protecteur, au-dessus de la mère et de l'enfant. Les bergers sortaient justement d'un sauna finlandais. Débordants de bonne santé, les yeux brillants et la peau rougissante. Quant aux rois mages, ils venaient d'arriver par avion, en business class, de leurs pays respectifs. L'un était évidemment américain. Peut-être même californien. Bronzé et les jambes écartées plantées sur le sol. Tous les trois étaient encore empreints de la bonne atmosphère et du service irréprochable qui régnait en première classe. Turban et couronnes étaient impeccables. Les chameaux n'étaient loués que pour la circonstance, pour cause de publicité. On s'était assuré qu'ils ne gêneraient pas les clients par des excréments déplacés.

Ils étaient parfumés à l'encens et à la myrrhe et représentaient un accessoire important, indissociable de cette grande fête.

Je restai là, longuement, pleine d'admiration. Je n'ai pas pu empêcher quelques larmes de couler. J'avais la fâcheuse habitude de me laisser facilement émouvoir par des choses que je trouvais cependant pathétiques ou même méprisables. C'était comme si j'avais besoin de ce stimulus pour arriver à dissocier la vulgarité de ce que je pensais être bien. Et tandis que j'étudiais cette chrétienté théâtrale, surgit un tableau :

La jeune fille n'a plus besoin de fêter Noël avec un arbre aux branches clairsemées et dont il ne faut pas allumer les bougies, car il pourrait prendre feu. Elle n'a plus besoin de regarder des guirlandes si défraîchies qu'elles font penser à des fils de fer barbelés d'avant-guerre. Ou des étoiles qui n'ont plus que trois branches sur cinq. Les paniers de papier glacé maladroitement natté peuvent bien pendre sur les branches brunes sans la gêner pour autant. Car cette année on l'a mise dehors pour qu'elle se débrouille toute seule, et c'est fini. Elle n'a plus besoin d'être responsable envers la directrice ou le reste du personnel. Mais la vie est ainsi faite que ce premier Noël, elle se prend à regretter tout cela. Plus tard elle lira quelque part que des otages tenus enfermés pendant longtemps développent un sentiment de dépendance à l'égard de leurs geôliers. Qu'ils peuvent même avoir une certaine confiance en ces êtres abhorrés. Après leur libération, il peut arriver que par manque de contact ils finissent par regretter leurs bourreaux.

Et plusieurs années plus tard : une jeune mère a un besoin intense de créer un Noël pour elle-même et son petit enfant. Tout doit être parfait. Jusqu'au moindre détail. Elle veille, écoutant la respiration de l'enfant, et pense qu'il ne faut pas le décevoir. Pour l'enfant ce doit être comme un conte de fées. Réitéré chaque année.

Elle a peur de ne pas y parvenir. Elle sait qu'elle n'y parviendra jamais. L'enfant n'a qu'elle. Elle peut toujours lui donner un calendrier de l'Avent, des cadeaux, évidemment pas trop chers, mais quand même. Elle peut lui faire la lecture à haute voix, faire la cuisine, décorer, chanter. Mais l'enfant ressentira le vide sans bien comprendre pourquoi. Quand il sera plus grand, il découvrira la fausseté du Noël des adultes. Et la solitude. C'est très tôt qu'un enfant ressent cela.

Et une fois arrivé l'irréparable, la femme se demande : de tels enfants se jettent-ils plus souvent sous les roues d'un camion que d'autres ?

Elle n'a aucune réponse à cela, et elle n'a pas non plus de raison de fêter Noël. Elle a un bon livre, du vin rouge et quelques côtelettes achetées au supermarché. Elle ne fait aucune décoration et elle évite toute conversation ayant trait à Noël. Elle développe une technique de oui-non pour ne pas sembler rébarbative. Elle écoute les gens se plaindre de tout ce qu'il reste à faire, de l'argent et du temps qui manquent, et leurs prétentions à l'idylle familiale. Et dans cette lente anesthésie, elle laisse les années s'écouler. Mais de temps à autre elle reconnaît que les associations d'idées ont leur logique propre, et le rêve de Noël remonte à la surface. L'idée en elle-même est une étincelle des dieux.

Et que serait-il arrivé si l'enfant n'était pas passée sous un camion ? Aurait-elle forcé sa fille à rester son unique famille ? Et une fois adulte, par son seul regard désemparé, l'aurait-elle condamnée à venir lui rendre visite régulièrement chaque semaine ?

Des gens en habits de fête attendaient d'entrer dans la salle à manger pour leur souper de Noël. Frida et moi étions assises sur un canapé près de deux dames somptueusement parées. Nous comprîmes qu'elles étaient allemandes. L'une d'entre elles était couverte de scintillantes paillettes rouges des pieds à la tête.

Elle déclara avec une dignité teintée d'amertume qu'elle et son chien prendraient leur repas dans sa chambre pour ne pas rater un coup de téléphone de son fils et de ses petits-enfants.

L'autre, en lamé or, répliqua qu'elle en aurait bien fait autant si ce n'était pour son mari… Ce mari naviguait quelque part dans le bar, le regard brillant et fureteur.

Les deux femmes avaient une attitude de joie forcée.

— Joyeux Noël ! Cet endroit semble bien agréable, dit Frida en anglais pour montrer de l'amabilité envers les deux dames. Elles répondirent chacune d'un sourire crispé qui révélait le choix d'un bon dentiste et d'une hygiène buccale irréprochable.

À cet instant même un acteur de renommée internationale passa devant nous, sans que j'arrive à mettre un nom sur son visage. C'était énervant, car je l'avais vu dans plusieurs films et dans des séries télévisées.

— Voilà l'acteur, murmura celle en rouge sans prononcer son nom. Elle le suivit ouvertement des yeux tout en faisant une moue à la Brigitte Bardot. Cela ne lui allait pas si mal, mais c'était peut-être un peu exagéré, vu qu'il ne s'était pas arrêté. Il se trouvait maintenant devant l'arbre de Noël et tirait sur ses manchettes.

— Je ne l'ai pas vu à la piscine aujourd'hui, fit celle en lamé or.

— Je crois qu'il est allé à Venise. C'est ce qu'il fait toujours dans la matinée, la veille de Noël, dit celle en rouge, comme pour nous faire savoir qu'elle connaissait ses habitudes. Elle avait même dans la voix quelque chose qui nous faisait comprendre à quel point elle était discrète de ne pas nous révéler ses habitudes, malgré l'envie qu'elle en avait.

— C'est bien le dixième Noël qu'il passe ici ? demanda celle en lamé or.

— Le neuvième, répondit celle en rouge, posant les bouts de ses doigts les uns contre les autres.

— Je trouve qu'il a l'air bien seul ce soir, dit celle en lamé or, d'un ton maternel.

— Mais qu'est-ce que tu racontes ! Il est comme ça. Les gens célèbres sont forcés de se protéger.

Il est possible que ces deux dames ne savaient pas que nous comprenions ce qu'elles disaient en allemand, puisque nous nous étions adressées à elles en anglais. J'avais fait la même expérience moi-même à Berlin. Assise à la terrasse d'un café, j'avais parlé norvégien. Au bout d'un moment la voisine s'était penchée vers nous et avait demandé en suédois qu'on lui passe le sel. Il faut dire que d'habitude les Suédois ne sont pas très doués pour comprendre les autres langues scandinaves, mais n'empêche. J'étais gênée. J'avais analysé et ressassé tout ce que j'avais pu dire. Sans y parvenir complètement, naturellement. Et cela me tracassait. Frida m'avait consolée en disant que je devais m'estimer heureuse de ne pas être un écrivain connu. La situation aurait alors été bien pire.

— Pas mal, celui-là, murmura Frida à mon grand étonnement.

Comme si l'homme l'avait entendue et comprenait le norvégien, il revint tout à coup vers nous et se glissa vers un des deux fauteuils vacants avec un regard interrogateur vers nous. Celle en rouge était déjà en train de se lever, approuvant de tout son buste. Il fit un geste défensif de la main, comme pour marquer que le temps n'était pas aux applaudissements.

Il était évident qu'il connaissait la femme en rouge. En tout cas ils en étaient au stade des phrases de politesse. Il fit une remarque sur le temps. Celle en rouge lui fit part des prévisions météorologiques en de longues phrases dans un anglais parfait. L'acteur nous serra la main. Une poignée de main ferme mais distraite qu'il donnait probablement à tout le monde. Puisqu'il avait parlé du temps, j'en conclus qu'il s'était promené à Venise. Ou bien s'était baigné à un autre moment que les deux dames qui ne l'avaient pas vu à la piscine.

— Trois degrés au-dessous de zéro, nous dit-il. Une remarque faite pour me plaire, puisque je partageais cet intérêt. En connaissant la température du jour, on savait à quoi s'en tenir.

En le regardant de près je remarquai que sa peau avait un ton grisâtre. Ses tempes se dégarnissaient. Ses cheveux frisottaient sur la nuque, au-dessus de son col. Il avait besoin d'une bonne coupe. Il avait des commissures de lèvres que je caractériserais de cruelles. Un trait que j'avais remarqué chez certains hommes imbus de leur personne en train de s'ennuyer. Il n'était pas aussi athlétique qu'il le paraissait dans ses films. Ils ne l'étaient jamais. Pas aussi grand non plus. Cela me réjouissait, pour ainsi dire, de noter ces détails.

Ses mains portaient des taches brunes, ou de rousseur. Ses poignets étaient plutôt minces. Ils n'avaient sûrement jamais soulevé plus lourd que du whisky dans du cristal. Il saisit alors le verre qu'un serveur lui avait apporté, leva les yeux et but à notre santé. En faisant un signe de tête vers les deux dames, Frida et moi-même.

Tout à coup le chien de la dame en rouge se mit à aboyer à mes pieds. Je sursautai et le liquide dans mon verre fit des éclaboussures, ce qui ne m'empêcha pas de lever mon verre en réponse. L'acteur dit alors quelque chose à quoi Frida répondit, curieusement. Il approuva d'un signe de tête. Il sourit même à Frida, comme s'ils étaient de vieilles connaissances.

Celle en rouge plongea la main vers mon pied et souleva son chien protestataire jusque sur ses genoux. Il s'y installa, les oreilles couchées et le regard haineux fixé sur l'acteur. Elle, n'ayant de cesse que de démontrer son amour envers son petit animal, s'adressait d'une voix forte et bien intentionnée en partie à son chien et en partie à nous. Dans le style : « Comme nous sommes bien… dans cette atmosphère de Noël. » Et comme des faisceaux de phare ses petits yeux se concentraient sur l'acteur que nous avions en commun.

Je remarquai qu'il en était conscient. Mais qu'il faisait semblant de rien, par une sorte de négligence polie. Comme un homme à qui une telle attention importait peu, surtout quand il attendait son dîner. On peut dire, ce qui est tout à son mérite, qu'il prit cela avec pondération. Il eut même l'énergie d'adresser à Frida plusieurs phrases sur Venise, la lumière, la saison et – à nouveau – la température qui était très basse même pour la saison.

Frida lui répondait dans un style relaxé que je ne savais pas trop comment interpréter. Une fois il consulta sa montre tout en parlant. Elle répliqua aussitôt en contrôlant la sienne. Ils se sourirent alors, comme si c'était un signe convenu entre eux. Ensuite il se pencha vers elle et lui dit quelque chose que je n'arrivai pas à saisir. Elle eut un petit sourire, mais ne répondit point. Il m'arrivait de ne pas savoir avec certitude si Frida était une tacticienne, ou si vraiment elle était réservée. Mais je m'octroyai le plaisir de noter que les deux Allemandes n'appréciaient guère le contact établi entre Frida et l'acteur.

Après en avoir demandé la permission, il alluma un cigare dont il jouit, renversé dans son fauteuil, le regard fixé sur l'escalier où allaient et venaient des silhouettes vêtues d'élégantes créations. Après quelques bouffées il fit tomber la cendre dans un geste presque tendre, considéra le bout éteint avec intérêt et remit le tout dans son étui en métal sorti de sa poche. Puis il en revissa le bouchon et se leva en s'inclinant légèrement.

Une jeune femme blond platine descendait l'escalier, un sein à moitié hors de sa robe, tel un ballottant cadeau de Noël non empaqueté. Il était clair que l'effet était voulu. Notre acteur alla vers elle et lui offrit son bras.

Comme sur un signal donné, celle en rouge se leva avec un soupir. Les paillettes scintillaient.

— Je monte, maintenant. Mon fils va bientôt appeler, dit-elle à celle en lamé or en se dirigeant vers l'ascenseur, tirant derrière elle son chien rétif. Par moments le chien se laissait traîner, le derrière collé au sol. Elle se retournait alors, se penchait et lui parlait comme à un bébé. Ce qui n'empêchait pas le chien de continuer à renâcler et à aboyer après tout le monde.

À sept heures les portes de la salle à manger s'ouvrirent et on put passer à table. C'était visiblement un très bon hôtel, car près de chaque couvert était déposé un petit cadeau soigneusement enveloppé qui contenait un stylo de marque.

— Le fabricant a certainement passé un accord avec l'hôtel, se réservant la disposition d'une suite durant un certain nombre de semaines moyennant la fourniture des cadeaux qui ne sont pas sans effet de réclame, remarqua Frida.

L'acteur et la blonde platinée étaient plongés dans une conversation intime à la table voisine. Leurs têtes se rapprochaient et ils avaient l'air de ne pas s'ennuyer. On nous servit *Fagottini di verdure e fontina* avec force ronds de jambe.

— Il n'est pas aussi grand qu'il en a l'air dans ses films ! Plus ordinaire aussi ! déclara Frida avec satisfaction. Pour changer un peu, enfin un homme de ton âge.

— Que veux-tu dire ?

— Cela me soulage de voir que tu prêtes attention à d'autres hommes que Frank.

— Ne dis pas de bêtises ! Il est en compagnie d'une dame.

— C'est sa fille, dit Frida.

— Comment peux-tu le savoir ?

— Par la manière dont il la traite. Depuis toujours, j'observe les pères, et je me trompe rarement. Ils sont d'une gaucherie attendrissante, ou alors d'une expansivité bruyante. Son regard est bien différent et plus incertain que celui qu'il portait sur nous dans le hall. Regarde le mouvement de ses mains. Comme s'il voulait lui caresser la joue, mais s'en retient parce qu'il se souvient tout à coup que dix ans ont passé et qu'elle n'est plus une gamine. Ou bien comme s'il pensait qu'il eût mieux valu lui faire un cadeau somptueux que de l'amener ici. Il ne sait pas quelle attitude prendre. Personne ne le dirige dans ce rôle. Notre acteur doit improviser son rôle de père. C'est pour cela qu'il se conduit de manière aussi insistante auprès d'elle. Il veut tellement être convaincant dans ce rôle qu'il n'a jamais joué au cinéma. En même temps il ne veut pas lui paraître autoritaire ou étranger. Il veut la mettre en confiance, mais il ne sait pas trop comment.

— Mais qu'est-ce qu'il aurait dû faire, alors ?

— Il aurait mieux valu qu'il soit plus décontracté et lui parle comme à quelqu'un d'ordinaire rencontré par hasard. Il n'aurait pas dû insister tellement sur son rôle de petite fille. Il n'est pas à son aise, dit Frida.

J'acquiesçai de la tête et regardai mes mains. Elles tenaient un couteau et une fourchette et avaient l'air parfaitement normales.

— Tu crois qu'il a fait de la surenchère avec les fêtes de Noël plus modestes proposées par sa mère, pour obtenir qu'elle parte avec lui cette année ?

— Peut-être. Certains parents subtilisent l'intérêt d'un enfant quand ils en ont besoin.

— Mais c'est encore pire quand les parents ont leurs chagrins cachés, ou ressassés jusqu'à saturation.

— Lesquels ?

— Par exemple tous les rêves abandonnés à cause de la famille, termina Frida.

Je savais que c'était dit pour me consoler, et je résistai à l'envie de la contredire. Je ressentais souvent un profond malaise devant les crises incontrôlées de Frida, justement parce qu'elles avaient un effet libérateur.

L'acteur se penchait en avant et souriait à la jeune femme. Son front et le contour des yeux étaient comme craquelés. Les couleurs et les lignes rappelaient une peinture de vieux maître flamand. Un instant il me sembla que nous tous, toute la pièce, faisions partie de cette peinture. Comme si un grand maître nous y avait placés. Pas par hasard, mais consciemment, selon un système dont lui seul – car c'était évidemment un homme – connaissait l'importance. Et je ressentis le besoin d'y croire. Que rien n'était dû au hasard. J'avais ma place dans le tableau. Juste comme j'aurais placé Frida dans ma vie, si j'avais été un grand maître. Dans le but de compléter mon rôle, de me soutenir, de m'inspirer, tout en restant elle-même. Ce n'est qu'en restant soi-même qu'on peut garder sa place dans le tableau, ai-je pensé.

Le serveur arriva avec les *Medaglione di vitello Maison all'estragon*. L'acteur et moi-même avons contrôlé où nous en étions sur le menu. En même temps, mais sans concertation. Ensuite il s'est renversé sur le dossier de sa chaise et a regardé la jeune femme en train de parler. Elle avait conscience d'être regardée. Pas seulement par son père, mais par autant de gens que possible.

— Il s'ennuie, dit Frida.

— Mais en tout cas il écoute avec intérêt.

Il avait ouvert sa veste et le plastron de sa chemise luisait vers moi. Son nœud papillon me fit penser, pour une raison ou une autre, aux enterrements. Quand il se pencha en avant, la lumière le toucha malencontreusement, rendant son nez bleuté, comme il arrive souvent avec l'âge.

En regardant ses oreilles, j'ai pensé à la description de New York faite par Frida.

— Tu m'avais volé ma version la fois où tu m'as raconté les oreilles de Jimmy Scott ? ai-je demandé.

— Qu'est-ce que ça peut bien faire ? Je peux aussi raconter l'histoire de la dame d'un certain âge sous son élégant chapeau avec des lobes d'oreilles comme des tableaux d'affichage !

— Celle avec son caddy qui parlait sur le mode confidentiel à l'expéditeur du point de vente des vins et spiritueux[1] de Briskeby ? ai-je demandé.

— Oui ! Elle avait arrangé ses boucles blanches de manière seyante sur ses oreilles avant de sortir. Mais en se penchant pour sortir des billets de son portefeuille un énorme lobe fripé est apparu.

— Elle avait un petit diamant enfoncé profondément dedans.

— Oui ! Qui clignotait dans ma direction au milieu de tous ces replis de chair. Quand elle est sortie avec sa précieuse bouteille de porto bien cachée dans son caddy, ce petit œil brillant l'a suivie jusqu'à la porte.

— T'ai-je raconté cette histoire ?

Frida haussa les épaules. Encore une fois j'étais désagréablement confrontée au fait qu'elle volait mes idées et mes tournures. Et ce soir je ne prenais pas de notes. C'était quand même Noël.

L'acteur semblait de plus en plus impatient. Il déplaçait ses mains et se tirait le bout de l'oreille. Je n'avais aucune raison de le trouver désagréable, bien qu'il eût visiblement des difficultés à s'intéresser à la conversation qu'il menait avec celle qui était peut-être sa fille. Je me suis dit qu'elle n'avait rien d'intéressant à raconter. Cela ne me chagrinait en aucune façon.

1. En Norvège toute vente d'alcools est monopole d'État et a lieu dans des locaux spéciaux, encore parfois considérés comme peu corrects à fréquenter par certaines vieilles dames des beaux quartiers, comme c'est le cas ici.

Non, il ne me déplaisait pas. Au contraire, je le comprenais.

— Tu n'écoutes pas ce que je dis. Depuis qu'on a passé la frontière, ta peur d'être suivie a diminué. Et que fait Sanne pour remplir ce vide ? Eh bien, elle reluque n'importe quel homme qui se présente. C'est vraiment tuant d'être en ta compagnie. Bon, il est clair que tu as enfin déniché quelqu'un qui a quelque chose dans la tête.

— Mais je suis tout ouïe. Du reste, comment peux-tu savoir qu'il a quelque chose dans la tête ?

— Par rapport à Frank ? Mais c'est évident.

— Je ne pense pas que je l'intéresse, ai-je répliqué sèchement. J'ai remarqué que les types comme lui s'entourent plutôt de jeunes femmes à la plastique irréprochable et qui leur servent de figure de fond flatteuse.

— Tu parles de Frank ?

— Non, ce n'est pas de Frank que je parle.

— Bien ! J'ai une idée. Fixons-nous l'objectif que vous fassiez connaissance. Écrivain en quête d'acteur.

Je ne sais pas si c'est arrivé juste après que Frida a dit ces mots. Mais en tout cas j'ai rencontré son regard, tout à fait par hasard, et je me suis imaginé qu'un certain contact était établi. Cela s'est passé si vite qu'il est difficile de l'affirmer. Les yeux au ciel et les commissures des lèvres dans une grimace encore plus cruelle que celle remarquée dans le hall. Si j'en avais eu le temps, j'aurais pensé qu'il allait éclater d'un rire méprisant devant toutes les bêtises que débitait la jeune femme.

Mais je n'en ai pas eu le temps. Sa main essaya de chercher quelque chose. Un mouchoir ? Comment savoir ? Sa bouche s'ouvrit. La mâchoire un peu pendante. Tout à coup il eut l'air de s'être terriblement mordu la langue. Pour ensuite me fixer, les iris ternis et la bave s'accumulant aux coins de la bouche. Puis il tomba en avant sur la table, un peu sur le côté, comme si sa bonne éducation lui commandait, quoi qu'il arrive, de ne surtout pas casser la vaisselle.

La jeune femme se mit à crier et se leva à moitié. Le maître d'hôtel et un homme à une table voisine se précipitèrent. Ils l'étendirent sur le plancher. Un autre homme, probablement un médecin en vacances, arriva, tout essoufflé, du buffet des salades. Dans le feu de l'action il plaça son saladier de maïs et de verdure devant moi avant de s'agenouiller vers l'acteur. Il mit en pratique immédiatement ce qu'il avait probablement appris dans une faculté de médecine. En plus il donna des ordres sur un ton sans réplique et un homme qui devait connaître les gestes de premier secours le relaya. Tout cela sans succès. L'acteur ne mangea jamais son *Ventaglio di frutta fresca*.

La jeune femme était toujours à moitié debout à table en train de se recouvrir la poitrine de sa serviette en damas. Elle ne criait plus, mais moi qui étais près d'elle, j'ai entendu qu'elle murmurait sans cesse « Father, Father » avant de se coucher d'un bond près du corps gisant.

À mon grand étonnement Frida se leva et alla vers elle. L'entourant de ses bras elle l'éloigna pour ne pas gêner l'intense travail de réanimation en cours. Un sein était complètement sorti de sa robe. Un téton rose pointait, effaré, dans la réalité. Frida, en un éclair, avait saisi l'épaulette de la robe et remis tout en place probablement sans que la jeune femme s'en aperçoive.

Ils étaient plusieurs à s'être levés. Solennellement, comme à la messe avant de recevoir la bénédiction. Les hommes en noir étaient comme des cormorans sur un écueil en mer, les ailes à moitié levées, tendant le cou en direction du vent. Les femmes surtout avaient cette expression que l'on a quand on est en bout de queue et qu'on essaie de placer sa tête en bonne position pour, si possible, se rapprocher du but.

Après un moment on se mit distraitement à arranger ses colliers et ses bracelets. Mais très silencieusement. Sauf notre lamé or d'avant le dîner. Elle encourageait ouvertement son mari à aller prêter main-forte. Ce à quoi il se refusait en la repoussant sur sa chaise. Pas de manière agressive, plutôt comme on remet à sa place un coussin sur un canapé.

L'assemblée était aussi silencieuse que si elle attendait un verdict. Pas de cliquetis de couverts ou de verres. Aucun serveur traînant les pieds sur le marbre des dalles. Ils restaient debout, placés au hasard comme des meubles oubliés dans une pièce surmeublée. Près de la desserte, de la colonne et de la table n° 5.

Un certain temps était passé et la plupart s'étaient rassis sur leurs chaises quand on entendit les sirènes de l'ambulance. Provocantes comme une fanfare à l'ouverture d'un festival de musique contemporaine. Immédiatement après, quatre hommes au calme imperturbable envahirent la salle avec brancard et matériel. Tout alla très vite. La communication qui passait entre eux ressemblait au claquement du clavier quand les mots coulent de source.

Frida disparut derrière le brancard avec la fille en pleurs. Heureusement que l'un d'entre nous montrait un sens pratique et de la responsabilité. Les visages des sauveteurs exprimaient la routine plutôt que l'espoir quand, presque sans bruit, ils se précipitèrent avec notre acteur à travers les portes du hall, dépassant la crèche de Noël, vers les étoiles.

La nuit de Noël je fus prise de fièvre. Claquant des dents et étourdie, je me suis levée pour me changer. Ma chemise de nuit était trempée. J'avais l'impression que mon corps était sans contours et étranger, en partie paralysé. Une sensation d'impuissance – ressemblant à de la honte. Comme si ma tête était plantée sur une pique et mon corps enfoui dans une tourbière pour y pourrir. La plaie entre ma tête coupée et mon corps me faisait mal. Et la surface de mon corps me faisait penser à une méduse échouée depuis longtemps.

Je m'assis sur le couvercle des toilettes. On avait dû conserver le siège dehors où il gelait, juste pour m'incommoder. Mais je restai là assise un moment pour appuyer cette tête étrangère contre le mur. Il sentait l'humidité. Ou le moisi. Et cette odeur venait de moi.

Quand je suis retournée au lit et que je me suis endormie, je n'ai pas pu empêcher une silhouette au visage caché d'envahir mes pensées. Je me suis débattue pour me libérer de cette femme en noir, pas plus grande que moi, mais d'autant plus forte. Plus endurante et avec une sorte de supériorité. D'abord j'ai lutté sans forces, presque paralysée. Chaque mouvement semblait durer plusieurs minutes, voire des heures – peut-être même plusieurs jours et plusieurs années.

Je me suis dit, là, dans le rêve, que cette étrangère masquée n'était pas dangereuse, seulement inquiétante. C'est ce qu'on peut se dire en rêve, comme si on savait qu'on rêvait, sans vouloir le reconnaître. J'essayais de me calmer en me disant que le seul inconvénient était de ne pas savoir qui se cachait sous la cape. De nombreuses silhouettes nues se promenaient dans la vapeur de ce qui devait être une douche dans un centre sportif. J'en reconnaissais quelques-unes sans pouvoir mettre un nom dessus. Parce qu'elles sont nues, je ne les reconnais pas, ai-je pensé, de là où j'étais, en train de me cacher derrière une serviette. Je voulais prendre une douche, mais ne trouvais aucun robinet pour faire jaillir l'eau.

Soudain la silhouette en cape noire surgit d'une douche. Je n'apercevais que les yeux, mais je l'ai reconnue. C'était Frida ! Elle cachait quelque chose sous sa cape. Il me fallait savoir ce que c'était, et je m'approchai. La cape fut ouverte. Et il n'y avait rien en dessous. C'était vide. La déception déclencha une force en moi. Comme si j'avais dissimulé un volcan à l'intérieur, sans le savoir. Maintenant c'était l'éruption. J'ai laissé des mots, inintelligibles pour moi, l'atteindre comme un châtiment. Je trouvais que ça n'allait pas assez vite si bien que je m'aidais des mains pour les faire sortir à une vitesse vertigineuse. Frida restait sans bouger et mettait en pelote ce flot incohérent jusqu'à ce qu'elle ait tout un ballot dans les bras.

— C'est moi qu'on a choisie, dit-elle.

L'hiver à Venise

Nous nous sommes installées près du bassin après le petit déjeuner. Je me suis allongée en m'étirant, tout en ressentant un bien-être qui me donnait presque mauvaise conscience. Je ne crois pas avoir été la seule, mais la plupart des gens autour de la piscine y étaient probablement plus habitués que moi. Il était certainement sain pour quelqu'un comme moi, qui y était parvenue si aisément, de reconnaître que le luxe n'est pas une chose naturelle. La situation paraissait peu stable.

En vérité, c'était ainsi depuis que Frida et moi étions arrivées à Berlin. Il me semblait que je pouvais me réveiller n'importe quand sur mon canapé-lit à Oslo et découvrir que tout n'était que fiction. Ou encore un rêve. Je ne sais même pas si je l'aurais regretté.

Mes hallucinations fébriles avaient renforcé l'impression que Frida était un danger pour moi. L'idée était injuste, n'empêche qu'elle était là. Je reconnaissais qu'un jour ou l'autre il faudrait bien se séparer. Et le plus vite serait le mieux. Elle prenait la direction, non seulement de notre itinéraire, mais elle infiltrait le manuscrit et volait mes histoires pour les faire siennes. J'avais souvent le sentiment qu'elle essayait de me rabaisser pour prendre plus de place.

Tout ça, tout ce voyage, la voiture – c'est le truc de Frida, ai-je pensé.

Elle n'avait rien voulu raconter sur la mort de l'acteur, ni comment sa fille prenait la chose, et donnait des réponses évasives quand je la questionnais. Elle qui me reprochait de ne rien dire ! Je savais qu'elle l'avait accompagnée à l'hôpital, mais c'était tout. Elle semblait avoir enfin quelque chose pour elle seule, qui ne me concernait pas. Et elle ne voulait pas que je m'en serve dans mon manuscrit. Je sentais aussi qu'elle n'était pas tout à fait dans son assiette. Peut-être le chagrin, bien qu'elle n'ait pas connu l'acteur. D'autre part c'était moi qui étais intime avec elle. J'avais même été malade !

— Elle avait beaucoup de chagrin ? La jeune fille ? ai-je avancé.

— Comme on pouvait s'y attendre. Elle a beaucoup pleuré.

— Es-tu restée là tout le temps ? Je veux dire jusqu'à ce qu'il...

— Il était déjà mort à table.

— Mais tu n'es pas revenue dans la chambre ! Où étais-tu ?

— Sanne ! Si tu dois absolument fourrer ton nez partout, pose au moins des questions intelligentes ! Je suis allée et venue, c'est tout. Le drame était terminé, en fait. Cet acteur a eu de la chance, je trouve. Il n'est pas mort sous les applaudissements, mais il est mort en scène la veille de Noël !

— J'ai l'impression que j'ai tout rêvé. L'acteur... tombé comme ça... tout d'un coup, ai-je dit.

— Rêvé ? Oui, peut-être. Un écrivain est quelqu'un qui rêve éveillé. En effet, pourquoi pas ? Mais n'insiste pas sur cette histoire dans ton manuscrit, s'il te plaît. L'acteur n'est pas important. Concentre-toi sur Frank. Il est vivant, et du reste tu en sais un peu plus sur lui que sur cet acteur.

Voilà, c'était reparti. Frida essayait de diriger mon manuscrit. Cette fois, ce n'était pas qu'une impression. Elle m'expliquait ce qui était important pour moi.

— Comment peux-tu savoir ce qui est important ?

— Je vois que ta tocade pour un acteur décédé n'apporte rien. C'est seulement une manière de refouler Frank, ça n'apporte rien à l'histoire.

— Mais je n'ai jamais été amoureuse de lui !

— Raison de plus pour le rayer du manuscrit. Comment imaginais-tu t'y prendre, d'ailleurs ? Crois-tu vraiment que tu as assez de fantaisie pour décrire une personnalité si compliquée ?

Je me suis tue. Quelquefois le silence est aussi lourd à porter que de trouver les mots.

J'ai refermé mon livre, une biographie de Marcel Proust. Je l'avais choisie parce que j'avais mis plusieurs années à lire *À la recherche du temps perdu*.

— Si tu avais atteint le même niveau que Swann en termes d'épanouissement de la personnalité, tu aurais eu la distance qu'il te fallait vis-à-vis de Frank, dit Frida.

— Comment ça ?

— Au bout de nombreuses années il arrive à se débarrasser de son amour imaginaire. Il s'est rendu compte qu'il avait perdu des années de sa vie, oui, qu'il aurait même pu mourir pour quelqu'un qui ne l'attirait pas. Elle n'était même pas son type. Néanmoins il s'était imposé de se comporter comme s'il l'aimait. Il avait même été blessé qu'elle ne partage pas cet amour imaginaire.

— Ne dis pas ça, ai-je murmuré.

— Swann y met un point final. Il accepte le fait qu'il s'est conduit stupidement jusque-là. Il se libère du processus spirituel et est guéri. Le Frank que tu vois n'a absolument rien à voir avec la « personne » Frank. Tu l'as paré de toutes tes attentes. Et maintenant tu crois même qu'il est à ta poursuite. Mais tu ne sais rien des pensées de Frank. Tu l'as tout simplement inventé, mais beaucoup trop superficiellement. Tu es bien trop égocentrique pour prendre la peine de le connaître véritablement.

— Il est à Oslo, et moi, je suis là.

— La femme de Frank pourrait te mettre sur la voie. Elle connaît Frank sous toutes les coutures.

— Maintenant ça suffit ! ai-je dit sur le ton le plus menaçant possible.

— Bien ! Continue donc tes exercices sans prendre de références. Ça ne me déplairait pas que tu laisses tomber Frank, juste comme Swann a laissé tomber cette femme. Malheureusement on a déjà fait assez d'efforts pour incorporer Frank au manuscrit. Les personnages importants ne lâchent pas si facilement le morceau ! Même si on les tue. Si tu le gaspilles, ou si tu hésites à aller au fond des choses, il reviendra toujours entre toi et le prochain livre que tu vas écrire.

Je me suis mise à mettre de l'ordre dans mon sac. J'ai changé mon maillot de bain de place et j'ai rangé mon livre dans la poche de côté, puis j'ai refermé la glissière.

— Tu te souviens du dernier volume de Proust, là où il referme la boucle sur l'œuvre ? dit Frida. Quand il trébuche sur un pavé à Paris en route pour une réception à laquelle il n'a pas envie d'assister ? Et au moment où il reprend son équilibre, il se souvient de la fois où il a trébuché sur deux dalles de marbre dans le baptistère de l'église Saint-Marc. Il n'était pas tombé là non plus. Et à Paris, plusieurs années après, il découvre l'importance du souvenir. Cela l'a aidé à voir la réalité de la littérature. Le secret n'est pas dans l'histoire en elle-même, mais de reconnaître l'instant et de l'utiliser à construire un univers. Ou encore à en reconnaître des fragments, comme des rêves. Les utiliser sans savoir où cela mène – tant qu'on n'est pas arrivé jusqu'au bout.

Je réfléchissais, donc je ne répondis pas.

Un vieil homme à queue de cheval flottait sur une bouée vert menthe, dirigé par un thérapeute. Il faisait penser à un enfant baigné par sa mère. Ses traits reflétaient le bien-être et le plaisir. Nous étions tous passés par là, ai-je pensé. Nous avons tous trempé dans l'eau, à l'abri du ventre maternel. L'existence commençait là, pour tout le monde. Pour moi aussi. Peut-être devrais-je aborder ma vie de ce point de vue-là. Par l'intérieur. À partir du bassin de ma mère inconnue.

J'ai fermé les yeux et écouté le ronflement du système d'assainissement et le faible éclaboussement des corps fendant l'eau. Un bruissement plus appuyé quand les vagues atteignaient les bords de la piscine et en débordaient. Je m'imaginai les artères maternelles. Un rythme tiède et saccadé. Un réseau compliqué m'entourait et me sécurisait. Je flottais dans les couleurs de ma mère derrière des voiles changeants. Cela avait été ma réalité à un moment donné, sans que personne, même pas moi, ne l'ait vue.

Nous sommes allées en voiture le plus loin possible et avons garé la voiture sur un parking près de la berge pour nous apercevoir que le bac venait de partir. Mais des représentants de bateaux-taxis étaient à l'affût. Avec une certaine arrogance, mais de façon sournoise, ils mirent la main sur nous moyennant un forfait. Nous étions un butin facile puisque nous ne voulions pas perdre de temps à attendre.

La ville flottait à notre rencontre, différente de toutes les images que j'en avais, et pourtant reconnaissable. Toutes les tonalités de rouge terre cuite et d'ocre, des façades blanches et des volets verts.

On nous déposa au port tout près de la place Saint-Marc qui était comme pavée de pigeons vivants. Nous pataugions dedans. Ils s'envolèrent tout à coup et on eut l'impression que quelqu'un dans le ciel secouait une couette en duvet.

Pour lutter contre de brusques démangeaisons, je me rappelai le but de ma visite dans cette église. J'imaginai un Français en costume correct, le visage pâle et délicat. Malade comme il l'était, ce climat humide ne lui convenait pas. Il restait cependant. Il avait peut-être été pris d'une brusque quinte de toux. Et tandis que, surpris, il se concentrait dessus, il avait trébuché. Et plus tard il avait encore trébuché – à Paris cette fois. Le cerveau humain était ainsi construit. Les sensations simples et rares ont une tendance touchante à se répéter. Il suffit de les reconnaître.

Nous avons traversé la place et nous sommes entrées sous les arcades des six tours de façade. Saint Marc et les anges trônaient au milieu et sous les arches étincelaient les mosaïques de la façade. Dans l'église nous nous sommes mêlées à la longue queue des touristes et des autochtones. Une fois à l'intérieur le bâtiment s'ouvrait et il y avait largement la place pour tout le monde.

Frank aurait certainement été intéressé par l'architecture. À la recherche de ce qu'il aurait voulu voir, j'en oubliai la dalle sur laquelle Proust aurait pu trébucher. Il y avait de nombreuses dalles de marbre inégales. Bien entendu, j'étais consciente de la richesse des détails et de tous les objets acquis comme butin de guerre durant les conquêtes. Mais je les voyais à travers la frustration, qui aurait été celle de Frank, de se trouver au milieu d'antiquités non négociables. Les symboles, la fantaisie orientale à travers 600 ans, l'autel de la Vierge avec l'icône de la Madone de Nikopeia, butin de guerre de 1204. Dans la foulée on avait aussi pris les chevaux de bronze à Constantinople.

L'occasion fait le larron. L'Histoire montrait que les femmes aussi pouvaient s'enrichir, juste comme je l'avais fait. Caterina Cornaro, née dans une des familles les plus distinguées de Venise, s'est mariée avec le roi de Chypre en 1489 pour l'empoisonner. Une fois reine de Chypre, elle a donné son royaume à Venise.

Évidemment on ne pouvait pas prétendre que j'avais empoisonné Frank, mais je m'étais approprié son argent de façon illégale. J'étais maintenant devant l'autel de la Vierge à Saint-Marc en train d'allumer les cierges les plus blancs que je pouvais trouver. Un pour le bassin dans le ventre de ma mère inconnue, un pour l'enfant sous le camion et un pour… Frank.

— Pour qui allumes-tu ces cierges ? ai-je murmuré.

— Pour les filles de Frank et son épouse bafouée, m'expliqua Frida.

Nous avons traversé des ponts, des ruelles, sommes passées devant des étalages de masques, et les points d'amarrage des gondoles qui n'avaient pas grand-chose à faire en cette saison et étaient pour ainsi dire au dépôt. Finalement nous allâmes au Harry's Bar, qu'un quelconque Harry de Boston avait financé parce qu'il lui manquait un bar à Venise.

Notre table était petite et coincée entre les autres, mais cela ne faisait rien. On a commandé quelque chose de chaud, sans trop savoir ce que c'était. Juste à côté de nous, le dos tourné au mur, un homme maigre et brun était assis, le visage fermé, penché sur un journal plié. D'un geste brusque il tira un stylo à bille bleu et s'en servit pour déplier le journal. Une manœuvre qui paraissait être presque un rite pour trouver la page avec les mots croisés. Je suivis son regard, et je me rendis compte qu'il n'avait pas rempli chaque case avec une lettre, comme c'est l'habitude. Il avait écrit des mots et des phrases et ne s'était servi des casiers que comme de lignes.

Tout à coup je m'aperçus que Frida aussi était en train de prendre des notes. Ce n'était pas dans l'ordre des choses. C'était moi qui prenais des notes d'habitude. Je me suis penchée vers elle pour voir ce qu'elle écrivait. Son téléphone a sonné à ce moment-là.

— Oui, allô !… Si ça me dérange ? Non, pas du tout !… Bien sûr qu'il faut le faire. Je te tiendrai au courant. Non je n'ai pas besoin de demander. D'accord ? Ne dis pas de bêtises, c'est un plaisir ! Tout ira bien.

Frida écouta ensuite un long moment sans rien dire et j'essayai de fixer mon regard dans le vague, sur n'importe quoi. Quand elle eut fini, nous restâmes assises là un bon moment sans bouger.

— Il faut qu'on fasse quelque chose pour Annemor, dit résolument Frida.

Le type aux mots croisés eut tout à coup une idée. Il se mit à prendre des notes à toute vitesse. S'arrêta, mâchonna son crayon, regardant fixement droit devant lui avant de se remettre à écrire. Il jetait des regards apeurés autour de lui, comme s'il craignait qu'on l'en empêche.

— Pourquoi donc ? ai-je demandé.

— Elle est au plus bas moralement.

Je sentis la colère monter. Pas ma colère habituelle que j'avais l'habitude d'enfermer dans mon estomac et ma poitrine. Non, une colère inconnue, dont je ne mesurais pas l'ampleur. Elle me donnait une envie primitive de mettre Frida en bouillie contre la table de mes mains.

— Calme-toi ! Personne ne sait où nous sommes à part Annemor.

— Et quelle est la raison de cette sollicitude ? ai-je demandé avec raideur.

— Frank s'est à nouveau mis dans de beaux draps !

— Aux courses ? Combien a-t-il perdu ?

— Il n'est pas souvent à la maison. Il a une nouvelle petite amie.

Je savais que cela allait arriver. Frank n'était pas fait pour la monogamie. Et voilà, je me trouvais à Venise ! J'ai regardé dans mon verre et j'ai senti que je respirais par le nez en serrant les lèvres.

— J'en ai rien à foutre, ai-je dit avec la vulgarité propre à Frida.

— Bien sûr. Moi non plus. Mais ce n'est pas le cas d'Annemor. Du reste elle pense que les créanciers de Frank croient qu'elle cache une grosse somme… Elle se sent menacée. Elle est dans la déprime totale. Elle n'arrive pas à s'occuper des enfants. Et au beau milieu de tout ça, son psy est mort. C'est grave.

C'était comme si Frida avait changé de personnalité. C'était, de nous deux, celle qui devait garder son sang-froid. Qui ne devait pas se laisser influencer par une sentimentalité idiote comme de s'apitoyer sur quelqu'un. Évidemment, elle pouvait ressentir de la sympathie, mais à ce point-là, c'était complètement fou. Finir par croire que nous étions responsables de la femme de Frank !

— Frida, tu ne parles pas sérieusement ? Nous ne sommes pas responsables d'elle. On ne la connaît même pas !

— Connaître et connaître…

— Mais qu'est-ce qu'on peut faire pour elle ? Veux-tu dire qu'on devrait lui donner l'argent ?

— Pas exactement. Mais on peut la cacher. Elle pourrait nous rejoindre. Elle te livrerait plusieurs facettes de Frank, dit Frida rapidement comme si elle se dépêchait de le dire avant que le courage ne lui manque.

— Ah non ! Assez de bêtises ! m'écriai-je comme si j'étais Frida.

— Cela aurait pu arriver pendant que Frank et toi…

— Mais ce n'est pas arrivé. J'ai toujours été pleine d'égards et de discrétion. Je suis restée dans l'ombre et je n'ai pas cessé de tenir compte d'elle, des enfants et de Frank. Et je vais te dire : ce n'était pas une vie. C'était une existence faite d'attente, de renoncement, de silence et de solitude. Le fait qu'il ait trouvé quelqu'un qui refuse de se rendre invisible pour lui permettre d'avoir le beurre et l'argent du beurre, ça n'est vraiment pas nos oignons. Laissons-le se débrouiller tout seul !

— Ce n'est pas tellement le fait qu'il se soit trouvé quelqu'un d'autre. Mais ceux à qui Frank doit de l'argent, s'ils croient qu'elle… Ils peuvent être dangereux, marmonna-t-elle évasivement.

Je battis des paupières une ou deux fois en essayant de me contrôler.

— Et ainsi on va la laisser les conduire jusqu'à nous ?

— Bon, bon, n'en parlons plus, coupa Frida.

— Tu lui as promis quelque chose ? ai-je demandé.

— Mais bien sûr que non, je ne lui ai rien promis.

Je me suis dit que j'avais dû mal comprendre. Cela facilitait les choses. Néanmoins j'avais un sentiment désagréable qui me gâchait le plaisir de me promener dans les ruelles, sur le pont du Rialto et le long des canaux. Les gondoles me faisaient penser à des monstres déguisés et les petites boutiques de masques me paraissaient ridicules.

Frida ne parla plus de la femme de Frank. Nous retrouvâmes un ton amical sur le chemin du retour. À un endroit, elle se trompa de chemin par distraction. Ce n'était pas grave, évidemment, mais c'était inhabituel. On a traversé des endroits avec de beaux domaines dans de grands parcs. Mais je n'y prenais aucun plaisir. Quelque chose s'était immiscé entre nous. L'inquiétude était devenue taboue.

Pour essayer de remettre les choses sur un plan rationnel, je me suis mise à regretter de ne pas avoir acheté le masque entrevu dans une vitrine. Tous ceux qui allaient à Venise achetaient un masque ! Oui, Frida m'irritait parce que je ne l'avais pas acheté. Comme si c'était sa faute.

Autre chose : je n'avais rien donné à la mère et son enfant assis près d'un pont, la main tendue. On ne pouvait pas donner à tous les mendiants du monde. Mais on pouvait donner à ceux dont le souvenir resterait gravé dans la mémoire et ne nous laisserait jamais en paix. J'avais une certaine intuition là-dessus. Et si je lui avais donné un billet, n'ayant pas de monnaie, cela m'aurait aidée à recouvrer pour longtemps une sorte d'amour-propre. J'avais fait payer à une mendiante l'inquiétude causée par le coup de fil de Frida.

Le téléphone rouge

Quand le téléphone sonna dans la cuisine, j'étais au salon en train d'écrire. À la première sonnerie j'ai eu une sensation de catastrophe imminente, mais j'ai laissé sonner. Frida n'appelait pas son propre portable. Donc ce devait être quelqu'un d'autre.

J'étais dans une bonne période de travail et je désirais en profiter tout le temps qui nous restait à Berlin. Frida était continuellement par monts et par vaux, moi, j'évitais de sortir. La crainte de tous les gens qui pouvaient me suivre était en soi une pensée trop épuisante. Certains jours nous ne prenions que le petit déjeuner ensemble et restions attablées, à la cuisine, mâchant en silence. Ensuite je me mettais au travail et elle disparaissait.

Mais aujourd'hui elle avait donc oublié son portable. Je suis allée à la cuisine pour voir quel numéro avait appelé, ou s'il y avait un message. La frustration de Frank face à mon manque de sens technique causait souvent les premiers reproches que j'essuyais quand il arrivait enfin à m'avoir au bout du fil. Et ce n'était pas moi qui le contredisais. Au contraire, je le comprenais très bien.

Alors que j'allais contrôler qui avait appelé, je me suis rendu compte que cela pouvait très bien être Frank. Cette menace influa sur mon système digestif et mon pouls s'accéléra sans que j'aie eu à faire le moindre effort.

À Oslo, mon intérêt pour les excuses que Frank pouvait se trouver avait été minime. Dès que j'entendais la sonnerie du téléphone ou que je voyais l'annonce d'un message, je savais que Frank se décommandait. C'était le fait en lui-même qui usait mon système nerveux, et non pas la raison pour laquelle il se désistait. Mais ici à Berlin, j'étais dans tous mes états à la seule idée que Frank pouvait téléphoner. C'était allé de mal en pis. Et comme si ce n'était pas encore suffisant, le portable émit un « bip » quand je le pris. Cette fois-là, je suis arrivée à faire apparaître le message, en norvégien : « Accord conclu ? Enfants placés. À part ça l'horreur. Ai pris le maquis. »

Je me suis réfugiée au salon et je me suis aperçue alors que j'avais toujours le téléphone à la main. Tout essoufflée, je suis retournée à la cuisine et l'ai remis là où il était avant de sonner. Comme si cela suffisait à faire de cet appel une pure invention de mon cerveau. J'ai ensuite rempli un grand verre d'eau que j'ai bu debout devant l'évier.

De qui pouvait provenir ce message ? De Frank ? De sa femme ? Quel accord Frida avait-elle conclu ? Une idée me traversa l'esprit : Avait-elle le projet de m'abandonner ? Pouvais-je la perdre aussi facilement que je l'avais trouvée ? Ou bien était-ce elle qui m'avait trouvée ? Sans que j'en aie jamais touché mot, ni même remercié, elle m'avait choisie. J'approchai à nouveau du portable pour, si possible, voir le numéro d'appel. Je n'y avais pas fait attention, naturellement. Avec circonspection j'essayai de le faire apparaître. Avec, comme résultat, un numéro inconnu. Je m'avouai soulagée de ne pas savoir si c'était Frank ou non. Et d'être la personne la plus couarde que je connaisse. Je ne connaissais pas grand monde, il est vrai, mais quand même… J'avais avalé les derniers cachets de tranquillisants au petit déjeuner, je n'avais donc aucun recours.

Après une longue station aux toilettes, je suis retournée à mon bureau. Il fallait bien faire quelque chose. Comme pour me prouver mon optimisme, j'ai emporté avec moi un demi-litre d'eau dans un pichet en plastique. C'est alors que le téléphone sonna à nouveau. Cette fois, je bondis jusqu'à la cuisine et je m'en emparai.

— Oui ?

Pause, une curieuse pause pleine de grésillements. Mais je savais qu'il y avait quelqu'un au bout du fil.

— C'est toi ?

— Oui, ai-je répondu sans penser aux conséquences.

— Salut ! Il fallait que j'appelle. Il me fallait parler à quelqu'un. Tu as eu mon message ?

— Oui ?

— Tu sembles si étrange. Quelque chose qui ne va pas ?

— Non, ai-je dit avec suffisamment d'hésitation pour obtenir une pause avant que la voix féminine ne reprenne.

— Il dit qu'ils ne lâchent pas le morceau. Tout va y passer.

— Qui ?

— Mais enfin, tu le sais bien !

J'ai appuyé sur le bouton rouge et j'ai repris mes esprits en entendant une respiration d'asthmatique tout contre mon oreille.

Le téléphone se remit à sonner, et j'ai laissé sonner. Mais je n'avais aucune chance de retrouver l'énergie au travail. Il m'était impossible de mettre un seul mot sur l'écran. Mon cerveau était comme une moule coincée dans de l'eau saumâtre, manquant d'oxygène. L'empoisonnement était imminent. En plus, je ressentais une intense démangeaison au poignet, vers l'intérieur, sur l'artère. Je suis allée dans la salle de bains pour calmer le tout avec de l'eau froide. Sachant très bien que cela ne servirait à rien. Je suis allée chercher la pommade que je conservais dans un sac plastique.

Après m'être enduite de pommade, je me suis assise à la table de la cuisine pour examiner la façade du portable de Frida. Il était fendu vers le bout depuis qu'il était tombé par terre. Si je farfouillais un peu dans cette fente, j'arriverais peut-être à le rendre muet. Mais comment expliquer à Frida qu'un téléphone se fasse hara-kiri ?

La lumière changea durant ce temps. Le ciel passa au violet par-dessus les sommets des arbres dénudés. Les maisons voisines allumèrent des yeux jaunes. Les unes après les autres. La porte dans la cour claqua plusieurs fois. Ce bruit me faisait sursauter même si je savais que ce n'était pas fait exprès. J'ai bu un second verre d'eau. Tout était ma faute évidemment. Le conflit venait de ma tête, pas de l'extérieur. La raison pour laquelle j'étais fâchée avec le reste du monde était que tout ce que j'avais dans la tête prenait trop de place. Et un tableau ancien surgit :

La fillette vient toute seule dans l'étable vide. C'est l'hiver, ou tard l'automne. La peinture rouge est écaillée, surtout du côté le plus exposé au vent. Quand les couleurs disparaissent, le gris apparaît. Là où l'on entassait le foin autrefois il y a de larges fentes entre les planches de la toiture. Quand il pleut, le ciel se cache entre les fentes. Elle passe la porte grinçante. Ça sent la vieille poussière de foin. Le soleil passe au travers et fait des rayures sur le sol. C'est drôle, les rayures ne sont pas pour de vrai, elles n'existent que dans sa tête puisque c'est elle qui les voit juste à cet instant. Elles ne sont pas là durant la nuit. Derrière l'étable elle aperçoit des arbres pleins de givre. Il n'y a qu'elle au monde qui peut voir ces arbres ainsi. À travers les fentes d'une paroi. Il faut entrer dans l'étable pour voir ainsi le monde. Entrer dans l'odeur du fumier desséché et d'un plancher que personne n'a balayé depuis de nombreuses années. Pas depuis la naissance de sa mère en tout cas. Si elle entre dans les stalles, elle peut voir les chaînes avec lesquelles on attachait les vaches autrefois. Elle peut les soulever et écouter le crissement du fer qui n'attache plus personne. Elle peut ouvrir la porte qui gémit et sentir le vent traverser le bâtiment, sans le voir. Elle peut entendre le bruit de ses propres pas et sentir ses orteils qui ont grandi buter contre les chaussures devenues trop petites. À un moment donné il faudra bien traverser les champs et revenir à la grande maison qu'habite la réalité. Mais en cet instant elle veut juste rester là, et voir ce que personne d'autre ne peut voir.

Je n'ai rien dit de ma surveillance exercée sur le portable, et Frida n'en a pas soufflé mot non plus. N'en rien dire était un abus de confiance. D'autre part elle me cachait pas mal de choses, elle aussi. Des faits me revenaient en mémoire. La conversation de Frida avec l'acteur célèbre dans les thermes d'Abano, et son départ pour l'hôpital. Son refus de me parler de lui. La conversation téléphonique avec la femme de Frank, alors qu'elle prétendait ne rien lui avoir promis.

La parole de Frida semblait faire loi. Si Frida disait qu'elle ne lui avait rien promis, eh bien, elle ne lui avait rien promis, même si je prétendais avoir entendu le contraire. Si Frida pensait que j'allais surmonter une difficulté, je la surmontais. Et maintenant – si Frida ne parlait pas des conversations téléphoniques, c'était probablement sans importance ? Était-ce quelque chose qui avait tout simplement germé dans ma tête ?

Mais la suspicion commençait à me grignoter comme une termite. Et même comme plusieurs termites. Elle se promenait partout tandis que je restais enfermée à travailler. Elle était libre et j'étais l'esclave. Je me repris tout de suite, car cette image n'était pas juste. Mais que savais-je d'elle en fait ? Rencontrait-elle des gens dont elle ne me parlait pas ? Et cette voix de femme au téléphone, sans aucun doute celle de la femme de Frank ? Était-elle en train de me jouer un tour ? Frank était-il au courant ? Frida était-elle en vérité engagée pour me surveiller pendant que je cachais l'argent que les créanciers ne devaient pas trouver ?

Puis cette pensée surgit : était-ce Frida, ou bien était-ce moi, qui avait eu l'idée de soustraire l'argent de Frank ? C'était elle qui avait déclaré qu'on allait partir en voyage. Mais qui en avait eu l'idée ? Si j'avouais, même seulement en mon for intérieur, que c'était moi, qui étais-je donc ? Quelqu'un qui entraînait Frida dans une affaire louche et sinistre ?

Les omissions de Frida étaient une chose, les miennes une autre. Je ne savais pas ce qui était le pire. Mais de toute façon ma situation ne me permettait pas de la juger avec sévérité. Elle avait joué un rôle important pour moi. Quels que soient les plans qu'elle me cachait, c'était grâce à elle si je n'étais pas à Oslo en train d'attendre que Frank se débarrasse de la gale et de son épouse. Peut-être serais-je encore à faire toutes les librairies de la capitale, les unes après les autres, pour glisser mon livre en vitrine aux côtés d'un quelconque stupide best-seller ? Morte de peur à l'idée d'être prise en flagrant délit. Ce qui évidemment aurait été humiliant, sans que j'en meure pour autant. Pour les humiliations, j'avais une mémoire d'éléphant. Alors surgit ce tableau :

La fillette se réveille un matin ayant rêvé qu'elle a disparu. Personne ne la voit quand elle se lève. Elle ouvre les yeux et se rend compte que son rêve est réel. Elle est aux cabinets sans que personne n'essaie d'ouvrir la porte pour se moquer d'elle, elle fait sa toilette sans que personne ne lui dise de se dépêcher, elle s'habille sans que personne ne lui adresse la parole ni ne la regarde. Quand elle se dirige vers le petit déjeuner, elle va dans le sens contraire des autres. Elle sent qu'ils la bousculent pour avancer. La violence du choc dépend de la vitesse et du poids du corps qu'elle rencontre. Au moment même où elle est sur le point d'abandonner la partie, elle sent une gifle sur sa joue :

— Bouge-toi de là, traînarde !

— Il nous faut partir ! Immédiatement !

— Pourquoi si subitement ? On nous poursuit ?

— Non. Notre bail expire le 1er février. Tu n'es jamais au courant de rien. Tu ne te souviens pas qu'au retour d'Italie, quand nous nous sommes arrêtées à Munich, nous avions parlé de ne pas retourner à Berlin mais de filer directement vers Barcelone en passant par la Provence ? Mais tu as tout de suite invoqué le contrat de location, que tu ne pouvais pas disparaître ainsi. Et puis il y avait tes livres restés à Berlin. Tu trouves toujours de bonnes raisons pour compliquer les choses. Tu fais comme si la société moderne n'existait pas. On peut se servir du téléphone et envoyer les livres par la poste.

Deux jours étaient passés depuis que j'avais intercepté le portable de Frida et j'ai immédiatement mis ce brusque départ sur le compte de l'appel. Je devinais aussi vaguement que Frida savait que j'avais répondu au téléphone, sans pour autant me dire quoi que ce soit. Avait-elle des raisons de croire que je prenais cela tellement au sérieux que je ne voulais pas en parler ? Ou bien que j'avais tout oublié, justement parce que je prenais ça à la légère ?

— Il faut qu'on aille à la pharmacie avant de partir. Le pot est presque vide.

— On ? Cette fois tu iras toute seule, dit-elle.

Le mot Krätze ou bien Räude se trouvait dans mon vieux dictionnaire allemand-norvégien. Mais je ne pouvais pas imaginer le prononcer à haute voix.

— Je ne sais pas quoi dire.

— Tu te souviens de ce dimanche avant Noël ? Dans l'entrepôt, ou bien était-ce une usine abandonnée ? Où il y avait une exposition d'objets usuels datant du passé récent de l'Allemagne de l'Est ? Tu te souviens de la tour construite de cartons vides ? Chaque carton était décoré de réclames pour des produits divers ou des objets usuels.

— Oui, ai-je répondu tout en revoyant l'image de créatures grouillantes au moins agrandies un million de fois. Six pattes, deux antennes et quelque chose qui ressemblait à des pattes auxiliaires derrière un corps articulé luisant. *Scaben*[1] était inscrit en haut à gauche. Discrètement, bien qu'en lettres rouges, le nom qu'on devait prononcer chez le pharmacien était en bas : *Delicia.*

— S'il te plaît… ai-je supplié.

Il était clair que Frida avait l'esprit vif, elle répliqua :

— Bon, je m'occupe de la pharmacie et j'ai quelques affaires à arranger. Tu fais tes bagages et tiens-toi prête à partir dans quelques jours.

— Il faut aussi que je me fasse couper les cheveux, ai-je gémi.

— Très bien ! Fais ça aujourd'hui. Ensuite on se retrouve au Demokritos pour prendre un verre.

Frank, le coiffeur, n'était pas libre, ce n'était donc pas la même chose. Mais je lui ai dit au revoir et j'ai quitté le salon de coiffure avec plein de petits bouts de cheveux dans le col de mon chandail.

Le ciel avait plusieurs couches de gris. Ça soufflait fort là-haut. Les couches se déplaçaient rapidement.

1. La gale : acarius scabiei.

Quelques cheminées crachaient du coton. Il faisait froid. Les arbres étaient complètement dépouillés et pointaient leurs doigts noirs au-dessus de la Chamissoplatz. Le contenu des poubelles débordant sur les trottoirs démarquait ainsi leurs territoires. La lumière jaune avait quelque chose de faux. La froideur du bleu colorait pourtant les tiges fanées dans une jardinière de balcon. Un appui en fer forgé l'encadrait d'un dessin précis.

Il existe toujours une certaine beauté, même dans la laideur ai-je pensé, marchant avec précaution. Les pavés glissants étaient à l'affût de mes pas, essayant de me renverser sans y parvenir.

Une fois installée au café, j'ai compris que Frida était satisfaite. J'ai pensé un instant parler de la voix au téléphone. Mais je changeai d'avis. Cela risquait de gâcher l'ambiance. J'ai alors dit :

— C'est drôle, mais c'est toujours dans un café que nous avons nos meilleures conversations, tu ne trouves pas ?

— Sur le livre, tu veux dire ?

— Oui, aussi sur le livre. Mais en général…

— Tu as écrit beaucoup de pages aujourd'hui ?

— Mais voyons, j'ai été chez le coiffeur. Pourquoi poses-tu toujours les mêmes questions sur mon livre ?

— Notre livre, corrigea-t-elle.

— Pourquoi n'écris-tu pas toi-même ce livre puisque tu sais exactement comment il doit être ?

— Cesse d'être ainsi sur tes gardes ! Celui qui sait écouter peut en tirer des bénéfices. Et c'est moi qui ai eu l'idée de ce voyage, expliqua-t-elle.

— Mais c'est moi qui écris le livre. C'est moi qui décide ce que je vais y mettre et quand il sera terminé. S'il se termine jamais, dis-je d'une voix tremblante.

— Et moi, j'ai décidé de faire en sorte que tu exploites ton potentiel.

Le fait que ce soit une décision prise par Frida me fit froid dans le dos. C'était comme un arrêt irrévocable.

— Je m'excuse, j'ai du mal à parler de ce que je suis en train d'écrire, ai-je dit avec gêne.

— Mais tu m'as mise dans l'histoire, n'est-ce pas ? J'ai un rôle important ?

— Je ne sais pas exactement… Ce n'est pas de toi qu'il s'agit, mais bien sûr tu en fais partie, ai-je répondu évasivement.

— Tu ne vas pas me dire que j'ai passé ces derniers mois à satisfaire tes caprices sans obtenir un rôle important dans ton manuscrit ? Tu essaies d'écrire un texte personnel, donc je dois y jouer un rôle important !

— On verra, ai-je esquivé.

— Et qu'est-ce qui va arriver ? Frank va-t-il les rejoindre ? Va-t-il y avoir un drame ?

— Ce n'est pas un polar, c'est plutôt un monologue. J'essaie de raconter ce que pense une personne au fil des mois, ai-je dit sur un ton que j'espérais doctoral.

Frida fit un pfft méprisant.

— Oh, tu parles d'un monologue ! Qui discute avec moi ? Qui ressent l'inquiétude ou la faim ? Qui n'arrive pas à retenir un sentiment pour pouvoir le coucher sur le papier ? Qui se laisse distraire par ses tableaux ? Ou par une petite joie idiote ? Une bagatelle ? N'est-ce pas l'écrivain qui tout le temps met son roman en danger au profit de la vie quotidienne ? Je ne crois pas que tu comprennes ton propre rôle dans ton œuvre. Tu as l'assurance d'un fermier qui n'a pas compris que c'est la terre qu'il laboure qui le possède. Et moi, qui suis ton véritable moteur, ta planche de salut, tu essaies de m'ignorer. Ne t'est-il jamais venu à l'esprit que mon rôle est significatif ? Tu devrais me remercier d'en être là avec Frank ! Au lieu de ça, tu m'attaques comme une pimbêche parce que je ne me conduis pas comme on te l'a appris à l'orphelinat, chose contre laquelle tu n'es jamais arrivée à te révolter.

— Tu es dans le manuscrit, Frida. Mais tu es un personnage secondaire.

J'ai essayé d'enlever le poivron en mettant de côté sur l'assiette les molles lanières rouges.

— Il arrive que l'on croit avoir saisi un personnage de roman, mais il vous échappe en cours de route, ai-je ajouté, espérant que Frida comprendrait que c'était d'elle que je parlais.

— Chez l'éditeur, ton lecteur va certainement souligner l'importance de mon rôle ! C'est moi qui t'ai choisie !

Je mâchais ma pizza sans grand appétit tout en essayant de trouver un biais pour détourner son attention.

— Je ne sais pas trop si je peux compter sur toi, Frida.

— Nous y voilà ! De la méfiance. Tu doutes de moi. Et tu n'as pas assez confiance en ton manuscrit. On ne doit pas écrire ce que les gens s'imaginent attendre. Pense aux livres dont tu te souviens ! Regrettes-tu de ne les avoir jamais réclamés ?

— Non, mais c'est autre chose, ai-je répondu en hésitant. Dans ce cas l'histoire est déjà là.

— Exactement ! Frida existe ! Il suffit d'en écrire l'histoire. Non seulement tu fuis Frank, mais tu te fuis toi-même. Un vide. Une vie qui n'en est pas une. L'impression de devoir écrire pour exister.

Je n'ai rien trouvé à répondre. Mon poignet me démangeait. Toute une chaîne de minuscules points rouges se dessinait le long de l'artère bleue qui s'ouvrait comme une fourchette vers le pouce. Je me grattais d'abord furieusement avec les ongles ; mais consciente que Frida m'observait, je me servais seulement du bout des doigts. Calmement. Très calmement.

— Encore une chose, dit Frida presque avec amabilité. Tu n'as pas la gale ! Absolument pas !

— Pourquoi dis-tu ça ? demandai-je en regardant autour de moi dans le local. Il n'y avait que deux amoureux dans un coin, très occupés l'un de l'autre.

— Pour t'en persuader.

Sans répondre, je bus une grande gorgée et je fis signe au garçon de nous rapporter du vin alors que je n'avais même pas fini mon verre. Cette subite gloutonnerie de ma part m'étonna.

— N'ai-je pas raison ? demanda Frida.

— Tu as aussi tes secrets, ai-je fini par lâcher.

— Ah oui ?

— Des coups de téléphone. Nous qui avions décidé de couper tout contact avec notre ancienne vie. Et tu vas derrière mon dos…

— Ah, nous y voilà ! Enfin ! Je t'ai déjà parlé d'Annemor, seulement tu le refoules. Mais je peux te le répéter : Frank est en difficulté, en plus il a une nouvelle liaison. Annemor a hérité des créanciers et des enfants. En fait c'est une chose habituelle pour une femme moderne, en tout cas en ce qui concerne les derniers. Annemor, de son côté, a placé ses enfants et a pris le maquis. Mais : elle prétend qu'elle reçoit des coups de téléphone menaçants sur son portable, nuit et jour, parce que quelqu'un pense qu'elle dispose de l'argent de Frank. Tu me suis ?

Je regardai dans mon verre. Plusieurs morceaux de bouchon flottaient à la surface. L'un d'eux s'était collé à la paroi. Avec précaution j'y ai enfoncé mon petit doigt pour le repêcher.

— Tu trouves que je devrais avoir pitié d'eux ? Dois-je verser l'argent qui reste à son compte à elle ou à lui ? On rentre à Oslo ?

— Mais pas du tout. Il n'est pas question d'avoir pitié de Frank, bien au contraire. Maintenant on va jouer notre dernier coup.

— Ah bon ?

— Annemor va venir ! Tout sera alors plus facile pour toi. Elle va t'aider à éclaircir le rôle de Frank. D'autre part le fait qu'elle va nous aider à dépenser l'argent de Frank soulagera ta conscience. Tu n'as pas assez d'envergure pour supporter la culpabilité. Cela te rend malade et te donne des démangeaisons.

— Tu as décidé de tout lui raconter ?

— Mais non, tu es folle ! Elle fait partie de ces femmes qui ne sont jamais informées de rien. C'est pour cette raison que Frank la trouve irrésistible.

— Mais imagine qu'elle mène ces hommes jusqu'à nous ? C'est quand même nous qui avons l'argent.

— Comment peuvent-ils savoir que c'est nous qui l'avons ? Crois-tu qu'ils sont devins ?

— Je n'en sais rien. Mais imagine un peu si Frank envoie justement sa femme pour nous dénoncer et se venger.

— Frank n'est pas comme ça ! dit-elle.

— Les relations que nous avons eues avec Frank nous ont bien montré qu'il n'est pas suffisant de mettre un homme à nu pour tout savoir de lui, ai-je murmuré.

— C'est vrai, mais à partir du moment où tu cesses de le mettre à nu, ses véritables traits de caractère apparaissent. Cet homme possède l'art du mensonge. En tout cas de détourner la vérité. Mais tôt ou tard il se livre à quelqu'un comme moi.

— Tu l'as eu au téléphone ? m'écriai-je.

— Est-ce un interrogatoire ?

— Appelle ça comme tu voudras. Il est peut-être temps que nous fassions connaissance, nous deux.

— Je te connais très bien, Sanne.

— C'est possible, mais je ne crois pas te connaître assez. Cela m'irrite que tu me caches des choses.

— J'essaie de te protéger de toutes les bagatelles dont tu fais des catastrophes. Et qui entravent l'évolution de ton roman. En vérité c'est moi qui devrais être vexée parce que tu me caches des choses. Tous les jours tu te plonges dans ton travail sans m'informer de quoi que ce soit, par exemple du rôle que tu me réserves dans ton roman. Parfois on pourrait croire que je ne suis là que pour être ton laquais ou ta dame de compagnie. Pour le reste, tu t'en fous et tu ne t'occupes que de tes phobies.

C'était bien là Frida. Quand j'essayais de la coincer, elle détournait la conversation et tout à coup je me retrouvais en position de défense. Mais cette fois je ne me laissais pas faire.

— Nous avons invité Annemor à se cacher avec nous. Il reste maintenant à la convaincre qu'une vie sans Frank est une vraie vie. C'est la seule manière de l'atteindre.

— Mais je ne veux aucun mal à Frank.

— Sanne ! Il y a une chose à laquelle il ne faut pas me demander de croire, c'est tes intentions de bonté. Tu n'arrives pas à remplir ce rôle au bout du compte. Du reste, je n'ai jamais rencontré quelqu'un qui, à l'âge adulte, ait autant à se venger que toi. Et quant à Frank…

Un homme entra et se dirigea droit sur notre table, le regard inquisiteur. Mon cœur fit un bond. J'évitai de rencontrer son regard. C'était le plus sûr. Il sortit à moitié d'une musette élimée un hebdomadaire qui portait le titre *Motz. Berliner Strassemagasin.* Je l'avais déjà vu. Au lieu de mendier il vendait un journal au profit des chômeurs et des SDF.

— Je n'en peux plus ! On interrompt notre voyage et on rentre à Oslo, ai-je dit en donnant à l'homme cinq euros. La musette dansant sur son épaule, il alla vers une autre table.

— Non ! On va retrouver Annemor en Provence, dit Frida avec force.

Les mots claquèrent sur la table devant moi. Je fixai le téléphone rouge posé dessus.

Curieusement, je pensai à la fois où nous nous promenions dans une zone qui avait été à l'est du Mur. Il y avait là des parkings vides avec de vieilles Trabant abandonnées, des façades grises et des ordures. À un endroit on avait utilisé tous les vieux restes pour en faire de l'art. Sur une vieille porte on avait peint : « Aucun rire sans raison. »

Le long du Rhin

— Et moi qui croyais que tu étais une buveuse enthousiaste d'eau gazeuse en petites bouteilles élégantes. Et voilà qu'après cinq mois tu t'es mise au litre et demi d'Évian ! En plus, Schalke a battu Bayern München 5-1. On peut dire que voilà deux catastrophes qui s'équilibrent, dit Frida quand nous passâmes le Rhin à Leverkusen.

Je restai sans réponse. J'étais lasse de ses plaisanteries à mes dépens. Et puis le téléphone avait sonné sans qu'elle me demande de répondre.

Nous sommes entrées dans Cologne et le premier hôtel qui se présentait fut le bon. On nous donna la dernière chambre libre, et nous avons dîné dans un restaurant bondé de personnages excentriques ayant participé à un défilé de mode, et de supporters de foot bruyants.

Il y avait à côté de nous quatre mannequins et une femme d'âge mûr, probablement leur agent. Les jeunes se conduisaient comme si elles étaient toujours en train de présenter une collection, même quand elles portaient leurs fourchettes à la bouche. Elles l'ouvraient toute grande. Sans doute pour éviter que la fourchette ne touche le rouge à lèvres. L'agent était en tailleur sombre et chemisier blanc retenu au col par une broche en or. Elle mangeait et parlait en même temps en avalant son rouge à lèvres. Tel un commentaire incongru, surgit le tableau suivant :

La directrice porte son tailleur bleu marine et son chemisier blanc des jours de réunion de prières. Aux pieds elle a des souliers marron à petits talons solides. Au revers, une broche avec une perle blanche luisante. Les enfants et elle vont à l'église. Tous ensemble. C'est parfois la règle. La directrice est souvent sévère et lointaine. Mais à partir du moment où elle met ce tailleur et cette broche, elle est différente. Pour ainsi dire détendue. Les enfants la suivent en rangs. Deux par deux. Elle, tel un indulgent chef de troupes, avec une broche en or au revers. Il ne viendrait à l'idée de personne, en voyant ce défilé dans cette Norvège social-démocrate, qu'il s'agisse là d'enfants que personne n'aime. Car la directrice les conduit en triomphe vers l'église afin que chacun puisse constater sa bonté et son altruisme.

Le soir, Frida et moi nous trouvâmes devant la cathédrale, imposante bien que disparaissant sous les échafaudages. Elle était en restauration. La lumière du soir faisait ressortir quelques ornements çà et là ainsi que le haut des encadrements de fenêtres. Mais la nuit tomba, brusque et glaciale.

Mes épaules essayaient tant bien que mal de tenir ma nuque et ma tête en place à Cologne, alors qu'en réalité elles tanguaient toujours sur l'autoroute derrière les yeux rouges des feux arrière et le rayon laser des phares sur la rétine. Quelle existence absurde, ai-je pensé, tout en redoutant le lendemain. J'avais les pieds gelés dans mes chaussures trop fines et j'avais oublié mes gants dans la voiture. Il me sembla que, sous la férule de Frida, j'étais condamnée à grelotter dans toutes les villes légendaires d'Europe. Que c'était pour ainsi dire le programme fixé pour ce voyage.

Je m'embourbais dans mon regret d'avoir quitté Berlin, cela m'étouffait, m'empêchait de respirer. Je n'avais pas imaginé que je le prendrais de cette manière. Nous n'y avions finalement séjourné que quelques mois. Et il n'avait jamais été question d'autre chose.

C'est alors que le téléphone de Frida sonna dans sa poche. Elle soupira mais ne le prit pas.

— Pourquoi ne réponds-tu pas ? ai-je demandé.

— Parce que tu t'imagines que cela peut faire découvrir notre itinéraire. Tu deviens difficile à vivre.

— C'est seulement quand je ne suis pas là que tu réponds ?

— Ce n'est pas si souvent.

— Donc tu prends contact avec elle seulement quand tu es seule ?

— Grand Dieu ! Depuis quand t'intéresses-tu à Annemor ? dit Frida en riant.

— C'est toi qui l'as invitée ! Et voilà plusieurs jours que nous sommes en route sans que tu m'aies informée de quoi que ce soit. Je voudrais au moins savoir si on risque que quelqu'un apprenne où elle part.

— Personne ne le sait. Pas même elle. Pas encore.

— Alors tu devrais contrôler qui a appelé.

À mon grand étonnement, Frida fit ce que je lui demandais.

— Qui était-ce ? ai-je demandé avec curiosité.

— Un numéro qui m'est inconnu, marmonna-t-elle en remettant le téléphone dans sa poche.

— Tu ne regardes pas s'il y a un message ?

— Il n'y a aucun message ! répondit-elle avec irritation. Quelque chose clochait. Frida était inquiète. Ma propre inquiétude, j'arrivais à la juguler, mais pas celle de Frida. Il fallait la laisser tranquille, elle reprendrait bien ses esprits.

Avant de quitter Cologne, je suis allée tirer une bonne somme d'argent que j'ai dispersée à différents endroits dans la voiture et dans les bagages. Cela m'éviterait d'utiliser trop souvent la carte bancaire. De cette manière j'espérais qu'on n'arriverait pas à retrouver nos traces.

— C'est au moins aussi dangereux de se promener avec une telle quantité d'argent liquide dans la voiture, protesta Frida.

— Peut-être, mais de deux maux…

— Si la banque avait été en contact étroit avec les créanciers de Frank, il y a longtemps qu'ils nous auraient repérées.

— Comment peux-tu en être certaine ? Est-ce parce que tu en sais plus que moi ? De quel côté es-tu dans cette affaire ? lui demandai-je.

— Écoute un peu, Sanne, c'est à toi de décider. Je ne peux pas te forcer à croire que tout ce que je fais est pour le mieux. L'argent, c'est toi qui en disposes. Fais-en ce que tu veux, s'interrompit-elle, vexée, en soupirant.

J'aurais pu tout aussi bien passer le reste de la soirée seule. Elle refusa de communiquer.

Les jours suivants, quittant l'autoroute, nous avons suivi le Rhin par des routes secondaires, des allées et des ponts, traversant des villages. Par moments si près des fenêtres des habitants que j'avais l'impression de passer sur leurs tables de salle à manger.

À un endroit, nous avons dépassé la pancarte indiquant la direction Franken. Tout ce qui évoquait Frank prenait l'air d'un code rappelant ma trahison et ma nostalgie, comme dans un film romantique indien où même les panneaux indicateurs servent d'accessoires significatifs.

Des forteresses grises et couleur brique surgissaient sur les montagnes. De loin on aurait pu croire qu'elles étaient fausses, ou que l'on évoluait dans une énorme salle de jeux et que tout était construit en legos et décoré de plantes artificielles. Le Rhin et la file de voitures détruisaient cette illusion. Le trafic se faisait autant par route que par voie fluviale. Les vignes plantées en terrasses le long de coteaux escarpés avaient l'air mortes. Il n'y avait pas de neige. Çà et là les champs verdissaient sur les versants ensoleillés. Les noms de lieu se terminaient en -dorf ou -bad et il semblait que chaque famille devait au minimum posséder un château. De l'autre côté, au Siebengebirge, ces châteaux se dressaient majestueux et solitaires au sommet d'énormes terrasses qui ressemblaient à des plateaux de haute montagne.

— C'est ici que l'on cultive le raisin qui donne ce vin doux et fade, fit remarquer Frida.

— Certains préfèrent le sucré, ai-je répondu, reconnaissante qu'elle ne soit plus fâchée.

L'atmosphère avait été pesante depuis que je lui avais demandé de quel côté elle se rangeait. Je l'avais blessée. Par ailleurs, il ne fallait quand même pas que ce soit toujours elle qui se réserve le droit de dire des choses désagréables.

Nous avons garé la voiture et en sommes sorties pour aller sur la berge. Sur une hauteur, un petit buisson de mimosa était en train de fleurir. Un sentiment de gratitude m'envahit brusquement. Après deux jours passés à regretter Berlin. C'était comme si, au sommet du Denkmal auf dem Kreuzberg un jour de grand froid, je sentais tout à coup passer la douceur d'un vent chaud. Comme je l'avais ressenti en octobre. J'ai reconnu un sentiment perdu, la joie d'être en vie. Comme si je retrouvais un printemps que le monde avait presque oublié.

Nous traversâmes de petites villes où nous nous serions volontiers arrêtées. Mais un voyageur doit faire son choix. Rester en mouvement. Ma sécurité n'était pas de savoir où j'allais dormir la nuit suivante. Ce que j'ignorais, personne d'autre n'en avait connaissance.

En ouvrant les yeux à Boppard, entendant les sirènes des chalands dans la brume, j'ai lancé :

— On repart aujourd'hui.

Et la réponse de Frida fut sans équivoque :

— On repart aujourd'hui !

Quand nous contournâmes ce qui sur la carte était marqué comme Saint-Goar, quelque chose qui ressemblait à un phallus surgit de l'autre côté du fleuve. C'était une immense sculpture de la jeune vierge, qui, selon la tradition, attirait les passeurs par le son de sa trompe et les envoyait dans la mort.

— Celle-là, elle est déjà décrite par Heine, tu n'as pas besoin de sortir ton carnet de notes, dit Frida.

Et la dame sur l'autre rive du Rhin était si loin qu'on ne pouvait même pas la prendre en photo bien qu'elle fût cimentée comme un mastodonte noir sous un rocher effrayant.

— On va passer par Worms, là où Luther fut accusé d'hérésie en 1521, dis-je doctement.

— On est un peu en retard pour assister au procès, n'empêche que ça peut être intéressant, répondit Frida.

La ville était assez petite pour qu'on ose quitter la voiture remplie d'argent, jusque dans les chaussures et sous la banquette, dans le linge sale et dans les housses des coussins. Quelques euros s'étaient aussi fourvoyés sous le tapis de sol. Comme une vieille dame qui cache sa pension dans son matelas, j'avais enfoui l'argent un peu partout alors que le garage de l'hôtel était désert, à Cologne. Frida avait hoché la tête, mais m'avait épargné ses commentaires.

À Worms nous avons tourné autour de la cathédrale Saint-Pierre et sommes entrées dans une auberge pour manger quelque chose avant de reprendre la route. C'était dimanche et la clientèle était purement locale.

Un homme au bar, devant son demi, se mit immédiatement à nous parler. C'était toujours à Frida qu'on s'adressait. Rarement à moi. Cette faculté d'être invisible avait certainement facilité mes amours illicites. J'étais hors de tout soupçon. On n'imaginait guère que Sanne Svendsen puisse occuper ainsi ses loisirs.

Amours illicites ? J'imaginai la fin de toute histoire contenue en ces deux mots. Des femmes, de tout temps, s'étaient accouplées avec des hommes mariés. Sans doute aussi y avait-il des hommes qui s'accouplaient à des femmes mariées. Mais dans ce cas, c'était mis sur le compte de la moralité douteuse de ces femmes. Même moi, qui ne savais rien de mes parents, je me posais des questions sur la chute vertigineuse que ma mère pouvait avoir faite en me concevant. Je n'attribuais à mon père qu'une responsabilité indirecte. Sauf si j'essayais de porter une analyse féministe sur le cas, ce qui demandait un surcroît d'énergie. Par contre, à mes heures, je reprochais à mon père de m'avoir privée de sécurité. Ce qui n'était plus de mon âge.

Non, c'était bien entendu les femmes qui, de tout temps, s'étaient laissé séduire. Dans des recoins, des cagibis, dans les buissons et dans les fenils. Dans leurs chambres virginales et dans des lits à baldaquin, dans d'étroits lits d'hôtel et sur des grabats crasseux. Et dans la vie comme en littérature, ce sont les femmes qui, grâce à leur résistance incroyable, ont pris en charge les conséquences, la solitude et le désespoir. Ce qui m'étonnait grandement c'était que, moi y comprise, aucune n'avait été capable de tirer des leçons de ces destins tout au long de l'Histoire. Les femmes avaient appris, par ouï-dire ou par les faits, à quoi des relations avec les hommes pouvaient mener. Être marquée au fer rouge, souvent une grossesse, les faiseuses d'ange et les institutions. Au pire le suicide, ou une mort naturelle causée par des instruments professionnels ou bien des aiguilles à tricoter. Pour des raisons faciles à comprendre, on finit par se considérer comme conditionnée par son hérédité. Le résultat direct d'une aiguille à tricoter qui n'a pas atteint son but, ou qui n'a pas été employée par manque de courage ? Il m'arrivait d'avoir de telles visions. Je ne sais pas pourquoi j'y pensai justement à cet endroit, car cela n'avait aucun rapport avec ce pub, ou cette très ancienne ville. Je n'y étais jamais venue. J'étais assise sur un tabouret de bar en train d'écouter Frida bavarder avec le séducteur du quartier.

Il avait une pipe au coin de la bouche et parlait allemand avec un accent français. Les cheveux crépus couleur acier et le profil fier il en était visiblement à son quatrième ou cinquième demi. On pouvait maintenant constater qu'il avait atteint un âge où la pesanteur avait pris le dessus. C'était déprimant, mais tout à fait naturel que les peaux les plus fines aient tendance à devenir flasques.

J'ignore pour quelle raison on a décidé à l'unisson que la peau lisse est la seule qui soit acceptable. C'est ce que montrent à jet continu les publicités afin que tout le monde sache que la chose la plus importante au monde est une peau de pêche, synonyme du naturel. Plus inquiétante était l'idée que cela devait aussi concerner l'esprit. Car si tant est qu'il existait une âme à l'intérieur de cette peau de pêche idéale, elle devait être bien lustrée. Et se montrer comme telle. En émettant des opinions conformes, par exemple. Il fallait ouvertement savoir des choses dont on n'avait jamais entendu parler. Quand je lisais les journaux, regardais la télé ou écoutais la radio j'étais toujours fortement impressionnée par tout ce que les gens étaient censés connaître. Pour quelqu'un comme moi qui avais besoin de plusieurs jours pour lire un roman de deux cents pages et qui n'arrivais pas à parcourir plus de deux journaux, parfois même un seul, par jour, c'était bouleversant !

Je ne sais pas pourquoi je pensais à tout cela maintenant, le séducteur de Frida ne me provoquait pas du tout. Il n'avait sûrement pas l'esprit lustré. Il irradiait une gentillesse alcoolisée et tannée, et je ne m'étonnais pas que Frida y soit sensible. Et sa taille encore svelte était ceinte d'une lanière en cuir à boucle de métal. La consommation régulière de bière lui avait donné un léger renflement, mais pas plus que ce qui était naturel pour un homme qui n'était pas esclave de la conformité.

Je ne pouvais pas prévoir ce que Frida allait inventer. Elle se montrait parfois extrêmement difficile, d'autres fois elle flirtait avec le premier venu. Je ne savais jamais jusqu'où elle irait. Cela attisait la curiosité.

Il voulait absolument nous offrir une bière, ce que Frida refusa parce qu'elle conduisait. Mais on nous servit de l'eau minérale. Il voulait savoir où nous allions, et quand. À ma grande surprise j'entendis Frida informer cet étranger que nous allions coucher à Strasbourg.

— Ce n'est pas à la queue leu leu sur une route que l'on peut vraiment jouir du Rhin. Garez donc votre voiture et venez sur mon chaland, dit-il en faisant un grand geste des bras. Il continua à vanter les mérites des courants, du vent et de la liberté sur le fleuve. Il citait des lieux, des villes et des châteaux plus vite que je n'arrivais à suivre. Nous eûmes droit aussi à un cours express sur les quais et le coût des transports.

Je refusai aimablement mais fermement sa proposition. Frida ne me contredit pas, mais avant que j'aie eu le temps de l'en empêcher elle avait noté son numéro de portable. Elle l'enregistra directement sur sa liste. J'ai senti l'irritation monter en moi mais me suis dit que Frida était libre. Je ne pouvais pas contrôler les numéros qu'elle enregistrait sur sa liste. La limite, c'étaient les numéros qui pouvaient mettre Frank sur notre piste. Et elle avait déjà dépassé cette limite.

Le séducteur qui s'appelait Günter nous expliqua qu'il était de père français et de mère allemande, ce qui, à ce que j'ai pu comprendre, n'avait pas été sans complications.

— On n'a de racines nulle part. C'est probablement pour ça que je vis sur un bateau sur le Rhin, dit-il en souriant.

Il fit une petite pause qui me donna l'occasion de m'étonner de tels épanchements dans un bar à Worms.

— Êtes-vous mariées ? demanda-t-il brusquement.

— Moi je ne suis pas mariée ! répondit Frida presque triomphalement. Comme si cela avait une quelconque importance de nos jours.

Visiblement heureux de cette information, il alla chercher une nouvelle bougie pour remplacer celle qui était consumée. Son sourire creusait deux profonds sillons de chaque côté d'une bouche généreuse. Il ne représentait pas la peau de pêche idéale, mais Frida le trouvait en tout cas à son goût. Ses dents étaient légèrement jaunies par la nicotine, il sentait le bateau et aurait eu besoin d'un rasoir. Cela ne gênait visiblement pas Frida. Elle était penchée vers lui de tout son torse. Il ne restait presque pas de place entre eux pour le verre et le demi.

Cela nous retarda de deux heures et nous n'avions même pas mis les pieds dans la cathédrale Saint-Pierre, nous n'avions pas vu le monument de Luther et n'avions pas non plus essayé de visiter le quartier juif.

— Notre séjour à Worms n'a peut-être pas été tout à fait dans l'esprit de Luther, ai-je remarqué quand nous quittâmes la ville.

— Ce sont des choses qui arrivent. Au reste le petit père Martin était un fameux roublard, répondit Frida en sifflotant.

Soulagée que nous ayons repris la route, je décidai de tolérer sa faiblesse pour les marins d'eau douce et son manque de musicalité.

— Strasbourg est la capitale de l'Alsace. C'est de là que viennent les bons vins, dit Frida.

— Pourquoi as-tu dit que nous allions coucher à Strasbourg ? ai-je demandé quand Ludwigshafen surgit avec ses hautes cheminées précédant une agglomération dense.

— Pourquoi pas ? Il était ouvert et généreux. On parlait de tout. Relaxe-toi, Sanne. Il n'est pas du genre à se mettre en embuscade pour violer les femmes seules. Que peut-il bien nous faire ?

— Le téléphone.

— Le fait que j'aie son numéro ne veut pas dire qu'il va nous faire des ennuis. Tu as peur de tout et tu imagines continuellement que les gens sont après toi. Si tu avais montré un peu plus de confiance, tu serais arrivée plus loin.

— Plus loin avec quoi ?

— Dans ton œuvre écrite, par exemple.

— Beaucoup d'exemples prouvent le contraire. Les vrais grands écrivains ont été des poltrons, des pauvres, des malades, des schizophrènes, ont eu la maladie de la persécution ou ont souffert de mégalomanie.

— Tu es peut-être exempte de ce dernier vice. Mais ce n'est pas à moi de t'analyser. Je laisse ça aux professionnels. De toute façon, il sera intéressant de voir ce qui arrivera quand ton livre sera terminé, dit Frida.

— Que veux-tu dire ? ai-je demandé avec inquiétude.

— Tout peut vite se retourner pour toi aussi, tu sais. Imagine, une semaine se passe et il faut se dépêcher de mettre sous presse la deuxième édition. Et les journaux suivent, avec des interviews, et tout, tu vois.

— Parfois je me demande si ce n'est pas toi qui es la plus grande rêveuse de nous deux, ai-je fait remarquer.

— Je suis satisfaite de mon sort. Et il y a des gens qui y arrivent. À écrire un best-seller.

— Pas moi.

— Pourquoi pas ? Tu en rêves. Tout le monde en rêve. Ça devrait arriver par roulement. Je veux dire le fait d'attirer l'attention.

— Ce n'est jamais mon tour de quoi que ce soit.

— Maintenant tu pleurniches. Tu es en voyage, tu as de l'argent et tu m'as, moi.

— Je t'ai, toi ?

— Tu ne trouves pas ? Allons manger une glace et trouver Strasbourg sur la carte, dit Frida en tournant vers une aire de repos.

À nouveau j'avais le sentiment qu'elle essayait à la fois de m'éduquer et d'abonder dans mon sens comme on le fait avec les enfants tout en ne pensant qu'à soi-même.

Nous avons traversé le Rhin vers six heures et nous nous trouvâmes brusquement en France. À Strasbourg. Comme d'habitude, Frida prit l'artère principale, prétendant que c'était la seule manière de trouver un bon hôtel.

On nous donna une chambre tranquille avec vue sur une cour très étroite. Le plancher était recouvert d'un tapis cloué aux tons passés, d'où émanait une odeur de moisi et de vieille poussière. Le dessin était un mélange de motifs persans et d'écossais. Tout alla bien jusqu'au moment où on essaya sans succès d'ouvrir la fenêtre.

— Je ne comprends pas pourquoi on ne peut jamais régler la température et l'aération soi-même, ai-je remarqué.

— Peut-être que ceux qui étaient là avant ont essayé de sauter par la fenêtre ? On peut être déprimé par une chambre puante quand en plus l'hôtel s'appelle Best Western, dit Frida.

J'ai tiré les rideaux et mon regard a plongé de trois ou quatre étages dans un trou sale. Surgit alors un tableau :

Une jeune femme se tient près de la fenêtre au troisième étage dans une petite ville de Norvège. La lumière crue du soleil révèle que les vitres auraient besoin d'être lavées. Elle porte un long et ample chandail. Elle ouvre lentement la fenêtre et sent l'air picoter sa peau. Il ne fait pas si froid. Avec quelque difficulté elle grimpe sur l'appui de la fenêtre. Elle se tient sur un genou, l'autre pied s'appuyant au rebord. Son pantalon délavé et sans forme la serre au ventre et à l'entrejambe. Elle se retient fermement des deux mains tout en regardant droit sur un râtelier de bicyclettes, deux bicyclettes et quatre poubelles. L'une d'entre elles est sans couvercle. Le vent joue avec un sac plastique de la Coopérative. Elle ne l'entend pas, mais elle sait le bruit légèrement froufroutant que cela fait. Un chat tigré saute sur le couvercle d'une poubelle. Se lèche les pattes. Tend la patte arrière et se lèche le derrière. Lentement et avec soin, tout en s'arrêtant de temps en temps pour la regarder de ses yeux luisants. Finalement il s'enroule sur lui-même et l'oublie. Elle se penche en avant et cherche son point d'équilibre. Là où tout peut basculer, où elle ne peut plus se retenir. Il s'agit seulement de quelques centimètres plus avant. Elle entend déjà le bruit sourd que fait le corps en atteignant le sol. Mais il lui faudra d'abord atterrir sur les poubelles et le chat tigré. Elle entend le tintamarre au moment où elle renverse tout. Elle sent les griffes du chat sur sa joue. Et le cri.

Tu crois vraiment que quelqu'un va te regretter ? Saute, imbécile !

Un canal à Strasbourg

J'ai été réveillée par un bruit indéfinissable et j'ai su tout de suite que Frida n'était pas là. Je suis quand même restée couchée un moment à écouter. Tout était silencieux. J'ai allumé la lampe de chevet. Il était deux heures du matin. Je l'avais quittée dans le bar de l'hôtel vers onze heures, j'étais montée et m'étais endormie tout de suite. J'avais eu toute la journée la sensation de couver une grippe ou quelque chose de ce genre.

Je me suis assise sur la cuvette des toilettes pour éventuellement guetter des pas tandis que je me demandais ce qui avait pu arriver. La possibilité que Frida s'amusait à passer la nuit dans un bar d'hôtel était minime. Si elle avait été une autre, j'aurais pu imaginer qu'elle gisait, ivre et mal en point dans un caniveau, ou bien qu'elle avait été victime d'un hold-up et qu'on l'avait jetée dans le canal. Mais pas Frida.

Non, c'était encore un de ses trucs pour me tenir en haleine. J'avais l'impression qu'elle me regardait à travers le système de ventilation pour observer mon angoisse. Mes pires hypothèses se transformèrent aussitôt en certitude. Je ne pouvais pas compter sur Frida. Elle m'avait choisie, mais elle pouvait changer d'avis à n'importe quel moment. À vrai dire, je l'avais toujours su. En tout cas à partir du moment où j'avais découvert qu'elle avait pris contact avec la femme de Frank.

Je ne voulais pas reconnaître que j'avais plus d'une fois décidé de me débarrasser de Frida. Après avoir regardé dans le placard et sous le lit, j'ai jeté un coup d'œil par la porte avant de retourner au lit – pour immédiatement après remettre les pieds sur le sol et téléphoner à la réception. La voix fatiguée du veilleur de nuit à l'autre bout du fil déclencha chez moi une sorte de honte. Qu'allais-je dire ? Que je me sentais seule ? Lui demander s'il avait vu Frida sortir ? J'ai marmonné une excuse en norvégien et j'ai raccroché.

La lampe de chevet était pourvue d'un abat-jour en bakélite. Il avait dû être raffiné, en son temps. Jaune or. Mais une ampoule trop forte l'avait fripé comme une vieille carte aux frontières diffuses et aux endroits ignorés. Une sorte de bas-fond fait de fentes sales et de taches de vin, de sang, de café ou d'eau. Que sais-je ? Tremblante, je l'ai déposé sur le sol. Mais sans l'éteindre. L'ouverture aménagée au sommet dessinait un mauvais œil sur le plafond.

Il finit par m'incommoder, même en fermant les yeux. Mais je n'arrivais pas à me décider à éteindre. Ce serait alors l'obscurité totale. Je suis allée chercher une serviette dans la salle de bains et j'en ai recouvert la lampe. La lumière en fut tamisée et l'œil disparut. J'ai essayé de dormir, mais l'idée installée dans ma tête ne voulut plus la quitter. Elle m'assaillait et criait « Au feu ! » La chaleur pouvait vite se développer sous la serviette. Je l'ai arrachée et me suis enfouie sous la couverture. Elle était mince et raide comme une natte en jonc. J'aurais bien aimé avoir une couette qui épouse la forme de mon corps. Le long de mon dos et sur la nuque. Qui réchauffe sans peser.

J'ai dû m'endormir sur le matin, car le bruit de la tuyauterie m'a réveillée. C'était comme si quelqu'un occupait la salle de bains. J'ai sauté du lit pour aller voir. Il n'y avait bien entendu personne. Ce n'est que lorsque je m'essuyai que le visage blafard de Frida apparut. Elle avait les yeux cernés, mais paraissait tout ce qu'il y a de plus dispos.

— Salut ! a-t-elle dit.

— Où étais-tu ?

— Au port pour voir le chaland de Günter, répondit-elle gaiement, comme si elle me racontait son jogging matinal le long du canal. Je me suis dit qu'en fait, je le savais déjà. Frida était en train de se mettre sous pavillon étranger.

Nous étions sur un banc au soleil. Sur la berge d'un fleuve, ou était-ce un canal ? Il était bordé d'énormes blocs de pierre. Soigneusement appareillés les uns aux autres, leur propre poids tenant lieu de ciment. La loi de la pesanteur, ai-je pensé, c'est à la fois dangereux et rassurant. On termine tous comme ça. Si on ne tombe pas de nous-mêmes, il y a toujours quelqu'un qui s'arrange pour nous faire tomber. Six pieds sous terre, enfermé dans une urne ou bien les cendres dispersées pour engraisser la terre.

D'autres s'abandonnaient à l'eau. Aux courants. C'était une plus grande liberté, mais assez solitaire. Je m'imaginais, tout un banc d'alevins de harengs nageant à travers ce qui avait été mon tube digestif. En tout cas, ça nettoyait. Surtout si c'était en mer. Un mouvement continu. Dans les grands fonds, rien ne reste immobile. L'idée d'être bercée avait quelque chose de rassurant. Même s'il fallait aller jusqu'au fond.

Je n'adressai pas la parole à Frida. Et cela ne sembla pas la troubler. Elle se mit à prendre des notes dans un nouveau carnet dont les feuilles étaient en papier de riz. Je l'avais vu dans une boutique à Prague. Je n'allais pas m'abaisser à lui demander ce qu'elle écrivait. Pas question !

L'eau du Rhin, ou de quelque autre fleuve, coulait à mes pieds. Sa surface était agitée. Les ombres se transformaient et partaient à la dérive entraînées par le faible courant. Sur l'autre rive, l'eau contournait un vieux youyou amarré au rivage. Il se débattait pour se libérer. Voulant partir. Jouant avec l'eau. Mais il était fixé par deux cordages et restait impuissant.

Deux cygnes, un blanc et un gris, nageaient aux alentours et trempaient leurs têtes dans l'eau. Des mouettes et de petites corneilles festoyaient dans une poubelle renversée. Une souris morte était couchée les pattes en l'air sur le banc voisin. Elle avait les yeux ouverts, fixes dans la mort. Son petit museau était d'un rose étonnamment frais. Une légère odeur d'urine nous entourait. Sur les deux berges il y avait des maisons de hauteur et de standing différents. Mais elles étaient toutes anciennes. Certaines rénovées à la dernière mode faisaient étalage des capitaux investis. Une ville est comme un vieux théâtre, elle change continuellement de costume et de décor.

— Tu ne demandes pas comment il était ? dit Frida en jetant des pierres sur la souris morte.

— Non, ai-je répondu, fatiguée.

— Pourquoi ? Tu es déprimée ?

Deux amies arrivaient, portant un panier entre elles. Elles balayèrent la souris du banc avec un pied et s'y assirent. Un chien d'arrêt s'en empara au passage et continua sa route, traînant derrière lui son maître en laisse. Les deux amies caquetaient, riaient et tiraient de quoi manger du panier. Bientôt leurs visages disparurent derrière des morceaux de poulet et du pain blanc. Ce qui ne les empêchait pas de laisser échapper de leurs bouches tout un flot de ricanements et de mots.

— Tu m'échappes complètement. Et puis… j'ai peur et je suis triste, ai-je avoué.

— Tu as peur de quoi ?

— De ce qui va arriver quand la femme de Frank arrivera.

— Fais-moi confiance, dit Frida en rangeant son carnet de notes.

— Comment te faire confiance quand tu disparais brusquement avec un inconnu ?

— Grands dieux ! Mais je suis revenue. J'ai besoin de vivre ma vie. C'est la seule manière pour moi de participer.

— De participer à quoi ?

Frida resta assise un moment à fixer l'eau, puis elle posa ses bras sur le dossier et commença à raconter.

— Il se balade dans son bateau et jette l'ancre où bon lui semble. Je croyais que c'était un gros bateau avec de nombreux débardeurs et une grande cale, mais ce n'est pas le cas.

— Tu es allée avec lui… jusqu'à son bateau ? Tous les deux seuls ?

— Oui.

— Tu es folle ! Pourquoi prends-tu de tels risques ? Qu'est-ce que j'aurais fait si… ? m'écriai-je, me rendant compte aussitôt qu'elle devait penser que j'étais plus inquiète de mon propre sort que du sien. Mais elle fit comme si de rien n'était. Elle enchaîna, les yeux fermés, tournée vers le soleil.

— Je crois que c'est la seule manière. La solitude, vois-tu, Sanne, faut pas plaisanter avec elle. Elle détruit tout. Même la faculté de se sentir proche. Je ne peux pas toujours en être capable. Cela ne joue pour ainsi dire aucun rôle que ce soit une rencontre fortuite. Il a dit qu'il attendait mon coup de fil. Il était empreint d'une sorte de gravité timide. Dans ce bateau. Au-dessus de sa couchette était accroché un pantin qui ressemblait à ceux qu'on avait vus dans la petite boutique de Sophienstrasse à Berlin. Je me suis demandé comment il arrivait à dormir avec un truc pendouillant au-dessus de lui. Mais la question était trop insignifiante pour être posée. Il a allumé une lampe à pétrole à un coin au-dessus du lit. Elle se balançait elle aussi, mais insensiblement, puisqu'on était à quai. La petite flamme à l'intérieur du verre couvert de suie rendait la pénombre encore plus profonde. Il était nu à la lueur dc cette flamme. Plus très jeune, heureusement. De ce point de vue-là, je n'aime pas les jeunes gens. Je n'ai pas le courage de les prendre en charge. Ni de les tirer du trou quand ils se rendent compte de la pauvreté de ce qu'ils donnent. Ni de les excuser. Les jeunes desperados qui tirent leur coup sans réfléchir et ensuite s'écroulent épuisés, ce n'est pas pour moi. J'aime les endurants. Ceux qui prennent les choses en main. Ceux qui ont fait une erreur et savent que ça peut se reproduire. Ceux qui ne rejettent pas leurs fautes sur les autres. Ceux qui n'ont pas peur des femmes rieuses et intelligentes. Ceux qui tiennent le coup même dans l'adversité.

— Cette dernière déclaration ressemble à une citation de Rudolf Nilsen ou de Nordahl Grieg[1], ai-je dit à mon grand étonnement. C'était le genre de commentaire que faisait Frida, pas moi. Mais elle poursuivit imperturbablement :

— Nous sommes en quelque sorte de la même espèce. Sans point d'ancrage fixe. Il n'y a aucun mal à ça. C'est seulement dommage que les gens se méprennent et croient que nous sommes à la dérive, et de ce fait à vendre. Ils se trompent. Ce sont ceux qui ont tout et qui sont cependant frustrés, qui sont à vendre. Ceux qui veulent tout avoir, tout le temps, et ne sont jamais contents. Comme Frank.

— Ne dis pas de mal de Frank, ai-je murmuré.

— Pourquoi pas ? C'est la vérité. Et tu sais, Sanne ? On peut toujours appeler ça de l'amour, ou de l'attirance, ou de l'érotisme. De la fornication. On peut lui donner le nom qu'on veut, mais il ne faut jamais s'imaginer que c'est gratuit. Jamais.

— Gratuit, enfin…

1. Deux poètes norvégiens.

— Sais-tu ce que Rainer Maria Rilke a écrit après avoir reçu une lettre de son avocat lui annonçant que sa femme Clara Westhoff demandait le divorce ?

— Non, dis-moi.

— Citation approximative : « Ceux qu'on aime disparaissent. Ceux qui aiment entrent dans l'éternité. Ceux qui aiment mais se sont libérés du besoin d'être aimés en retour vivent l'amour comme un dépassement et une métamorphose. Ceux-là sont heureux, même dans la douleur, l'adversité et la solitude. »

Gênée, j'ai déplacé mon regard sur la rangée de maisons bien concrète sur l'autre berge.

— Est-ce une consolation pour quelqu'un comme moi ? ai-je demandé.

— Non, un avertissement.

— Il aurait pu le formuler plus brièvement, ça aurait été plus facile de s'en souvenir, le cas échéant.

— Tu as une suggestion ?

— Le plus important est d'avoir la capacité d'aimer et non d'être aimé !

— Voyez-vous ça ! Tu te surpasses aujourd'hui, dit-elle avec un ricanement.

— Ta relation avec ce Günter ne va pas tout à fait dans le sens de Rilke, plutôt le contraire, ai-je remarqué.

— Et ça ne sera certainement pas gratuit.

Tout à coup tout désaccord entre nous était dissipé. On riait.

— Raconte encore ! ai-je demandé.

— Tu crois que tu vas pouvoir le supporter ?

— Oui.

— Et que tu ne vas pas m'interrompre avec des questions stupides ?

— Mais oui.

— Je lui ai téléphoné et je lui ai demandé où il était.

— Quand tu étais au bar ?

— Tu devais te taire, oui ou non ?

— D'accord, d'accord.

— J'étais dans ce bar vide et ennuyeux ct j'ai eu Günter au bout du fil. Il venait d'amarrer et était en train de chauffer du thon dans sa boîte sur son réchaud. Il m'attendait, m'a-t-il dit. Je n'avais pas le souvenir que sa voix était si rauque. Profonde. Venant des bas-fonds de la ville ou du fleuve. Ça a allumé une étincelle dans mon bas-ventre. Ou dans ma cervelle. La distance entre les deux n'est pas grande en cette occasion. Il m'a expliqué comment trouver le quai et le chaland : Jungfrau Maria, me raconta-t-elle.

J'ai eu envie de faire des commentaires sur le nom du bateau, mais me rappelai ma promesse. Je brûlai d'envie aussi de savoir si c'était lui qui avait trouvé ce nom.

— Il était appuyé au bastingage quand le taxi s'est arrêté, continua Frida. Il était un peu embarrassé en présence des autres. Deux hommes étaient sur le quai et nous regardaient avec curiosité. Moi surtout. Mais quand on est descendus dans la cabine, il s'est transformé. C'était comme si nous étions de vieilles connaissances. Ça sentait le carburant dont on se sert pour faire marcher ces bateaux. Tout était vissé et fixé. Table, chaises, couchette, ustensiles de cuisine, étagères et réchaud à pétrole. Tout là-dedans était de couleur plus ou moins brune. À part quatre gobelets orange qui pendaient à des crochets en laiton sous l'étagère. Il a débouché une bouteille de vin rouge et en a rempli deux gobelets, et nous nous sommes assis l'un en face de l'autre. La table était si petite que nous sommes entrés en collision au-dessus comme en dessous. Cela nous a fait rire. Après avoir trinqué, il a posé son gobelet et a entouré mon visage de ses mains. La lampe ne donnait guère de lumière, je ne pouvais pas voir ses yeux. Mais je sentais la chaleur de ses mains. Lentement j'ai dénoué le foulard qu'il avait autour du cou. J'ai déboutonné sa chemise. J'ai touché sa peau.

Il a fermé les yeux et m'a laissée faire. J'ai posé le bout de mes doigts sur sa bouche pour en dessiner les contours. Sa lèvre supérieure piquait un peu. Il était mal rasé. Peut-être était-ce ce qu'il était en train de faire quand j'ai téléphoné. Une petite écorchure encore sanglante sur la joue me l'indiquait. J'étais là et le tâtais comme une aveugle qui veut savoir à quoi ressemble son amant. Car je savais déjà. Pourquoi j'étais venue. Non pas pour le conserver jusqu'au lendemain, ou jusqu'à la semaine prochaine. Ni pour un an. Non pas pour emménager dans un appartement avec lui – disons jusqu'à Noël –, non pas pour lui dire « maintenant on rentre à la maison » quand on sort ensemble. J'avais besoin de lui à l'instant ! C'était suffisant. Il devait y avoir un certain temps qu'il était passé sous la douche. Il s'était lavé, évidemment, mais il sentait le bateau. Peut-être bien que cette odeur de bateau reste sur ceux qui y habitent.

Frida leva son bras jusqu'à son visage, renifla et approuva d'un signe de tête.

— Cette odeur a déclenché un sentiment chez moi dont je ne déborde pas habituellement. De tendresse. Qui n'avait en vérité rien à voir avec l'homme ou avec l'acte. C'était un sentiment latent en moi. Comme une expérience ou la citation d'un livre qui me revenait partiellement en mémoire. Je ne pouvais pas le reconstituer, et ce n'était pas le moment de s'adonner à des réflexions philosophiques. Il y a quelque chose d'extraordinaire quand on comprend que cette rencontre sera la seule. Qu'il n'y en aura pas d'autres. Qu'il ne faut rien réserver pour plus tard. Peut-être est-ce justement ce qui fausse tout quand on choisit une stabilité sécurisante. L'instant reste diffus. Sans importance. On peut toujours les réserver pour plus tard. Les gens et les sentiments – pour plus tard. Pour un moment plus propice. Quand on aura expédié les choses pratiques. Les obligations. Je crois que beaucoup de gens ne vivent pas parce qu'ils remettent la vie à plus tard, dit Frida en s'arrêtant.

Une meute de gamins arrivèrent en criant le long de la berge. J'ai retiré mon pied pour ne pas les faire trébucher et tomber dans l'eau. Une action de sauvetage ne me tentait pas spécialement juste maintenant.

— On l'a mis dehors quand il avait douze ans, enchaîna-t-elle. Cela ne m'a pas spécialement émue. Je veux dire : je connais l'histoire de Sanne Svendsen. Mais j'ai compris qu'il désirait ma sympathie. Certains hommes ont une capacité remarquable à rendre la sentimentalité masculine inattaquable, aussi pathétique soit-elle.

— Pathétique ? Mais cela a dû être terrible d'être mis dehors à douze ans.

— Nous y voilà ! Tu te laisses émouvoir. Mais oui, l'histoire de Günter ressemble à toutes les descriptions de misère chez Hugo, Dostoïevski et surtout chez Dickens. Rien n'est plus émouvant que l'enfance brisée d'un homme adulte. Mais au moins, celle de Günter est vraie. Du reste, je ne t'ai jamais entendue te plaindre de ta propre histoire.

— Elle n'est pas spécialement palpitante.

— Parce que tu en as honte ?

— Peut-être. Mais elle ne joue aucun rôle dans le monde que nous partageons.

— Ah bon, on a la faculté de se voir dans une plus grande perspective, dit Frida.

Je n'avais pas l'intention de discuter de mes facultés avec elle et au lieu de cela je lui demandai :

— Vous avez convenu de quelque chose ? De vous retrouver ? Puisque nous allons longer le Rhin.

— Convenu de quelque chose ? Non ! De quoi ?

— Mais tu as son numéro de téléphone ?

— Oui. Mais j'ai déjà utilisé les heures qui m'étaient dévolues avec Günter dans la vie.

— Comment peux-tu dire ça… avec une telle légèreté ? Comme s'il s'agissait d'une bagatelle. Est-ce une bagatelle ?

— Une bagatelle d'importance. Avec une fin bien définie.

— Tu es d'un cynisme effrayant.

— Pourquoi devrais-je passer des mois à pleurer Günter alors que je devrais être heureuse du temps que nous avons eu ensemble ?

Une petite corneille se balançait sur le banc voisin. En minuscules inclinaisons rituelles du corps. Comme si elle ne pouvait se décider si elle allait voler ou non. Des tons de rose passaient au bleu et au vert. Je ne savais pas qu'une corneille pouvait avoir de pareilles couleurs. C'était à cause de la lumière. La lumière transformait tout.

— Je ne te comprends pas, ai-je dit.

— Les êtres humains sont libres ! On ne peut pas les collectionner comme on collectionne des timbres. On ne peut pas les mettre en réserve pour plus tard, les échanger ou les vendre. On ne peut en jouir qu'au moment où l'on est présent dans leur vie.

— Qu'est-ce qu'il a fait après ? ai-je demandé, intéressée par l'histoire de Günter.

— Après quoi ?

— Après avoir été mis à la porte.

— Il a volé un vélo de livreur et est devenu marchand de ferraille. Tu sais, un de ceux avec un grand porte-bagages devant. Le premier hiver il a dormi dans un cagibi chez un ferrailleur qui, en contrepartie, a abusé de lui.

— On devrait punir ces gens-là, ai-je murmuré.

— Mais ils le sont, si on peut le prouver, répliqua Frida.

Un petit homme gris et gras est assis dans le fauteuil de la directrice et fixe une gamine debout près du bureau. Il lève la main et dit quelque chose. La gamine bouge les pieds ; même si elle se sent collée au sol, elle se rapproche. Elle doit apprendre les opérations qu'elle n'arrive pas à faire à l'école. Les chiffres disparaissent toujours d'eux-mêmes. Elle n'arrive jamais à les retenir là où il faut. Il a dit au personnel qu'il va lui donner une leçon et qu'il ne faut pas le déranger. Son regard est comme deux boules noires luminescentes. Immobiles. Les rideaux derrière lui sont tirés. Ce qui n'empêche pas de voir un peu de pellicules sur sa veste noire élimée. Devant, il est plus sombre. Son visage. Il est assis un peu en retrait de la table avec le cahier ouvert devant lui. Tout à coup il vire la chaise vers elle et dit quelque chose de sévère sur une division. En même temps il pousse son bas-ventre vers elle et ouvre sa braguette. Quelque chose en sort. Ça a l'air de poils et d'un morceau de suif, ou de déchets comme ceux que laisse la cuisinière quand elle a découpé le cochon. Elle coupe avec un couteau aiguisé et les jette dans un seau en fer-blanc. À partir du moment où il l'attrape par la nuque jusqu'à ce qu'il la lâche, elle ne fait que penser à ce seau en fer-blanc. Ensuite il appelle quelqu'un et demande qu'on vienne essuyer. La petite a été malade. Elle a vomi sur le plancher. Sur lui aussi. C'était inévitable, dit-il. Il allait lui apprendre à compter, et elle était tout près de lui. Elle n'a rien dit avant qu'il ne soit trop tard. Si elle avait prévenu, ce ne serait pas arrivé, gronde-t-il. La fille de cuisine essaie de nettoyer son pantalon. Ce n'est pas facile. La gamine sent l'odeur du vomi. Et de quelque chose d'autre. Un goût de honte. Plus tard elle le ressent dans la bouche quand elle n'arrive pas à faire ses opérations. Ou encore quand elle mange du ragoût et n'ose pas éviter les morceaux de gras ; mais elle échappe aux leçons de « l'ami de la maison » et aux excursions à la campagne ou dans les bois. Elle est soulagée qu'il pense qu'elle ne peut pas s'empêcher d'être malade, et elle évite ses yeux ronds tant qu'elle le peut. Quand son chapeau pend à la patère dans l'entrée, elle se trouve des occupations à l'extérieur. Elle n'est pas la seule. Mais ceux qui arrivent à se retenir n'y échappent pas. Il lui arrive de les appeler par leurs noms ou de leur apporter quelque chose. La directrice veille à ce qu'ils remercient « l'ami de la maison ». Et Dieu.

La cité des Papes

Nous nous étions arrêtées dans un hôtel au bord du lac à Neuchâtel. De notre table nous avions vue sur la marina. Elle était remplie d'énormes voiliers, de cygnes blanc, de dames en pastel et de jambes d'hommes envahies de poils, dépassant des bermudas.

Frida fouilla dans la poche de sa veste et posa ensuite son portable sur la table. Et je me mis immédiatement à attendre qu'il sonne. Je tremblais à l'idée qu'il sonne. Et je ne comprenais pas pourquoi il ne sonnait pas. Je soupçonnais Frida de me cacher qu'il avait sonné. Mais je ne dis rien. Il ne sonna d'ailleurs pas, et que cela ne la préoccupe pas autant que moi m'énervait. Selon toutes probabilités, elle ne communiquait qu'en appelant. C'était donc la raison pour laquelle elle l'avait posé sur la table, elle pensait appeler. Il était cependant rassurant de savoir que personne d'autre que la femme de Frank n'avait son numéro. Mais je n'avais pas pleinement confiance. Le pire c'est que je m'y habituais. À ne pas avoir confiance en elle.

— En voyage, la monotonie est différente de ce qu'elle aurait été si on avait eu une adresse fixe, ai-je dit en essayant de ne pas regarder le téléphone.

— Comment ça ?

— Se réveiller à un nouvel endroit chaque matin, faire et défaire ses bagages, faire attention à tout mettre dans la voiture, à donner assez, mais pas trop, de pourboire. De nouvelles couleurs, de nouvelles formes, de nouvelles odeurs et de nouveaux défis. C'est un bombardement auquel on s'habitue. Le corps reste le même, mais la pensée est en transformation continuelle. On ignore ce qui va l'influencer à la minute suivante. Et on s'y habitue ! Ce qui m'étonne aussi c'est que les gens qu'on rencontre ont encore moins d'importance qu'un personnage secondaire de roman. On ne fait pas l'effort de chercher qui ils sont en vérité. Si cela est la réalité, eh bien, elle est plutôt diffuse, ai-je dit.

C'est à ce moment précis que le téléphone sonna.

— Oui, allô ! dit Frida à voix basse, nous étions quand même dans la salle à manger d'un bon hôtel.

Après avoir écouté un moment, elle enchaîna :

— Non, tout va bien. Je serai à l'aéroport… Oui. N'y pense pas. La date est parfaite. Je me réjouis ! Bien sûr ! N'y pense pas, je te dis… C'est bien fait pour lui… Bien sûr… Suis l'itinéraire que je t'ai indiqué. Oui. Bon voyage ! Salut !

Elle éteignit le portable et le remit sur la table.

— Pourrais-tu mettre cette chose ailleurs ? ai-je demandé.

Frida glissa son portable dans sa poche.

— Tu as compris qui c'était ?

— Oui, j'ai compris qui c'était, ai-je dit avec lassitude.

— Il nous faut partir demain, autrement on sera en retard pour retrouver Annemor à l'aéroport.

Le plat principal arriva finalement. Un poisson local, grillé, dont j'oubliai le nom dès qu'il fut sur la table. Sur le bord de l'assiette étaient déposées deux lanières de carottes comme deux épées croisées autour d'une croquette de pomme de terre jaune. D'une certaine manière, cela me fit penser à l'image d'un poumon en coupe que j'avais vue une fois. C'était durant une campagne contre le tabagisme. La nuit tombait.

Des lumières scintillaient impatiemment sur le lac. Les mâts bougeaient dans tous les sens devant la fenêtre. Mais en réalité tout était comme avant.

— Maintenant on va avoir sa peau ! Non seulement on lui a pris son argent, mais aussi sa femme ! dit Frida à voix basse.

— Je n'ai jamais eu l'intention d'avoir la peau de Frank.

— Toute femme délaissée rêve d'avoir la peau de quelqu'un comme Frank.

— Je ne suis pas délaissée, ai-je dit.

— Ah bon ? Tu n'es pas délaissée ? Pourquoi es-tu là alors ?

Que pouvait-on répondre à une question aussi stupide ? Je me suis tue un moment, mâchant mon poisson. Mais au bout d'un moment je me sentis un peu trop seule.

— Que va-t-il faire, à ton avis, quand il s'apercevra qu'elle aussi a disparu ?

— Au début, occupé comme il l'est par sa nouvelle conquête, il ne s'en apercevra pas, dit Frida avec légèreté.

— Mais petit à petit il sera forcé de prendre des rendez-vous pour voir ses enfants, et…

— Alors il se heurtera à un mur ! Il faut quand même qu'elle cesse d'accepter qu'il s'en tire chaque fois à bon compte, s'écria Frida.

— Avec nous, ce n'est pas spécialement à bon compte, ai-je protesté.

— Je vois bien que tu le plains déjà. Tu es vraiment incroyable !

Une idée me traversa l'esprit : devais-je prévenir Frank ? Je n'avais pas besoin de dire que c'était moi qu'elle venait rejoindre. Il avait encore le temps de l'en empêcher, cela m'éviterait d'avoir à la rencontrer. Il m'en saurait gré en tout cas. Oui, il m'en serait redevable. Je serais sa seule alliée. Mais l'argent ? L'argent, c'était là le problème !

Le lendemain soir nous étions en plein cœur d'Avignon, près du vieux pont, derrière les remparts. Le pavement des rues était aussi confortable que celui d'un sentier muletier et les pierres des murs risquaient à tout moment d'écorcher notre Honda.

J'ai donc trouvé plus sage de faire à pied le dernier bout de chemin qui menait à l'hôtel de la Mirande. Quand je suis entrée dans le hall, j'ai eu l'impression de profaner l'endroit en me montrant sans crinoline. Un chevalier moderne apparut derrière une installation qui devait déjà être une antiquité trois cents ans plus tôt. Il donna un ordre à un subordonné qui avait pour mission d'ouvrir la chaîne qui barrait l'accès. La Honda put ainsi entrer dans la cour. Là, un laquais nous surprit et nous aida à sortir nos valises et emmena la voiture en un endroit sûr. J'ai eu honte en pensant qu'il pouvait fouiller la voiture et trouver les euros cachés. Nous étions dans la cité des Papes où le pape n'avait plus résidé à partir de 1417, et où depuis, aucun pape n'avait mis les pieds.

Nous nous sommes promenées derrière les remparts. Dans une niche près de l'hôtel se tenait un jeune mendiant ressemblant à saint Jean-Baptiste. Il se tenait là plus qu'il ne mendiait. Comme pour nous rappeler une dette que nous avions envers lui. Je l'ai soudoyé, car j'étais la cousine inconnue du cardinal en visite secrète. Le pape était toujours absent, mais dans le jardin de Clément V nous avons vu un vieux chien faire des efforts optimistes pour monter un terrier bien disposé. Cela déclencha le rire hystérique de quelques jeunes touristes qui passaient par là et inspira à un des jeunes gens de se frotter en roucoulant au flanc d'une des femelles de la troupe.

— Je m'attendais à rencontrer quelques curieux exemplaires de l'homo sapiens, mais j'ignorais qu'il existait autant de chiens bizarres. Cela fait des mois que nous pataugeons dedans. À croire qu'ils n'existent que pour te provoquer. Savent-ils que tu as la phobie de la fourrure ? dit Frida pour me taquiner.

— Pourquoi dis-tu ça ?

— Parce que tu attires tous les chiens, et tu n'aimes pas ça.

— Je n'aime pas spécialement les chiens, mais je n'ai rien contre, ai-je murmuré.

— Non, tu en as tellement peur que tu fais des détours, dit Frida en riant.

Je lui ai laissé le dernier mot et je me concentrai sur ce qui m'entourait. Nous passions devant une maison dont les portes-fenêtres s'ouvraient sur une balustrade en fer, avec un bar et une brasserie au rez-de-chaussée. J'ai cru d'abord que le vieux couple qui s'appuyait à la balustrade prenait l'air. L'homme était chauve et avait l'air de vouloir haranguer les foules. La femme posait un regard fixe sur la place. En regardant de plus près je m'aperçus qu'il s'agissait de sculptures. La maison voisine était aussi habitée. Des personnes grandeur nature étaient peintes et recouvraient de grandes fenêtres. Un homme et une femme chacun à sa fenêtre étaient tournés l'un vers l'autre, peints dans leur réalité dont nous ignorions l'histoire.

J'ai ressenti tout à coup une sorte de découragement en pensant à toutes les relations humaines dont je ne saurais jamais rien. Des histoires, des destinées, des instants de beauté. Je laissais tout cela derrière moi. Ou bien c'était ailleurs et de ce fait inaccessible. Et aussi tout ce qui était accessible, mais que je ne saisissais pas parce que mon cerveau n'en avait pas la capacité. Ou bien parce que j'étais occupée par autre chose. Peut-être que toutes les prises de vue, toute la documentation, tous les rêves de ce qui avait existé n'étaient que des substituts d'une réalité que je n'arrivais pas à conserver. Le cerveau humain était-il beaucoup trop avide de posséder ce qu'il n'avait pas encore ? Était-ce pour cela que l'amour était si difficile ? Parce qu'il faisait partie des instants fugitifs de la vie ? Juste comme le bonheur ? Notre cerveau était-il incapable de conserver pareilles dimensions ? La réalité n'était-elle que l'ombre de l'instant ? Une fois que tout est fini. Il restait les édifices, les places, les coulisses qui nous survivaient. Était-ce pour cela que l'être humain produisait des œuvres d'art ?

J'essayai de partager mes pensées avec Frida, mais je doute qu'elle ait tout compris.

— Il faut qu'on s'arrange pour te ficeler à une table de travail, il est clair que la pression interne est trop forte.

Place de l'Horloge, nous sommes entrées dans un café qui vendait aussi des journaux. Je me suis assise près de la fenêtre qui s'ouvrait sur la place. Frida disparut aux toilettes. D'anciens chevaux de bois vides, tout illuminés en plein soleil, se mirent tout à coup à tourner. Lentement.

Le portable de Frida sonna. J'ai attendu un peu, mais la sonnerie devenait gênante et j'ai tendu la main vers la veste sur la chaise.

— Oui, ai-je dit, incertaine.

— C'est toi ? demanda une voix féminine aiguë qui était évidemment la sienne.

— Vas-y, parle, ai-je dit.

— Tu es sûre que ça ne te dérange pas que je vienne ? Que tu ne dis pas ça pour être gentille ? La première fois que tu as appelé à la maison et que tu m'as raconté que Frank, une fois, t'avait aidée à te débarrasser d'une vieille armoire, qu'il t'en avait donné un si bon prix que… Et on s'est mises à bavarder, comme de vieilles connaissances… Et je t'ai raconté mes difficultés… Est-ce parce que tu as eu pitié de moi que tu m'as invitée à venir ? C'est d'un grand réconfort pour moi, il faut bien le dire. Mais, en vérité, tu n'as pas envie que je vienne, n'est-ce pas ?

J'étais là, le téléphone de Frida à la main. Et je parlais avec elle. C'était ma dernière chance d'y échapper.

— Comment vas-tu ? ai-je dit pour gagner du temps.

— Ils me menacent, ils disent que si je ne leur donne pas l'argent, j'aurai à m'en repentir.

— Et que dit… Frank ?

— Il m'interdit d'aller à la police. Il dit que ce ne sont que des menaces, et qu'il va les rembourser la semaine prochaine. Mais je crois qu'ils sont sérieux. Je n'ose presque pas sortir. J'ai toujours été un peu… hystérique. Je ne suis pas forcée de partir… si c'est trop de dérangement ? Je veux dire, je vais me débrouiller, si je prends sur moi… Frank n'est pas là, il habite chez elle.

— Je désire vraiment que tu viennes. Je m'en réjouis ! ai-je dit fermement.

J'ai été réveillée par le vent qui secouait les vieux volets. Les crochets de fer forgé n'avaient pas tenu et une bourrasque fit battre la fenêtre ouverte contre l'encadrement. Je me suis levée pour la fermer. Il faisait gris dehors. La chambre était en haut de l'hôtel, avec vue sur des toits rouges et des bâtiments de pierre grise, des plantes grimpantes et des arbres en pots. Mais la pluie et le vent avaient tout transformé. C'était comme d'en voir l'envers. Un sentiment de bonheur inattendu m'envahit. Le vent ressemblait à une forte brise norvégienne. Mais le son était plus lointain, comme si je l'avais sous contrôle. Je me suis remise au lit et ai commencé à écouter les tonalités des diverses bourrasques. Ça montait et ça descendait. Ça s'éloignait et ça revenait. Quelque part dans le voisinage quelque chose en fer-blanc brinquebalait et grinçait tour à tour. Un cri d'oiseau. Ressemblant à celui de la mouette. Ici ? D'une certaine façon, c'était sécurisant. Mais oui, c'était une mouette. Qui criait à nouveau.

Devant mes yeux fermés surgit un tableau :

La gamine a douze ou treize ans et, debout, fait face à un vent violent. Très haut sur un balcon qui entoure une tour blanche. Un phare. Elle sent jusqu'aux racines ses cheveux rabattus en arrière. Son mince pantalon et son anorak sont plaqués sur son corps. Même ses bottes de caoutchouc marron cèdent sous la pression du vent. Le caoutchouc se colle au tibia. Elle est poussée par un mouvement ascensionnel. L'idée lui vient de se laisser emporter. De planer. Ses bras et son corps se balancent en mesure avec les bourrasques et elle pense : ça y est ! Mais elle reste clouée à la plateforme en fer peinte en vert. Un horizon en furie essaie de capter un paquet de nuages à la dérive. Les rochers voisins sont continuellement arrosés d'écume blanche qui crache vert en se retirant. Une grande silhouette d'homme sort d'une porte et reste là, debout. Tout à coup il la saisit par la taille et la soulève haut. Comme dans l'eau, elle peut enfouir ses mains dans l'air. Il la projette très haut et la laisse voler une seconde au-dessus du garde-fou – avant de la rattraper. Mais elle est déjà dans le tunnel qui n'a qu'une seule issue. Elle a dépassé les ténèbres et sait où elle va. Dans l'entonnoir étourdissant, sa peur disparaît. Elle entend la vague qui se retire. Et un bruit de cordes profond et insistant. Comme si quelqu'un avait arrêté un disque au beau milieu. Elle ne revient à elle que dans l'escalier en colimaçon. Les marches en fer lui rentrent dans les côtes et elle sent sa tête éclater. Des gens sont en colère après l'homme. Il descend lourdement l'escalier et fait un bruit dont l'écho résonne à vide. Son corps à elle est secoué au rythme de ce bruit et de ce mouvement. C'est donc possible, comme elle l'imaginait là-haut. De voler au-dessus des rochers gris. Bien au-dessus de la mer en furie. L'odeur du sel reste dans ses narines, et les mouettes crient. Elle peut planer dans l'air. Elle le sait maintenant. Il faut seulement ne pas l'oublier. Pour pouvoir le refaire. À n'importe quel moment.

Rencontre en Provence

J'ai senti le parfum du mimosa bien avant de l'avoir repéré dans un jardin. Çà et là il y avait de petits orangers qui portaient des fruits. Je compris tout à coup de quoi parlaient les gens quand ils prononçaient le mot « Provence », le regard perdu.

À Antibes nous nous sommes promenées le long des quais sur le port. Des bateaux de la grandeur d'une villa de quatre étages étaient amarrés côte à côte. Sur certains il y avait même un jardinet et des arbres sur le pont. Quelquefois on voyait une voiture garée sur le quai et une sonnette à l'entrée de la passerelle. Ici, l'équipage faisait la sieste sur le pont, un bar à roulettes grand ouvert. La vareuse d'uniforme déboutonnée, l'atmosphère semblait plus que détendue. Près d'un mât une polisseuse impressionnante reposait sous une tente.

— Ici, on voit bien que le propriétaire est absent, remarqua Frida.

— Mais sa voiture est là, ai-je rétorqué.

— Mais tu comprends bien que les domestiques ont au moins une voiture à leur disposition pour aller chercher le patron à l'aéroport en mai, dit Frida en riant.

— Incroyable qu'un tel gaspillage puisse exister, me suis-je étonnée.

— Est-ce bien celle qui paie son voyage avec de l'argent volé qui fait preuve d'un tel moralisme ?

J'évitai d'entamer une discussion sur le gaspillage des ressources dans le monde. Frida n'était pas d'humeur à ça.

Nous contournâmes un entrepôt. Une femme nu-pieds, assise sur un tas de chiffons, parlait fort dans un petit magnétophone. Assez semblable à celui sur lequel mon chef dictait ses lettres du temps où je travaillais dans un bureau. À côté d'elle était rangé un caddy provenant d'un supermarché. Il contenait probablement tous ses biens matériels. Il en sortait des choses curieuses. Un moulin à vent en plastique de couleurs criardes qui faisait un bruit triste, comme s'il s'insurgeait contre le soleil ou bien se sentait incommodé. Un tas de pochons en plastique au contenu mystérieux. Une vareuse d'uniforme, incroyablement semblable à celle que portaient les garçons sur le pont. Un nécessaire à maquillage ouvert contenant de vieux tubes pour différents usages. Un litre d'Évian à moitié plein. Une spatule qui paraissait neuve. Une baguette à moitié mangée et une bouteille en plastique contenant un liquide qui pouvait être du vin. Un plaid de qualité douteuse était soigneusement replié sur le bord et un lapin en peluche pourvu d'une seule oreille nous fixait de son mélancolique regard en verre.

— Où a-t-elle trouvé cette vareuse ? Elle l'a volée ?

— Ou bien payée en nature ? C'est ça que tu insinues ?

— L'idée ne m'est pas étrangère, ai-je avoué.

Le fait qu'on la regarde ne semblait guère la gêner. Elle était assise là, au milieu des rails qui servaient à tirer les bateaux à terre. À voix haute elle dictait quelque chose dans le magnétophone. Elle exhibait deux sandales dorées à hauts talons sur les rails rouillés et un tas de bracelets cliquetaient autour de son poignet affairé. Le visage n'était pas vieux, au contraire bien trop jeune. Il paraissait avoir été maquillé par une aveugle, c'était la seule explication logique. Mais dans ce cas, elle n'aurait pas habité dans un caddy.

— Pourquoi n'est-elle pas prise en charge quelque part ? dis-je avec gêne.

— Elle semble en meilleure forme que les gamines à la frontière germano-tchèque. Elle a pour ainsi dire l'air confiante en sa propre misère. Mais c'est sûr, il n'y a pas que toi qui as eu besoin d'un foyer, dit Frida.

En regardant la fille sur les rails le tableau suivant me revint à l'esprit :

Avant qu'elle ne quitte l'orphelinat, la directrice lui serre la main et lui souhaite bonne chance.

— Mets sur toi ce qui est en trop, si tu n'as pas assez de place dans ta valise. S'il fait trop chaud, tant pis, ça ne te fera aucun mal. Pense plutôt que tu as de la chance d'avoir trop d'affaires. Car l'être humain peut se contenter de si peu tant qu'il croit en Dieu.

La directrice ne manque pas de cœur, mais elle est là pour remplacer Dieu. Toute la nuit la gamine est restée éveillée et a tremblé à l'idée de ce qui allait arriver et de ce qu'elle attendait depuis si longtemps. La liberté. Sans tous ces corps, ces voix, ces bruits dont elle avait l'habitude d'être envahie. Maintenant c'était à elle de remplir les vides. Elle sait qu'elle ne reviendra pas. Bien entendu, elle peut venir en visite pour leur dire bonjour. Elle peut leur écrire pour leur donner des nouvelles. Mais elle sait qu'elle ne le fera jamais. Elle a abandonné son lit à quelqu'un d'autre. Tout a une fin. Elle va entrer à l'École Commerciale. Sa place sera payée par l'Assistance Publique. Cela implique des obligations. La directrice lui dit qu'elle est personnellement intervenue en sa faveur.

— Le directeur se demandait si quelqu'un sortant d'ici convenait à son école. Il serait en tout cas fâcheux que d'autres l'apprennent. Il faut te mettre dans la tête, une fois pour toutes, que tu peux rattraper

ce que tu as perdu en gagnant la confiance des gens de bien. J'ai donné ma parole d'honneur que tu vas bien te conduire et que tu sauras garder ta place, admonesta la directrice.

La petite se retrouve sur un quai, une petite valise en papier mâché à la main. Tout ce qu'elle possède est dedans. L'odeur de pots d'échappement recouvre presque la fraîche odeur salée des algues. On doit être en août, tôt le matin. Le soleil lui brûle la nuque là où son col en laine pique. Elle est beaucoup trop couverte. Elle a mis à la fois son chandail et son manteau pour avoir une main libre. Son porte-monnaie et son mouchoir sont dans sa poche. Elle transpire, en attendant, et se demande si le chauffeur du bus sait où se trouve l'École Commerciale. Et plus tard, dans le bus, elle se demande comment se conduire pour que le directeur Bang de l'École Commerciale comprenne qu'elle sait se tenir à sa place.

Quand elle se retrouve finalement dans le bureau de Bang pour se faire inscrire, elle reste assise les mains sur ses genoux pudiquement joints. Et le directeur, en lui remettant le plan d'études et le règlement de l'école, la regarde par-dessus ses lunettes.

— Il ne faut pas avoir peur à ce point, mademoiselle Svendsen. Ici, personne ne va vous mordre, dit-il avec un léger sourire, comme une petite vague dans sa moustache.

Mais quand on a commencé à se tenir les mains posées sur les genoux joints, il n'est pas facile de changer de position. Surtout quand un vieil homme vient de vous dire que votre angoisse est visible. Plus tard, elle fera des efforts. Pour camoufler cette angoisse et en épargner la vue à ses interlocuteurs.

Pendant notre attente, j'étudiai avec soin tous les gens qui allaient et venaient. Surtout quand il s'agissait de deux hommes ensemble. Ou d'hommes seuls qui avaient l'air d'avoir tout leur temps ou bien se cachaient derrière un journal. L'un de ces suspects disparut heureusement derrière un monceau de bagages après avoir accueilli toute sa famille. Mais il restait toujours la possibilité que quelqu'un se cache dans les toilettes et arrive en trombe au dernier moment. Par exemple quand l'autre sortirait de la zone douanière.

— Au lieu de te camoufler, tu t'habilles comme une terroriste ! On ne t'aurait jamais laissée passer le contrôle sans t'avoir fouillée de fond en comble, soupira Frida.

Je me cachais derrière des lunettes noires et j'avais enfoncé ma casquette jusqu'aux yeux, il était important qu'on ne reconnaisse pas Sanne Svendsen quelle que fût l'identité qu'on me prêtait.

Elle, par contre, ne s'était pas camouflée. Je l'ai reconnue tout de suite. Traînant derrière elle une valise à roulettes rouge avec beauty-bag assorti. Elle s'écarta de la queue et jeta un regard indécis autour d'elle. J'attendis un peu. Mais voyant que personne ne se précipitait sur elle, Frida et moi nous sommes approchées lentement.

Maintenant, moins que jamais, je ne comprenais l'intérêt que quelqu'un comme moi pouvait représenter pour Frank. Elle ne paraissait guère plus de trente ans, elle était réellement belle et pourvue d'une certaine grâce. En quelques minutes je me suis sentie insignifiante et sans recours.

La seule consolation était que c'était Frank, et non pas moi, qui avait jugé, à tort, où l'herbe était la plus verte. Cette femme habillée à la dernière mode, naturelle et fraîche, constituait aussi un contraste criant à ce qu'était Frank. Marchand d'antiquités véreux, s'adonnant au jeu, avec ses relations douteuses aux champs de course et ses créanciers mystérieux. Ça ne devrait pas être permis, une telle innocence. Non seulement c'était inconvenant, c'était immoral.

Ici, à l'aéroport de Nice, je me suis dit que quelqu'un d'extérieur à l'affaire aurait inversé nos rôles. Il aurait pensé que c'était moi, l'épouse vieillissante et bafouée, et qu'elle était la jeune et sémillante maîtresse. Le problème était que de la voir me forçait à penser à Frank.

— Merci de m'avoir permis de venir ! Je n'aurais jamais eu le courage toute seule, dit la femme de Frank en prenant mon bras.

— Oh, n'exagérons rien ! dit Frida.

— Tout le plaisir est pour nous ! ai-je ajouté.

En traversant le hall pour rejoindre le parking, je surveillai les gens derrière nous. Ce n'était pas facile. Quand deux hommes ont essayé de nous dépasser en passant de chaque côté, j'ai senti une sueur froide m'envahir. Mais, curieusement, ils ont foncé devant sans nous arrêter.

Une fois dans la voiture et en sécurité, j'imaginai la situation de Frank. Après avoir découvert qu'elle ne répondait pas au téléphone, il avait appelé sa belle-mère qui l'avait agoni d'injures pour ses infidélités. Je le voyais, tenant le téléphone à quelques centimètres de l'oreille pour se protéger du haut diapason de la belle-mère. Je le voyais frotter son pouce droit sous son nez, ne sachant comment se défendre.

— Elle a été forcée de se cacher à cause de tes créanciers ! criait la belle-mère.

Et Frank passait sa main sur son front en souriant un peu bêtement au téléphone.

— Je suis désolé. Je t'assure que je suis désolé. Je vais m'occuper des enfants. Bien entendu. Et je vais tout arranger. C'est certain. Où puis-je joindre Annemor ?

— Elle ne veut rien avoir à faire avec toi ! Elle n'a ni numéro de téléphone ni adresse. Tu es bien le seul qui ne comprennes pas qu'elle est en danger de mort ! Et tu ne lèves pas le petit doigt ! Tes seuls intérêts sont le jeu et les femmes !

— S'il te plaît, puis-je voir les filles ? Quand ?

— Tu auras de nos nouvelles par notre avocat.

Frank était déprimé. Il souffrait. Il s'humiliait en téléphonant à tous ses amis et connaissances pour leur demander s'ils avaient vu Annemor. S'ils savaient où elle était. Il téléphonait aussi sûrement à la police. Il se laissait interroger. Et cela prenait tellement de temps qu'il était obligé de fermer sa boutique et de décommander des rendez-vous pour aller voir les meubles rustiques d'une succession dans la vallée du Gudbrandsdal. Et la police revenait pour l'interroger. On le soupçonnait peut-être même d'avoir enlevé sa femme ? Ou de l'avoir tuée ? J'avais lu dans le journal des histoires semblables. À plusieurs reprises. Pour ne pas dire chaque semaine ! Peut-être subissait-il un interrogatoire musclé à l'heure qu'il était ?

J'imaginai son visage, tel qu'il s'était montré quelquefois quand il avait fait de mauvaises affaires ou trop perdu aux courses. Un peu terne, marqué de deux sillons partant des narines jusqu'au menton. Une lèvre supérieure un peu exsangue qu'il mordillait nerveusement tout en gesticulant. Et un certain étonnement dans le regard. En fait, il n'y croyait pas vraiment. Il n'était pas du genre à paniquer. Frank était ce qu'on appelle « cool ». Mais certaines choses le trahissaient. Par exemple des gouttes de sueur à la racine des cheveux même quand il ne faisait pas chaud.

C'était une chose d'êtres parties, Frida et moi, avec l'argent qu'il réservait pour des jours difficiles, mais c'était bien pire d'avoir pratiquement poussé sa jeune femme à se laisser enlever. Maintenant il était trop tard pour le prévenir.

— Le voyage s'est bien passé ? demanda Frida alors que les rangées de vignes défilaient le long de la route.

Nous faisions un détour pour montrer à la femme de Frank le paysage idyllique dont tout le monde rêvait.

— Très bien ! J'ai pris le train jusqu'à Stockholm, puis l'avion pour Copenhague, et ensuite, tu connais.

— Il y a une chose que je dois te rappeler, dit Frida avec un peu de gêne.

— Oui ?

— Il est important que ceux qui te menacent ne retrouvent pas ta piste. Tu comprends ?

— Bien sûr ! Je ne suis pas complètement idiote !

— Si Frank nous retrouve, on aura probablement ses créanciers à nos trousses.

— Tu n'as pas besoin d'avoir peur. C'est après moi qu'ils en ont, dit la femme de Frank.

— Je le sais. Mais je n'ai aucune envie d'avoir affaire à un mari furieux.

— Frank n'est pas du genre furieux ! s'écria la femme de Frank comme si elle était l'avocat de la défense.

J'ai failli opiner dans ce sens en décrivant Frank comme quelqu'un de posé dans la discussion, même s'il n'était pas toujours d'accord.

— Bon. Mais tant que nous voyageons ensemble, il ne faut pas qu'il sache où tu es, nous devons être d'accord là-dessus.

— Bien, dit la femme de Frank avec une certaine hésitation.

— Enfin, maintenant tu en es débarrassée. Tu peux te trouver un homme plus jeune et plus musclé.

— Mais Frank est quand même un ancien nageur de compétition, dit la femme de Frank, presque vexée.

J'étais sur le point d'ajouter « et tout à fait viril ». Mais je n'ai naturellement rien dit. Je me doutais que les occasions ne manqueraient pas où il me faudrait cacher la connaissance de première main que j'avais de Frank. Officiellement je n'avais jamais échangé un seul mot avec lui. J'étais malade à l'idée de faire un lapsus. L'épouse trompée avait le monopole quand il s'agissait de Frank.

— Comment vais-je t'appeler ? ai-je demandé, surtout pour penser à autre chose.

— Mais tu le sais bien.

— Oui, mais quel nom te donner durant le voyage ? Elle renversa son visage en riant. Si cela n'avait pas été un cliché, j'aurais dit que ses cheveux retombaient comme un rideau doré sur l'appui-tête. Mais pour le dire de manière plus clinique : le soleil luisait sur une chevelure composée de millions de poils qui poussaient d'une glande sébacée. Je n'avais jamais vu d'aussi beaux cheveux. Même dans les spots publicitaires pour shampoing.

— Que c'est amusant. Tu veux me donner un nom... spécial. Je crois que je vais m'appeler Eurydice.

— N'est-ce pas un peu dramatique ? dit Frida un peu sèchement.

— Il est tout à fait de circonstance ! dit la femme de Frank comme si le nom qu'elle avait choisi lui donnait un statut spécial.

— Ylajali, c'est joli et mystérieux, et pas aussi tragique, ai-je essayé.

— Les hallucinations érotomaniaques et faméliques de Knut Hamsun, ce n'est pas mon genre ! répliqua-t-elle avec légèreté.

Sans savoir pourquoi, je n'aimais pas du tout qu'elle lise des romans.

— Connais-tu l'histoire d'Orphée et d'Eurydice ? lui ai-je demandé en évitant de dire que j'étais quand même contente qu'elle n'ait pas choisi Juliette ou Anna Karenine.

— Bien sûr, qui ne la connaît pas ? dit-elle.

— Ah non, il faut te débarrasser de toute cette tristesse. Il faut trouver quelque chose de léger... Voilà, j'ai trouvé ! Ce n'est plus Annemor mais Hanneton ! s'écria Frida avec satisfaction.

— Ça ne fait guère de différence, dit la femme de Frank. Je crois même que ça n'en fait pas du tout.

Mais je m'appelle en vérité Anne-Margrethe, avec un h.

— Ô mon Dieu, avec un h ? À quoi n'as-tu pas été exposée ? Non, nous t'appellerons dorénavant le Hanneton ! déclara Frida avec force.

Nous avons amené le Hanneton à Cannes pour qu'elle se promène sur la Croisette. Ce qu'elle fit sur ses minces jambes vêtues de pantalons étroits aux dessins psychédéliques violet, orange et jaune, cheveux au vent et le nombril à l'air en dessous d'un corsage microscopique décoré d'un cœur rose phosphorescent sur le sein. Elle avait une veste en cuir violet sur le bras qui, à mon avis, devait être trop petite pour elle.

J'essayais de rassembler mes impressions sur cette rue que l'on montrait une fois par an à la télé pendant le Festival. On était visiblement hors saison, mais quand même. Une série d'immeubles et d'hôtels de luxe s'étalaient derrière un afflux de cyclomoteurs et de voitures coûteuses. Le Carlton, pour n'en citer qu'un. À gauche derrière la jetée, toute l'armada des précoces génies de la finance était rassemblée, grandeur plus que nature. Et au loin toute une rangée de voiliers dessinaient un mur aérien sur le ciel. À travers la brume on distinguait une série de montagnes au fusain et à l'aquarelle. Et par-dessus tout cela brillait un soleil recouvert de feuilles d'or, comme dans une peinture d'Anna-Eva Bergman. Les mouettes n'étaient pas criardes ici, mais elles voltigeaient calmement, comme doit le faire un animal ayant de bonnes relations d'affaires.

Il était facile de dédaigner le snobisme évident de l'endroit, néanmoins la mer sentait vraiment le sel et la brume était véritable. Sans aucun doute l'horizon également. Je me suis prise à regretter d'avoir accepté d'amener le Hanneton ici pour la laisser se pavaner comme une star de cinéma. D'autre part je ne pouvais pas m'empêcher de lui accorder le droit de jouer. Frida prit des photos d'elle devant l'hôtel où toutes les divas apparaissent chaque année sur un tapis rouge.

Je suivais le Hanneton comme un petit chien. Il y avait d'autres chiens ici aussi, plus petits que moi et bien mieux tenus. Ils étaient accrochés à leurs propriétaires par un fil. Des dames d'un temps révolu, aux coiffures indescriptibles recouvertes d'un foulard de mousseline transparent, un des grands succès des années soixante. Leurs silhouettes restaient gracieuses mais leurs visages ressemblaient à des gaufres.

— Pense un peu, on est début février et il fait au moins 18 degrés ! Moi aussi, je veux venir vivre ici quand je serai vieille, dit le Hanneton, comme si elle avait deviné mes pensées.

— Je préfère les montagnes, dit Frida, vantant le mimosa, le calme, l'air pur et le charme d'une pittoresque terrasse sous les toits.

— Je ne veux pas m'enterrer dans la nature, je veux vivre là où il y a du monde. Attendre que s'ouvre la saison, que les tables et les verres déménagent sur la terrasse des cafés et que les stars de cinéma remplissent les hôtels. Je parle français ! C'est un avantage. Je prendrai un appartement au dernier étage avec accès à la terrasse et à la piscine.

Elle parlait français ! Et quoi encore ? ai-je pensé avec mesquinerie. Les choses évoluaient exactement comme je l'avais prévu. Je finissais par me sentir de trop. Il était presque impossible d'entrer en contact avec Frida. Elle se concentrait uniquement sur ce Hanneton. Qui avait été autrefois l'élue dans la vie de Frank, et qui l'était maintenant dans la nôtre.

Nous l'avons emmenée au Musée Picasso à Antibes. Frida parla sur un ton doctoral de Picasso, à la fois séducteur et goujat, et du succès fabuleux de ses silhouettes contorsionnées. Elle avait visiblement appris sa leçon. Je me suis dit aussi que si nous avions été seules, elle ne se serait pas donné tant de mal. Elle m'aurait laissée découvrir les choses de mon propre chef, ou bien se serait contentée de quelques réflexions sarcastiques sur les femmes qui se laissent piétiner pour que leur homme puisse exercer leur art et soit déclaré un génie.

Le Hanneton était remplie d'admiration devant la science de Frida. D'une certaine manière, Frida prit la place de Picasso durant la visite guidée. Tout en déclarant que sur ses vieux jours, il s'était rabattu sur « des poteries banales en série » comme elle disait. Frida, par ailleurs, devenait celle qu'il fallait admirer et respecter. Elle était la mystérieuse, l'esprit universel. Je devinais comment, après de nombreux mois passés ensemble, elle finirait par remplir ce rôle.

J'ai essayé de profiter de l'art de Picasso qui en vérité était bien plus que de la céramique, et je me suis rappelé la fois où Frank et moi avions décidé de nous rencontrer, comme par hasard, au Musée d'Art contemporain à Oslo. Nous nous étions embrassés dans une salle vide au premier étage. Nous n'étions restés seuls qu'un instant. Je ne me souviens pas de ce qui était exposé. J'avais seulement un vague souvenir de grandes photos. C'était moi qui avais choisi l'endroit du rendez-vous. C'était au début de notre liaison, je croyais encore que je pouvais admirer des œuvres d'art tout en savourant le bonheur de me trouver dans la même pièce que Frank. C'était impossible. Frank étouffait tout ce qui se trouvait sur les murs. Tout devenait insignifiant, comme pour camoufler ma rencontre avec Frank dans un endroit public. Cependant je me souvenais de ma déception du fait que la lumière n'était pas naturelle mais provenait d'un éclairage indirect. Mais la raison profonde était probablement que Frank ne pouvait pas m'inviter dehors. Même pas pour prendre une misérable tasse de café. Nous avions perdu notre innocence. Deux étrangers arrivèrent dans la salle et troublèrent notre intimité. Pour rétablir l'équilibre entre nous, ou l'idylle – si l'on peut utiliser pareil mot pour désigner ma relation avec Frank – j'ai dit :

— Je n'aime pas toute cette lumière artificielle. Ça me fait l'effet que tout est amoindri, aplati, en quelque sorte.

— Je comprends ce que tu veux dire. D'ailleurs, dans une exposition, les fenêtres comptent beaucoup pour moi. Ce sont souvent elles qui offrent les meilleurs tableaux, dit Frank avec un de ses sourires les plus séduisants.

Maintenant je me trouvais au Musée Picasso à Antibes et regardais la femme de Frank se déplacer. Elle allait lentement, la tête penchée, et examinait tout avec une curiosité qui forçait l'admiration. Et d'une manière ou d'une autre, c'était ce Hanneton qui occupait le plus clair de mon attention. En plus il me fallait suivre la conférence que Frida tenait, il est vrai, à voix assez basse.

— Peut-être n'est-il pas permis de parler autant ici, ai-je murmuré à Frida.

— Tu peux toujours aller faire un tour toute seule, et on se retrouvera à la sortie, au soleil, répliqua Frida, il est vrai sans que le Hanneton l'entendît.

Je ressentis toute la douleur physique qui est celle d'un enfant blessé, et je ne sortis pas. Mais l'humeur dans laquelle je me trouvais gâcha tout l'art de Picasso et je refoulai tout ce que j'avais vu. Comme si c'était une manière de punir les deux autres. Et Frank. Et moi-même, et Picasso. Ni Picasso ni Frank n'étaient physiquement présents et ne méritaient en rien ma réaction irrationnelle. Ils en faisaient néanmoins partie.

— Il n'a pas dû être facile, dit le Hanneton pensivement après la conférence de Frida.

J'étais une grande admiratrice de Picasso, et sa vie privée ne m'intéressait guère, ni la manière dont il traitait ses femmes. Et, avec le désir de remettre Frida à sa place, j'ai dit :

— Je n'ai jamais compris la nécessité de créer une légende derrière l'artiste.

— Le monde a besoin d'idéaux à admirer, dit le Hanneton.

— Au fond, je ne connais personne qui se trompe autant que les artistes. Sans une naïveté redoutable et une foi presque imbécile en sa puissance créatrice, il est difficile de faire de l'art. Certains sont aussi tellement occupés à se contempler qu'ils ne voient rien d'autre, dit Frida.

— J'ai l'impression que les écrivains contemporains regardent souvent la télé. Certains y apparaissent aussi. Peut-être qu'ils prennent le temps de lire les cancans et les résultats sportifs dans les journaux, et qu'ils n'ont pas le temps pour la politique étrangère. Il faut bien trouver le temps de manger et dormir aussi. Il ne faut pas croire que je leur en veux pour ça. Bien loin de là ! Je suis comme ça moi aussi, dit le Hanneton en me prenant amicalement par le bras.

— Il est certain que de nombreux artistes laissent la tristesse, voire la honte de leur biographie, étouffer leur œuvre, dit Frida comme si elle parlait de moi.

Une tâche essentielle inachevée

La Honda filait à travers un paysage de vignes taillées court, d'épaisses forêts de pins et de villages jaunâtres aux toits rouges. La poussière était portée par le vent et les poids lourds chantaient. Nous n'étions pas loin de la frontière espagnole. Je regrettais les oliviers qui rappelaient les fantômes gris-vert d'un temps révolu. C'était fini pour le moment. Remplacés par le vert éternel des pins. Cette curieuse et aride fertilité était à la mesure de mon humeur. Qui allait de mal en pis.

Je n'avais pas eu l'occasion d'ouvrir mon PC ces derniers jours. Le seul exploit littéraire que j'avais commis depuis l'arrivée du Hanneton se résumait à l'achat d'un carnet de notes au Musée Picasso à Antibes, avec, sur la couverture, un faune blanc cornu avec sa flûte. Il prenait presque un air pudique, les yeux baissés, en train de sucer son maigre pénis. Un bon carnet, bien solide et amusant. Mais pour le moment, donc, vierge de tout écrit.

Petit à petit, devant nous apparurent les cimes enneigées des Pyrénées. De chaque côté, des buissons de mimosas en fleur étaient couchés par le vent. Le Hanneton qui aimait bien faire un somme pendant qu'on roulait, s'était aménagé une sorte de studio sur la banquette arrière. Elle avait installé là une collection d'accessoires à portée de main. Son beauty-bag rouge, un magazine de mode français, un livre d'Alice Munro, la photo de ses deux filles, un cardigan, un plaid, une baguette entamée, des olives dans un bocal au couvercle vissé, du jambon, et du fromage plus que fait.

— Que va faire Frank maintenant ? demanda Frida sans introduction.

— Que veux-tu dire par là ? Le Hanneton s'était penchée vers l'avant.

— Il va essayer de te contacter. Il doit craindre que ceux qui en ont après son argent n'arrivent les premiers, expliqua Frida.

— Tu crois vraiment ? La voix du Hanneton était pleine d'espoir.

Je ne me sentais pas très à mon aise. Quelque chose me disait que ce voyage devenait plus risqué que jamais.

— Qui est au courant de ton départ pour l'étranger ? demanda Frida.

— Personne, sauf maman et ma sœur. Elles ont aussi peur que moi de ceux qui me menacent. Maman a dit qu'elle allait faire courir le bruit que Frank avait caché son argent chez sa bonne femme à Holmenkollen[1].

— Comment va-t-elle s'y prendre ? ai-je demandé.

— Maman a le chic pour faire courir des bruits, tu n'imagines pas !

— Frank a-t-il dit où il avait caché son argent ? ai-je demandé avec précaution.

— Frank ne cache pas d'argent, il le dépense, affirma le Hanneton avec force.

— Ce n'est pas seulement à cause de l'argent que tu es là, dit Frida.

1. Faubourg ultrachic sur la colline au nord d'Oslo avec vue imprenable sur la ville et le fjord.

— Oh, cette histoire… de femme, ce n'est pas nouveau. Pour être tout à fait honnête, ça a toujours été comme ça. Mais il n'est jamais parti habiter chez elles, avant. Frank a toujours dit qu'il ne voulait habiter avec personne d'autre que moi et les enfants. Et voilà qu'il le fait quand même…

— Ce n'est pas toi qui l'as mis à la porte ? demanda Frida.

— J'étais furieuse bien sûr quand j'ai compris qu'il en avait encore une. Mais cela m'est déjà arrivé, d'être furieuse, sans qu'il déménage pour autant. Et juste maintenant ! Mais ces sales types téléphonaient nuit et jour en le menaçant ! Alors, il a déménagé ! Je dois dire que ça m'a déçue. Énormément… fit le Hanneton en se mouchant avec force.

— Veux-tu dire par là que tu étais au courant de toutes les… aventures de Frank, sans t'en inquiéter ? ai-je demandé en essayant de garder un ton neutre.

— Bien sûr que je m'en inquiétais ! Mais tu ne connais pas Frank. Ses aventures, ça n'avait aucune importance. Toutes ces bonnes femmes, c'était la routine. Un peu comme les chevaux au champ de courses. Ça l'aidait à supporter toutes ces vieilleries qu'il fallait toujours réparer, polir et mettre en ordre. Et surtout payer ! Et revendre ! Je ne comprends vraiment pas comment il tient le coup. Vous comprenez, Frank est un enfant de la nature. Il est comme il est. Mais je dois avouer que celle-là, la dernière, j'ai eu du mal à la supporter. Elle me téléphonait même pour me dire : « Dites à votre mari que j'ai besoin de son aide pour me débarrasser de la succession de ma tante », minaudait le Hanneton. Celle-là, vous me la copierez ! Elle croit qu'elle peut acheter le monde entier juste parce qu'elle habite une vieille et affreuse villa à Holmenkollen[1]. Je suis allée à l'adresse indiquée pour me rendre

1. Station de sports d'hiver au-dessus d'Oslo.

compte, quand j'ai compris que c'était Frank qu'elle voulait, pas seulement son aide. Il ne faut quand même pas qu'elle s'imagine que Frank va lui tondre son énorme pelouse. C'est le genre de chose qu'il ne fait jamais. Elle n'arrivera jamais à le dresser à ce point ! Mais mon Dieu, comme il est gentil quand même ! Il est le seul choix que j'aie jamais fait dans ma vie, ajouta-t-elle avec tristesse.

— Es-tu au courant de toutes ses conquêtes ? demanda Frida avec témérité.

— Non, sûrement pas. Mais par exemple il y a eu cette élève-infirmière de Moss qui faisait semblant de lui donner un rendez-vous médical quand je répondais sur le portable de Frank ! Je n'ai pas marché. Il n'est jamais malade. De plus, il me raconte toujours ce genre de chose. Jusqu'à la moindre rage de dents. Frank n'est pas de ceux qui souffrent en silence. Il pense que ce sont des choses que l'on doit partager. Une fois, alors qu'on était assis au café Harlekin j'ai vu une femme que je ne connaissais pas me fixer de l'extérieur. J'ai été très troublée. Elle restait là et me regardait comme si je lui avais volé quelque chose ! Mais la pire, c'était cette chipie d'avocate qui devait pour ainsi dire l'aider à se débarrasser de ses dettes. Frank garde si peu de papiers, vous savez. Il a de mauvaises vibrations avec les papiers. Moi aussi, du reste. Pour moi, les papiers n'ont de valeur que lorsqu'ils sont entre deux reliures, soupira le Hanneton.

Frida restait sur sa voie, tenant le volant à deux mains. J'avais pris l'habitude de lui parler en toute confiance, à n'importe quel moment. Maintenant tout était différent. Je ne pouvais pas lui faire part de mes pensées, lui dire que je trouvais que le Hanneton était un croisement de la Jane de Tarzan et de Jane Fonda, et qu'en plus elle était vraiment bien plus jolie et plus sympathique que nous deux. Sa philosophie à propos des incartades de Frank dépassait de loin tout ce que je pouvais imaginer copier chez elle. Après avoir surmonté le désagrément que j'éprouvais en l'entendant parler de Frank, j'ai été soulagée qu'elle ne m'ait pas reconnue après l'épisode du café Harlekin.

C'était son genre super-féminin que je n'arrivais pas à avaler complètement. En vérité, j'aurais préféré qu'elle ait déjà fait son apparition à Berlin, on l'aurait laissée se frotter un peu aux lesbiennes de Kreuzberg. Je m'imaginai leurs bonnets sportifs, leurs écharpes tricotées et leurs souliers plats, alors que le Hanneton préférait plus que tout au monde ses sandales à talons lacées haut sur la jambe achetées à prix d'or à Cannes. Je me doutais que Frank tenait toute une comptabilité à ce sujet. Et je lui savais gré de ne pas s'en être plaint à moi. À tout point de vue, je dois dire que la loyauté de ce couple l'un envers l'autre forçait l'admiration. Je commençais à avoir honte d'avoir appartenu à la catégorie des femmes, des habitudes, qui avaient compliqué leur union.

Sur les aires de repos, le Hanneton nous achetait de l'eau et des friandises. Elle avait hérité de mes devoirs et avait toujours le thermos plein. Le matin elle faisait des sandwiches si bien que nous pouvions nous arrêter pour manger quand nous en avions envie. Elle déballait alors d'une serviette en lin le déjeuner le plus appétissant du monde.

Après avoir passé la frontière espagnole, elle recommença, sans que nous l'y ayons invitée, à parler de Frank. C'est ce que j'avais craint. Et en même temps mon cerveau était comme recouvert de ventouses justement faites pour aspirer cela. Elle savait que Frida connaissait un peu Frank, ce qui rendait les choses plus faciles à cette dernière. Mais cela m'irritait. Pour tout dire, cela m'irritait d'avoir à porter mon fardeau et à jouer un rôle alors que les deux autres se sentaient libres. Et aussi le fait que moi, je devais écrire, alors qu'elles pouvaient faire ce que bon leur semblait.

Le pire, c'était quand je ne pouvais pas écrire mais devais me concentrer à ne pas oublier ce que j'aurais dû écrire. Quand tout allait bien et que je pouvais prendre des notes, j'avais des idées qui ne valaient pas la peine d'être notées. Et avant tout : le Hanneton ne faisait que parler. De Frank ! Et s'il y avait une chose que j'étais incapable de faire quand elle parlait de lui, c'était justement de prendre des notes.

Tout ce que je n'arrivais pas à faire parce que j'étais forcée de vivre dans cette promiscuité dépréciait ma qualité de vie, si l'on peut s'exprimer ainsi. Il faut bien dire que cette qualité n'avait pas été à son maximum depuis fort longtemps, mais j'étais arrivée à obtenir un équilibre, sinon la paix de l'âme. Il me fallait rationner mes forces pour y arriver. Tout à coup je m'aperçus que le Hanneton vivait tout autrement. Elle n'épargnait pas ses forces et ne s'encombrait ni de chagrin ni de jalousie et avait une faculté de survie fort enviable. Comment faisait-elle ?

Après le déjeuner, dans la voiture, je pensais que Frida m'avait chargée d'interviewer le Hanneton pour en savoir le plus possible sur Frank. Parce que le sujet de mon livre devait correspondre à son titre. Les titres me tombaient parfois dessus comme si, passive devant une fontaine à sec, elle se mettait tout à coup à déverser de l'eau que le soleil transformait en arc-en-ciel. Comme une musique qui m'ensorcelait. Se déversant brusquement sur moi sans que je résiste et sans autre signification que sa propre poésie. *L'Après-midi d'un faune*, par exemple.

— Qui garde tes enfants ? ai-je demandé pensant que c'était une bonne entrée en matière.

Il y eut d'abord un silence. Le bruit des pneus sur l'asphalte était assourdissant et le vent hurlait à l'extérieur.

Le Hanneton se pencha vers l'avant, la tête dans les mains et il en sortit un cri étouffé.

— Pardon ! me suis-je dépêchée de dire.

— Ma sœur et ma mère. Ce fut à peine audible.

— L'écrivain s'intéresse aux enfants et aux parents, mais elle ne veut rien écrire là-dessus, dit Frida en me jetant un regard noir dans le rétroviseur.

— Tu as des enfants ? demanda le Hanneton en reniflant.

— Son seul enfant est mort, dit Frida en poussant la voiture à une vitesse supérieure.

— Oh, ma pauvre ! dit le Hanneton, horrifiée. Veux-tu en parler ?

— Non, je ne crois pas. Pas maintenant… Il y a longtemps de ça, ai-je murmuré.

— Tu as une photo à me montrer ?

— Non, ai-je dit, incapable d'ajouter quoi que ce soit de raisonnable.

Le Hanneton s'est alors mise à pleurer. Comme pour me soulager. J'aurais pu lui caresser la joue et lui dire de ne pas s'en affecter ainsi. Elle retrouva son calme au bout d'un moment et se moucha.

— Je n'ai pas l'habitude d'écouter les histoires des autres, tu comprends. Je suis si égoïstement occupée par mes propres histoires que j'oublie celles des autres.

— Tu n'es pas la seule, ai-je dit.

— La seule chose que je sache sur toi c'est que tu écris des livres. Et soudain il se trouve que tu as perdu un enfant !

— Mieux vaut parler du livre auquel j'ai fait allusion au téléphone, dit Frida.

— Quel en est le sujet ?

— Nous, bien sûr, dit Frida gaiement.

— C'est vrai ?

— Pas tout à fait, ai-je marmonné.

— Comme c'est intéressant ! Puis-je te donner quelques idées ?

— Oui, bien sûr, ai-je dit sans enthousiasme.

— Je peux te raconter comment l'amour peut se transformer en quelques années.

— Tu es sûre ? De souhaiter mettre ta vie privée dans ce livre ? ai-je ajouté, dubitative.

— L'amour n'est pas une affaire privée, c'est l'affaire de tous. Si je peux apprendre quelque chose à quelqu'un, c'est bien. Il ne faut pas croire que je reproche quoi que ce soit à Frank. Loin de moi cette idée !

Pour une raison quelconque, j'ai compris que je n'avais pas besoin de prendre des notes. Le Hanneton s'installa confortablement sur la banquette arrière, les jambes croisées et les yeux mi-clos.

Elle levait parfois les mains et ses bracelets tintaient autour de ses poignets tandis qu'elle passait ses doigts à travers ses cheveux de lin.

— Frank est la personne la plus chaleureuse et la plus attentionnée que je connaisse. Et je passe sur sa beauté physique. Il fait continuellement de petites déclarations d'amour. Et de petits cadeaux. Il fait continuellement des compliments et me fait découvrir chez moi-même des choses que j'ignorais. C'est fantastique. Nous nous sommes rencontrés à Hvaler[1] il y a sept… non, huit ans. Sur un rocher. Je ne le connaissais pas, mais je l'avais remarqué. Il était bronzé comme un chaudron et sautait dans l'eau tout le temps. Il crawlait et nageait sur le dos ou bien se laissait aller à la dérive pour brusquement, d'un seul coup de pied, se lancer dans l'eau comme un projectile. J'ai tout le temps eu envie de lui. Mouillé ou sec.

— Mouillé ? interrompit Frida.

— Oui, il était souvent dans l'eau. En vérité, c'est dans l'eau que Frank se plaît le plus. Il dit que sa résistance physique est meilleure dans l'eau que sur terre.

— Cela dépend des circonstances, dit Frida.

1. Station balnéaire sur le fjord au sud-est d'Oslo.

— En tout cas, je me suis rendu compte que le peu d'amourettes que j'avais entretenues parallèlement à mes études n'étaient que des histoires d'enfant de chœur. Je pourrais vous parler du diplômé d'études politiques natif de Sandefjord, par exemple. Maman le trouvait très bien et était sûre qu'il irait loin…

— Ne dis pas ça ! J'ai horreur d'entendre parler de gens qui iront loin, interrompit Frida.

C'était comme si le Hanneton, dans sa naïveté, ne comprenait pas le style de Frida. En tout cas elle ne s'en formalisait pas, comme moi. Mais je trouvais que Frida aurait pu éviter de confronter le Hanneton à ses platitudes.

— Il y a quelque chose de libérateur chez les hommes qui ne tâtonnent pas ! poursuivit le Hanneton, la voix pleine de mélodies. Nous n'avions aucun endroit où être seuls. On se cachait dans les buissons. Je ne comprends pas que j'aie pu être aussi… dépravée ! Moi qui suis si bien élevée. Maman dit toujours que le péché habite tout désir. Que c'est la mère de tous les vices. Bon, enfin, aujourd'hui elle pense surtout à l'argent quand elle dit ça. Mais à cette époque elle ne connaissait pas Frank. Il avait tellement d'expérience que le désir semblait tout naturel et innocent de tout péché. Je pouvais tout lui mettre sur le dos. De cette façon mes péchés se limitaient aux essais malheureux d'avant Frank. Pas l'acte en lui-même. Qui est institué par Dieu, n'est-ce pas ? N'est-il pas curieux de voir à quel point on peut oublier totalement ce qu'on a appris ? Ce n'est qu'au moment de passer mon bachot que j'ai embrassé quelqu'un pour la première fois, je n'étais donc pas spécialement précoce.

— Ça, je n'y crois pas trop, dit Frida.

— Parole d'honneur ! Durant toute ma scolarité et les années qui ont suivi, avant Frank, je ne pensais qu'à avoir de bonnes notes. J'aurais pu combiner ça avec une vie sexuelle contrôlée, si le bon candidat s'était présenté, mais jamais de la vie dans les buissons !

La pluie battait contre le parc-brise et on ne voyait rien. Les essuie-glaces n'arrivaient pas à endiguer le déluge. Je recevais de temps en temps un petit jet d'eau à travers le canal d'aération tout en ayant continuellement devant les yeux les ébats de Frank et du Hanneton dans les buissons de Hvaler.

— Donc, c'était bien Frank l'homme de ta vie ! déclara Frida.

— À ce moment-là, oui ! Mais c'est ça qui est curieux… Les choses changent. Après quelques mois, je n'étais plus la même. Je veux dire… On rencontre un homme sur un rocher et on se retrouve dans une clinique. Avec des jumelles. Je suis tombée enceinte tout de suite. En tout cas la deuxième semaine. Je n'osais pas aller chez le médecin, je n'osais pas en parler à la maison. Vous imaginez cette situation ? Ce désespoir. Et je n'avais pas l'adresse de Frank. Seulement un numéro de téléphone. Je ne savais pas où il travaillait. Pour une raison que j'ignore, je croyais qu'il travaillait dans un bureau de poste à Oslo. Il y avait peut-être fait allusion, puisque je le pensais. Mais ce n'était pas le cas. Il s'était déjà lancé dans les antiquités, mais il n'avait pas de magasin. Les vieilleries, c'est comme un virus. Il ne recouvre la santé que lorsqu'il les a achetées. Il m'a demandé si l'enfant était de lui. Il ne savait pas encore qu'il y en avait deux ! Imaginez ce culot ! Demander si c'était de lui !

— Qu'as-tu répondu ? Frida montrait de la compassion, mais gardait une certaine distance, comme si elle avait déjà entendu l'histoire.

— Je ne m'en souviens plus. J'ai surtout pleuré. Mais il n'a pas marchandé, non, il n'a pas marchandé. Il a assumé ses responsabilités. On s'est mariés à la mairie. Imaginez ! Même pas en robe blanche. J'ai eu un choc quand j'ai découvert son âge. Il avait tellement l'air d'un gamin. Mais il était incroyablement gentil aussi. Il me consolait en disant qu'on aurait un vrai mariage à l'église et tout, après la naissance et quand on aurait assez d'argent. Maman et papa sont venus de Bergen. Et la famille de maman de Stavanger. Tout le monde était très triste, vous savez. J'avais toujours eu de si bonnes notes. Maintenant il n'était plus question d'une maîtrise de français.

— Une maîtrise ? me suis-je écriée.

— Oui, j'étais en train de terminer un mémoire sur Simone de Beauvoir. Je l'adore, tout simplement ! Elle était si forte, et si seule. Tout avait bien marché jusque-là. Mon directeur d'études pensait que je pouvais décrocher une mention. Tant que j'étais enceinte, ça allait, mais avec deux bébés ça n'allait plus du tout.

Je ne sais pas pourquoi, mais jusque-là j'avais eu l'impression que le Hanneton n'était pas spécialement futée. Je ne l'avais jamais imaginée faisant des études universitaires. Serait-ce parce que, moi-même, je n'avais qu'un misérable diplôme d'une école commerciale ?

— À vrai dire, il n'y avait pas seulement un mémoire sur Simone de Beauvoir, je devais aussi écrire un mémoire sur *Les Métamorphoses de l'amour*, soupira le Hanneton.

Le froid à Cadaqués

Dans l'après-midi nous avons quitté l'autoroute et nous sommes dirigées vers Cadaqués, le petit village de Salvador Dalí au bord de la mer. La carte indiquait que nous devions monter une route tortueuse et étroite jusqu'à un point visiblement aride et montagneux.

Le Hanneton insistait pour que nous nous arrêtions, elle voulait ramasser du romarin. Frida trouvait cela risqué, vu l'étroitesse de la route. Je me tenais hors de la discussion. À ce moment même, une camionnette cabossée s'est dirigée vers nous et Frida eut toutes les peines du monde à éviter que nous ne roulions dans le ravin. Je me souvins un instant que je n'avais plus pensé à d'éventuels poursuivants depuis que nous avions quitté l'autoroute. Celui-là n'avait, malgré tout, que l'intention de nous croiser. Et quand, un peu plus tard, nous trouvâmes à nous garer, le Hanneton obtint enfin ce qu'elle voulait. Elle batifolait le long de la route comme une gamine enfin lâchée dans la nature. Les cheveux hérissés comme une tornade.

Frida et moi avions aussi besoin de prendre l'air. Sortir de la voiture était toujours une surprise. Même quand je croyais savoir comment c'était dehors, qu'il soufflait un vent fort, humide et froid. Les odeurs étaient cependant rarement telles que je les imaginais, elles changeaient d'un endroit à un autre. Dans la voiture cela sentait Frida, Sanne, le café et, ces derniers temps, le beauty-bag du Hanneton et les sucreries. Mais à l'extérieur le monde avait toujours sa propre odeur. Ici, à quelques kilomètres de la mer, cela sentait la bruyère, les embruns et le printemps.

J'étais là, le regard plongeant dans un ravin, ressentant l'importance de cet instant sans savoir pourquoi. Les odeurs qui m'envahissaient étaient à la fois rassurantes et dangereuses. Elles créaient les images dont j'avais besoin pour survivre. Ou pour écrire ? Je décidai d'introduire les odeurs dans mon œuvre. Et au même moment je savais bien que cela faisait partie des nombreux projets dans lesquels je me lançais sans être sûre de les mener à bien. Je risquais toujours que Frida ou quelqu'un d'autre se moque de moi. La réprobation et le mépris des autres ont toujours eu un grand pouvoir sur moi.

Pour tester mon courage, je décidai de continuer à appeler tableau ces images que j'étais seule à voir, malgré les protestations de Frida ou de n'importe qui d'autre. Elles étaient à moi et j'avais le droit de leur donner le nom que je voulais. Il était peu probable que cet entêtement fasse de moi un meilleur écrivain, mais cela pouvait renforcer l'amour-propre dont j'avais besoin quand j'écrivais.

Il n'était pas exact, comme Frida le suggérait souvent, que j'étais incapable d'assumer l'histoire de ma vie. En réalité je n'avais pas trouvé les mots qu'il fallait pour décrire l'indicible.

— Tu devrais profiter de la vie qui t'a été donnée, malgré tout ! avait dit Frida un jour où nous nous trouvions sous une pancarte jaune sur la façade d'une maison à Berlin. Il y était inscrit ces quelques mots de Bazon Brock : « Der Tod muss abgeschafft werden, diese verdammte Schweinnerei muss aufhören.[1] »

1. La mort doit être abolie. Il faut mettre un terme à ces saloperies.

Je n'avais pas répondu. Au lieu de cela, le fait de ne pas pouvoir replacer Bazon Brock m'irritait. Si j'avais eu la culture que j'étais capable d'assimiler, j'aurais peut-être su qui était cet homme qui voulait abolir la mort.

Le Hanneton me mit un brin de romarin dans la main. Un feuillage légèrement poisseux sur les doigts et un parfum amer et frais. Comme un sparadrap sur une blessure causée par notre nostalgie commune de Frank. Le plus curieux, c'est que c'était efficace.

— Le prochain chapitre pourrait s'intituler « Comment se frayer un passage vers l'infini dans une Honda CR-V à travers Cadaqués », ai-je lancé sur le ton le plus enthousiaste que je pouvais.

— Oh là là ! dit Frida.

— Mais c'est absolument fantastique ! s'écria le Hanneton en contemplant le ravin.

Il fallait bien l'avouer, mais, si curieux que cela puisse paraître, ce Hanneton me plaisait de plus en plus. La nuque contre l'appui-tête j'observais les montagnes de calcaire blanc, les bois de pins luxuriants et les trouées subites sur la mer.

La route n'était qu'une série ininterrompue de tournants en épingle à cheveux. Le paysage aurait pu servir de publicité agressive aux montagnes et à l'agriculture espagnole. Arrivées au sommet, nous avons commencé la descente. Et là apparurent des vaches bien nourries sur un luxuriant plateau d'herbe verte. L'une d'elles se tenait à quelques mètres de ma portière. J'ai vu ses pis qui pendaient et la bave couler de son mufle. Elle me fixait de ses yeux ronds et vides tout en mâchant.

La Méditerranée grondait vers nous à plusieurs kilomètres de là. Mon oreille se fit coquillage dans le ventre de ma mère inconnue. Le village était disposé autour d'une baie et s'étendait en hauteur sur les flancs des montagnes. En fermant les yeux, je pouvais imaginer me trouver quelque part sur la côte norvégienne. Un pays marin est un pays marin quel que soit le matériau dont sont faites ses maisons.

Il pleuvait à torrents et le vent chassait les mouettes vers la mer. Nous nous installâmes à l'hôtel, empruntâmes des parapluies loqueteux et abandonnâmes notre destin au hasard de la côte pour nous trouver un endroit où manger. Le restaurant que nous trouvâmes me donna l'impression que les vagues de la Méditerranée balayaient les pieds des tables.

— On se sent comme en plein dans le Vestlandet[1] ici ! s'écria le Hanneton avec enthousiasme.

— J'ai froid ! On va s'asseoir le plus possible au fond de la salle, ai-je dit.

Frida étudiait déjà le menu qu'elle avait attrapé sur une table près de l'entrée. Nous nous installâmes près d'un des deux poêles. La chaleur se cognait à mes cuisses. Les rares clients présents étaient des habitués. Une petite famille avec deux enfants en bas âge, un couple dans la cinquantaine, et deux hommes seuls qui mangeaient leur paëlla sans se soucier du monde extérieur.

J'avais froid et j'aurais avalé n'importe quoi pour en avoir fini. C'était comme quand on était petits et qu'on jouait à cache-cache. Je ressentais une faim, non pas de dîner, mais d'être trouvée.

Frida et le Hanneton lisaient le menu en espagnol et en français. Le Hanneton, de bonne grâce, nous expliquait chaque plat. Elle disait les mots d'abord dans un français qui me semblait idiomatique avant de les traduire en norvégien. Ses joues prirent des couleurs et ses yeux se mirent à briller. Frida n'était visiblement pas contente qu'elle prenne sa place de guide touristi-

1. Région côtière à l'ouest de la chaîne de montagnes qui coupe la Norvège dans sa longueur.

que. Si j'avais été plus en forme, je m'en serais réjouie. Au lieu de cela, je cessai de les considérer avec réserve.

— Quel rôle aura le Hanneton dans le roman ? demanda brusquement Frida.

— Pas très important, dit le Hanneton avec des yeux qui espéraient l'inverse.

— Elle sera un personnage fictif, donc elle ne sera pas la même, ai-je paré.

— Mais son rôle est important. À cause de Frank, dit Frida avec audace.

— Frank ? Le Hanneton nous questionnait du regard.

— Frank est indirectement un élément essentiel du roman, parce qu'il est ton mari, dit Frida pour sauver la situation.

— Seigneur ! Cela veut-il dire que tout ce que je raconte sur Frank sera repris ? Que Frank et moi allons faire partie du roman ? Tous les deux ? Mais c'est fantastique ! Toutefois, il faut que tu nous camoufles pour que maman ne devine pas qu'il s'agit de nous. Elle fait partie d'un club de lecture, et les autres ne doivent pas le deviner non plus. Ce serait si gênant… Il faut que tu écrives à quel point Frank est un homme délicieux. Il m'a offert un gros camée le lendemain de notre mariage. On dirait que c'était hier. Il est tellement généreux…

À ces mots, le Hanneton sortit son mouchoir et la paëlla arriva sur la table.

— Je ne pense pas qu'on va discuter de cela ce soir, ai-je dit.

Frida fit semblant de ne pas m'avoir entendue et se mit à consoler le Hanneton, l'assurant que, bien sûr, toutes les personnes impliquées seraient prises en considération. Comme si j'étais moi-même un personnage fictif dont elles pouvaient parler à la troisième personne même quand j'étais assise à la même table. Il ne lui venait pas à l'idée que je pouvais être en désaccord, ni que je venais juste de refuser de discuter le problème maintenant.

Heureusement, l'intérêt du Hanneton fut détourné par une scène qui se jouait entre la petite fille à la table voisine et le couple à quelques tables de nous. La fillette leur faisait des grâces et montrait son dessin. Elle était devenue le point de mire et les parents n'essayaient pas de l'arrêter. Par contre, son frère un peu plus âgé s'y employait. Il s'agitait et se mit à parler fort. Les parents ne l'arrêtèrent pas non plus. Ils faisaient semblant de ne rien voir.

— On ne parlera pas d'enfants dans ce livre. L'auteur pense que c'est une fausse piste, ai-je entendu Frida assurer.

— Mais pourquoi donc ? Ce sont des êtres tout à fait passionnants, répliqua le Hanneton.

Je chipotais ma paëlla. Elle contenait plus de crustacés et de poisson que de riz et de poivrons, exactement comme je l'aimais. N'empêche que je chipotais. L'analyse que faisait Frida de ma méthode me donnait envie de la frapper. Essayait-elle de m'obliger à la gifler devant tout le monde ? Je continuais tranquillement à manger du bout des lèvres et pris ma décision. Frida n'arriverait jamais à me provoquer au point de la battre. Il faudrait alors qu'elle frappe d'abord.

— Je ne sais rien de ce projet, poursuivit le Hanneton, seulement ce que tu m'en as dit. Mais imaginez un peu, si les gens nous reconnaissent ? Ce n'est pas bien si tu inventes des choses sur nous qui ne sont pas vraies. Il faut que tu t'en tiennes à une vérité plausible.

— Il n'existe aucune vérité en littérature. Encore moins qu'en réalité. Imaginons que tu te trouves un amant à Barcelone ? Faudrait-il le taire dans le roman parce que les gens pourraient te reconnaître comme étant la femme de Frank ?

— Ça n'arrivera jamais. Je suis mariée avec Frank.

J'essayai de prévenir Frida par un signe, mais c'était trop tard.

— Ah bon, tu es fidèle à un homme qui vit avec une autre femme ?

— Ce que Frank fait de sa vie est son affaire. Je peux être blessée, furieuse et avoir du chagrin. Mais la honte est pour lui. Ce que moi, je fais, c'est tout autre chose. Je ne crois pas que vous ayez compris que j'ai pris ma vie en main. Je ne me laisserai pas décrire n'importe comment.

— Mais peux-tu l'empêcher ? demanda Frida.

— L'empêcher ? Mais je dois pouvoir avoir confiance. Qu'on ne fera rien contre ma volonté. N'est-ce pas ?

— Un personnage de roman ne peut jamais avoir confiance en son auteur. Mais si tu trouves un Espagnol, l'auteur peut toujours le mettre sur mon compte. Par égard envers Frank.

— Par égard envers Frank ? Je n'ai jamais rien entendu d'aussi absurde ! Ce serait par égard envers moi !

— Tu n'as jamais eu envie de te venger ? De Frank ? ai-je demandé avec prudence.

— Je croyais que tu étais une adulte qui n'avais pas de telles pensées. J'ai essayé une fois. Ce n'était pas mon truc. La vengeance, c'est tellement absorbant, on n'a plus de temps à soi. Et ce qui m'intéresse, c'est une bonne vie.

— Ce n'est que par ses propres personnages, et personne d'autre, qu'un écrivain peut apprendre quelque chose sur la vie, dit Frida, moqueuse.

Le couple avec les enfants se leva pour partir et le Hanneton les suivit des yeux.

— J'espère qu'on mettra dans le livre que mes enfants me manquent, soupira-t-elle.

Je venais de formuler une phrase ou deux qui me semblaient à peu près acceptables quand j'entendis des rires dans la pièce voisine. Le vent hurlait et j'étais devant mon PC en train de décrire ces oiseaux qu'on trouvait partout. Ici, au bord de la mer, c'était normal. J'avais observé que les mouettes à Oslo et à Berlin n'avaient pas le même cri que les mouettes chez moi. Les mouettes des villes poussaient leurs cris urbains du haut des immeubles ou entre les arbres des parcs. Ou sur la plage de Huk. Pendant de longues périodes on pouvait oublier leur existence, puis tout à coup, si les pigeons ou les petits oiseaux avaient trouvé à manger, elles étaient là. Pas en grosse quantité, comme là d'où je viens, mais d'autant plus menaçantes. Elles pouvaient tout à coup battre des ailes derrière moi là où je m'y attendais le moins. Par exemple sous les arbres du parc de Frogner.

Encore ce rire ! Curieux comme la solitude peut paraître bénéfique jusqu'au moment où l'on entend quelqu'un rire de l'autre côté de la cloison. Était-ce le Hanneton qui riait ?

Les mouettes à Oslo ne savaient pas où aller ni où trouver à manger. Il est peu probable qu'elles sachent pêcher. Et elles n'avaient aucune intention de marquer leur territoire. Par contre elles surgissaient là où on les attendait le moins. Que des oiseaux que j'estimais bien connaître se conduisent ainsi m'inquiétait. Voilà de cela bien longtemps, le cri des mouettes était le seul bruit agressif qui ne me faisait pas peur. Je les connaissais et je savais à quoi m'en tenir à leur sujet.

Quelqu'un riait, c'était sûr ! Le Hanneton était-elle au téléphone ? Était-ce pour cela ? L'idée que je ne savais pas s'il existait des mouettes dans le désert commença à m'irriter. C'était idiot, mais cette lacune m'irritait. Le dictionnaire était dans le garage au sous-sol de l'hôtel, et je n'avais pas le courage d'aller le chercher. J'étais trop fatiguée. Mais je continuais à m'énerver.

Quand nous étions rentrées à l'hôtel, j'avais remarqué les mouettes comme des croix planant dans le ciel sombre. Elles semblaient insensibles au fait que c'était le printemps en Espagne. C'était peut-être à cause de la tempête. La visibilité était mauvaise pour plonger dans la mer après les poissons, apathiques, elles voltigeaient sans avoir de raisons de se battre. Je m'imaginais qu'elles en profitaient pour se moquer de moi. Qu'elles changeaient de nature volontairement pour me tromper. Juste comme moi avec le Hanneton. Je me faisais passer pour quelqu'un d'autre. Je faisais semblant de m'intéresser à elle pour elle-même, alors que Frida prétendait qu'elle était là pour m'inspirer.

Je refermai mon portable et allai me brosser les dents. Au retour de la salle de bains, tout était silencieux, sauf le vent.

Barcelone

Avant le petit déjeuner j'étais restée, le téléphone mobile dans la main et l'index posé sur le premier chiffre du numéro de Frank, et j'ai pensé : Je peux encore choisir. Je suis libre de faire le numéro que je veux ! Mais je ne l'ai pas fait.

Nous nous sommes promenées sur les Ramblas battues par le vent et l'on pouvait à peine deviner, au bout de l'imposante avenue, la grande statue de Christophe Colomb sur son énorme socle ; on y trouvait toutes sortes d'étals, de kiosques à journaux, de boutiques de souvenirs, de fleuristes, et d'animaux avec des oiseaux en cage et des petits rongeurs, de diseurs de bonne aventure et de mimes qui avaient le toupet de poursuivre leurs victimes à la grande joie de tous. J'avais froid. Et le fait de se trouver au cœur de la Catalogne, dans la ville d'Antonio Gaudí, n'y changeait rien.

Chaque fois que j'entendais le rire du Hanneton, je savais que c'était elle qu'il choisirait. Si jamais il retrouvait nos traces, ou si elle lui téléphonait pour lui dire où elle se trouvait, c'était à cela que je pouvais m'attendre. Quelle que soit la somme d'argent cachée sur mon compte, c'était elle qu'il choisirait. Le mieux serait de tout raconter et d'en finir une bonne fois. J'appartenais probablement à la catégorie de malfaiteurs qui, en réalité, désirent se faire prendre. Ici il y avait trop de monde pour que j'arrive à détecter d'éventuels poursuivants. Mais je pouvais toujours me demander ce qui serait le pire : l'arrivée de Frank qui choisirait définitivement le Hanneton, ou bien celle des hommes à la solde de ses créanciers.

Le soleil était absent, il bruinait. Pour être plus exact, une masse d'humidité nous venait de la mer. Sur le trottoir en mosaïque dessiné par Miró, nous avons admiré un horrible dragon art-déco, enseigne d'une ancienne boutique de parapluies. On peut se demander quel rapport il pouvait y avoir entre un dragon et un parapluie. Frida nous expliqua doctement que le Gran Teatre del Liceu avait été reconstruit deux fois après des incendies en 1861 et 1994.

Nous sommes entrées dans le Palau Güell néo-gothique. J'ai enfilé des mitaines, et Frida nous a lu le guide. Nous étions dans la plus prestigieuse œuvre de Gaudí, à côté de la Sagrada Familia qu'on allait voir aussi.

Je ressentis du mépris pour ma constance à toujours aller de l'avant dans la même direction. C'était une attitude d'esclave. Une acceptation à me diriger vers un but sans savoir même si je le désirais. Cela devait être une caractéristique transmise par les femmes ? Mais par qui ? Ma mère m'avait visiblement délaissée avant même d'avoir essayé.

Nous avons pris un bus touristique à ciel ouvert. Je sentais que j'étais en train de m'enrhumer. Frida prenait des photos et le Hanneton poussait des petits cris admiratifs devant tout ce qu'elle voyait. Ce qui me donna largement le temps de réfléchir à la possibilité de tomber malade. J'imaginai que lorsque nous aurions enfin trouvé à nous loger afin que je puisse me mettre au travail, j'aurais un accès de fièvre… Et qui plus est, cela m'obligerait à garder la chambre alors que les deux autres iraient se promener et explorer notre nouvelle étape. Elles rentreraient avec des fruits et de quoi manger, bien sûr. Elles sentiraient bon les embruns et le soleil, car nous allions habiter le bord de mer, évidemment. Et moi, je resterais enfermée dans mon odeur de fièvre, de poussière et de vêtements de nuit imprégnés de sueur.

— Oh, comme tout sera formidable quand nous aurons trouvé un endroit pittoresque où habiter ! Mais pour l'instant, profitons de Barcelone ! s'écria le Hanneton.

Durant l'heure qui suivit, nous avons fait le tour de Barcelone et nous avons été gavées de renseignements sur la grande attraction touristique de l'endroit : la Sagrada Familia, le chef-d'œuvre de Gaudí, commencé en 1884 et toujours inachevé. Vision somptueuse, même aux yeux d'un écrivain tourmenté en train de s'enrhumer. Un jeu gigantesque. Transpercé et décoré d'une infinité de détails, de figures, de formes, de protubérances. La demeure d'anges rampants, de démons et de reptiles imaginaires. On en fit le tour, pensant en avoir vu la façade. Mais au deuxième tour, tout fut étonnamment différent et nouveau. Une énorme grue formait une croix rouge sur le ciel bleu de glace, comme un commentaire moderne au chef-d'œuvre de Gaudí.

— C'est vraiment l'église la plus fantastique que j'aie jamais vue, dit Frida. Mais quel luxe de fioritures !

— On peut dire que c'est un peu exagéré, ai-je ajouté.

— Pourquoi les églises doivent-elles toutes ressembler à des sarcophages à la verticale ?

— Je crois que celle-ci est construite dans l'intention d'inspirer la joie, dit le Hanneton.

J'étais d'accord, au fond de moi. À nouveau, je fus obligée de reconnaître que ce Hanneton me plaisait. Je m'étais même habituée au fait qu'elle s'exprimait souvent avec plus de sagesse que Frida. J'aurais pu noter cette réflexion, mais cela aurait été trop ostensible. Elle pouvait alors me demander ce que j'étais en train d'écrire. Et la concentration qu'aurait demandée une réponse aurait fait s'évanouir le cours de mes pensées.

C'était souvent ainsi. La vie était à la fois inspiration et menace. Ou bien la réalité faisait obstacle, ou alors elle était indescriptible. Ce voyage, au lieu d'être une source d'inspiration pour mon écriture, en était devenu l'obstacle. Comme si la vie et l'écriture étaient deux puissances en guerre de position l'une contre l'autre. Rien ne me séparait plus de la vie que l'acte d'écrire et de penser, et rien n'était plus envahissant dans mon écriture que la vie.

— Il y a beaucoup de circonvolutions extraordinaires ici, ai-je dit, consciente que ma remarque sonnait faux. Je fis le tour de la cathédrale tout en observant la masse mouvante d'innombrables têtes en train d'admirer les mêmes choses que nous. Toutes le visage tourné vers le haut. Et je fus saisie de nostalgie après ma petite chambre à Oslo, telle une cellule, où je n'étais que rarement dérangée – par Frank.

En passant devant un kiosque à journaux, le Hanneton vit l'annonce du match de foot le soir même et déclara avec excitation :

— Le stade est tout près de notre hôtel. Ah ! si Frank avait pu voir Barcelone jouer ce soir !

Frida eut un petit grondement de mépris, ce qui n'empêcha pas le Hanneton d'enchaîner :

— Il donne le meilleur de lui-même quand il assiste à un match. Il est toujours du côté de ceux qui perdent. N'est-ce pas mignon ? Les autres hommes sont toujours fans d'un club. Mais pas Frank. Tu comprends ça, bien que tu ne le connaisses pas ?

Elle s'était retournée et me questionnait du regard. Mais ce fut Frida qui répondit.

— Le football, ça implique des blessures, des glissements de ménisques, des déchirures de nerfs et de muscles. Et je ne parle pas du public avec ses cris, ses hourras et ses chants sortis du plus profond des verres de bière. Tout ça accompagné de morve, de sueur et de larmes. D'énormes bébés en pleurs, la bave aux lèvres et le nez dégoulinant, qui ne peuvent pas accepter un but marqué par l'adversaire. Ça ne peut quand même pas être le genre de Frank, lui qui est si cultivé ? dit Frida.

— Il faut qu'on trouve un agent immobilier. Je veux un endroit à nous, ai-je interrompu, plutôt pour cesser toute discussion sur les goûts de Frank.

— Et on y restera jusqu'à ce que le manuscrit soit terminé et qu'on puisse le vendre au plus offrant, dit Frida, comme s'il s'agissait de mettre aux enchères le récit de Hillary Clinton sur l'appareil génital hyperactif de son époux.

Il apparut cependant que le lundi n'était pas le bon jour pour trouver un logis en Espagne. Au syndicat d'initiative, ils avaient peu de renseignements sur les locations. Frida m'obligea à téléphoner au consulat de Norvège. Là, on nous conseilla de nous rendre à l'endroit où nous avions envie d'habiter et d'y chercher un agent immobilier local. Ceux-là avaient une meilleure vue d'ensemble de la localité. Cela nous permettait aussi de voir si nous aimions le quartier. Je fus si soulagée d'entendre une voix aimable parler norvégien qu'il me fallut avaler ma salive plusieurs fois.

À Berlin, j'arrivais à me faire comprendre, j'avais aussi pu lire les journaux et regarder la télé. Mais après notre départ d'Allemagne, j'étais tombée dans une sorte d'isolement avec Frida, mon manuscrit et le Hanneton comme seul contact linguistique. Les voix extérieures étaient inintelligibles et menaçantes. Parfois je considérais comme pure méchanceté le fait que les gens s'exprimaient dans une langue que je ne connaissais pas. Je me rendis compte que je n'avais pas lu un journal, ni regardé la télé, ni même ne m'étais connectée à

Internet depuis fort longtemps. Je ne savais plus si le monde était encore tel qu'il avait été, avec ses nouvelles insignifiantes grossies par les médias et ses tragédies en gros plans sur papier brillant. Je ne savais plus combien étaient morts sous la torture ou de faim. Même pas qui était Premier ministre en Norvège. Moi qui, des années durant, avais organisé toute ma vie autour de l'heure des informations à la télé. Moi qui venais de traverser l'Europe du nord au sud, j'avais pour ainsi dire oublié le reste du monde. Étais-je en pleine liquéfaction ?

Nous abandonnâmes le projet de location et partîmes déjeuner dans un restaurant italien. Au beau milieu de la salle, une femme d'un certain âge était assise en train de manger un plat de pâtes avec des mouvements lents tout en regardant droit devant elle. Elle était visiblement une habituée, car le garçon s'adressait familièrement à elle. Il la prit une fois par l'épaule en se penchant vers elle. Elle n'y fit pas attention, ne sourit pas, ne le regarda même pas, mais continua à manger, les yeux fixes.

Le garçon lui apporta le dessert qu'il posa doucement devant elle. Des poires Belle-Hélène. Elle ferma les yeux et attira la main du serveur sur son sein. Il referma ses doigts dessus comme une coupe. L'espace d'un instant. À se demander si on l'avait vraiment vu. Puis elle le relâcha et se mit à manger comme si de rien n'était.

— Celle-là, elle ressemble à la mère de Frank, dit le Hanneton.

— Ah bon ? ai-je dit.

— Le fait que le père de Frank se soit pendu l'a rendue amère. Elle ne le lui a jamais pardonné.

— Elle aurait dû ? demanda Frida.

— Oui. Pour éviter l'amertume, évidemment, répondit le Hanneton. Il n'est bon pour personne de ressentir de l'amertume le restant de ses jours. Frank fait tout pour elle, ce qui ne l'empêche pas de nous gâcher chaque veillée de Noël et chaque anniversaire en rappelant son amertume envers cet homme qui s'est contenté de se pendre. Il est certain que si Frank… Non, je refuse d'y penser. Heureusement, ce n'est pas le genre de Frank. Il aime trop la vie. Il nous aime trop, conclut le Hanneton d'une petite voix.

— Tu ne crois pas que le père de Frank aimait sa femme et son fils ? ai-je demandé avec précaution.

— Ce n'est pas à moi d'en juger. Mais il aurait pu réfléchir à deux fois avant de le faire.

— Il n'en a peut-être pas eu le temps. Ça l'a peut-être pris brusquement.

— Mais non, il s'y était préparé. Tous les papiers en ordre. Son assurance-vie était signée. Mais elle n'a pas dû la toucher. Puisque c'était un suicide… C'est sûrement pour ça que Frank a horreur des papiers. Il ne garde aucun papier, lui, sauf les tickets qui peuvent le faire gagner.

— Et elle en parle à chaque Noël ? ai-je demandé.

— Aussi sûr que l'on ouvre les cadeaux. Elle nous montre l'endroit où cela s'est produit, comment elle est entrée et restée sur le seuil à regarder son corps, comment elle a grimpé sur une chaise pour essayer de le décrocher. Et qu'elle a dû y renoncer parce qu'il était trop lourd. Les gamines pleurent et Frank dit « Arrête, Maman ! » sans que cela ait le moindre effet, et je dessers la table. Je crois qu'elle ne se rend même pas compte que nous sommes là. Elle pense que la veillée de Noël est un jour consacré au récit. Ce en quoi elle n'a pas tout à fait tort. Mais ce n'est pas exactement l'Évangile qu'elle nous raconte. Quand nous sommes enfin rentrés chez nous, Frank dit toujours qu'il est content que je supporte sa mère, mais que le prochain Noël, nous resterons à la maison. Pourtant je ne me suis jamais plainte que nous allions chez elle. C'est lui qui refuse d'y aller. Moi, il me suffit qu'elle réserve l'histoire du père de Frank pour sa propre cuisine, où nous prenons notre dîner de Noël. Car elle ne la raconte jamais chez nous. J'ai déjà dû vous dire qu'elle a son lit dans la salle à manger, juste sous le crochet auquel il s'est pendu ? Frank craint qu'une pareille grand-mère nuise aux enfants. Mais je le rassure en lui disant que ça ne leur fait pas de mal qu'on dévoile des secrets de famille. Elle aurait évidemment pu choisir un autre jour, par ailleurs il est bon de pouvoir s'y préparer à l'avance. En fait, je préfère sa mère à la mienne. Ma mère sait toujours comment tout s'est passé, comment tout se passera plus tard, et comment tout aurait dû se passer en réalité. Je ne l'écoute même plus. Je crois que personne ne s'est pendu dans ma famille. Mon père est un type solide. Il nous emmenait faire du ski ma sœur et moi… parfois. Je crois que ma mère préférerait qu'il ne soit pas tout le temps autour d'elle. Elle se plaint souvent qu'il soit trop dépendant d'elle, qu'il ne la lâche pas d'une semelle. Mais elle prend tout à fait le parti de Frank. Elle prend plus le parti de Frank que le mien. Enfin, pas depuis le début. Personne n'a parlé de ma maîtrise manquée autant que ma mère. Ma sœur, elle, est pour ainsi dire une pouliche en liberté. Elle ne s'est jamais mariée. Enfin, ce n'est pas elle qui a rencontré Frank la première, c'est moi. « Chère belle-sœur, ne compliquez pas les choses entre nous », dit Frank quand elle se frotte à lui. N'est-il pas la sagesse même ? conclut le Hanneton avec un regard bleu pervenche.

Tous les chiens ne mordent pas

À peine à une heure de Barcelone nous descendîmes sur la large promenade du bord de mer à Sitges. Il y avait là une rangée de villas cossues, et des palmiers ressemblant à d'énormes parapluies retournés par la tempête.

— Je crois que la Catalogne est une des régions les plus riches, n'empêche qu'il y a ici un tas de gens dans le besoin, déclara Frida.

Je me mis alors à penser au joueur d'orgue de Barbarie à qui nous jetions des pièces de monnaie sous notre balcon à Kreuzberg. Il nous saluait en levant son chapeau jaune et ramassait la pochette en plastique contenant l'argent. Il m'arrivait souvent d'avoir de curieuses associations d'idées du même genre. C'était probablement ce que Frida appelait vivre sur une autre planète.

Nous nous sommes garées et sommes allées respirer l'air de la mer. L'écume dépassait la rambarde et un vieil homme, la moustache à la Hitler et en pantalon à carreaux, déplaçait son cabriolet décapotable vers un endroit plus sûr. Les forces de la nature dérangeaient fortement sa coiffure à laquelle il avait apporté grand soin. Les cheveux du Hanneton, par contre, supportaient les coups de vent. Debout près de la solide rambarde, nous sommes tombées d'accord. C'est là que nous voulions nous installer.

Comme beaucoup d'autres villes méditerranéennes, Sitges était située autour d'une plage de sable en forme de faucille. Six ou sept môles ou brise-lames en béton partageaient les différentes parcelles de plage. À la pointe, au sud-ouest, se dressait l'architecture moderne d'un hôtel. Et quelque chose qui ressemblait à une forteresse montait la garde sur la vieille ville au nord-est.

Une fois installées dans un hôtel sur la promenade, nous nous sommes mises à la recherche d'un appartement. Il y avait des agents immobiliers à peu près à chaque coin de rue, mais le problème était d'en trouver un qui parlait anglais.

Dans une Finca, deux dames à l'air grave et un jeune homme prénommé Danny nous reçurent. Puisqu'il parlait un peu anglais, le choix tomba sur lui. Danny répétait constamment « no problem » et nous montra des brochures avec plusieurs appartements. Après un conciliabule à la vitesse d'une mitrailleuse avec l'une des dames, il alla chercher quelques trousseaux de clés dans un placard, et nous voilà partis. Danny était quelque peu indécis, et il s'essaya aussi à caresser les cheveux du Hanneton. Mais elle s'esquiva avec la rapidité de l'éclair.

Le premier appartement était à mon goût et situé dans la vieille ville. Mais le Hanneton le trouva bien trop petit pour nous.

— Et du reste il doit y avoir un monde fou dans ces ruelles jusque tard dans la nuit. C'est sûrement une ville de noctambules, déclara-t-elle.

— La rue est si étroite qu'on peut, du balcon, serrer la main du voisin d'en face, dit Frida.

Je renonçai à mes solides arguments, et fus forcée de convenir que j'avais besoin de calme et d'un endroit pour travailler. Danny haussa les épaules et proposa de passer au suivant. Après quelques appartements qui n'avaient pas le standing auquel le

Hanneton était habituée, nous nous sommes retrouvées dans un complexe d'immeubles modernes proche de la promenade.

Danny nous souffla de la fumée en pleine figure dans l'ascenseur. Il commençait probablement à en avoir assez. Sa prolixité devenait de plus en plus bredouillante, mais ce n'était pas avec lui que nous allions emménager. L'appartement était au quatrième et dernier étage et il y flottait une vague senteur de romarin. Comme tous les appartements que nous avions visités, tout était dans le noir jusqu'à ce qu'on ouvre les volets. Ils étaient en métal et produisaient un bruit dissuasif.

On pouvait les tirer la nuit et cependant laisser entrer l'air par la fenêtre ouverte, ai-je pensé. Mais je n'ai rien dit. Frida était capable d'expliquer au Hanneton que j'avais la manie de la persécution et que je craignais même qu'on s'introduise par les fenêtres au quatrième étage.

— Énorme terrasse avec plantes et chaises longues ! Je veux rester ici ! s'écria le Hanneton qui se trouvait sur le toit.

— J'avais imaginé quelque chose de plus pittoresque et typiquement espagnol, protesta Frida quand nous nous retrouvâmes dans le salon. Il y avait là des meubles simples et légers et la lumière entrait par une grande baie ouverte sur une autre terrasse.

— J'ai entendu dire que dans le Sud tout ce qui est pittoresque n'est que de la déco. Dès qu'on a emménagé on a des ennuis avec des robinets qui coulent et des meubles qui s'écroulent. Il est pas bien, cet appartement ? Ici il y a même des dessus-de-lit et deux salles de bains ! jubilait le Hanneton.

On avait vue sur d'anciens et nouveaux toits, une forêt d'antennes et on apercevait la mer. Tout paraissait solide et bien tenu. À mon grand étonnement, j'avais quand même la nostalgie du vieil appartement de Kreuzberg. Comme si je commençais à prendre l'habitude des antiquités. Frank aurait certainement aussi laissé le Hanneton décider. Et lc plus important maintenant était de trouver un endroit où je pouvais travailler.

L'affaire ne semblait pas poser de problèmes, mais Danny n'était pas d'humeur à discuter des détails pratiques avec nous. Il s'installa près de la table voulant conclure un deal avec nous, comme il disait. Il proposait de rédiger le contrat de telle façon que cela nous éviterait de payer les taxes officielles, c'est-à-dire cinq cents euros. De cette manière, nous pouvions partager les bénéfices, en lui donnant deux cents euros et en gardant le reste, trois cents euros, pour nous.

Les Norvégiennes échangèrent un regard. Il réitéra son offre généreuse avec le sourire et alluma une cigarette avec la précédente. Le Hanneton avait l'air préoccupé et j'étais très mal à l'aise.

— Et quelles sont ces taxes ? voulut savoir Frida.

Danny avala une profonde bouffée. La cigarette resta collée au coin de sa bouche tandis qu'il fixait un bout de papier sur la table. Il farfouilla dans sa poche de poitrine pour trouver un bic. La fumée empestait tandis qu'il notait quelques mots anglais incompréhensibles, comme s'il était devenu muet tout à coup. Sa main tremblait légèrement.

C'était seulement maintenant que je m'apercevais de son teint grisâtre et de la pellicule qui recouvrait ses yeux, comme ceux d'un poisson fraîchement pêché. L'idée incongrue me vint qu'il ne se contentait pas de fumer de mauvaises cigarettes mais se droguait aussi quand l'occasion se présentait. Et toutes ses phrases décousues sur l'argent que nous allions économiser prirent un sens. Il désirait faire de nous ses complices. La sueur perlait sur son front.

J'ai jeté un coup d'œil vers le Hanneton et j'ai vu qu'elle se sentait remuée par des sentiments maternels.

— Mais c'est illégal. Qui ira en prison si on est découverts ? Nous ? Ou bien vous ? demanda Frida.

Danny nous assura avec l'enthousiasme de l'honnêteté absolue que c'était tout à fait légal. Tout le monde faisait ça.

— Dans ce cas, votre chef peut nous faire un contrat qui ne stipule aucune taxe, ce qui nous évitera de participer à ces pratiques. Et je me fiche de savoir qui gagne quoi dans l'affaire, déclara Frida.

L'homme changea de mimique plusieurs fois, comme s'il ne savait plus très bien qui il était. Finalement son regard devint de glace et il émit quelque chose que l'on pouvait prendre pour une menace, ou une échappatoire. Ou bien peut-être les deux. Son chef ne devait pas savoir de quoi nous avions parlé, cela devait rester entre nous, autrement il n'était pas certain qu'on puisse louer l'appartement.

— Dans ce cas, on en trouvera un autre, dis-je avec conviction.

Danny se ressaisit et voulut nous refaire visiter l'appartement pour que nous comprenions quelle chance unique nous était offerte.

— Mais il est tellement bien. Juste ce que nous cherchions. Des pièces claires et modernes dans un quartier sympathique, protesta le Hanneton au moment où je me préparais à partir.

— Il n'est pas question de deal. Et c'est avec votre chef que nous voulons signer un contrat, pas avec vous ! Frida était tout à fait claire.

Les épaules de l'homme s'affaissèrent et il enfila son mégot allumé dans sa poche, l'en retira vivement et l'écrasa sur la table en verre. Là, c'en fut trop, même pour le Hanneton. Elle pointa un index tremblant sur la cigarette :

— Tu remballes ton mégot ! cria-t-elle dans un pur patois de Bergen et, curieusement, l'homme obtempéra.

Avant d'entrer dans l'agence il nous fit remarquer en murmurant que le contrat de son chef nous coûterait cinq cents euros de plus que le sien. Nous ne fîmes aucun commentaire. Il s'installa derrière un bureau et gribouilla quelque chose sur un papier.

— Mais c'est la somme des frais que nous devons payer et ça ne dit pas ce que nous avons en échange, ni pour combien de temps, ai-je protesté, soulagée quand son chef entra dans la pièce.

Elle n'avait guère plus de trente-cinq ans, l'air fatiguée, mais vêtue d'un tailleur noir strict. Rien chez elle ne pouvait laisser prévoir qu'elle se cachait derrière un drogué. Mais voilà, elle ne parlait pas anglais. Ou bien, pour être juste : nous nous trouvions en Espagne sans connaître l'espagnol.

Quand Frida lui présenta le calcul de Danny, elle se mit à l'agonir d'injures à voix basse, mais avec intensité. Puis elle raya certaines lignes de texte et de chiffres, et récrivit le contrat sur son ordinateur. De temps en temps elle secouait la tête et lançait un regard vers Danny.

On devait nous remettre les clés à cinq heures et on nous demanda d'apporter alors deux mois de loyer en argent liquide. Frida essaya de lui faire comprendre qu'on ne pouvait pas se promener avec une pareille somme sur soi, mais elle resta intraitable sur ce point.

Une fois dans la rue, le Hanneton dit :

— Je crois que c'est son frère. Elle s'est engagée à le surveiller et à faire en sorte qu'il se conduise correctement. Pour la remercier, il essaie de la rouler, elle et les clients, et de cette manière couler l'affaire et les ruiner tous.

— Qu'est-ce qui te fait dire que c'est son frère ? ai-je demandé.

— À la manière dont elle l'a réprimandé. Et parce qu'elle n'était pas plus choquée que ça. Il est sûrement le chouchou de sa mère et elle, elle est la fille qui les entretient tous. La mère est certainement veuve. Ce garçon est toute sa vie, soupira le Hanneton, comme si elle savait de quoi elle parlait.

— Et moi qui croyais que c'était moi l'écrivain ! ai-je remarqué.

— On n'a pas besoin d'être écrivain pour saisir la réalité, répondit le Hanneton.

— Bien sûr, mais ça aide peut-être quand même, répliqua Frida.

— Il nous déteste, dit le Hanneton quand nous sommes retournées à l'hôtel.

— Mais cela n'a aucune importance, répondit Frida.

— Ah si Frank avait été là ! Frank aurait arrangé tout ça ! déclara le Hanneton avec emphase.

— Tu ne pourrais pas te taire ! grommela Frida. Le Hanneton lui lança un regard déçu, sans plus.

— Mais on a tout arrangé, ai-je avancé avec précaution, tout en constatant que je n'étais pas la seule à avoir les nerfs à vif.

— Il est capable de tout. À partir de maintenant. Je crois que c'est un drogué. Il a sûrement des amis qui vont essayer de s'en prendre à nous quand ils se droguent. Ce n'est pas drôle de s'être fait de tels ennemis là où on va habiter. Il va peut-être s'attaquer à l'une de nous quand nous nous promenons seules dans la rue, dit le Hanneton.

En mon for intérieur j'avouais que cette idée m'avait aussi effleurée, mais je n'en dis rien.

— En voilà des âneries ! répliqua Frida avec agitation.

— N'oublie pas que c'est lui qui a peur de nous. On pourrait le dénoncer et il perdrait sa place, ai-je dit.

— Non, on ne fera pas ça ! Ça lui donnerait encore plus de raisons de nous haïr, dit le Hanneton avec force.

— Tu veux dire qu'on doit laisser un type rouler les autres à condition qu'il ne nous roule pas, nous ? lui ai-je demandé.

— Il n'arrivera jamais à tromper des gens qui sont incorruptibles. Les gens honnêtes ne peuvent pas se laisser rouler de cette manière, dit le Hanneton comme si elle commentait directement mon détournement de fonds vis-à-vis de Frank.

— C'est bien possible. Mais ils ne s'enrichissent pas non plus. Maintenant, on va à la banque, dit Frida.

— D'accord. Mais j'irai toute seule apporter l'argent à l'agence, déclara le Hanneton.

— Non, pas toute seule ! m'écriai-je en chœur avec Frida.

— Si ! Il faut bien que je fasse quelque chose moi aussi ! Je me débrouille mieux quand je ne peux compter que sur moi-même.

Nous avons capitulé. Mais je me suis sentie honteuse durant tout le temps passé à l'attendre à une terrasse de café. J'imaginai le Hanneton dans une arrière-boutique, gisant dans une mare de sang. Les amis de Danny l'avaient attaquée et s'étaient emparé de l'argent.

Une demi-heure passa. Trois quarts d'heure. Frida tambourinait sur la table avec ses doigts. Je ne supportais pas que Frida montre la même inquiétude que moi.

— On va à sa rencontre, avons-nous dit en même temps.

C'est alors qu'elle surgit de derrière le palmier le plus proche, marchant à longues enjambées résolues.

— Mission accomplie. J'ai besoin d'un demi ! fit le Hanneton avec satisfaction. Elle avait l'air d'avoir gagné au tiercé, ce que je me suis bien gardée de dire. Mais c'est avec respect que je la considérai. Et je la couvris de louanges tandis que Frida manœuvrait la voiture à travers les étroites ruelles et se garait tranquillement devant l'immeuble où nous allions habiter. Enfin !

Après avoir monté les bagages, nous sommes allées de pièce en pièce, poussant de petits cris d'extase. Ce n'était que maintenant que nous découvrions les détails.

Des rideaux, des serviettes et des draps impeccables. Des meubles de terrasse convenables et de bons lits. Maintenant que Danny n'était plus là, la vue que nous avions du toit nous parut encore plus belle. On voyait parfaitement la Méditerranée. Les meubles semblaient presque neufs et le carrelage de la salle de bains éclatant de propreté. Le coin travail était pratique, bien éclairé. On avait presque l'impression qu'un écrivain avait vécu là. Il était aussi sécurisant de savoir qu'il fallait passer par un interphone pour entrer.

Le Hanneton nous apporta une pizza achetée au restaurant au pied de l'immeuble. Elle voulait manger à la maison, selon son expression. Frida nous servit du vin, et ensuite du bon cognac français, dans de grands verres à eau. Nous prîmes ce repas sur le toit, avec les rumeurs de la ville à nos pieds. Notre degré d'ébriété était suffisant pour me procurer un sentiment de timide bonheur. En tout cas j'étais tout à fait de son avis quand le Hanneton déclara que la lune au-dessus de Sitges ressemblait à un gâteau d'anniversaire décoré de bougies.

Une fois au lit, je ne me rappelais pas avoir jamais tant ri. Et je ne me souvenais plus de ce qui avait été si drôle. Mais ça n'avait aucune importance.

Les jours suivants je me suis vite trouvée à mon aise devant ma table de travail. Les autres, je ne les voyais guère. Mais le Hanneton venait m'apporter des baies, des fruits et des descriptions enthousiastes de la ville.

— S'il fait un peu plus chaud, je vais me baigner dans la Méditerranée ! déclara-t-elle.

Elle semblait considérer ce voyage comme des vacances au temps limité. Elle avait l'air d'avoir totalement oublié qu'on la recherchait peut-être.

— Tu crois que Danny pense à se venger ? ai-je demandé à Frida une fois que nous étions seules.

— Non, je ne pense pas.

— Le Hanneton se promène partout, même après la tombée de la nuit. Elle est facile à repérer, avec ses cheveux.

— Ne lui dis surtout pas ça. Elle a assez de soucis comme ça. Danny n'est rien à côté de ceux qui l'ont terrorisée au téléphone.

— Elle t'a dit quelque chose ? Ont-ils téléphoné ? ai-je demandé.

— Non. Elle a bien entendu changé de numéro, comme toi. Elle est détendue maintenant, alors ne lui fais pas peur, m'enjoignit Frida.

La maison vivait sa propre vie. On entendait des pas feutrés, du fracas, des bruits de tuyauterie, des miaulements, des pleurs. Les odeurs sortant des fenêtres de cuisine ouvertes sur leurs grilles en fer forgé ou leurs solides volets en métal, se mélangeaient. Du curry, du poivron frit, de l'oignon mêlé à une autre odeur sucrée indéfinissable. Les voix venant de l'intérieur étaient également impossibles à localiser. Tout semblait se rassembler dans le système de ventilation et les canalisations pour exhaler une expression commune à tous les habitants. Un grondement qui montait ou descendait comme l'approche ou la fin d'un orage en mer. Les couloirs étaient des galeries ouvertes menant à une cage d'escalier verdoyante.

Un soir, j'ai dû descendre au garage pour aller chercher des notes oubliées dans le tiroir sous la banquette. Il fallait faire vite car la minuterie s'éteignait au bout de quelques secondes. Juste quand j'eus trouvé les notes, le rideau de fer du garage se releva à grand bruit. Deux phares m'éblouirent et une voiture entra. Je me suis précipitée sur la porte de l'ascenseur pour appuyer sur le bouton. Une sonnette d'alarme se déclenchait tout au fond de mon cerveau. Sans savoir au juste si c'étaient les amis de Danny qui venaient se venger, ou bien les tueurs à gage à la recherche du Hanneton.

Quand je suis sortie de l'ascenseur au quatrième, il me tomba dessus sans préavis. Je n'ai même pas eu le temps d'allumer. Je l'ai d'abord entendu. Le grognement entre les dents et les griffes sur le carrelage. Puis j'ai senti l'haleine humide de salive le long de ma jambe. Je suis restée figée. N'arrivant ni à sortir de l'ascenseur ni à appuyer sur le bouton pour refermer la porte.

La lumière se fit. Ils étaient deux. Un vieil homme avec une canne, qui ne fit pas attention à moi, et cette boule de poils à quatre pattes. La gueule ouverte, les yeux rouges, le dos hérissé. Sa race et ses origines m'importaient peu. Ce qui me rassura, c'est qu'il n'était guère plus gros qu'un sac de voyage à roulettes, de grandeur moyenne. Car il n'était pas tenu en laisse et avait visiblement l'intention de me manger. Dans mon cerveau de chien, je projetai de me jeter sur le vieil homme et de le violer.

Je restai debout dans l'ascenseur. Le vieil homme resta aussi là, debout. Entre nous, nous avions l'animal, la gueule ouverte et écumante. La bave lui coulait entre les dents et formait de petites mares çà et là. L'aboiement n'était pas celui d'un chien, mais celui d'un être en délire qui venait de trouver son ennemi héréditaire après toute une vie de recherche.

Ma bouche était râpeuse et j'étais en nage. L'homme, lui, semblait comme entré en transe. Je pensai qu'il était peut-être aussi terrifié que moi. Dans ce cas, j'étais mal partie. Il n'était pas capable de maîtriser la situation.

— S'il vous plaît ! Retenez ce chien ! ai-je fini par prononcer. D'abord en norvégien, puis en anglais.

Mais ce vieil homme était espagnol. Et peut-être sourd aussi. C'était moi qui étais dans mon tort. C'était moi qui n'étais pas à ma place, c'était de moi qu'émanait une odeur étrangère, c'était moi qui ignorais la langue. Faiblement, je levai le bras et pointai un doigt sur le chien. Comme par miracle un sourire s'épanouit sur le vieux visage et il fit un signe affirmatif de la tête. Il n'était donc pas aveugle. Mais peut-être que le chien l'était ? Car il continua à aboyer comme un enragé. S'il m'attaquait maintenant, je serais obligée de lui donner un coup de pied. Très fort. Ai-je pensé.

Sans l'avoir prémédité, je me suis penchée vers le chien et me suis mise à aboyer avec une férocité qui m'étonna moi-même. Et cela eut de l'effet. Le chien recula en gémissant, se cachant entre les jambes de son maître. Je me redressai pour m'en aller.

C'est alors que je vis trembler les genoux du vieil homme et une tache sombre se dessiner sur le devant de son pantalon. Ensuite elle descendit le long de sa cuisse. Je levai mon regard et remarquai qu'il avait les larmes aux yeux. Mais il fut assez sage pour ne pas répondre à mon attaque.

La gamine est en retenue. Elle doit terminer les exercices de calcul qu'elle n'avait pas faits. Cela va prendre du temps, si bien que le maître est rentré déjeuner chez lui. Celui qui est en retenue doit être assis au premier rang. C'est pour être plus près du chien. Il est assis la gueule ouverte sur la chaise du maître. De temps en temps il bâille à grand bruit. Ou bien il tire sa grosse langue rouge et la regarde. Ses dents font penser à celles d'un requin. Qui mange les gens. Mais il n'y a pas de requins en Norvège. Elle serre le crayon jaune entre ses doigts. Il vaut mieux ne pas le regarder dans les yeux. On ne sait pas ce qu'il a dans la tête. Il faut qu'elle termine ses exercices. Il va peut-être descendre de la chaise et se coucher sous la table ? C'est ce qu'il a fait la dernière fois. Il y a encore du monde dans la cour. On entend le bruit d'un ballon sur le gravier. Après avoir terminé deux opérations sur cinq, elle ressent le besoin d'aller aux toilettes. Mais c'est impossible. Personne en retenue n'a le droit de sortir avant le retour du maître. C'est la règle. Elle se retient. Et elle n'arrive plus à calculer car il lui faut constamment penser à se retenir. C'est alors que le chien va sous la table. Au bout d'un moment, elle entend qu'il dort. Elle sent son souffle sur sa jambe. Elle a de plus en plus de mal à se retenir. Elle est sur le point de tout lâcher. Elle se lève aussi silencieusement que possible. Pour plus de sûreté, elle presse sa main sur son entrejambe. Et puis il y a un grognement féroce et un bruit de griffes sur le plancher. Elle sent les dents se planter dans sa cuisse et un torrent jaillir d'elle. Ce n'est plus la peine d'aller nulle part ni même de se tenir debout.

Passion masculine

Après une semaine d'intense concentration devant mon ordinateur, j'ai voulu faire la surprise de servir le petit déjeuner sur la terrasse. Nous étions sur le point de commencer quand Frida jeta un livre de poche entre les assiettes.

— Il est incroyable ! s'écria-t-elle en pointant le doigt sur *Risibles amours* de Kundera. Je l'avais lu. J'aimais beaucoup Kundera.

— Non seulement il idéalise le rut de l'homme et le présente comme un mythe, mais il répète la même situation à quelques variantes près, nouvelle après nouvelle. Et c'est ça qu'on nous inflige comme vérité première. L'homme recherche la madone, trouve la femme, la prend pour une putain et cela l'offense. Et ce, après l'orgasme !

— Mais ça s'appelle justement *Risibles amours*. Il ridiculise l'homme et le rôle de l'homme, ai-je protesté en nous versant du café.

— Ridiculise ! Il établit que le rut est un droit spécifiquement masculin, et idéalise la réaction sentimentale de l'homme quand la conduite de la femme ne répond pas à son attente.

— Ta colère contre Kundera est-elle si forte que tu en as déchiré le livre ? ai-je demandé en désignant du menton la couverture en charpie.

— Mais je n'ai rien déchiré du tout ! C'est une édition de mauvaise qualité. Non seulement les histoires de Kundera sont ridicules mais elles ne supportent même pas d'être lues. En tout cas pas en édition bon marché ! Elles se désagrègent totalement.

J'ai haussé les épaules et brisé la coque de mon œuf.

— « L'éternelle convoitise de la pomme vermeille », Frida contrefaisait le texte, si bien que je me suis félicitée qu'elle n'ait pas choisi un de mes textes.

— Ce n'est peut-être pas le meilleur livre qu'il ait écrit. Mais j'aime bien son ironie, ai-je répondu.

— Je vais te dire une chose, ma petite écrivaine. Tu n'as aucune notion de l'ironie ! Tu ne fais qu'accepter les prémisses masculines, en littérature comme dans la vie. Tu n'as pas le courage de contredire. Et en plus, tu gardes une attitude aimable pour que personne ne puisse deviner tes pensées. Ne t'en rends-tu pas compte toi-même ?

La journée n'était vraiment pas assez avancée pour supporter une analyse aussi sévère. De plus, c'était humiliant. Elle aurait pu, au moins, remarquer que j'avais préparé le petit déjeuner.

— Je trouve ton jugement arbitraire. Pourquoi t'en prends-tu à moi parce que tu as lu un livre qui te déplaît ?

— Bonjour ! Et le petit déjeuner servi ! Merveilleux ! pépilla le Hanneton en se baissant pour se glisser sous le parasol, les cheveux dégoulinants.

Toutes les antennes de télé scintillaient au soleil, il faisait chaud.

— Je m'énerve contre la glorification du rôle de l'homme dans la littérature, dit Frida en pointant un doigt sur le livre. Je remplis nos tasses.

— Ne gâche pas une si belle journée par une discussion oiseuse, dit le Hanneton en se penchant vers le pain.

Deux mobylettes sortirent en trombe du garage comme deux taons agressifs. Ils appartenaient à la Pizza Uno qui, jour et nuit, livrait les clients affamés devant leur télévision. Le chien du vieil homme protesta fortement sur la terrasse voisine. Je jetai un coup d'œil timide par-dessus le parapet. L'homme était assis, dodelinant de la tête, agrippé à sa canne. Un téléphone mobile sonna chez nous. Le Hanneton leva la tête.

— Ce n'est pas le mien, assura-t-elle tout en se levant pour rentrer.

J'essayai de ne pas écouter ce qui se disait. Une femme de mon âge sortit sur la terrasse du vieil homme et ouvrit un parasol.

— Tu crois que c'est sa fille ? ai-je murmuré.

Frida était allée jusqu'à la porte-fenêtre. Un rire nous vint de la rue et le chien se remit à aboyer. Le vieux continua à dormir et la femme se dépêcha de rentrer, comme si elle avait honte des aboiements du chien. Peut-être m'avait-elle vue et avait-elle peur que je ne me mette à aboyer en réponse. J'ai eu honte rien que d'y penser.

Le silence se fit petit à petit et le Hanneton revint le téléphone à la main.

— Alors ? demanda Frida.

— C'était Frank.

— Tu lui as parlé ? ai-je dit, la voix éteinte.

— Oui. Il le fallait bien.

— Comment a-t-il eu ton nouveau numéro ?

— Quoi ? Oh, j'ai oublié de lui demander. C'est probablement ma sœur qui…

— Qu'est-ce qu'il voulait ? Frida s'était redressée si brutalement que la chaise avait raclé le carrelage.

— Il m'a demandé de rentrer à la maison. Il n'habite plus chez elle…

— Pas possible ! Et les gens qui vous menaçaient ? Il les a sous contrôle ? La voix de Frida était un tantinet acerbe.

— Il dit qu'il est prêt à vider toute sa boutique pour les rembourser à condition que je promette de revenir. Tout va s'arranger…

— Et tu le crois ? demanda Frida.

— Il veut que je lui permette d'aller chercher les petites et de revenir à la maison. Il…

— Et combien de temps crois-tu que cela va durer ? interrompit Frida.

— Je ne sais pas, murmura le Hanneton en posant le téléphone sur la table.

Frida se grattait le cou avec fureur. Elle se gratte, ai-je pensé brusquement, un peu en dehors du sujet.

— Quand pars-tu ?

Je pouvais aussi bien lui poser carrément la question.

— Pas cette semaine… Peut-être lundi ou mardi, répondit le Hanneton évasivement.

— Sait-il avec qui tu es ?

— Non, puisque j'avais promis… D'ailleurs, pourquoi ne pourrait-il pas…

— Je n'ai aucune envie d'avoir ces gens à mes trousses ! s'écria Frida. Sa voix tremblait, elle semblait aussi ébranlée que moi.

— On ne va quand même pas se disputer ! Je vous en supplie ! On était si bien ensemble. Et en plein petit déjeuner. Frank et moi, on ne se dispute jamais…

— En effet, j'imagine que c'est justement la raison pour laquelle tu es là ! fit Frida sur un ton railleur.

Le Hanneton se leva, prit son assiette et rentra dans l'appartement.

— Était-ce bien nécessaire ? ai-je demandé avec lassitude.

— Elle a parlé avec Frank presque toute la nuit. Tu ne l'as pas entendue ?

— Est-ce que ça nous regarde ? dis-je.

— Comment peux-tu montrer un pareil calme alors qu'au fond de toi-même tu en es malade de jalousie ? siffla Frida entre ses dents.

— De quoi ont-ils parlé ?

— D'argent. Et de la femme de Holmenkollen, ils étaient d'accord pour dire que c'est une idiote.

— Ah bon.

— C'est tout ce que tu as à dire ?

— Je ne peux rien y faire.

— Mais si, tu le peux ! Tu peux raconter au Hanneton ton histoire avec Frank et la mettre dans une telle fureur qu'elle ne rentrera pas ! C'est toi qui as assez de distance pour comprendre que ce n'est que du bluff. Tu peux influer sur ses décisions.

Je m'affairai autour des assiettes. Il restait du jaune d'œuf séché sur la cuillère. Ça ne partirait pas dans le lave-vaisselle si je ne la nettoyais pas avant.

— Ça peut être une chance unique pour ton roman. Il faut dresser un plan et s'y tenir, dit Frida avec ruse.

J'avais hâte d'en finir avec ce repas. La seule chose que je désirais, c'était de me retrouver seule avec mon manuscrit, mais pas selon les directives de Frida. Quelqu'un frappait quelque part sur un tonneau. Cela fit peur aux moineaux sur le toit voisin. Un s'envola, puis toute la bande. J'entendis la porte d'entrée claquer.

— Le Hanneton est sortie. On lui a fait de la peine, ai-je remarqué.

— Je l'ai bien vu. Mais il me fallait être sincère quand la situation s'est aggravée. C'est ce que tu dois faire aussi.

— Tu ne penses pas sérieusement que je vais raconter au Hanneton mon histoire avec Frank ?

— Cela pourrait l'empêcher de faire la bêtise de rentrer.

— Mais elle dit elle-même qu'elle ne prend pas les aventures de Frank au sérieux, ai-je dit en me mettant à débarrasser.

— Tu n'y croyais pas. De quoi serait donc faite la personne qui y serait indifférente ?

— Je n'arriverai pas à le dire. Je n'arriverai pas à être aussi… infâme, ai-je marmonné.

— Tu préfères donc t'éviter des désagréments et la renvoyer à la rencontre de nouvelles humiliations ? dit Frida. Je me retrouvai seule l'instant d'après.

Malgré ce mauvais début de journée, j'arrivai à écrire quelques mots qui n'ont pas été raturés. Quand le Hanneton est rentrée, je lui fis des excuses au nom de Frida.

— En fait, il n'y avait pas de quoi se fâcher, dit-elle en disparaissant dans la salle de bains pour laver du linge. Les gens se faisaient rôtir au soleil et se baignaient dans la mer ! cria-t-elle à travers l'appartement.

— Et toi ?

— J'attends. Il fait encore un peu froid.

Le soir il a plu si fort que nous avons préféré rester à l'intérieur. Frida a allumé la télé. On retransmettait un match de foot entre Barcelone et le Real Madrid. Tous les voisins avaient leurs fenêtres ouvertes et le niveau sonore étant assez élevé, nous pouvions donc participer à l'expression du culte le plus fervent de Catalogne. La lutte sur le terrain n'était pas seulement dirigée contre Madrid, mais contre l'Espagne et le reste du monde. Les manifestations contre la réunion au sommet de l'Union européenne à Barcelone furent à peine mentionnées durant les informations avant le match. Ce qui comptait véritablement, c'était la défense de la virilité catalane.

— C'est vraiment autre chose que la pointe de machisme dont tu accuses Kundera, et ça ne t'empêche pas de rester spectatrice, ai-je fait remarquer avec aigreur. Je ne savais pas pourquoi je m'en prenais à Frida. Cela suffisait pour aujourd'hui.

— On ne plaisante pas avec la sentimentalité masculine, c'est de la passion, dit Frida avec sérieux.

La démonstration de sentiments profonds qui, bien entendu, n'avaient aucun rapport avec la sensiblerie féminine, se déroulait sur l'écran. C'était du vrai, jusqu'à la moindre sécrétion. C'était embrassade, passion et larmes. Et surtout courage à toute épreuve. Je m'attendais tout le temps à ce qu'une porte s'ouvre et laisse passer des lions qui allaient déchiqueter les héros sous nos yeux. On pouvait vraiment qualifier ce qui se passait sur le terrain de mépris de la mort. La voix du reporter nous suffisait pour participer au drame, il était inutile de connaître l'espagnol ou le catalan. Ce n'étaient ni l'emplacement du ballon ni les joueurs qui me fascinaient, mais la sincérité mise dans la lutte acharnée pour ne pas perdre. Et la débâcle totale quand l'adversaire marquait un but. Les sanglots réprimés du reporter, la foule en furie, les bannières levées dans les tribunes sur un signal, formant ainsi un immense drapeau catalan. Symbole vivant du mélodrame masculin soulevé par une vague humaine.

— Voilà leur religion véritable, et vivante ! s'écria Frida, sidérée.

— C'est peut-être pour ça que les corridas n'ont pas grande importance dans cette région, dit le Hanneton en passant, avec une poignée de linge dégoulinant à étendre sur la terrasse.

— Peut-être est-ce préférable plutôt que torturer à mort des taureaux. Et c'est peut-être plus important que la madone noire de Montserrat qui, selon les brochures touristiques, serait le lieu saint de la Catalogne.

— Comparée à la masculinité vivante, une figure féminine en bois ne peut pas grand-chose, déclara Frida.

— Les joueurs du Real Madrid sont cantonnés ici à Sitges. On n'a pas osé les loger à Barcelone ! dit le Hanneton dans l'embrasure de la porte.

— Oui, le potentiel dramatique est sans limite. Que peut-on faire contre un sexe qui est arrivé à convaincre la majorité du monde civilisé que l'immaculée conception est chose possible ? D'après moi : rien ! psalmodia Frida, ravie.

— Je crois que le vieux et le chien ont la maladie d'Alzheimer, dit le Hanneton en fermant la porte de la terrasse.

— Qu'est-ce qui te fait croire cela ? ai-je demandé, décontenancée.

— Ils sont sur la terrasse en train de parler de la récolte de raisin de 1935 et ne regardent pas le match.

Bien sûr, le vieil homme avait la maladie d'Alzheimer. L'idée infantile de lui offrir un petit bouquet de fleurs pour me faire pardonner mes aboiements me traversa l'esprit.

Durant la mi-temps, on a eu droit à un concours de beauté. Le jury était composé d'hommes d'un certain âge à la chevelure clairsemée. On mesurait les corps féminins et on discutait de sexe avec grande expertise. Comme s'il s'agissait d'animaux reproducteurs. C'était peut-être aussi le cas. Les jeunes femmes arrivaient les unes après les autres sur le podium, d'abord vêtues d'un minuscule string tellement échancré qu'un rasage complet était nécessaire. Il n'aurait plus manqué que ça, en fait. On était dans un pays catholique.

Puis elles arrivèrent en robe longue décolletée. Exactement la même pour chacune afin que l'on puisse les comparer et décider qui portait le mieux la toilette. Elles étaient fortement maquillées, la bouche cernée d'un trait plus sombre. Avec une coiffure compliquée. La hanche projetée en avant, pour ainsi dire prête à se coller à un partenaire. Leurs jambes et leurs cuisses maigres étaient perchées sur de hauts talons qu'elles maîtrisaient mal. Mais qui, en fait, y réussit vraiment ? Le sein gros comme un petit pois, ou bien débordant de silicone. Les fesses de la texture d'une gomme toute neuve. Leurs gestes étaient dignes de pensionnaires de lupanar mais leur regard celui d'une écolière qui dirait : « Regarde comme je sais ma leçon ! N'est-ce pas que je suis la plus belle ? »

On interviewait les jeunes filles sur leurs intérêts et leurs projets d'avenir. On leur avait recommandé de paraître intelligentes et intéressées par la société. Surtout intelligentes et souriantes.

— Elles sont terriblement jeunes. Elles me font un peu pitié. J'espère que le match va vite reprendre, dit le Hanneton pensivement.

Pendant la nuit, j'ai rêvé que je n'étais que spectatrice, sans rôle. À mon réveil, j'ai pensé que j'avais dû lire ou voir ce rêve quelque part. Comme un film vu à travers un téléobjectif. Je pouvais distinguer les mimiques des acteurs, la sueur sur leur front, le mouvement de leurs pupilles, ceux de leurs muscles sous la peau, la crasse sous leurs ongles, leur peau qui commençait à se distendre, les taches sur leur pantalon, les poils du nez. Le début n'était pas très clair. Des hommes s'embrassaient. Avec lourdeur, se donnant de grandes claques dans le dos, comme des débardeurs des halles. Puis tout devint plus précis. Un paysage comme dans un western, avec une maison de construction grossière au milieu d'un champ de blé.

Près d'un puits doté d'une poulie, un homme d'un âge incertain était assis, en train de tailler quelque chose qui ressemblait à une flûte de saule. Il arriva à en détacher lentement l'écorce. Puis il y fit plusieurs entailles précises avec une grande concentration. Je suivais ses mouvements de l'extérieur. Je me suis dit, dans le rêve, qu'il était peut-être conscient de ma présence. Mais il continuait comme si de rien n'était.

Un homme plus âgé était sur un balcon à l'étage, la main posée sur la rampe d'un escalier qu'il allait descendre. Il avait natté sa longue barbe blanche. Probablement pour compenser le manque de cheveux sur sa tête. J'ai ressenti une sympathie immédiate à son égard.

Un jeune homme courait autour de la maison un filet à papillon à la main. Il était torse nu, le corps ferme. Un jeu d'ombre et de lumière faisait découvrir une impressionnante musculature. Il avait des piqûres d'insecte sur le bras et autour de la bouche. Cela dégageait un certain érotisme, mais je n'essayai pas de l'arrêter ou d'entrer en contact. Il attrapa tout à coup un papillon. Je vis de très près le bout de ses doigts. Ils étaient légèrement teintés de nicotine. Il tint un instant le bel insecte dans la lumière. Celui-ci battait des ailes et je pus en voir nettement les dessins. Deux tons de bleu et une tache jaune au milieu de chaque aile, comme un œil. Il le sortit nonchalamment du filet et l'enfouit rapidement dans sa poche. À ce moment même arriva un papillon encore plus grand et plus beau. Il se précipita vers lui, le filet levé.

Une large ligne se dessina alors à travers les champs. Un mouvement ondulant et sombre et un bruit menaçant de sabots ou de cornes se frottant les unes aux autres. En un clin d'œil la maison et les hommes furent encerclés de taureaux noirs et de buffles gris. Ils s'approchaient de plus en plus. Le jeune homme s'arrêta et resta comme pétrifié. Le vieil homme sur le balcon rentra pour chercher son mobile et essaya de taper un numéro. Je compris qu'il voulait prévenir l'homme près du puits. Mais ce dernier était si occupé à tirer des sons de sa flûte qu'il ne comprit pas le danger. Durant ce temps le demi-cercle se faisait de plus en plus compact et de plus en plus proche.

Enfin, l'homme déposa sa flûte, saisit le danger imminent et s'élança d'un bond vers l'escalier qui montait au balcon. Je sentais que j'avais des difficultés à respirer et je voulais me réveiller, alors que ce n'était pas moi qui étais menacée. C'étaient les hommes qui étaient en danger. Certains taureaux étaient si proches que je sentais l'écume de leurs narines soufflant sur la nuque de l'homme à la flûte. Le jeune homme aux papillons s'était mis en sûreté en sautant par une fenêtre. Il était assis sur le plan de travail et regardait, effaré, entre les rideaux.

Le vieux était déjà en sûreté. Il se tenait sur le balcon et tirait sur sa barbe d'une main tout en caressant son mobile de l'autre, l'air absent. Seul le joueur de flûte se trouvait en pleine bataille. Il courait à perdre haleine – et atteignit l'escalier au dernier moment.

— Il faut filmer ça, ai-je entendu Frida s'écrier.

À ce moment-là plusieurs camions-grues arrivèrent ainsi qu'une quantité de cameramen, comme un essaim de mouches. Je voyais bien qu'ils allaient être piétinés. Je m'étonnai que Frida mette en danger des gens pour filmer une situation aussi dangereuse. L'éclairage n'était pas bon non plus. Il donnait des tons jaunes et roses. C'était mauvais, ai-je pensé, avec désespoir, sans pouvoir rien y faire.

Je me réveillai au moment même où le taureau encornait une script et dirigeait ses centaines de kilos vers la caméra la plus proche.

La chambre était grise et irréelle. Dehors, dans la rue, on vidait un container dans un vacarme assourdissant.

Je savais ce que Frida allait dire de mon rêve :

— C'est la masculinité que tu essaies de percer. Ce n'est pas la proie qui compte, c'est la chasse en elle-même.

Et je devinais ce que le Hanneton allait dire :

— Et il a mis ce fragile papillon dans sa poche pour se précipiter tout de suite sur un nouveau ?

Les chats de Sitges

Le thermomètre indiquait 23 degrés à l'ombre. Le Hanneton profitait de la vie sur la plage ou encore visitait la ville. Je restais à l'intérieur à écrire, la porte de la terrasse grande ouverte. J'étais trop consciente de la fébrilité qui me prenait quand je terminais un ouvrage, et je savais que j'allais bientôt aborder la phase où rien d'autre ne compte. Les heures s'écoulaient sans que j'arrive à contrôler mes journées.

J'étais étonnée que Frida ne montre pas plus d'égards. Elle ne fréquentait l'appartement que pour me rappeler mes devoirs envers le Hanneton.

— Le fait qu'elle reste jusqu'à la fin de la semaine ne signifie pas que tu l'as sauvée, déclarait-elle.

Je me sentais surveillée et j'employais beaucoup trop d'énergie à essayer de deviner ce que pensait Frida, ou bien quel coup elle me préparait. Mes propres décisions passaient à l'arrière-plan. Contre mon gré, elle m'influençait et j'avais été plusieurs fois sur le point de raconter au Hanneton mon histoire avec Frank. Mais je trouvais chaque fois de bonnes excuses auxquelles je croyais. Par exemple que je ne pouvais pas prendre le risque de gâcher une journée de travail avec un appartement rempli de sentiments chaotiques. Ou bien que je risquais de dégrader encore la situation du Hanneton. Mais la pression exercée par Frida me gênait. Je me forçais continuellement à l'ignorer et à n'en faire qu'à ma tête. Oui, j'essayais même de la surprendre. Mais ce n'était pas facile.

Un matin, me trouvant seule, je me suis approchée du téléphone rouge sans même avoir conscience de mes intentions. J'ai fait le numéro et j'ai attendu. Longtemps. Il n'était sûrement pas accessible. Peut-être était-il en train de traverser un tunnel ? Ou bien était-il sous la douche ? Ça grésillait. Puis, après tant de mois, la présence soudaine de sa voix. Le plus naturellement du monde. C'était tellement simple, je n'en croyais pas mes oreilles.

— Oui ? Ici Frank !

En l'espace d'une seconde je me rendis compte que je n'étais pas préparée à cette conversation. Pas véritablement.

— Oui ? reprit-il, interrogateur.

— C'est Sanne, ai-je murmuré, comme si j'espérais qu'il ne m'entendrait pas à pareille distance.

— Sanne… Sanne ? C'est toi qui téléphones ?

— Oui, je voulais seulement…

— Mais c'est formidable ! Comment vas-tu ?

Que mijotait-il maintenant ? Pourquoi ne demandait-il pas où était l'argent ? ai-je pensé en pliant d'une seule main la feuille d'un bloc-notes. Il était assez compliqué de faire se rejoindre les coins.

— Très bien, ai-je répondu.

— Tu n'imagines pas combien de fois je suis allé sonner chez toi. Finalement c'est cet homme qui est venu ouvrir, celui qui habite là maintenant. Où es-tu ?

— Je… je suis en voyage, ai-je répondu évasivement, m'attendant presque à ce qu'il se plaigne également du manque d'adresse fixe du Hanneton.

— Es-tu partie parce que je t'ai déçue ? Parce que je n'ai pas demandé le divorce ? Il paraissait presque joyeux. En tout cas pas du tout comme quelqu'un qui avait perdu une fortune.

— Et la gale, où en es-tu ? ai-je demandé, bien consciente que je n'aurais pas pu poser la même question au Hanneton.

— Je n'étais pas contaminé, a-t-il dit en riant.

J'ai avalé ma salive, appliquée à plier la feuille encore une fois. Mais ça devenait trop compliqué. Et du reste, la bande autocollante s'accrochait au sous-main.

— Où puis-je te rencontrer ? J'ai justement en ce moment la possibilité de prendre quelques jours, dit-il joyeusement.

— Tu ne peux pas me rencontrer. Je voulais juste te donner un signe de vie.

— Je t'ai manqué ?

— Difficile de dire le contraire, ai-je convenu.

— Sanne ! Tu sais à quel point tu comptes pour moi ?

— Je n'en ai aucune idée.

Il y eut un silence. C'était bien sa respiration que j'entendais, mais sa voix fut tout à coup transformée, presque soupçonneuse, quand il reprit :

— Écoute… Pourquoi m'appelles-tu ? Ce numéro… ? Est-ce le tien ?

— Que veux-tu dire ?

— Ce n'est pas ton vieux numéro qui est apparu sur le cadran. Et aux Renseignements on m'a dit qu'il n'était plus attribué.

— Mon téléphone est tombé dans l'eau, ai-je menti sans vergogne.

— Et tu en as un nouveau ? Pourquoi ne m'as-tu pas téléphoné avant ? demanda-t-il sur le ton qu'on prend pour parler à une gamine qui s'est sauvée de chez elle.

Mais à travers son amabilité affectée pointait une véritable méfiance. Essayait-il de deviner où je me trouvais ? Ou bien où se trouvait le Hanneton ? Pourquoi ne parlait-il pas de l'argent ?

— Je n'ai pas pu le faire avant, ai-je dit.

— Mais Sanne, je me suis inquiété ! J'ai énormément pensé à toi.

— Maintenant, tu devrais en avoir fini avec tes histoires de jupons, ai-je dit.

— Mais tu n'es pas une simple histoire de jupons ! Où puis-je te rencontrer ?

Il est probable que je n'avais pas prémédité ce que je lui ai alors répondu. Car cela aurait supposé qu'il fallait en prévoir les conséquences.

— Tu peux me trouver chez ta femme.

Frank retint sa respiration quelques instants. Rien de plus normal. Qu'étais-je en train de faire ? Essayer de le terroriser ?

— Que veux-tu dire ? fit-il sur un ton presque las.

N'ayant plus rien à perdre, je suis allée jusqu'au bout.

— Demande à Annemor.

— Sanne, au nom du ciel ! Tu le lui as dit ?

— Non pas encore. Je pensais que c'était à toi de le faire, ai-je dit avec dureté sans pour autant en tirer la moindre satisfaction.

À travers le téléphone je l'entendais réfléchir à toute vitesse. Il crépitait comme un ordinateur en surcharge.

— Je le ferai quand je demanderai le divorce. Le faire avant ne nous procurerait que des désagréments inutiles, dit-il avec douceur.

— Mais tu l'as suppliée de revenir à la maison.

— Qu'est ce que tu vas encore inventer là ?

— Je raccroche maintenant, Frank. Ma voix était bien trop fluette pour que cela puisse passer pour une réplique définitive.

— Ne raccroche pas, je t'en prie, dit-il. Il me faut mettre au clair quelques questions. S'il te plaît !

— Oui ?

— Tu téléphones de la part de qui ? Pour toi-même ? Ou bien quelqu'un t'a demandé de le faire ?

— Qui pourrait me demander de téléphoner ?

— Deux types. L'un, en veste de cuir avec un anneau dans le nez et un tas de cheveux ? Ou bien un autre en costume sombre et la tête rasée ? Mais je leur ai payé ma dette. Il ne faut pas les croire s'ils prétendent que c'est pour ton bien.

— Et qu'est-ce qui serait pour mon bien ?

— Je ne sais pas, je te donne seulement un conseil, dit-il dans un souffle.

J'étais vraiment arrivée à plier la feuille du bloc-notes une deuxième fois d'une seule main. Elle présentait des angles parfaits.

— Pourquoi ne demandes-tu pas où est l'argent, Frank ?

— Chut ! On pourrait… On parlera… de ce que je te dois quand nous nous verrons, termina-t-il à voix très haute.

Ce qu'il me devait ? Pourquoi disait-il cela ? Croyait-il vraiment que j'étais en compagnie de gens en costume sombre et anneau dans le nez, et qu'ils me forçaient à lui téléphoner ?

— C'est toi qui divagues, Frank. Parle à Annemor de ce qui te tracasse. Je raccroche maintenant, ai-je dit, plus satisfaite de cette réplique finale.

Quand j'ai appuyé sur le bouton rouge, mes mains se sont mises à trembler. J'ai laissé tomber la feuille du bloc-notes dans la corbeille à papier. J'avais enfin entendu sa voix, au bout de tous ces mois ! Et je n'avais proféré que des bêtises. Sans aucun espoir. Au lieu de dire quelque chose qui aurait pu être une consolation et une aide pour nous deux. Ce qui me frappait, c'était que les conversations étaient souvent ainsi. Surtout par téléphone. On émettait gauchement des sons sans signification, faisant preuve d'impuissance totale à créer un contact, sans la faculté d'assouvir le simple besoin d'un contact épidermique. Le mieux que l'on puisse dire des téléphones, c'est qu'ils peuvent servir à déplacer de l'argent ou à fixer des rendez-vous. Autrement ? Des sons de glace, des bruits et des déclics, suivis du vide total. Le téléphone était le meilleur instrument donné à l'être humain pour démontrer sa solitude désespérée. Pourquoi lui avais-je donc téléphoné ?

Qu'avait dit Frank au juste ? Avait-il demandé où il pourrait me rencontrer ? Oui ! Et j'avais complètement négligé cette invitation ?

Mais après une seconde j'avais résumé : il avait dit qu'il désirait me rencontrer, mais pensait-il alors à ce qu'il avait promis au Hanneton ? Non !

Frida avait raison. Frank n'avait pas changé. Et dans ce cas, pouvais-je en toute connaissance de cause voir tranquillement le Hanneton repartir pour une vie avec Frank ?

Nous avions fait notre promenade vespérale sur le front de mer et étions assises sur un banc à regarder les chats qui visiblement vivaient entre les rochers de la jetée. Apparemment les gens leur donnaient à manger à endroits fixes.

— Je me demande si ce sont les mêmes chats qu'on voit dans le parc quand il fait noir. Ils changent peut-être de domicile au cours de la journée ? demanda le Hanneton, le visage tourné vers un gros soleil trempé dans la mer.

— Oui, les chats ne se laissent pas diriger. Ils ne marchent pas en laisse. Mais ils acceptent la nourriture de quelque main qu'elle vienne, ai-je répliqué.

— Si plusieurs possibilités se présentent, ils choisissent la plus avantageuse, enchaîna Frida.

— J'ai lu quelque part qu'au siècle précédent un groupe d'artistes s'était intitulé « Les chats de Sitges ». Ils vivaient ici et la ville était fière de les avoir en sa possession. Je ne sais plus comment ils s'appelaient. L'un d'eux s'appelait Rusiñol, je crois. Je n'arrive jamais à me souvenir des noms, dit le Hanneton.

— Possession de la ville ? Ni les chats ni les artistes ne peuvent être la possession de quiconque, dit Frida.

— Bien entendu, mais tu vois bien ce que je veux dire, dit le Hanneton en se penchant vers un être velu, couché sur le dos, le ventre offert.

Trois chats s'étaient approchés. Ils pensaient probablement que nous avions de la nourriture. L'un était tigré et borgne. Il se faisait les griffes sur une batte cassée aux pieds du Hanneton. Un noir et blanc était assis sur un énorme bloc de pierre, tout à sa toilette. Advienne que pourra, ai-je pensé. C'est maintenant ou jamais.

— Tu n'es pas la possession de Frank non plus, ai-je commencé.

Le troisième chat nous fixait de ses yeux mi-clos tout en soulevant la poussière du sable avec sa queue ébouriffée.

— Que veux-tu dire ? Pourquoi dis-tu ça ? murmura le Hanneton.

— Il ne faut pas que tu ailles le rejoindre. Il n'a pas changé. Si ce n'est pas la bonne femme de Holmenkollen, ce sera une autre. Tu mérites mieux, ai-je répondu.

— Mais je vous ai dit que ma disparition a été une bonne leçon. Il est rentré à la maison. Tout va être autrement maintenant. Il a même dit que je pouvais profiter du soleil encore une semaine ou deux. Il téléphonera quand il aura mis de l'ordre dans ses affaires.

— Il ne se gênera pas pour oublier ses promesses. Tu le sais bien, ai-je dit en allant vers le parapet, leur tournant le dos. Une bonne manière d'échapper aux regards indiscrets.

— Sanne Svendsen a eu une liaison avec Frank durant plusieurs années, elle sait de quoi elle parle, ajouta brutalement Frida.

La mer fouettait distraitement les rochers, et un gamin passa comme un projectile sur son skate-board.

Sinon, c'était le silence complet. Ce qui était impensable, interdit et méprisable, ce qui causait une blessure si profonde qu'elle était inimaginable, était maintenant dit. J'ai ressenti une envie folle de traîner Frida dans la crotte de chat la plus proche et de l'y laisser croupir.

J'entendis alors une sorte de rire, ou plutôt de bouillonnement comme celui d'une cocotte-minute en train d'exploser. Je l'ai ressenti comme si je recevais dans la nuque une bouillie brûlante, mélange de poisson, de pommes de terre, et de légumes écrasés.

— Tu m'as invitée à venir ici ! Et tu as gagné ma confiance pour me faire raconter ma vie avec Frank, juste pour trouver le bon moment où tu allais me raconter cette saloperie ! Juste pour observer ma misère ! Mais quelle sorte d'être humain es-tu ?

— C'est ce que je me demande aussi, dit Frida.

J'avais maintenant ce que je méritais. Et d'une certaine manière ce fut l'idée de ce que Frank aurait dit qui me fournit la réplique suivante :

— Je n'avais pas l'intention de te blesser. J'étais assez bête pour croire que l'on pourrait voyager ensemble et bien s'entendre. En fait, j'étais curieuse de savoir comment tu étais. Tu devais être quelqu'un de spécial qui pouvait m'apprendre quelque chose, ai-je ajouté en hésitant, prenant conscience à cette minute que c'était la vérité.

— Pourquoi dis-tu cela maintenant ?

— Parce que je concède que j'aurais dû le dire tout de suite.

— Et c'est pour être fidèle à ton sale idéal d'honnêteté que tu me le fais payer ? Tu essaies de noircir Frank à mes yeux ! Est-ce pour ensuite aller le cueillir ? fit le Hanneton entre ses dents.

C'était le moment de tendre les deux joues. Je me suis retournée et j'ai rencontré deux rayons laser. On ne pouvait pas éviter de voir qu'ils étaient humides et d'un bleu luisant, même si une traînée de mascara inopportune gâchait un peu le tableau.

— Frank et toi ! C'est répugnant ! Tu es bien trop vieille ! Comment y es-tu arrivée ? pleurait-elle.

— Voilà une bonne question ! dit Frida.

Je cherchai s'il y avait une fente où disparaître entre les rochers. Mais aucune n'était assez grande. Il me fallut rester là à me laisser mesurer et soupeser sans merci par le Hanneton. Elle arrêta de pleurer.

— Et quand je devais pour ainsi dire t'aider à écrire ton livre, c'était un mensonge, ça aussi ?

— Non, tu es un personnage-clé. Je peux t'assurer que sans toi le livre manquerait à la fois de progression et de fin, dit Frida.

Pour une fois je lui étais reconnaissante de se mêler de mon manuscrit. Et cela n'avait aucune importance que ce soit vrai ou non.

Le Hanneton avait du mal à changer d'attitude, mais la réflexion de Frida avait éveillé son intérêt.

— C'est vrai ? Tu veux dire que j'ai tant d'importance ? que le livre à proprement parler dépend entièrement de moi ?

— Sans aucun doute ! Mais il est évident que tu décides toi-même jusqu'à quel point…

— Mais je ne dicte rien ! Je ne fais qu'aller et venir.

— La plupart des personnages de roman ne dictent rien du tout. Ils ne font qu'aller et venir.

— Et parler, bien entendu.

— Ai-je un plus grand rôle que Frank ? Le Hanneton s'essuya le nez avec le revers de sa main.

— Dans la phase actuelle, c'est incontestable. Tu es physiquement présente et tu peux influencer l'auteur directement, dit Frida.

Le Hanneton s'essuya les yeux et renifla en retroussant sa lèvre supérieure. Elle ressemblait à un chat aux aguets qui n'avait pas encore trouvé le bon moment pour enfoncer ses griffes. J'étais en sueur.

— Si je reste ici pour participer à ton histoire, je ne veux pas être décrite comme l'épouse naïve et un peu bête qui n'a aucune opinion personnelle. J'ai fait des études. J'en sais plus sur Simone de Beauvoir que tu n'en sauras jamais. Elle n'avait pas besoin de vivre avec Sartre, même si elle l'aimait. Je n'ai pas besoin de vivre avec Frank même si je l'aime. Que tu le saches une bonne fois ! Mais ce n'est pas toi qui vas en décider.

J'allais relever la tête, croyant que l'orage était passé, quand la suite claqua :

— Je veux que tu dévoiles comment tu as, sans scrupules, utilisé tous les trucs pour pousser Frank à me tromper. À toi toute la honte ! Tout est de ta faute. Tu as enlevé un père à deux petites filles aussi, tu le sais ?

— Ça, ce n'est pas vrai, ai-je protesté faiblement.

— Ah non ? Si les enfants et moi partons vivre dans une autre ville, ou même à l'étranger, il ne les verra presque plus !

— Il n'y avait pas que moi… ai-je commencé.

— Comment peux-tu faire allusion à ça maintenant ? Seulement pour m'humilier encore plus ? hurla le Hanneton. Le chat le plus proche s'éloigna un peu.

— Crois-tu que tu vas pouvoir me pardonner ? ai-je murmuré.

— Tu en demandes beaucoup trop. Je croyais qu'on était amies et tu as tout gâché.

— Je reconnais que ça n'arrange pas les choses. Mais nous n'étions pas encore amies, alors… ai-je essayé.

— Hé le Hanneton ! Quelle personne enviable tu fais. C'est toi qui as la clé du roman, assura Frida.

Le Hanneton resta un moment la tête baissée. Puis elle dit, comme pour elle-même :

— Tu ne sais pas comment c'est, toi, de toujours être en train d'attendre ! Toujours ! Et tous les mensonges.

De toutes sortes. Des vieux et des nouveaux. Il emploie les nouveaux pour cacher les anciens. Il est vraiment expert dans le mensonge. Si je n'avais pas eu une si forte intuition, je n'aurais rien compris. Il est tellement convaincant quand il te sert ses explications. Pourquoi il est en retard, pourquoi il lui faut aller à tel endroit avant de faire ce que nous avons convenu. Pourquoi on ne peut pas l'appeler dans sa chambre d'hôtel dans telle ville, ou à cet hôtel qu'il a indiqué. Pourquoi il ne peut pas assister aux réunions de parents d'élèves.

— Il ne va pas aux réunions de parents d'élèves ? me suis-je écriée involontairement, je me souvenais parfaitement qu'il m'avait dit ne pas pouvoir venir à cause d'une réunion de parents d'élèves.

— N'écris pas cela ! enjoignit le Hanneton.

— Non, c'est trop pathétique, ai-je dit à titre de consolation.

— Je ne suis pas une idiote ! Je ne lui reviendrai jamais ! Mais je peux coucher avec lui si ça me chante. Il peut venir chercher les filles tous les quinze jours, je saurai au moins ce qu'il fait durant ce week-end-là. Frank est un bon père, tu sais. N'oublie pas de le mettre dans le livre.

L'ombre du palmier le plus proche l'avait recouverte. Elle était comme un faune enveloppé de feuilles.

— La clé de l'histoire… C'est vrai ? Tu veux que je te dise une chose ? Je vais rester encore quelques semaines, dit le Hanneton en étirant sous sa mini-jupe deux parfaites sculptures couleur acajou. Le chat borgne renifla légèrement les ongles laqués rouge des doigts de pieds qui sortaient des sandales. Puis il s'avança et se mit à lécher le gros orteil droit.

Message anonyme

C'était le lendemain du jour où nous étions allées au Musée Dalí à Figueras. Plus exactement c'était la nuit suivante. On était couchées et je croyais que je dormais. Quelque part dans ma tête virevoltait l'absurde voiture de Gala, la femme de Dalí. Celle avec sa statue dedans et la nymphe bouillonnante par-dessus. Et l'installation avec le visage de Mae West. Dont la bouche est un canapé sur lequel on n'a pas le droit de s'asseoir. Et les dessins fantastiques et fous, l'érotisme, la mort et les côtelettes d'agneau sur les épaules de son épouse. Et la boutique où l'on pouvait acheter des carnets d'adresses, des gommes fixées sur un pouce en métal, et la biographie de Dalí en catalan, espagnol, allemand, italien, anglais et français. On en avait acheté une en anglais. Et le Hanneton s'était acheté une robe de chambre couleur sable dans un beau tissu éponge souple, décoré de l'œil de Dalí.

Tout cela défilait dans ma tête alors que dans mon demi-sommeil je volais à travers le verdoyant paysage catalan et que Barcelone battait le Real Madrid 2-0 en pleine mer. Et les joueurs du Real Madrid devaient dormir dans mon lit, il était bien trop dangereux pour eux d'habiter Barcelone. Leurs supporters étaient déjà en train d'envahir l'appartement, mais je les recouvrais autant que je le pouvais. Tout juste douchés et à la peau douce, en vérité ils ne faisaient qu'un. Un brouhaha venait de la rue par la fenêtre ouverte, et les mobylettes de la pizzeria pétaradaient juste avant chaque but suivi de toute une traînée de jurons. Ils m'inondèrent des couleurs catalanes. Mon cœur se mit à battre la chamade et une angoisse indéfinie me serra les tripes. Mais je décidai que j'étais tellement déprimée sur le plan érotique qu'il était sans importance que je dorme ou pas.

Dans cet état de demi-sommeil je me rendis compte qu'un portable sonnait. J'entendis alors la voix du Hanneton, ensommeillée d'abord, puis avec une effrayante résonance métallique. Elle parlait norvégien. Elle fut tout de suite au-dessus de moi.

— Dans le détroit de Drøbak… pressa-t-elle entre ses dents, avec un curieux rire triste.

— Quoi ? ai-je marmonné.

— Ils l'ont trouvé dans le détroit de Drøbak ! reprit-elle, bizarrement d'une voix perçante.

Je m'assis dans mon lit, sans que cela changeât quoi que ce soit à ma faculté de compréhension.

— Maintenant tu vas reprendre calmement ce qu'on t'a dit, et j'ai senti ma mauvaise haleine, résultat de plusieurs verres de vin en trop. La journée de travail s'annonçait mal.

— Frank… Elle eut un rire étouffé.

Il faisait bien trop noir là-dedans. On ne pouvait pas parler dans un noir pareil. J'arrivai à poser les pieds sur le carrelage glacé mais je les retirai aussitôt. L'idée de pantoufles ne m'avait pas effleurée, mais j'arrivai quand même à nous installer au salon. Ça faisait penser à de la glace fondue, mais cela n'évoqua rien d'autre qu'un furtif tableau d'enfance.

Frida posa le nouveau peignoir sur les épaules du Hanneton et l'œil inanimé de Dalí me fixa par-dessus la ceinture.

— Raconte aussi clairement que tu le peux, l'ai-je encouragée.

— Ils ont trouvé Frank flottant dans le détroit de Drøbak, dit le Hanneton dans un seul souffle.

— Était-ce un accident ? demanda Frida.

— Je ne sais pas, c'était quelqu'un que je ne connaissais pas au téléphone. Il a dit qu'il était prêtre, fit le Hanneton en commençant à claquer des dents

— Qu'est-ce qu'il a dit d'autre ?

— Il s'excusait de déranger au milieu de la nuit, mais c'était la seule façon… Il m'a donné un numéro où je pouvais appeler pour en savoir plus… Mais je n'arrive jamais à retenir les numéros… dit-elle en recommençant à rire bizarrement. N'est-ce pas classique ? Pour une fois que j'ai besoin de retenir quelque chose, je l'oublie, disait-elle dans un rire à vous fendre le cœur.

— On va arranger ça, fut la seule chose que je trouvai à dire.

— J'ai trouvé le numéro qui a appelé, je vais l'essayer, dit Frida en mettant le téléphone à son oreille. Elle obtint enfin la communication. Elle se présenta et dit qu'elle voulait avoir des nouvelles de Frank. Elle réussit même à énoncer son nom de famille. Et ajouta que sa femme était avec nous en Espagne.

Cela ne semblait peut-être pas tellement curieux à un prêtre d'entendre le rire du Hanneton. J'espérais qu'il comprendrait et ne trouverait pas le Hanneton superficielle. Il était important pour moi que personne ne l'accuse de mal prendre la situation. Les gens pouvaient s'en souvenir pendant des années et continuer à raconter : « Elle a ri quand Frank a été retrouvé dans le détroit de Drøbak. Oui, elle a ri ! »

Le prêtre a parlé longuement. Heureusement, le Hanneton a cessé de rire. Elle reniflait et avalait sa morve. Juste comme le jour où je lui ai avoué mon affaire avec Frank. Pendant qu'un prêtre sans visage racontait qu'on avait trouvé Frank près de la plage de Drøbak, je regardais droit dans l'œil du paon de Meissen.

— Était-ce un accident ? entendis-je Frida lui demander. Et après une courte réponse : – Il faut donc téléphoner à la police pour en savoir plus ? Je n'ai pas le numéro de la police en Norvège, vous comprenez… Non, nous sommes en Espagne… Oui, merci !

J'ai saisi le premier bic venu et un sous-bock, vestige de notre séjour involontaire en Bavière, et j'ai noté les chiffres que l'on nous dictait. Puis Frida composa le numéro d'une main assez sûre, eut d'abord une dame, puis un policier qui voulut parler au Hanneton en personne.

— Il n'est pas possible de parler à la femme de Frank actuellement, elle n'est pas dans son état normal, ai-je entendu Frida déclarer. Et ensuite elle se mit à répéter tout ce que le policier lui disait, comme si elle craignait de l'oublier. Par exemple :

— L'enquête est en cours… On a observé deux hommes en sa compagnie sur le ferry de Kiel hier… Ils ne se sont pas encore présentés… On ne peut pas encore dire s'il s'agit d'un acte criminel… On l'a envoyé à l'autopsie… C'est la routine. Oui, vous pouvez nous joindre à ce numéro.

— Il y a quelqu'un qui a voulu tuer Frank ? ai-je lancé en l'air comme si l'idée ne m'en était jamais venue. En vérité, j'ai su que Frank était en danger dès que j'ai appris qu'ils en avaient après le Hanneton à cause de l'argent que j'avais pris. Je le savais ! Et je n'avais rien fait !

— Le ferry de Kiel ? Pourquoi a-t-il fait ça ? cria le Hanneton en se frappant la tête contre la table. Le dessus en verre éclata à en faire trembler les tulipes.

J'essayai de l'entourer de mes bras. Mais elle se dressa de toute sa hauteur.

Debout, avec l'œil de Dalí montant la garde au-dessus de sa ceinture, elle se mit à vitupérer dans le vide :

— Chaque fois que l'on va à Tivoli[1], à Copenhague, il nous répète sur le bateau : « Je peux plonger du pont le plus haut et retourner à terre à la nage ! C'est simple comme bonjour » et les gamines hurlent : « Ne fais pas ça, papa, c'est trop dangereux ! » Mais du ferry de Kiel ! Il n'a pas compris de lui-même qu'il ne pouvait pas plonger de si haut ? ! Ou bien il se croyait invincible ? ! Ou alors il l'a seulement fait par défi ? !

À ce moment-là, Frida emplit un verre ordinaire de notre cognac, obligea le Hanneton à s'asseoir sur le canapé et la força pour ainsi dire à en avaler le contenu. Elle protesta d'abord avec véhémence, puis elle se mit à le laper. Finalement elle suça le bord du verre comme un bébé qui cherche un mamelon à sec. Il n'en restait plus une goutte.

On s'est battues avec le Hanneton jusqu'à ce que le disque solaire dépasse le toit de la maison d'en face. Je ne pensais pas qu'elle ait autant de force. On la retenait comme on pouvait, mais quand elle ne voulait pas être retenue, elle frappait. Elle se jetait sur les murs et se frappait la tête si fort que ses dents s'entrechoquaient et que des morceaux de peau du front restaient sur le mur blanc. Le Hanneton se battait contre des moulins à vent pour sauver Frank. Quand j'essayais de la tenir, elle me retournait les mains à en faire craquer les jointures. Quand j'essayais de la coucher, elle me frappait si fort que j'en vacillais. Je n'avais pas été rossée à ce point depuis l'enfance. Et je le méritais bien. Grands dieux, comme je le méritais !

Quand ce fut l'heure d'ouverture de la pharmacie, j'ai voulu sortir pour aller chercher un calmant,

1. Grand parc d'attractions célèbre dans toute la Scandinavie.

peut-être même prévenir un médecin. Mais le Hanneton fit barrage.

— Si tu me quittes, je me jette du haut de la terrasse ! grommela-t-elle.

Quand le chien du vieil homme sortit sur la terrasse et se mit à aboyer, ce fut presque un soulagement. On n'était pas les seules à se battre dans la maison. Les petits oiseaux, eux, n'y prêtaient pas attention ; ils chantaient ! Ils l'avaient fait chaque matin depuis notre arrivée.

Je crois que nous avons dû nous endormir en même temps. Je me suis réveillée quand j'ai senti la prise que j'avais sur son peignoir se relâcher. Nous étions couchées plus ou moins l'une sur l'autre sur le canapé. Elle n'aurait eu aucun mal à se dégager pour sauter par-dessus le parapet de la terrasse. Heureusement, elle était sur le dos en proie à un sommeil agité. J'avais assez perdu de monde comme ça.

Quelques faibles gémissements sortaient de temps en temps de sa bouche. Je me suis redressée et me suis sentie comme quelqu'un qui vient de livrer un combat de boxe. Les bleus sur mes bras dessinaient différents motifs et ma nuque me paraissait brisée. Un bruit me rappela la sonnerie du téléphone. Il venait de la table de la salle à manger. Où était donc Frida ? Je me suis levée et je l'ai pris. Il n'avait plus que deux barres et avait besoin d'être rechargé. Au bout d'un moment j'ai fini par comprendre que c'était le policier de la nuit dernière.

— Nous ne sommes pas encore arrivés à une conclusion… Mais nous partons du fait qu'il devait être poursuivi… Il était bon plongeur et bon nageur, mais évidemment c'était haut. Puis-je parler à sa femme ?

— Elle s'est enfin endormie, ai-je murmuré. J'avais envie de lui confier qu'il fallait autre chose que la police et un écrivain pour calmer le Hanneton, mais cela eût été injuste.

Ce n'était pas de son ressort.

— Bien. On fait tout notre possible. Elle peut nous appeler quand elle veut…

Quand j'ai raccroché, je me suis dit que je ne pouvais pas mettre ça dans le livre. Je n'en avais pas le courage. Il me fallait inventer autre chose. Quelque chose qui donnait de l'espoir. En tout cas entre les lignes. Je ne pouvais donc pas me servir du fait que quelqu'un subissant une forte tension peut tout simplement confondre le rire et les larmes. Ou bien pouvais-je le faire ?

L'envie indécente me vint d'échapper à tout ça. Immédiatement ! À cet instant j'aurais vraiment voulu pouvoir enlever sa housse à mon PC. Le vieux, le vrai, pas ce portable ridicule dont je me servais pendant le voyage. Et laisser mes doigts courir sur le clavier. Deux heures, habituellement, faisaient leur effet. Contre quoi, c'était difficile à dire, mais ça faisait de l'effet. Cela avait toujours été ainsi.

Je suis restée debout, regardant fixement devant moi :

Il est à mes côtés sur le pont. Le sillage bouillonnant est en forme de charrue.

— Ne va pas trop à l'arrière ! Les hélices, tu sais ! l'ai-je averti.

Il s'avance vers le bastingage. Après avoir hésité, il grimpe par-dessus et se tient sur le bord extérieur, une main posée sur la main courante. Il sourit et ne veut pas que je m'aperçoive de son incertitude.

— Tu n'es pas obligé de le faire, dis-je. Mais il fait semblant de ne pas entendre.

La concentration à laquelle il s'astreint atteint jusqu'à chacun de ses muscles. L'ordre est donné, il n'a aucune possibilité de retraite. Il lève les bras au-dessus de sa tête et se penche en avant. Son corps est comme un ressort en acier tendu à son maximum. Il prend son élan et sent ses orteils lâcher le sol. Ses poumons se gonflent. Il vole ! Ses paumes se baissent et le corps suit, obéissant. L'espace d'une éternité il ressent la liberté de ne plus avoir de choix. La surface écumante de l'eau ouvre une gueule immense qui l'attend, approchant de plus en plus. Puis se retrouve enveloppé d'une étreinte glacée, impitoyable. Un sifflement atone lui traverse les oreilles. Il plonge dans les flots sombres et sait qu'il atteint là son apogée. Mais il reconnaît qu'il se sent étranger. Il ne voit pas le fond, les pierres, les restes d'épaves. Il sait que ce n'est pas là l'élément fait pour le corps mal entraîné d'un marchand d'antiquités. Ses mains, ses bras, sa nuque, tout veut remonter vers le haut. Il utilise la pression et la vitesse et remonte à la surface. Les yeux grands ouverts il surveille le courant, les algues, les poissons qui par hasard l'entourent. Une méduse transparente comme le verre se sauve au dernier moment. Tandis qu'il remonte vers la lumière, il sait que la force est de se surpasser.

Je ne sais comment s'est passée cette journée. Le jour s'est levé encore une fois au-dessus des toits. Les formations de nuages semblaient sortir d'un album de peintures de mon enfance. Les formations horizontales, ou celles qui se bousculaient indéfiniment les unes les autres. Elles n'étaient pas statiques ici, mais lentement en mouvement vers du gris plus clair ou plus foncé. Parfois presque blanc. Mais toujours changeantes, juste comme les gens qu'on rencontre. Je voyais la série de fenêtres de l'autre côté de la rue. Dans l'appartement avec la grande terrasse, la bonne était en train de repasser des chemises devant la fenêtre ouverte. Les hirondelles faisaient leur gymnastique matinale en plongeant par-dessus les toits.

— Il vendait des armoires et des coffres à de riches Américains. Bien sûr avec l'aide d'hommes de paille, dit le Hanneton en se mouchant dans le torchon que j'utilisais pour essuyer l'écran de mon PC. Elle venait de manger une demi-biscotte. Elle essayait d'avaler son café.

— C'était qui ? ai-je demandé.

— Il ne sait pas qui ils sont. Il ne doit même pas savoir qu'ils les font sortir du pays. C'est bien là le problème, dit le Hanneton en parlant de Frank au présent comme si elle n'avait pas compris comment le verbe Frank devait se conjuguer à partir de maintenant.

— On n'a pas le droit de sortir du pays des vieilleries vermoulues ? ai-je demandé, peu certaine qu'il soit convenable d'aborder de tels détails dans la situation présente.

— Bien sûr que non, tu es folle ! C'est pour ça que les riches Américains de souche norvégienne s'y intéressent tellement. Ils utilisent des hommes de paille et des containers envoyés à des adresses fictives. À New York ou dans d'autres ports, fit le Hanneton reniflant, mais bien informée.

— Quel rapport avec Frank ?

— Je n'en sais rien. Je sais seulement que deux hommes ont trouvé qu'on les avait mal payés pour un transport. Et puisqu'ils n'arrivaient pas à coincer les Américains, ils s'en sont pris à Frank. Mon Dieu ! Je le lui avais bien dit, moi. Contente-toi de vendre en Norvège, même si ça ne rapporte pas autant. À la longue, tu y gagneras, je lui ai dit. Mais Frank pensait que j'avais mal compris. C'est ce qu'il dit souvent d'ailleurs, quand j'ai très bien compris.

J'eus la sensation irréelle d'être en plein roman policier dont je ne pouvais démêler la vérité. Je ne savais même pas si j'y croyais vraiment ou si j'allais dire, comme Frank : « Tu n'as rien compris. »

— Je suis désolée de vous déranger avec ça en ce moment, mais la police voudrait t'interroger dès ton retour, et même avant, dit Frida.

— Qu'est-ce que je dois dire ?

— Tout ce que tu sais.

— Tu crois qu'ils l'ont drogué et ensuite jeté par-dessus bord ? murmura le Hanneton.

— Il est impossible de répondre à cette question, ai-je dit comme si j'étais le policier interviewé à la télé.

— Je veux savoir s'il l'a fait de lui-même ! cria-t-elle. C'est un ancien nageur de compétition ! Il plongeait à la perfection ! Il disait toujours qu'il pouvait rejoindre la plage à la nage… Pourquoi ne l'a-t-il pas fait ?

Je me suis penchée sur la table et j'ai posé ma main sur son épaule. Elle s'est mise à trembler au rythme des sanglots du Hanneton.

Un tableau apparut, une variante des précédents. Mais c'est alors que j'ai compris pourquoi j'ai commencé à entraîner mes doigts sur le clavier.

La femme veut obliger l'enfant à rester assise dans la poussette. Avec une rapidité et une force inouïe, l'enfant mobilise toute sa fureur pour obtenir ce qu'elle veut. En un clin d'œil elle est hors de la poussette et, comme une flèche se précipite dans la rue. Alors, elle est entre les roues. Au milieu d'une couleur rouge surréaliste et bouillonnante. Qui est l'expression de l'impuissance et de la fureur de l'enfant. L'asphalte est bouillante. La femme se jette par terre, mais quelqu'un la traîne hors de là et la tient fermement. Fermement ! Elle sait maintenant ce que c'est. D'être prise comme dans un étau. Et les gens qui s'attroupent autour d'elle, formant comme un mur. Ils n'arrivent pas à tout ramasser. C'est pourquoi il faut qu'elle reste pour y veiller. Un filet à provision à carreaux, une poussette avec une déchirure sur la capote. La campagne pour la sécurité routière avec le slogan « piétons et cyclistes ». Et longtemps après, un jour, en plein travail, l'image de l'enfant apparaît alors qu'elle mettait au propre une circulaire municipale sur la répartition des terrains. Elle court à travers les lignes, elle est tout à fait elle-même. Elle la laisse galoper librement. Ensuite, elle tape la circulaire en faisant gratuitement une heure supplémentaire. Le lendemain, elle achète à crédit une machine à écrire. Elle veut faire revivre l'enfant par l'écriture. Se faire revivre elle-même. Mais qui peut écrire la vie d'un total inconnu ? Au lieu de cela elle invente la vie des autres, ceux qu'elle finira par connaître mieux qu'elle-même. Elle s'affaire à peaufiner et à rédiger. Finalement c'est comme si une presse avait tiré le jus du fruit jusqu'à le rendre méconnaissable. Mis en conserve entre deux plats de livre. La peau, les grains et la tige doivent rester cachés et s'oublier. Si le livre de cette femme fait l'objet d'une critique, ce sera comme une nécrologue montrant un respect indifférent. C'est tout.

Les voleuses se séparent

— Je vais te conduire à l'aéroport, dit Frida.

— Non merci ! Je vais prendre un taxi. J'ai horreur des adieux, répondit le Hanneton.

La veille, elle avait passé son temps au téléphone. C'était comme si, tout d'un coup, elle avait été dotée d'un embrayage automatique.

— Tu es bien sûre ? Ta valise est lourde, ai-je dit.

— Absolument. J'ai besoin d'être seule. Ils vont me dévorer quand je vais rentrer.

— Qui ? Ceux qui essayaient de t'extorquer de l'argent ? ai-je demandé avec précaution.

— Je n'ai plus peur d'eux ! Si le résultat de l'autopsie indique qu'ils ont tué Frank, c'est à moi de me venger !

— Que dit la police ?

— Rien, ils ne racontent que ce qu'ils tiennent pour sûr. Mais en tout cas maintenant j'ai dit tout ce que je sais et tout ce que je crois. C'est à eux de s'en occuper. Moi, j'ai deux enfants à charge.

— Je te trouve remarquable, ai-je murmuré.

— Remarquable ! Tu aurais dû entendre sa mère ! Elle a déménagé son lit dans la chambre à coucher, ne pouvant pas l'installer au milieu du détroit de Drøbak. Elle a fait aiguiser tous ses couteaux de cuisine et a de longues conversations avec la police, menaçant de liquider les assassins elle-même si les policiers ne les retrouvent pas, car elle sait comment les attirer dans un piège. Par ailleurs, elle est si vieille qu'elle n'a rien à perdre. Ils peuvent toujours venir.

— Un piège ? Comment ? ai-je demandé, dubitative.

— Faire courir le bruit qu'elle cache l'argent dans son matelas.

— Elle est folle, non ? laissa tomber Frida.

— Folle ? En effet, mais elle est aussi la personne la plus entêtée que je connaisse !

— Ma pauvre ! Il va falloir que tu t'occupes d'elle aussi maintenant, ai-je dit, compatissante.

— Il n'y a pas de danger, à ce que j'ai compris quand j'ai parlé avec elle ce matin. Elle a horreur qu'on s'occupe d'elle. Elle se lasse vite de nous. Comme elle le dit elle-même : « À Noël et une fois de temps en temps, le reste du temps je préfère être libre. »

— Il y a une chose qu'il faut mettre au clair, ai-je dit tout en essayant de maîtriser un début de coliques.

— Ah oui ?

— C'est… Tout est de ma faute, ai-je déclaré.

Le Hanneton me questionna du regard. Son visage portait les marques des événements de ces derniers jours.

— L'argent est sur mon compte. Ce qui en reste. Presque la totalité.

— Quel argent ?

— L'argent gagné qu'ils croyaient que tu avais.

Les yeux du Hanneton s'arrondirent et reprirent le ton bleu qu'ils avaient avant que Frank ne soit retrouvé dans le détroit de Drøbak. Elle s'assit silencieusement sur une chaise, les mains posées sur les genoux.

— L'argent existe ! Il ne l'a pas gaspillé au jeu ! Doux Jésus ! Il t'a donné l'argent ?

— Non, je me suis enfuie avec. Je suis désolée… C'est pour ça que tout est arrivé.

Le Hanneton se plongea dans une réflexion intense. Mais qui fut de courte durée.

— Si l'argent avait été en la possession de Frank ou la mienne, on se serait laissé intimider. J'en suis sûre. Ou alors Frank l'aurait perdu aux courses. Comment as-tu pu mettre le grappin dessus ? Je n'y suis jamais arrivée.

— Il l'a caché sur mon compte. Juste après avoir gagné aux courses le 11 septembre.

Le Hanneton fit claquer sa langue avec l'expression de quelqu'un qui vient de trouver la solution d'un mot croisé.

— Le 11 septembre était un mardi. Il ne peut pas l'avoir gagné aux courses, déclara-t-elle.

— Mais alors d'où venait l'argent ?

— J'espère qu'il ne venait pas d'Amérique, dit le Hanneton en se passant la main sur le visage.

— Qu'est-ce que ça peut bien faire maintenant ? demandai-je.

— Je préfère pouvoir dire aux enfants que leur père jouait aux courses plutôt que leur dire qu'il faisait de la contrebande, répondit-elle en se mettant de nouveau à pleurer.

— Quoi que tu leur dises, Frank n'était pas pire que moi. C'est moi qui ai volé l'argent ! Je me suis sauvée avec !

On remplissait un container à l'extérieur. Le bruit de ferraille remuée faisait presque du bien. Le Hanneton pleurnichait tout en réfléchissant. Je lui ai tendu le torchon que j'utilisais sur mon écran.

— Si c'est ainsi que tu vois les choses, je peux aussi me le permettre, dit-elle. Et après une pause : – Ils étaient déjà après lui l'automne dernier, et il n'a pas voulu m'inquiéter en me le racontant.

Elle n'avait toujours pas demandé de quelle somme il était question. Elle aurait dû. C'est pourquoi j'énonçai les chiffres.

— Je mets l'argent sur ton compte aujourd'hui même, ai-je ajouté.

Le Hanneton se leva et frappa sur la table de sa petite main.

— Non, c'est précisément ce que tu ne feras pas ! Pas avant que ces types soient sous les verrous. Mes nerfs ne pourront pas en supporter plus. Cet argent, tu vas en prendre la responsabilité. Si ce n'est pas pour autre chose, au moins en remerciement pour le prêt.

Le rire du Hanneton fusait entre ses hoquets étouffés. Frida se grattait entre les doigts avec impatience.

— Je te remercie de le prendre ainsi ! ai-je dit.

Je me rendais compte que Frank et moi étions arrivés à nous ressembler. Je gardais aussi des secrets et j'attendais jusqu'au dernier moment pour les dévoiler. Pour autant, il avait peut-être sauté lui-même du ferry de Kiel. Avait-il considéré cela comme une échappatoire avant que nous nous séparions la dernière fois ? Peut-être avait-il fait un séjour à Birdland, à New York, après une malencontreuse entrevue avec un éventuel acheteur et avait-il réfléchi à la pression de ses créanciers anonymes ?

Les cheveux encore mouillés du Hanneton dessinaient des taches sombres sur son chemisier. Elle terminait son café matinal debout, sans pleurer. Puis la valise à roulettes claqua sur le carrelage. Elle ne nous regardait pas, ne nous disait pas au revoir, ne voulait pas qu'on l'accompagne jusqu'à la rue. Curieux que je n'ai pas vu de quel bois elle se chauffait quand nous étions allées la chercher à l'aéroport de Nice. Je n'avais alors vu en elle que la menace de sa beauté.

— Il ne faut pas que je me retranche en moi-même. Il faut que je pense aux filles. Elles n'ont plus que moi, avait soupiré le Hanneton.

Ni Frida ni moi n'avions rien à ajouter.

— Non, je dis des bêtises, avait-elle dit pensivement. Bien sûr qu'elles ne sont pas seules. En réalité, il existe toute une famille. Mais elles n'ont pas de père, tout comme Frank – et toi. Mais tu t'es bien tirée d'affaire, n'est-ce pas ? ajouta-t-elle en me regardant droit dans les yeux.

J'ai fait un signe d'approbation. Elle semblait me demander une garantie pour ses enfants. Je lui devais bien ça, j'ai donc opiné du bonnet avec énergie encore une fois.

— Attends un peu, ai-je dit et j'ai couru jusqu'à ma chambre pour aller chercher un long paquet dans mon placard.

— Peux-tu emporter ça pour tes filles ? ai-je demandé, essoufflée.

— Bien sûr ! Qu'est-ce que c'est ?

— Deux marionnettes achetées à Prague.

— Tu es un amour ! Je n'avais rien acheté… Tout est arrivé si brusquement, dit-elle en m'embrassant.

Cela m'a fait un drôle d'effet. Comme une délivrance.

— Comment s'appelait-elle, ta petite ? demanda-t-elle brusquement, ses bras encore autour de moi.

Il me fut impossible de répondre. J'ai avalé ma salive et j'ai regardé mes mains pendant que s'écoulaient les secondes.

— Inger, ai-je murmuré. Ma fille s'appelait Inger.

— Bon, je vous téléphonerai ! On se reverra à Oslo ! a-t-elle dit sans me regarder.

— Tu as de l'argent ? ai-je demandé bêtement.

— Si quelqu'un prononce le mot « argent », je l'écrase, fit-elle, sans passion.

— D'accord, ai-je dit. Frida se taisait et se grattait l'artère du poignet. Ça laissait des traces de griffures.

Après le départ du Hanneton, j'ai senti que l'on peut être fatigué même sans s'en rendre compte. Je me suis déshabillée et j'ai enfilé une chemise de nuit propre. Elle sentait Sitges parce qu'elle était restée étendue sur la terrasse entre les averses et le soleil après la mort de Frank. Je me souviendrai probablement toujours de l'odeur du linge lessivé à Sitges.

Je me suis réveillée en nage. À en juger par l'heure et le manque de lumière, c'était en pleine nuit. J'avais visiblement de la fièvre. Grelottante, j'ai franchi les quelques pas jusqu'aux toilettes, aller-retour. Sur mon chemin j'ai bousculé une bouteille vide. Elle s'est mise à rouler sous le lit. Heureusement que je n'ai rien d'autre à faire, ai-je pensé en me glissant entre les draps humides.

Une femme est près d'un séchoir à linge dans le crépuscule d'août. C'est l'été. Elle voit la famille voisine en train de manger une pizza sur la terrasse. Les parents et deux enfants. Ils rient de quelque chose que l'un d'eux vient de dire. La femme baisse les yeux sur son ventre. Elle plie les serviettes de toilette et les dépose dans un panier. Il lui semble à un moment entendre la sonnette de la porte d'entrée. Elle se dépêche de rentrer pour ouvrir. Mais tout est silencieux. Elle ouvre la porte pour être tout à fait sûre. Il n'y a personne. Elle rentre, ferme la porte-fenêtre et range les serviettes propres dans le placard. Cela sent bon. Juste après, elle sent une vive douleur dans son ventre. Comme un coup de couteau mal aiguisé. Un moment s'écoule, et le coup de couteau revient. Elle sait de quoi il s'agit et va chercher un petit sac de voyage dans le placard. Quelques vêtements de bébé, quelques sous-vêtements et une robe de chambre neuve en éponge. Elle met tout cela dans le sac avec sa trousse de toilette par-dessus et tire la fermeture éclair. Puis elle installe la pendulette sur la table et s'assied devant, les mains sur les genoux. Il faut compter les intervalles. Ses mains sont blanches avec de grosses veines bleues. Elles tremblent très légèrement. Il fait chaud. Elle ouvre à nouveau la porte-fenêtre. Ils sont encore en train de rire à côté. L'odeur de pizza est un peu écœurante. Elle pense un instant à demander à l'homme de la conduire à l'hôpital, mais elle ne le fait pas. Elle n'a pas le courage de faire une requête aussi humiliante. Pas maintenant. Pendant qu'elle marche en rond et attend, arrive une douleur insupportable. Heureusement, elle passe aussi cette fois. Elle téléphone. D'une voix étrangère elle se présente et dit qu'elle est en train d'accoucher. Une voix inconnue veut savoir l'intervalle qui sépare les contractions.

— Ça dépend, répond-elle.

— Mais la dernière fois ?

— J'avais tellement mal que j'ai oublié de regarder l'heure.

— Demandez à votre mari de contrôler.

— Je suis seule.

Il y a un bref silence à l'autre bout du fil.

— Bon, alors, venez. On a beaucoup de travail en ce moment, mais tout va sûrement bien se passer.

Elle repose l'appareil et sent quelque chose de chaud couler le long de ses cuisses.

Quelque chose cloche. D'après le livre, cela ne doit pas arriver maintenant, mais à la clinique. Elle soulève le téléphone pour appeler un taxi. La ligne est occupée. Et la douleur revient, et elle dégouline sans discontinuer. Il lui faut se reprendre, et elle repose le téléphone. Entre les contractions elle doit trouver un slip sec. Plutôt épais. Elle y rajoute une ou deux serviettes hygiéniques. Elle en a à peine le temps. Le couteau s'enfonce maintenant et se fait baïonnette. Elle soulève le téléphone à ce moment-là. Seulement le signal occupé. Elle attrape alors son sac et son man-

teau et se recroqueville un peu pour éviter de se disloquer. Ce n'est que lorsqu'elle dépasse la maison rouge au tournant et que la baïonnette a fait une pause qu'elle se demande si elle a fermé la porte-fenêtre. Cela lui paraît improbable, mais elle ne peut pas faire demi-tour maintenant. Il lui faut continuer, dépasser toute une série de maisons et la mer houleuse, monter une côte et encore au moins deux tournants. À un endroit, elle s'agrippe à la clôture d'un jardin. Il y a là un sorbier solitaire qui se balance au vent. Il se penche vers elle, petit et maigrichon, et lui fouette les épaules. L'asphalte de la route est plein de trous. Elle dégouline toujours. Comme si elle ne faisait qu'un avec la pluie. Il n'y a pas de sang en moi, pense-t-elle. Seulement de l'eau. Je vais bientôt me transformer en flaque et disparaître dans une pente. Un instant, elle s'imagine libérée. Disparaître avec sa honte. Ne plus sentir les regards. Le souci de la porte-fenêtre la sort de ses divagations. Elle se l'imagine, battant au vent. Jusqu'à ce que la vitre vole en éclats de tous les côtés. Alors, le voisin vient voir ce qui se passe. Il referme la porte et enfonce un vieil imperméable dans le trou laissé par la vitre. Puis il revient vers sa femme et dit :

— Elle est sortie et a laissé la porte-fenêtre ouverte.

Et sa femme répond en riant :

— Il y a longtemps que je ne l'ai pas vu, le père de l'enfant. C'est probablement fini entre eux.

Et son mari la fait taire, disant que cela ne les regarde pas.

— Non, mais j'ai bien le droit de dire les choses comme elles sont, insiste la femme. Et il approuve de la tête.

Les baïonnettes mettent un point final à tout ça. On ne peut pas à la fois réfléchir et subir.

C'est l'avantage des baïonnettes.

J'ai enlevé ma chemise de nuit, j'ai pris une douche et me suis habillée. Le silence indiquait que j'étais seule. Je me dirigeai vers mon coin-travail, relevai le couvercle de mon portable et cliquai pour démarrer. Je voulais voir l'impression que donnait un titre comme : *Lutte pour la vie*.

J'ai cru d'abord m'être trompée de commande et j'ai recommencé sans réfléchir. Je me suis rendu compte alors que le fichier était vide. Le fichier de mon manuscrit était vide !

Je me suis levée et suis restée debout, penchée au-dessus de la machine. Le chien du vieil homme avait commencé à aboyer comme un fou et le soleil tombait sur mon dos. Je tirai le rideau et me rassis tranquillement pour tout reprendre par le début. Le fichier était vide.

J'ai avancé la main pour prendre la disquette sur laquelle je copiais toujours mon texte avant de fermer l'ordinateur. Et en conversation muette avec moi-même je me dis : Tu peux toujours copier la disquette sur ton disque dur. Ma main fouilla derrière la machine. Elle n'attrapa rien d'autre qu'un sous-bock bavarois sur lequel j'avais l'habitude de poser mon verre d'eau. Il n'y avait rien d'autre à cet endroit. Je me suis relevée et j'ai commencé à déplacer systématiquement tout ce qui se trouvait là, même les objets trop petits pour cacher une disquette. Elle n'était pas là.

Je me suis mise à tourner en rond dans la pièce. Ce faisant, j'ai rétabli l'équilibre d'un tableau qui pendait de travers et j'ai déplacé des objets qui se trouvaient sur mon chemin. Puis je me suis souvenue que j'avais une autre disquette dans le sac à dos que j'emmenais toujours avec moi. Évidemment, je n'y avais pas enregistré la dernière version avant que Frank… mais qu'importe.

Je suis allée dans ma chambre pour le chercher. J'étais tellement soulagée d'avoir pris par surprise ma propre inquiétude que je me mis à rire. Il suffisait que Frida s'absente pour que je commence à dérailler et à inventer toutes les catastrophes possibles. Elle devait avoir fait une longue promenade. Elle était probablement maintenant attablée à la terrasse d'un café sur le front de mer.

La poche dans laquelle j'avais toujours la disquette et mon carnet de notes était vide. J'ai vidé toutes les autres poches sur le lit. Le sac comportait cinq compartiments. Je savais qu'il avait cinq compartiments. Je les ai tous secoués avec la sauvagerie que j'aurais employée pour châtier un ennemi ou un assassin. De la poussière, un rouge à lèvres, des billets et un portefeuille. De vieux relevés bancaires et des pastilles pour la gorge. Au milieu de tout ça je m'étonnai de ne pas avoir fait de rangement dans mon sac depuis des mois. Cela ne serait jamais arrivé à Oslo. Maintenant tout était éparpillé, toute ma vie, telle une mosaïque à la fois joyeuse et mélancolique. Mais deux choses essentielles manquaient : la disquette et le carnet de notes.

Je remarquai que je tremblais et je suis allée dans la salle de bains pour me réchauffer un peu. Peut-être est-ce un cauchemar parce que j'ai de la fièvre, ai-je pensé. Je m'installai sur la cuvette des cabinets, essayant de déployer le plus possible de ma surface sur le sol chauffé. Mais je tremblai comme si je tenais un marteau-piqueur. Finalement j'ai compris que j'attendais le retour de Frida.

Au bout d'une heure, elle n'était toujours pas là. Il était clair qu'une petite salle de bains ne pouvait pas me fournir la chaleur dont j'avais besoin, si bien que j'allai dans la chambre voisine de la mienne. Les portes des placards étaient grands ouverts. Les étagères étaient aussi vides qu'après une faillite liquidée officiellement. Le lit était soigneusement fait, comme si personne n'avait couché dedans. Comme si je l'avais fait moi-même. On avait l'impression que Frida n'avait jamais habité là !

J'avais encore une ou deux idées dans la tête, mais j'étais incapable de les rassembler. Je continuais à transpirer. Mais rien ne pouvait servir à quoi que ce soit. Rien. Je n'existais plus. Le manuscrit avait disparu !

Finalement il commença à faire noir aussi à l'extérieur et Frida ne s'était toujours pas montrée. L'une des rares idées qui me restaient dans la tête sonna l'alarme et je décidai d'inspecter le garage. Je n'y étais pas retournée seule depuis le jour où j'étais allée chercher mes notes. Maintenant il était de mon intérêt de savoir s'il s'y trouvait une Honda 4 × 4 noire qui pouvait me ramener à la réalité. Je me glissai presque jusqu'à la commode dans l'entrée où se trouvait d'habitude la clé. Elle n'y était pas.

Le garage serait bien entendu noir comme de l'encre, il l'était toujours. Il y faisait toujours noir au beau milieu de la journée. Je me suis dit qu'il suffisait d'allumer. La minuterie durerait assez de temps pour me permettre de contourner le pilier en béton et constater si la voiture était ou non à sa place.

Je me faufilai dans le couloir. Juste quand j'ai atteint l'ascenseur le vieil homme et son chien sortirent de leur porte. On est restés là, tandis que les aboiements pénétraient mon reste de cervelle atrophiée. Et j'ai tout à coup réagi comme seule une personne dans le plus grand désarroi peut le faire. Je me suis baissée et j'ai soulevé le chien. Il se débattait de tous ses poils puants. Mais je ne contrôlais plus mon geste, si bien que je le tenais serré contre moi. Quand il s'est tu, j'ai déposé un baiser sonore sur sa gueule baveuse. Moi, qui n'avais jamais cru à l'histoire du crapaud et du prince, j'avais dû cependant en nourrir l'espoir secret. Car maintenant que toute ma raison s'était envolée et que la peur m'avait fait perdre tout sens des proportions, il arriva ceci. Le chien ne se transforma pas en prince, mais il se tut ! Et comme si l'éclipse de soleil était enfin terminée, les lèvres du vieil homme s'ouvrirent pour laisser passer l'éclat jauni de deux rangées de dents.

— Gracias ! Gracias ! disait-il d'une voix rauque en s'agrippant au chien et à moi. Sans être exactement un happy end, l'événement incitait à l'indulgence. Le problème, c'était que ni l'homme ni le chien ne voulaient me lâcher. Ce dernier avait passé ses deux pattes autour de mon cou. J'essayai de le secouer, mais il se collait à moi. Il est difficile de dire combien de temps nous serions restés là comme des triplés siamois, mais la fille du vieil homme se montra à la porte. La langue espagnole ne m'a jamais semblé plus belle. Quand la dame comprit qu'il était impossible de nous séparer, elle alla chercher un sachet de réglisses. En une seconde le chien changea de pôle d'intérêt. J'étais libérée et tout le monde souriait comme si il n'y avait jamais eu aucun aboiement entre nous. La femme voulut m'inviter à entrer chez eux, ce que je déclinai aussi poliment que possible, et je pris l'ascenseur.

Avant d'entrer au garage, je fis ce que j'avais projeté. Je restai dans l'embrasure sombre de la porte et allumai. L'effet était bouleversant. On avait l'impression d'une salle d'opération pour carrosseries. Je courus jusqu'au pilier et fixai mon regard avec une telle intensité que tout se transforma en une tache noire. Elle était là ! La Honda était là !

Je retournai au commutateur, et attendis que la lumière s'éteigne. Puis je la rallumai et je courus les soixante mètres qui me séparaient de la Honda. Mes prières avaient été exaucées sans même avoir prié. La voiture était ouverte et la clé était posée sur le siège ! La lumière s'éteignit. Je m'installai à l'intérieur, aspirai une bouffée d'air et me renversai en arrière.

C'est alors que je sentis deux mains se resserrer autour de ma gorge, si fort que ma vue s'est brouillée. L'odeur de Frida était si reconnaissable que ma tête se mit à tourner. M'étais-je jamais sérieusement sentie menacée par Frida ? Ou bien ? ai-je eu le temps de penser.

— Arrête ! suis-je arrivée à articuler tout en serrant furieusement la clé dans ma main.

Elle relâcha un peu l'étau et grommela :

— Donne-moi la clé ! Tu es bien trop froussarde pour conduire !

Avais-je eu le pressentiment que cela allait arriver un jour ou l'autre ? Oui, probablement.

Mais je n'avais pas imaginé qu'elle allait me tomber dessus. Il faut se conduire calmement et manœuvrer adroitement avec une personne démente, ai-je pensé. Avant tout il faut donner l'impression qu'on a le contrôle de soi et qu'on n'a pas peur.

— Rends-moi mon manuscrit, alors je te donnerai la clé, ai-je répondu.

— C'est trop tard, c'est fini, dit-elle avec un gros rire, presque comme avant à Berlin quand elle me taquinait pour un rien.

— Qu'est-ce qui est trop tard ? ai-je demandé, très pédagogue.

— Je l'ai envoyé par e-mail à ton éditeur pendant que tu dormais. Il était terminé. Tu refusais de l'accepter et tu continuais à le mijoter à petit feu. Tu avais même projeté de faire survivre Frank.

— Je t'ai déjà dit que c'est l'auteur qui décide quand un manuscrit est terminé. Mais bien entendu, je suis prête à discuter, ai-je dit en essayant de me dégager.

— Et je t'ai expliqué qu'un personnage de roman qui a du caractère ne se rend jamais ! Cette nuit a apporté la fin. Le livre est terminé !

— Mais il faut que tu comprennes que c'est moi qui en décide, ai-je dit en tremblant de calme.

— On va se séparer, tu comprends. C'est fini !

— Mais est-ce nécessaire d'en faire un drame ? Maintenant, écoute… Tu as effacé le manuscrit du disque dur et tu as pris les copies. Pourquoi te conduis-tu d'une manière aussi insensée ?

— J'ai tout effacé pour que tu ne gâches pas l'histoire. Tu étais en bonne voie de le faire. Tout ce dont nous avons parlé tu l'as manipulé ou tu l'as transformé. Quand Frank est mort tu as tout de suite eu l'idée de négliger ce fait et d'écrire une autre fin. Je ne veux pas de ça. Il y a tout le temps des gens qui meurent. On ne peut pas rendre quelqu'un immortel pour la seule raison qu'il s'agit d'un homme. Si tu avais dû choisir un héros, il aurait fallu choisir Günter. Mais je ne suis pas parvenue à te le faire écrire.

— Tu es vraiment folle ! me suis-je écriée, imprudemment.

— Laquelle de nous deux est folle, tu l'aurais vu dans le rétroviseur s'il y avait eu de la lumière ici, siffla-t-elle entre ses dents.

— Où sont les disquettes ?

— Jetées aux ordures dans la rue. On est venu les vider il y a un moment.

— Comprends-tu ce que tu as fait ? C'est du vol, pur et simple !

— Et toi-même ? Es-tu un ange parce que tu t'es confessée au Hanneton ?

— Je croyais que nous faisions équipe. Que nous collaborions.

— Un auteur qui ne voit pas ses personnages n'est pas quelqu'un avec qui on peut collaborer. Donne-moi cette clé !

— Jamais !

— Qui a conduit tout au long de la route sans un seul pépin ? Tu vas te tuer sur les hauts plateaux espagnols. C'est drôlement accidenté par endroits. Tu conduis comme une tortue nouvellement éclose, ajouta-t-elle, méprisante.

À ce moment-là, la minuterie fut allumée et mon regard est tombé sur le visage de Frida dans le rétroviseur. Avais-je jamais vu Frida ? Était-il possible de voir quelqu'un de si proche ? Ou bien voyait-on ce que l'on croyait exister ? Elle avait l'air grotesque. Ses cheveux étaient emmêlés. Ses traits flous et tordus. Elle était vraiment effrayante. Ses yeux reflétaient la folie et la méchanceté. C'était sérieux. Je perdis tout sens pédagogique et sentis combien j'avais peur de Frida. Il y avait probablement longtemps que j'avais peur d'elle. De ce qu'elle était capable de faire. Avec la peur vint aussi la colère. Elle était en train d'envahir mon corps. Je savais que je n'en avais aucune expérience.

— Sors d'ici ! Et que je ne te revoie plus jamais ! ai-je dit d'une voix enrouée.

— Tu es dépendante de moi, ricana-t-elle.

La lumière s'éteignit. La fureur était maintenant à son paroxysme. Mes bras se mirent à travailler d'eux-mêmes. Je frappai et frappai sur du mou et du dur alternativement. Sans attendre une réaction ou une résistance. Moins je rencontrais de résistance, plus je tapais fort.

— Dehors ! ai-je crié finalement en ouvrant la portière avec force.

Un coup sur la tête me fit m'écrouler sur le siège. Un peu après je sentis quelque chose de chaud couler sur mon visage. Je ne peux pas dire que ça me faisait mal. Pas à ce moment-là. Mais mon cerveau réagissait comme si j'avais subi une explosion. Je savais qu'elle attendait que je reste inanimée pour prendre la clé et disparaître avec la voiture. Il me fallait me défendre avant qu'il ne soit trop tard. Et je mobilisai toute mon énergie et frappai à nouveau. Fort et à l'aveuglette, avec des forces accumulées tout au long d'une vie. Je frappai, frappai, frappai. Jusqu'à ce que la lumière revînt et que la salle d'opération fût prête à m'accueillir.

Quelqu'un m'essuyait le visage. C'était le gardien. Frida avait disparu. Mais dans la main je tenais la clé d'une Honda CR-V.

La dame sous le crochet

J'avais mal au crâne sans même avoir bu. Le gardien m'avait accompagnée jusqu'au centre médical qui se trouvait au rez-de-chaussée. Un adolescent en blouse blanche écrasa son mégot, me rasa une partie de ma tignasse et me fit une belle suture. En mettant un chapeau de paille par-dessus, on ne verrait rien. Sous la douche je pouvais toujours enfiler un bonnet en plastique.

Le gardien, à ce qu'il paraissait, savait plusieurs mots d'anglais. Au moment où nous nous trouvions dans ce garage sombre, je n'aurais pas hésité à le considérer comme un charitable polyglotte. Il avait pitié de moi, il a pointé son index sur la portière et sur ma tête. Il eût été beaucoup trop compliqué d'entamer un dialogue sur Frida. Par ailleurs il pouvait tout aussi bien être un allié de Frida pour la sauver d'une situation qu'elle avait provoquée. À ce moment même elle était peut-être dans un quelconque hôtel à considérer sa position. Elle me connaissait. Elle connaissait mes réactions. Elle connaissait mes pensées. Après ce qui venait d'arriver, elle était encore capable de faire cette réflexion impertinente :

— Sanne, attends-tu un coup de téléphone ou un e-mail des éditeurs ? Ça va venir, tu vas voir.

Elle me traite comme n'importe quel personnage de roman, ai-je pensé. Elle m'invente comme si j'étais son idée à elle, sa fiction. Durant des mois elle a essayé de me former comme elle le voulait dans le manuscrit. N'avait-elle pas à plusieurs reprises essayé de me rendre à l'idée d'écrire un best-seller ? Et même d'utiliser la mort de Frank ! Qu'avait-elle fait ces derniers jours, après la disparition de Frank ? Avait-elle corrigé et transformé le texte sans que je le sache, de telle manière que le roman était devenu tout différent ?

Le plus fou de l'histoire était qu'au moment où Frida avait dit que le manuscrit était expédié, je ne me suis plus souvenu du tout des intentions qui avaient été les miennes. Et maintenant Frida avait tout envoyé indépendamment de moi. Elle m'avait peut-être dépeinte comme une pauvre victime juste bonne à lui servir du café durant le voyage ? Peut-être s'était-elle même donné le rôle principal ? Ou bien m'avait-elle fait liquider et découper en morceaux pour rendre l'histoire plus croustillante ? Ou bien froidement envoyée jusqu'au détroit de Drøbak pour découvrir quelles avaient été les dernières pensées de Frank ?

D'une manière ou d'une autre, il me fallait me montrer courageuse. Je mis des lunettes noires et un chapeau de paille et je sortis. Les alliés de Frida étaient quelque part dans ma tête. Je me mis à penser à ceux qui poursuivaient Frank. Où étaient-ils maintenant ? Il fallait que tous les gens qui virevoltaient autour de moi fassent fonction de garde du corps. C'était la seule chance que j'avais si on m'attaquait. Aucun n'avait l'air spécialement disposé à me défendre. Par ailleurs il arrivait que les gens se conduisent de manière responsable. J'avais lu ça quelque part.

Un merle noir restait immobile sur la pelouse du parc. En grande concentration, comme s'il écoutait ce qui se passait de l'autre côté du globe terrestre. À l'orphelinat on disait que les morts revenaient toujours sous la forme du premier oiseau aperçu. À cette époque je souhaitais connaître quelqu'un qui soit mort, car il me serait apparu comme un bel oiseau aux yeux brillants. Après l'histoire du camion, je n'ai plus recherché ce genre de signe.

Mais maintenant, alors que je traversais la place, apercevant l'oiseau noir au bec jaune, j'ai pensé à Frank ! L'oiseau avait abandonné toute idée de contact avec l'intérieur de la terre. Il remuait sa queue et tendait le cou, semblant attendre un coup de téléphone. Il l'obtint probablement. Car il disparut aussitôt.

Frida n'avait-elle pas chargé Frank de tous les défauts qu'il n'avait pas ? Et n'avais-je pas saisi avec avidité tout ce qu'elle disait, pour me disculper de ce que j'avais fait ? Alors que Frank n'était qu'un doux rêveur un peu agité. Un maître dans l'art de vivre, plein d'aspirations, qui inventait son propre monde et ne désirait faire de mal à personne. C'était moche de ma part d'avoir insisté pour qu'il quitte le Hanneton. Du pur terrorisme. Frank n'était pas capable d'abandonner qui que ce soit. J'aurais dû le savoir.

Je suis entrée dans le restaurant au coin et j'ai commandé une pizza et un verre de vin blanc ordinaire, mais excellent. Puis j'ai ôté mon chapeau et je me suis contemplée dans la vitre sombre et mate. Une étrangère avec un gros pansement dans les cheveux.

À ta santé, Sanne ! À ta santé, Frank ! L'amour est un reptile visqueux qui se cache dans l'herbe. Quand il se sent menacé, sa morsure est mortelle. Seuls les plus robustes résistent à son venin. Toi, Frank, tu n'as pas résisté. Pour une raison ou pour une autre, tu as fini dans le détroit de Drøbak. Et Frida se propulse dans le monde hors de tout contrôle. À Oslo il y a quelqu'un qui bâille sur mon manuscrit, se demandant ce que cela veut dire. Les gens de l'édition sont souvent polis à leur manière.

— Sanne, tu es un disque dur vide, ai-je dit en l'air en levant mon verre sans me préoccuper de ce que les autres pouvaient penser.

Le problème, c'était que j'avais dans mon disque dur un fichier pour le regret. Je regrettais mon manuscrit. Je regrettais Berlin. Je regrettais Frida, telle qu'elle était avant que la folie ne la prenne. Je regrettais le Hanneton. Et je regrettais Frank ! Et à ce moment-là, j'ai même regretté Oslo.

Le secret, c'est de ne pas s'engager. D'éviter de nouer des relations et de se créer des soucis. D'éviter les gens. Car on ne peut pas s'attendre à ce qu'ils soient éternels.

La jeune femme fait un remplacement dans une classe qui débute en anglais. Le principal du collège n'a trouvé personne d'autre. Mais elle se débrouille, bien qu'elle n'ait fait qu'une école commerciale. Le jour où tout est arrivé ils ont conjugué le verbe « to be ». Elle oublie la conjugaison un long moment. Puis elle suit une civière tout au long de nombreux corridors. Elle porte son visage devant elle comme un masque. Quelques heures après, elle refait les mêmes corridors. Le masque est toujours là. On lui a administré une injection pour que sa carcasse arrive à se tenir debout. Elle arrive très bien à mettre un pied devant l'autre. L'équilibre pourrait être meilleur, mais ce n'est pas à proprement parler un handicap. On ne lui a pas donné d'injection contre le masque, pour ce qu'elle en sait, il peut être permanent. Quelqu'un qui n'a pas de visage n'a certainement aucun chagrin, seulement une malformation personnelle cachée.

L'homme, sa mère et un collègue de bureau assistent à l'enterrement. Ils s'installent autour de sa table de salon. Elle leur fait du café et leur offre une tarte à la frangipane enveloppée de cellophane qui a un goût de peinture. Mais personne ne le fait remarquer. Tout le monde est poli et pleure un peu. Lui aussi. La femme va et vient, faisant de tout petits mouvements, d'autres plus amples, un vrai travail. Elle répond quand on lui pose une question. Tout le temps, elle conjugue le verbe « to be », il coule à travers sa tête comme un fleuve. Elle entend sa propre voix sans pour autant se trahir. C'est la seule façon de prouver son existence : « I am, you are, he/she is, you/we/they are. »

Au moment où j'entrai dans l'appartement, une sonnerie retentit sur le plan de travail dans la cuisine. Donc, Frida avait laissé le portable. Je l'ai attrapé des deux mains et ai soufflé dedans un : « Oui ? »

— Mademoiselle Svendsen ? demanda une voix de femme.

— Oui…

— Avez-vous quelques minutes à me consacrer ? Je suis la mère de Frank.

Sur une étagère au-dessus de l'évier une boîte était sur le point de tomber. Mais je n'ai pas levé la main pour la repousser à sa place. Je suis restée là à la fixer, espérant ainsi éviter la chute éventuelle.

— Vous êtes là, mademoiselle Svendsen ?

— Oui, oui, j'ai tout mon temps, ai-je dit un peu essoufflée. C'était énervant, cette boîte, mais je ne pouvais pas lâcher le téléphone pour la remettre en place.

— On vient de traverser des journées peu ordinaires, comme vous pouvez l'imaginer. Pas faciles à vivre.

— Je suis désolée. Toutes mes condoléances !

— N'utilisez pas ce mot absurde, s'il vous plaît. J'ai horreur de la compassion affichée. Et, d'ailleurs, vous ne me connaissez pas.

— Excusez-moi.

— Je vous en prie. L'intention était bonne. Mais la raison pour laquelle je vous téléphone est qu'Annemor m'a parlé de vous. Elle m'a dit que vous étiez une très bonne amie de Frank et d'elle-même et combien vous avez été formidable avec elle, là-bas en Espagne.

— Tout le plaisir était pour moi…

— Enfin, plaisir et plaisir… Quand un prêtre téléphone pour vous annoncer les choses les plus terribles, on ne peut guère parler de plaisir.

— Non, bien sûr.

— Mais venons-en à notre affaire. Annemor m'a chargée de vous transmettre ses amitiés. Elle voulait vous téléphoner elle-même, mais elle est tellement occupée avec tous ces policiers qui vont et viennent. Je leur ai expliqué comment c'est arrivé, mais ils ne veulent pas écouter une vieille dame. Tant pis pour eux !

— Qu'est-ce qui est arrivé ? suis-je arrivée à placer.

— Malheureusement il a fait comme son père. Je vais vous dire une chose : c'est héréditaire. Mais Frank était un gentil garçon plein de sagesse qui n'aurait pas exposé ses proches au choc de le retrouver pendu à un crochet au plafond. Frank a toujours pensé à ses proches et fait pour le mieux. C'est pourquoi il a fallu que ce soit l'océan pour lui. Je m'en veux de ne pas lui avoir prodigué plus de tendresse quand son père est décédé. Ce n'était pas habituel à cette époque. Du reste, je n'étais pas très en forme. À ce moment-là je ne savais pas non plus que cela pouvait être héréditaire. Je l'ai lu plus tard dans un livre. Il faut faire attention aux descendants dont les pères se pendent à un crochet. Cela peut provoquer une faille dans leur psychisme, vous savez. On ne sait s'il faut frapper ou pleurer quand une pareille chose se produit. Pour ma part je n'ai fait ni l'un ni l'autre. J'ai déménagé mon lit, là, sous le crochet. Mais je reconnais que tout a un temps. Maintenant je l'ai ramené dans la chambre à coucher. Cette catastrophe qui est arrivée à Frank m'a fait changer d'avis. Il avait l'habitude de dire que je poursuivais le mort d'un châtiment macabre. Il y a longtemps que j'aurais dû l'écouter. Et si je devais continuer maintenant, il me faudrait sauter dans le détroit de Drøbak pour rappeler à mon fils que ce qu'il a fait n'était pas défendable. En aucun cas ! termina-t-elle, la voix rauque.

— Non… ai-je marmonné, toujours essoufflée. J'ai coincé le téléphone entre mon oreille et ma clavicule et j'ai essayé, sans bruit, de replacer la boîte de café sur l'étagère. Il suffisait d'une chiquenaude et tout était sauvé. Mais je n'étais pas assez grande pour l'atteindre.

— Sait-on comment c'est arrivé ? ai-je demandé avec précaution.

— Moi, je le sais. Mais ce n'est pas moi qui décide, c'est la police. Il avait des dispositions pour ce genre de choses. Mais venons-en au fait… je n'arrive pas à pleurer, vous comprenez ? C'est bizarre, car je pleure souvent quand je regarde les informations. Je suis tellement contre toutes ces batailles et toutes ces tueries. Frank ne se battait jamais. C'était un garçon paisible. Les jeunes aujourd'hui sont trop désœuvrés. Et alors ils finissent par se battre pour la moindre des choses et enfin remuer bras et jambes. C'est triste. Mais ce que je voulais dire… Vous comprenez, Annemor m'a dit que vous n'aviez plus de logement quand vous rentrerez en Norvège ? Est-ce exact ?

— Oui, dans un certain sens, ai-je dit en essayant de réfléchir à ma réponse. Ce qui ne se laissait pas combiner avec mes efforts pour atteindre la boîte de café et en même temps retenir le minuscule téléphone entre l'oreille et l'épaule. Il tomba par terre, faisant un bruit pitoyable. Je me suis précipitée sur lui immédiatement, mais trop tard, la communication était coupée.

J'ai secoué l'appareil. J'ai essayé d'appuyer avec douceur sur les touches. Mais il ne voulait plus communiquer. J'ai essayé de l'oublier un moment pour ensuite le surprendre en appuyant sur différentes touches au hasard. Il se laisserait peut-être alors convaincre de me remettre en contact avec la mère de Frank. N'ayant pas de succès, j'ai tapé ce truc rouge contre le four à micro-ondes et l'ai ensuite porté à mon oreille. La tonalité était revenue ! Je suis alors arrivée à reprendre contact avec le dernier numéro d'appel.

— Je m'excuse vraiment, mais j'ai trébuché et j'ai laissé tomber le téléphone, ai-je dit sans préambule.

— Vous vous êtes fait mal ?

— Mais non. Je vous dérange ?

— Pas du tout ! Où en étions-nous ? Oui, voilà… j'ai beaucoup trop de place. Je désire que vous habitiez dans ma salle à manger jusqu'à ce que vous trouviez quelque chose de plus satisfaisant. Depuis que j'ai transporté mon lit dans la chambre à coucher, je ne me sens pas très en forme. Bien sûr, j'ai de bonnes raisons pour cela, avec Frank, je veux dire, mais quand même… Ne croyez surtout pas que je vais vous demander de laver les planchers ou de déblayer la neige, comme on le demandait autrefois aux immigrés des régions du Nord[1]. L'immeuble a un gardien et j'ai une femme de ménage. Mais plus nous perdons de nos proches, plus nous nous devons de rester en vie. Il faut nous porter mutuellement assistance, n'est-ce pas ?

— Quel en sera le loyer ? Je ne sais pas si je peux payer ce que vous demandez. Je pensai au confortable compte en banque qui n'était plus à ma disposition.

— Mais non, mes prêts sont depuis longtemps remboursés. J'ai tout ce dont j'ai besoin. Les pièces sont là, habitées ou non. Je ne veux aucun loyer, comprenez-le bien. Mais vous devrez acheter vous-même vos aliments secs, bien sûr. Et ne pas claquer les portes. Oui, encore une chose : je peux être fort désagréable si on laisse des miettes sur la planche à pain. Comprenez-vous ça ?

— Je suis ainsi moi-même, ai-je répondu.

1. Allusion à la discrimination dont ont véritablement souffert, jusqu'au milieu du XXe siècle, les gens qui venaient du nord de la Norvège pour trouver du travail ou faire des études à Oslo.

— Alors vous êtes une jeune femme hors du commun. Même Annemor, malgré tout le goût qu'elle a pour décorer les tables, n'a aucun sens de la propreté dans la cuisine.

— Je ne suis pas aussi jeune que ça.

— Cela inspire confiance. Vous n'êtes quand même pas encore grabataire ? Auquel cas, je ne pourrais y subvenir.

— Pas du tout, ai-je dit en remettant mon pansement en place.

— Quand viendrez-vous voir la chambre ? Car il faut, bien sûr, la voir avant de vous décider.

— Je prends la route un de ces jours prochains. Puis-je vous appeler en cours de route ?

— Cela me ferait plaisir. Frank avait aussi l'habitude de me téléphoner quand il était en voyage. Il appelait toujours. Frank… Encore une chose.

— Oui ?

— Il serait plus pratique qu'on se tutoie ? Puisque vous allez me téléphoner, je veux dire ?

— Bien entendu. Comment je peux vous appeler ?

— Marta. Dites seulement Marta.

— Bien, Marta ! Tu auras de mes nouvelles. Au revoir ! et merci d'avoir pensé à moi !

— Au revoir, à bientôt ma bonne Sanne. Sois prudente !

Fuite

Je m'éloignai de la fenêtre de la chambre. Deux hommes, l'un en complet-veston et l'autre en veste de cuir, se tenaient de l'autre côté de la rue devant le marchand de tabac. Celui en complet n'avait pas l'air d'un Espagnol. Il valait mieux ne pas sortir jusqu'à mon départ. Ils pouvaient être n'importe où et guetter l'occasion. Le pire, c'étaient toutes les cachettes derrière les piliers dans le garage sombre. Je ne pouvais pas l'éviter si je devais partir. Il était très simple, pour celui qui le voulait, d'attendre à l'extérieur une occasion d'entrer sans se faire remarquer chaque fois qu'une voiture quittait le garage. Les cachettes ne manquaient pas.

L'interphone sonna près de la porte. Je n'ai pas bougé. Il sonna encore une fois. Je me suis aplatie contre le mur, écoutant ma propre respiration. J'avais du mal à la maîtriser. Tout à coup je fus assourdie par la radio des voisins qui déversait de la musique pop, comme s'ils voulaient m'éviter d'entendre un troisième coup de sonnette, si besoin était.

Faire mes valises ne prit que quelques heures. Je me forçai à rester calme. Si je m'énervais, j'étais perdante. J'ai descendu mes affaires par petites portions pour ne pas éveiller de soupçons. Je ne devais pas avoir l'air de fuir. Au contraire, je devais donner l'impression d'être bien installée dans la ville et leur donner ainsi tout le temps nécessaire pour me prendre.

Une fois tout embarqué dans la voiture, l'appartement fermé et les clés rendues au gardien, j'ai nettement senti une odeur de cigarettes dans le garage. Il y avait de grandes chances pour qu'ils aient découvert l'imminence de mon départ. J'avais recouvert mes affaires d'un plaid, il est vrai, mais il était facile de voir qu'il y avait des bagages en dessous.

D'abord, j'ai écouté dans le noir, puis, rassemblant mon courage, j'ai allumé et j'ai couru vers la voiture. J'étais tellement soulagée de ne pas avoir été découverte que j'oubliais d'avoir peur de l'étroite spirale qu'il fallait suivre ensuite pour atteindre l'air libre.

Il avait plu toute la nuit et quand j'ai passé le porche la rue s'était transformée en torrent. Quelque chose me disait que la rue suivait un ancien lit de rivière. Il était probable qu'on avait ouvert les vannes au haut de la côte pour m'empêcher de partir. Les voitures garées le long du trottoir étaient dans l'eau jusqu'aux portières. Mais ils n'avaient pas calculé que j'avais une Honda CR-V. Elle ne fit que s'ébrouer avec un peu d'étonnement au milieu des torrents d'eau, sans plus. Après avoir forcé cet obstacle majeur, la distance qui séparait Sitges d'Oslo me parut presque un jeu d'enfant.

Après quelques heures à travers une sorte de paradis, le paysage devint de plus en plus pauvre pour se transformer en roche calcaire blanche et un minimum de végétation. Comme si, ne trouvant pas cette terre digne d'engrais, d'eau et de semence, on l'avait abandonnée à elle-même, écorchée, crevassée, brisée et les entrailles en décomposition exposées à un soleil brûlant.

Je devais traverser le haut plateau avant d'arriver sur la côte atlantique. Mais pour plus de sûreté je ne voulais pas prendre la route la plus courte et la plus logique. Puisque j'ignorais quelle voiture mes poursuivants utilisaient, je devais faire attention à ne pas être dépassée par des hommes à l'allure louche qui pouvaient ensuite m'arrêter dans un endroit désert. Le pire était que je soupçonnais Frida de diriger cette poursuite. De m'avoir dénoncée, par un jeu psychologique compliqué. Frida était-elle capable de pareille chose ?

En fait, Frida était capable de n'importe quoi. Elle était hors de tout contrôle.

Finalement il a bien fallu m'arrêter dans une station-service. J'aurais dû déjà abattre des dizaines de kilomètres, et éventuellement avoir semé mes poursuivants, mais il fallait remplir mon réservoir. Il y avait là beaucoup de monde et je me suis dit que j'étais en sécurité. Je me suis même permis de tomber en admiration devant un arbre. Il était immense et ses feuilles en forme de cœur, ou arrondies, étaient juste écloses. Il me rappelait un tremble mais avait la forme d'un balai retourné, pas du tout celle d'un tremble. N'empêche que j'ai été prise d'une telle nostalgie du pays, une sorte de transe, que j'en ai presque oublié d'aller aux toilettes après avoir fait le plein.

L'idée que Frida et ses complices pouvaient être sur mes talons ne m'empêchait pas de la regretter. Elle me manquait telle qu'elle était avant de perdre la tête. Avec toutes ses histoires qui nous avaient accompagnées à travers l'Europe. Même ses réflexions les plus acerbes sur moi me manquaient. J'ai fixé l'arbre, essayant de faire ressurgir Frida pour, si possible, en arracher une réplique insolente. Sans résultat. Elle avait expédié le manuscrit, m'avait envoyé la portière à la tête et s'en était allée. Tout à fait fidèle à elle-même.

Il lui a certainement coûté de supporter quelqu'un comme moi. Il lui a fallu se priver de ses distractions habituelles, de ses mensonges et sa vie désordonnée. En tout cas, elle s'était privée de nombreuses cuites et de courses folles frisant l'accident mortel sur les autoroutes.

Mais elle s'était trompée sur un point : j'étais arrivée à entasser le peu que je possédais dans la voiture et à la manœuvrer à travers les piliers en béton du garage. J'étais arrivée à la sortir dans une rue qui ressemblait au lit d'un torrent. J'étais arrivée à trouver la bonne route sans trop de difficulté. Maintenant, après coup, je me rendais compte que la comparaison peu flatteuse qu'elle avait faite de moi avec une tortue nouvellement éclose avait fait surgir en moi une énergie que j'ignorais. On ne pouvait quand même pas la laisser dire n'importe quoi.

Un peu au nord de Saragosse, trois formations montagneuses émaillées de blanc s'élançaient vers le ciel. Jusque-là j'avais traversé un interminable paysage lunaire. Ici, un système d'irrigation était venu en aide au Créateur. Étonnant ce qu'on peut arriver à faire avec un peu de sens pratique et d'initiative. À perte de vue s'étalait le vert artificiel de champs cultivés. J'allais trop vite pour constater ce qui y poussait. Les nuances de jaune et de vert indiquaient qu'il s'agissait de cultures diverses.

À environ trois cents kilomètres de Burgos apparurent des moulins à vent sur la gauche. Dans la brume de chaleur, le revêtement de la route paraissait comme huilé et s'étendait en ligne droite vers l'avenir. Coupé brutalement par les monts de Navarre. Et avant Logroño, le pays du Rioja, apparut un paysage très vallonné planté de nouvelles vignes, aux pentes douces couronnées de pins – et de villages médiévaux. Ici des rangées d'oliviers bien dressés bordaient la route et les voies étaient séparées par des haies bien taillées.

À un endroit, au beau milieu de l'autoroute, un grand lézard rampait. Un quart de seconde je me suis imaginé que nos regards se sont croisés, avant qu'il ne sauve sa vie en disparaissant vers la droite. Frida ! ai-je pensé avec une sentimentalité un peu pompeuse, et je décidai que j'avais semé tous mes poursuivants.

Les montagnes, la route et la nature changeante, tout inspirait à ouvrir les fenêtres et chanter des psaumes. Ou bien étaient-ce les pèlerins ? Ils suivaient un sentier, souvent parallèle à l'autoroute, par petits groupes ou deux par deux. Brûlés par le soleil, en sueur, sac au dos et bâton à la main. J'essayai de comprendre leur motif. L'histoire qui se cachait derrière la pénitence. Leurs pensées. Peut-être pourrais-je écrire tout un roman sur un pèlerinage à Saint-Jacques-de-Compostelle. Serais-je arrivée à entraîner Frida dans un pèlerinage sans voiture ? Probablement pas.

C'est alors que je compris que Frida et moi ne partirions plus jamais ensemble. C'était fini. C'était à moi seule de décider si je voulais traîner mes pieds endoloris pour faire pénitence de mon vol, de ma fuite, de ma confession facile, de mon autodéfense et de ma course éperdue en voiture, étant entièrement responsable de tout. Je devrais en tout cas le faire seule. Je ne pouvais pas compter trouver de bons compagnons de route. Bien entendu, je pouvais toujours essayer, ai-je pensé, tandis que la Honda passait sur la file de gauche comme si je voulais ramasser les ombres avant la tombée de la nuit.

Je suis arrivée à Burgos tôt dans la soirée. Après avoir un peu cherché, j'ai trouvé une rue dans le bon sens qui menait à la cathédrale. Je me suis installée au Mesón del Cid où ma chambre donnait sur la façade de la cathédrale, la fontaine au jet d'eau et les nombreux escaliers.

Frida aurait dit que le soleil de l'après-midi transformait ma romantique chambre d'hôtel en cellule infernale. J'ai enlevé mes chaussures, ouvert une bouteille d'eau et la porte-fenêtre. Le froid du carrelage fut comme une décharge électrique. Ah, la sensation d'un bon plancher tempéré ! Oui, à cet instant la nostalgie d'un plancher en bois était synonyme de toute nostalgie. Un plancher qui pouvait sembler froid mais qui au bout de quelques secondes devenait tiède et craquait pour prévenir d'un intrus.

Les ombres étaient étirées au maximum quand un bruit de cor de chasse me parvint, venant d'une scène invisible. Cela me rappela que tout allait disparaître. Pas immédiatement, mais petit à petit. Tout allait se ternir et me tourner le dos. Les gens. Le manuscrit.

En fait, Frida avait raison. J'avais fait traîner les choses. J'avais fait comme si je ne savais pas que c'était fini. Probablement je voulais éviter la séparation et l'impression de vide qui suivrait. Cela allait de mal en pis, chaque fois. Le nombre de manuscrits que j'avais la possibilité d'écrire était restreint. Peut-être celui-là était-il le dernier ?

Un avion surgit, comme venant de nulle part, faisant des volutes blanches sur un ciel rose saumon. Le son vint après, comme dans un film mal synchronisé.

J'avais espéré que tout s'accorderait à la fin. Tous les événements, les gens, les questions et les sentiments, tout aurait trouvé sa raison d'être. Mais ce n'était pas ainsi que cela devait se passer. Quelque chose ou quelqu'un devait toujours être en dehors du sujet du roman. Comme dans la vie réelle. Ils étaient victimes d'un mauvais montage ou d'un flirt incompréhensible. Dans le meilleur des cas, ils restent un mystère, ou encore donnent l'illusion qu'un jour on saurait tout. Mais le supporterions-nous ? De tout savoir ?

J'ai écouté le bruit du jet d'eau. Une vieille bicyclette était appuyée au mur, et des jeunes, assis au bord du bassin, riaient. On entendait la même chose, mais je doute que nous ayons écouté de la même façon. Pour moi, l'eau avait plusieurs tons. Tout d'abord le bruissement croissant quand elle était projetée en l'air. Puis une nuance de gargouillement – car elle retombait dans le sable entre les vieux pavés pour aller ensuite se perdre. La résonance était très nette. Celle d'un flot débordant qui servait de révélateur aux images en couleur.

Quand un arc-en-ciel se dessina dans la colonne d'eau sur la place, je compris que je me trouvais sous une énorme cloche en verre. Les bruits et la lumière étaient bien là mais semblaient synthétiques, irréels. Ou vulgaires, comme un paysage en plastique. Et d'une certaine manière ma présence dans une pièce d'une maison plusieurs fois centenaire n'était que la confirmation que tout allait continuer ainsi à l'infini. Rien ne s'améliorerait, plutôt au contraire. Le vide était dans tout.

Je savais que mon état d'esprit me jouait un tour, mais cela ne m'aidait guère. Sous cette cloche en verre qu'était ma vie, son absurdité m'apparut clairement, comme cela peut-être avait été le cas pour Frank. Je fixai l'arc-en-ciel dans les masses d'eau. Dans quelques secondes il ne serait plus qu'une image dont je me souviendrais ou que j'oublierais. Telle était la fragilité de l'existence. Avec un peu de chance on existera peut-être un moment dans la mémoire de quelqu'un.

De combien de couches une fiction peut-elle être faite ? Les personnages qui font partie de l'histoire. L'expérience de l'auteur et son empathie. L'inconscient qui amène les images. La conscience qui fait le tri. La tradition d'écrire dans un genre défini. Les espoirs, socialement et littérairement parlant. La vie telle qu'elle est au moment de l'écriture. Les barrières géographiques. L'inquiétude de l'auteur. Son angoisse. Sa colère. Sa déprime. Son amertume. Sa solitude.

Ceux qui étaient en train de lire mon manuscrit étaient-ils capables de trouver un sens à ce que j'avais voulu exprimer ? Leur avais-je donné suffisamment d'éléments ? Pour voir la personnalité de Frida ? Ou celle de Frank ? Et celle du Hanneton ? Peut-être l'auteur s'était-elle laissé entraîner par ses personnages et n'avait-elle fait qu'obéir à leurs commandements ? Que serait-il arrivé si Frida avait eu le dessus là-bas dans le garage et était repartie avec la voiture ? La fin aurait été tout à fait différente. Pouvait-on imaginer que Frida avait provoqué notre bagarre à propos des clés de la voiture juste pour m'obliger à montrer ma force et arriver à rentrer chez moi ? Qu'elle avait mis en scène ce dernier coup pour me forcer à la quitter ? Était-ce elle, et pas moi, qui avait vu que Sanne Svendsen était le principal personnage du livre ? Et que son rôle était de me forcer à le reconnaître ?

C'est alors que le téléphone sonna dans le sac à dos. Je me suis jetée dessus comme sur une bouée de sauvetage.

— Sanne ? C'est le Hanneton.

— Oh ? ai-je dit avec soulagement.

— Je crois qu'il était parti pour nous retrouver... L'autopsie montre clairement qu'il s'est noyé. Il avait grimpé par-dessus la rambarde. Ou alors ils l'ont jeté par-dessus bord... Sa voix tremblait légèrement : – Ils étaient deux. Ils sont maintenant soumis à un interrogatoire mais nient tout. Ils disent qu'ils ont seulement bavardé avec lui au bar.

— Tu veux dire qu'on les a arrêtés ? Qu'ils ne peuvent plus poursuivre personne ?

— Oui, Dieu merci ! Mais de toute façon c'est trop tard maintenant. C'est absurde.

Elle avait tout à fait raison, j'ai cependant eu la sensation de sortir d'un vieux scaphandre.

J'arrivais enfin à aspirer de l'oxygène sans sentir mon cerveau sous pression.

— Ils ne vont pas être relâchés aujourd'hui ? ai-je demandé au bout d'un moment.

— Non. Ils ont à répondre à pas mal de questions. On les a arrêtés bien trop tard... J'aurais dû porter plainte malgré ce que disait Frank...

Sa voix se brisa.

— Comment te sens-tu ? ai-je demandé au bout d'un moment.

— Ça va. Il faut bien que ça aille ! Et toi ? Tu es sur la route du retour ?

— Je suis à Burgos.

— Où est-ce ?

— Sur le haut plateau, en Espagne.

— Que vas-tu faire là ?

— Dormir, je n'y étais jamais venue. J'habite presque dans une cathédrale.

— L'enterrement est demain, dit-elle dans un tremblement.

— Cela t'effraie ?

— Oui. Mais ça va aller. J'aurais aimé que tu sois là.

— Tu le penses vraiment ?

— Bien sûr que je le pense. Pour les enfants, j'ai l'aide de ma sœur. Et ma belle-mère s'occupe de ses affaires. Mais je ne peux pas leur parler. Elles ne connaissaient pas Frank en vérité. Pas comme toi et moi.

De nouveau, j'eus du mal à respirer mais je ne voulais pas embarrasser le Hanneton.

— Je te remercie, suis-je arrivée à prononcer.

— Il y a une chose que je voulais te dire, même si ça me fait pleurer.

— Ça ne fait rien, pleure, ai-je murmuré.

— Après toutes ces semaines... je pense... que je comprends de plus en plus Frank. Qu'il ne pouvait pas se passer de toi.

— Merci, à toi de même !

— Encore une chose : je t'ai reconnue tout de suite, même si tu faisais semblant d'être quelqu'un d'autre. Tu sais, à la fenêtre du café Harlekin.

— Pourquoi n'as-tu rien dit ?

— Dès l'instant où Frank m'a offert ton livre, j'ai compris que cela cachait quelque chose… Mais je n'ai pas pu m'empêcher d'aimer le livre. Je n'ai rien dit parce que je voulais me venger. Seulement voilà, ce n'est pas dans ma nature. Je suis plutôt du genre curieux. D'ailleurs tu t'es conduite comme une amie.

— Dès que j'aurai accès à une banque, je ferai transférer l'argent à ton compte. Je te rembourserai petit à petit ce dont je me suis servie, lui ai-je dit.

— Ça ne presse pas. J'ai engagé des gens pour liquider les antiquités. Je ne veux plus les voir ! Je vends tout. L'argent que tu as dépensé, tu peux le considérer comme une bourse de voyage octroyée par Frank.

— Je te remercie, mais je ne peux pas accepter, il faut que…

— Et une chose encore : ne va pas habiter chez ma belle-mère. Elle aura ta peau. Tu n'arriveras pas à écrire une ligne, interrompit-elle.

— J'y ai pensé. De sa part, cela partait d'un bon sentiment. Je vais le lui dire.

— Bien ! Mais attends que l'enterrement soit passé. S'il te plaît !

— C'est terrible ? Je me raclai la gorge.

— Bien pire que ce que j'avais imaginé. Mais en fait je n'avais rien imaginé du tout. Je n'avais jamais pensé que Frank pouvait disparaître… En tout cas, pas plus loin qu'à Drammen ou Holmenkollen. Pas pour de vrai… Durant des années j'ai été inconsciente.

— Tu as envie d'en parler ?

— Ah non, et puis merde ! Le Hanneton pleurait.

On a pleuré ensemble pendant cette pause. On a enrichi Telecom, ou son équivalent en Espagne, de dizaines d'euros.

— Appelle-moi s'il y a quoi que ce soit ! Appelle aussi s'il n'y a rien.

— Merci ! Quand comptes-tu être de retour à la maison ?

Curieusement, je n'ai pas pu lui en vouloir d'avoir utilisé cette expression, la maison.

J'avais l'impression que c'était dans une autre vie que cela m'irritait. Je n'ai pas pu non plus lui demander de me réserver le paon de Meissen. Disons que je le sacrifiais.

— Je ne sais pas trop, peut-être dans une semaine. Je vais longer le golfe de Gascogne vers l'ouest et traverser le Pays basque, ensuite la France et l'Allemagne.

— Pourquoi le Pays basque ? Là, ils ne font que s'entretuer en faisant sauter des bombes les uns les autres !

— Pas plus là qu'ailleurs. Les journaux veulent nous le faire croire.

— Reviens-nous entière en tout cas !

— Oui…

Je me suis promenée dans la cathédrale glacée, à quelques pas de mon lit d'hôtel, le temps que ça a dû prendre pour enterrer Frank. Et quand j'en suis sortie, je me suis rendu compte que je n'étais pas arrivée à mobiliser l'humilité nécessaire à un pèlerin. Ce que j'avais ressenti, ce n'était ni recueillement ni paix, mais un froid intense. La cathédrale faisait penser à un énorme gâteau que l'on n'avait pas encore saupoudré de sucre glace, avec ses tours gothiques aux saillies noueuses et ses fenêtres ovales et rondes. Elle était restée congelée pendant des siècles. Je ne pense pas qu'il soit habituel de ressentir de la fureur durant un enterrement. Mais pour moi cela a été une nécessité, pour survivre.

Personne dans cette cathédrale ne connaissait Frank. Plus j'avais froid, plus j'étais furieuse. Je ne l'acceptais pas. Frank n'était pas mort ! Je voulais qu'il revienne dès que je serais à Oslo ! Le Hanneton et moi, nous pouvions nous le partager. J'étais prête à tous les compromis. Pourquoi avait-on construit ces murs d'église puisqu'ils étaient incapables d'entendre la rage de mes prières ?

À toute vitesse j'ai fait le tour de la ville et je n'ai pas pu éviter ce qui avait dû être le fleuve Arlanzón. Mais la masse d'eau n'était guère spectaculaire. Les bancs de sable étaient envahis par des fleurs des champs, des halliers et des bancs. Sans le vouloir, j'ai aussi dû admirer la statue de la célébrité de la ville, le Cid Campeador, dont la biographie ne m'intéressait pas outre mesure. Un héros à cheval sur un socle, le glaive levé et une barbe comme une peau de mouton. Certainement un guerrier brutal et cruel. Noirci par l'âge et entouré d'une lourde chaîne fixée sur quatre blocs de béton. Comme si on s'attendait à ce que les touristes ou autres crapules portent outrage au héros. Ou bien enfouissent les tonnes de cette statue dans leur sac à bandoulière et s'en aillent. Derrière le Cid il y avait un haut immeuble des années soixante. Un énorme thermomètre sur le toit indiquait 23 degrés à l'ombre. Je claquais des dents maintenant.

J'ai heureusement trouvé une table sur la place devant le théâtre. J'ai commandé du café et j'ai allongé mes jambes au soleil. Les branches des arbres au-dessus de moi étaient nues et curieusement taillées. Forcées de s'infiltrer les unes aux autres de telle façon que chaque arbre devait vivre comme un frère siamois avec son voisin. Échangeant leur sève et l'eau, perdant ainsi son individualité. Seuls le tronc et les racines leur étaient personnels. Et comme si cela n'était pas suffisant, chaque arbre devait accepter que l'apport en engrais et en eau se fasse par les branches infiltrées. Une manière grotesque de traiter un arbre libre. Non seulement ils étaient prisonniers de leurs racines mais ils l'étaient des autres par leurs branches communes se dressant vers le ciel.

Le lendemain matin je suis repartie, à travers des plaines et des champs cultivés à l'infini, où les villages étaient rares, et d'autant plus agréables à l'œil. C'était là l'énorme sein nourricier de l'Espagne. Au loin apparaissaient des sommets neigeux, et en fin de journée nous avons grimpé ma Honda et moi de 1000 à 1300 mètres d'altitude. Si les trolls norvégiens avaient eu vent de ces vallées profondes et de ces massifs montagneux, ils auraient émigré, et le génie du peuple norvégien en aurait pris un coup.

C'est alors que commença la folle descente de la route 630. Le soleil était brûlant et j'avais mis la clim. Je me suis arrêtée à un hôtel surplombant un ravin, j'ai garé la voiture et me suis approchée d'un parapet cimenté qui était le dernier obstacle avant un précipice à pic. J'ai rempli mes poumons, autant que j'ai pu, d'air frais mêlé au pot d'échappement d'un camion remorque qui venait de démarrer. Je n'étais pas loin de la nausée quand j'ai plongé le regard dans l'abîme et vu ce qui nous attendait, la Honda et moi. Les montagnes à l'horizon étaient bien plus nombreuses que celles des fameux contes d'Asbjørnsen et Moe. La descente était raide. La route se déroulait comme une échelle de meunier avec des virages en épingle à cheveux, et la circulation y était dense. Il n'y avait guère plus de place que pour une voiture et demie en largeur. N'empêche que je retrouvai avec bonheur ma voiture et son air artificiellement rafraîchi. Cette sécurité factice contre la réalité que donnent une carrosserie et un pare-chocs. Étais-je devenue courageuse ? Ou bien n'avais-je qu'une seule envie : en avoir fini une fois pour toutes ?

Rencontre masculine sur la plage de Nora

D'abord, j'ai rêvé que j'étais couchée, trempant jusqu'à la ceinture dans le golfe de Gascogne, ou Golfo de Vizcaya comme il était indiqué sur la carte. Dans mon demi-sommeil, je ne remarquai aucune bombe basque. Par contre, il me semblait clair qu'un usage immodéré de vin en était la cause. Le soulagement ressenti après la descente et l'euphorie de retrouver la mer avaient éliminé les barrières habituelles qui seyaient à une femme.

Gijón était le nom de la ville. Le drap était mouillé et froid, j'avais chaud à la tête. Je me suis levée pour voir ce qu'il en était. Je découvris que j'étais couchée sur une alèse recouverte d'un drap mince comme du papier à cigarettes. Ici, on payait les yeux de la tête pour être traité comme un enfant au maillot. Frida n'aurait jamais accepté un pareil traitement dans un hôtel recommandé par le Guide Michelin.

Comme si ça ne suffisait pas que les lits espagnols et français soient de véritables instruments de torture. Avec un polochon dur comme du bois, fait pour les dinosaures, qu'il faut partager avec son partenaire, si on en a un. Et un drap de dessus bordé si serré qu'il est à peu près impossible d'en trouver l'ouverture pour s'y glisser. Il en résulte toujours un embrouillamini de linge peu propice à un sommeil réparateur. Et voilà qu'ici, en plus, on vous faisait mijoter dans votre propre jus, sans en perdre une goutte. J'arrachai résolument la toile imperméable grisâtre et glissante et essayai de refaire le lit. Je finis par être tout à fait réveillée, et ne tenant pas en place je tournai en rond dans la chambre pour recouvrer mon calme.

Je suis descendue beaucoup trop tôt pour prendre mon petit déjeuner, et une dame qui parlait à toute vitesse m'est tombée dessus, exigeant que je lui montre la clé de ma chambre. Elle était bien entendu tout au fond de mon sac. Tandis que je le fouillais, je pensais avec nostalgie au sens de l'ordre et des solutions minimalistes qui avaient été autrefois le mien. Mais j'ai pu finalement lui mettre la clé sous le nez. Elle fit un geste en direction d'une table dans un coin et je compris qu'elle voulait m'installer à une table déjà mise. Je fis alors quelque chose qui aurait été du goût de Frida. J'allai nonchalamment jusqu'à la table indiquée, m'emparai des couverts et de la porcelaine, retournai à la table que j'avais choisie et, avec un regard sévère vers la serveuse, j'installai le tout dans un ordre logique avant de m'asseoir devant.

La serveuse changea de couleur. Mais c'était certainement une vraie Basque, car elle refit le même chemin que moi, prit la nappe et revint. Ensuite elle défit et remit la table à grand bruit selon un système plus approprié, selon elle. Je n'étais qu'un amateur dans l'art de plier les serviettes. Elle apporta ensuite un café froid et corsé dans une tasse de poupée, deux œufs durs glacés au jaune bleuissant, deux tranches de pain grillé brûlées, mais froides, et du jus d'orange. Au pays des oranges on servait du jus d'orange synthétique qui avait un goût de bonbon acidulé.

Je n'avais pas grand appétit, et je ne pouvais pas en incriminer la serveuse. Frida aurait certainement fait une plaisanterie sur cet hôtel à cinq étoiles. Et elle aurait ajouté : « Je vais faire un tour pour trouver ce qu'on peut bien faire. » Il y avait quelque chose de magique dans les rôles différents que les gens jouaient. Dans des situations données, on entrait aisément dans la peau du personnage. Alors, pourquoi pas moi ?

Sans me laisser arrêter par un éventuel taux d'alcoolémie trop élevé, j'ai pris l'ascenseur vers le garage. Je sortis de cette ville bien ordonnée le long d'une grande plage. La route continuait, montant et descendant, à travers un paysage idyllique de chèvrefeuille en fleur poussant dans la roche, d'allées tropicales, d'odeur de fumier, de carcasses de voitures et de mauvaises voies d'accès entre des champs d'un vert vénéneux et de grands arbres. À certains endroits il ne semblait pas possible que quoi que ce soit prenne racine.

J'ai suivi la route et me perdis dans des montagnes désertiques, ayant la certitude d'arriver à une plage. Dans un tournant je croisai deux épaves qui allaient à une telle allure que j'eus bien du mal à passer.

Le bruit des vagues atteignit mes oreilles bien avant que j'aperçoive la mer. Puis la plage de Nora surgit entre deux murs de forêts abruptes qui encadraient une petite baie. L'endroit était entièrement couvert d'objets en plastique, de vieux fauteuils de jardin, de canettes de bière vides, de journaux chiffonnés, de grils jetables et autres ordures plus pittoresques. Près de la plage, là où la route descendait à pic, se trouvait un taudis portant une plaque de fabrication artisanale sur laquelle était indiqué qu'il s'agissait d'un café. Les fenêtres étaient garnies de rideaux de dentelle en lambeaux. Du linge aux couleurs passées séchait. La porte était bancale, mais fermée, et le manque de présence humaine n'était pas fait pour me tranquilliser. Aucun animal, aucun mouvement, à part le linge et les arbres qui bougeaient dans le vent, les vagues et les nuages qui s'efforçaient de noyer le soleil.

J'ai garé la voiture tout en bas sur le sable et me suis assise à cinquante mètres de là sur un tronc pourri pour jouir de l'océan. Derrière moi, j'avais la maison hantée, le ravin couvert d'une forêt impénétrable, la route et ma voiture. Si j'avais été Frida, j'aurais pu dire que je lançais un défi au sentiment d'épouvante que je ressentais.

Un grattement, ou plutôt le bruit que feraient mille chenilles sur du gravier me fit me retourner. Comme un insecte monstrueux, l'une des épaves avec laquelle j'avais failli entrer en collision descendait la pente. Elle s'arrêta dans une secousse près de la Honda. Et deux hommes jeunes en sortirent, chacun avec sa canette de bière à la main. À ce moment même les nuages cachèrent le soleil. Je me trouvais au beau milieu d'un film policier sans savoir quand il avait commencé. Cela pouvait être juste avant la fin. Je me dis que la Sanne d'avant ne se serait jamais exposée à pareille aventure.

L'un tournait lentement autour de la Honda tout en buvant. L'autre tripotait quelque chose dans sa poche et jeta sur moi un regard indifférent. Je restai immobile, à moitié tournée vers la mer. L'état de transe dans lequel je me trouvais était sur le point de bloquer ma respiration. L'un d'eux portait une veste en cuir et un pantalon de jogging, l'autre un pull en coton et un jean. Si on les avait croisés à Karl Johan, on aurait probablement mis une aumône dans le gobelet qu'ils tenaient. Mais ici ils avaient le dessus et chacun sa bière. Ils pouvaient prendre ce que bon leur semblait.

J'ai essayé de me lever, mais ce mouvement me fut impossible. Le plus âgé, avec sa veste de cuir et son visage noiraud correspondait tout à fait à mes pires préjugés. Et voilà qu'il ouvrait la portière de la Honda. Mon cœur se mit à battre à tel point que je n'arrivai pas à le contrôler. Tranquillement il grimpa dans la voiture et posa ses mains sur le volant. La clé était dans ma poche. Mais pour combien de temps encore ? Aux mouvements qu'il faisait, je compris qu'il inspectait le tableau de bord, puis il se pencha hors de la portière et dit quelque chose à son copain. Ensuite leurs regards se portèrent dans ma direction. Je fixai sur eux des yeux sévères tout en reconnaissant que c'était là une bien piètre défense.

Le plus jeune se dirigea lentement vers moi, le regard fuyant. Je me forçai à mesurer chaque centimètre qui nous séparait sans que cela l'arrêtât pour autant. Finalement il se campa devant moi les jambes écartées dans ses bottes éculées. Le bout de ses orteils se dessinaient en relief comme des cornes. Probablement parce qu'il les avait achetées, ou volées, cinq pointures trop grandes. Il sentait fort même à travers la fraîcheur de l'air marin. Ses cuisses se dessinaient nettement sous le jean étroit et usé, et il balançait de manière provocante la canette de bière un peu en dessous la bosse de son entrejambe. Il arracha son pullover d'une main et le laissa tomber dans le sable. Son torse n'était pas aussi impressionnant que celui de l'autre, mais bien découplé sous la chemise sans boutons.

Je me forçai à rencontrer son regard, ou à ce qui lui tenait lieu de regard. Mais je n'étais pas à même de juger de l'effet. Je ne m'étais pas encore mise debout. Il aurait pu lever la pointe de sa botte et me l'envoyer en pleine figure. J'imaginai dents et mâchoires dispersées au milieu du reste des ordures.

Il fit alors une chose à laquelle je ne m'attendais pas, comme un petit garçon qui veut obtenir un morceau de chocolat. Il me tendit sa bière et me gratifia d'un sourire éclatant. Puis il montra du doigt la Honda. Une bière contre une voiture. Je finis par me mettre debout. Non sans difficulté, mais enfin, à la verticale.

Il dit quelque chose en espagnol et j'ai fait non de la tête. Puis je me suis mise en marche vers la voiture. Voilà, ai-je pensé. Ils vont m'assommer, trouver la clé et s'enfuir. Et je resterai là jusqu'à ce que la mer m'emporte. Cela ne prendra guère que quelques heures.

C'est à ce moment-là que j'ai compris ce qui s'est passé dans la tête de Frank juste avant qu'il ne saute, ou bien soit jeté du ferry de Kiel. D'abord une sorte de vide. Puis l'instant de clairvoyance paralysant, plus fort que l'angoisse, plus fort que l'espérance. L'impitoyable certitude d'avoir franchi la limite. Et le cerveau était si heureusement conçu que la paralysie totale qui suivait masquait le moment ultime.

Je ne pouvais pas savoir exactement comment la scène s'était déroulée pour lui, mais la paralysie, nous l'avions en commun. Je me trouvais sur une plage déserte du golfe de Gascogne dans un rôle que, peut-être comme Frank, j'avais prévu. Cependant j'étais paralysée en attendant d'en avoir fini.

Mais si je pensais que cet état de grâce allait durer, eh bien je me trompais. Et à l'encontre de toutes mes théories j'allai en titubant vers la voiture, fis un signe de tête au noiraud et saisis la portière d'une main trempée de sueur. Il eut un sourire en coin, comme s'il flirtait de manière mal placée avec une vieille dame. Puis il plongea sa main vers son entrejambe et souleva ce qu'il avait là.

J'ai attendu un instant puis j'ai fait un mouvement vers lui. Cela n'eut pas l'air de lui plaire car il grogna, les dents serrées mais toujours souriant. Puis il montra du doigt le trou dans lequel la clé aurait dû se trouver et appuya en même temps sur le lecteur de CD, au maximum. Il en sortit la voix d'Andrea Bocelli dans un air d'opéra. Je crois que c'est ce qui me donna la force mentale qui me manquait, car je passai de l'idée à l'action avant même d'avoir réfléchi aux conséquences. À toute vitesse, d'un ton hargneux et en anglais, je l'accusai d'avoir pris la clé. Il eut l'air quelque peu désorienté et il est probable que sans en comprendre les mots il en saisit le sens.

Ensuite je compris qu'il existe plusieurs variantes de miracles. Celle-là consista à faire ramper trois personnes dans le sable à la recherche d'une clé qui se trouvait dans ma poche. J'avais oublié ma paralysie. Mon cerveau travaillait sous haute tension pour trouver l'instant propice ou l'excuse appropriée, pour entrer dans la voiture, mettre la clé de contact et remonter la côte à toute vapeur. Si nécessaire il me faudrait peut-être claquer la portière sur les doigts du noiraud et le traîner derrière moi un bout de chemin. De toute manière je les aurai à mes trousses dans leur épave qu'ils pousseront au maximum. Ma voiture était plus puissante, mais les garçons étaient pourvus d'autant plus de testostérone. Et je nous voyais déjà comme dans un film de James Bond.

Après avoir fouillé plusieurs minutes partout où mes pieds avaient laissé des traces dans le sable, j'étais deux fois plus épuisée que les deux athlètes. Le plus curieux était que je les considérais différemment maintenant. Si je n'avais pas su qu'ils en avaient après ma voiture, et que c'était la seule raison pour laquelle ils m'aidaient à chercher, on aurait pu croire à un geste amical. Qu'ils fouillaient à genoux dans le sable uniquement pour venir en aide à une étrangère.

Au bout d'un moment je m'autorisai à ressentir ma soif. Je jouai jusqu'au bout mon rôle d'héroïne un peu passée de film de James Bond et me mis à pleurer en ne faisant aucun effort pour me moucher autrement qu'avec mes doigts. Cela leur fit l'effet d'un coup de fouet. Ils se penchèrent encore plus sur le sable et cherchèrent avec une attention redoublée. Le plus âgé me tendit sa canette de bière baveuse et je la vidai avec voracité. Ils échangèrent un coup d'œil. Je secouai la boîte vide, posant un regard éperdu successivement sur l'un, sur l'autre et sur la boîte. Puis je fis un geste du menton vers la voiture et articulai d'un ton traînant et dans un anglais sirupeux : « Je vais en chercher d'autres. » Je me levai à tout hasard. Mes jeunes amis firent une pause et se préparèrent à partager la dernière canette de bière.

Avec la nonchalance la plus étudiée je m'approchai de la voiture dont la portière était restée ouverte et d'où se déversaient les accents assourdissants de *Amor ti vieta*. Le cœur battant j'entrai par le côté du passager et je fis semblant de fouiller dans le tiroir sous le siège. En réalité, je sortis la clé de ma poche. Ils restaient assis dans le sable là-bas. Le plus jeune portait la canette à sa bouche tout en contemplant la mer. Le noiraud avait le visage à demi tourné dans ma direction.

Combien de temps fallait-il à ces deux types pour terminer une canette ? ai-je pensé. Je tentai alors le coup, me jetant en même temps à la place du chauffeur, mettant la clé de contact et démarrant. Au beau milieu des vrombissements du moteur j'ai également réussi à tirer la portière de droite et à la fermer. J'étais déjà en marche avant d'avoir fermé ma portière. Avec une portière ballottante c'est tout juste si je pus prendre un virage à 180 degrés et m'engager sur la route.

Une fois la voiture stabilisée je grimpai la côte à toute allure et je jetai un rapide coup d'œil sur la plage. Ils s'étaient tous deux mis debout l'un à côté de l'autre dans un mouvement synchronisé et regardaient dans ma direction. Bocelli essayait toujours d'enfoncer mes tympans dans mon crâne, mais ils tinrent le coup. Quand j'eus la témérité d'essayer d'éteindre, je me suis trompée de bouton. La radio m'envoya alors une voix sirupeuse et un saxo souffla ce que je pouvais avoir de cérumen dans les oreilles. Mais je n'osai plus lâcher le volant. La paroi rocheuse et l'abîme étaient bien trop proches.

J'avais peur qu'ils ne me suivent dans leur guimbarde, ne fût-ce que pour me faire peur. J'ai appuyé sur l'accélérateur tout ce que je pouvais. Il me fallait bien prendre les tournants et en même temps m'assurer qu'aucune voiture n'arrivait en sens contraire. Auquel cas je n'avais aucune chance. Ce n'est qu'une fois sur la nationale vers Gijón que je sentis mon cœur reprendre sa place, même s'il battait encore très fort. Et ce n'est qu'au moment d'entrer dans la ville où je me sentis en sécurité que j'ai osé chialer.

Je suis allée droit au garage sous l'hôtel et je suis restée assise dans la voiture un moment, écoutant la porte qui se refermait automatiquement derrière moi. J'ai alors enlevé la clé de contact, me suis fortement mouchée, j'ai passé un tube de pommade sur mes lèvres mordillées et j'ai pris l'ascenseur directement vers la chambre 301. Là, j'ai fermé la porte à clé, j'ai trouvé une bouteille d'eau dans le réfrigérateur et je l'ai bue, debout. J'ai ensuite arraché mes vêtements et enfilé le peignoir de l'hôtel et me suis laissée tomber sur le lit.

Mais je me suis levée au bout d'un moment, j'ai branché mon PC et j'ai essayé de consulter mes mails pour y trouver quelque compagnie, ou consolation. Il était peu probable que la mère de Frank corresponde par mail. Quant au Hanneton, on ne pouvait pas savoir. De toute manière il me faudrait lire toutes les propositions incongrues d'Internet, en passant par le Viagra pour terminer par des emprunts bancaires qui devaient assurer mon bonheur. On pouvait bien entendu trouver une excuse à un expéditeur américain retors qui ignorait mon sexe et que c'était Frank qui m'avait procuré une certaine harmonie sexuelle et sécurité matérielle.

J'entrai en contact avec ma messagerie qui contenait soixante-treize propositions en couleurs. Le Hanneton n'utilisait donc pas le courrier électronique. Tandis que je supprimais toutes ces saletés, mes yeux s'arrêtèrent sur quelque chose de connu. Avec l'index à un millimètre de la touche « supprimer », j'ai vu que le courrier venait de ma maison d'édition.

« Merci du manuscrit ! Je voulais vous dire que nous sommes impatients de le lire. Nous avons compris que vous êtes en voyage et que vous n'avez pas d'adresse fixe, il serait donc pratique que nous puissions vous joindre par téléphone. Pouvez-vous accuser réception de ce mail ? Je donnerai signe de vie dès que j'aurai lu le manuscrit. Cela va être passionnant. Bon voyage ! »

Quelqu'un que je n'avais jamais rencontré avait signé de son nom, prétendant qu'il était mon éditeur. J'ai fait plusieurs fois le tour du lit, qui était assez grand, et de là je suis allée jusqu'à la salle de bains pour boire à même le robinet. Je suis retournée jusqu'au bureau et à la chaise sur laquelle on ne pouvait pas s'asseoir. Un éclairage de catacombes tombait de plusieurs trous au plafond.

« Merci de votre aimable message. Le manuscrit n'est pas terminé. Il a été envoyé par inadvertance, ou dans une crise de dédoublement de personnalité. Prise d'une envie désespérée de m'en débarrasser, je l'ai effacé du disque dur et j'ai jeté la copie aux ordures. Revenue à de meilleurs sentiments, je vous serais reconnaissante de me retourner le manuscrit par mail pour que je puisse le terminer. Par ailleurs je suis en course de rallye le long du golfe de Gascogne, mais je serai bientôt à Oslo. Salutations distinguées. Sanne Svendsen.

P.S. Si l'on décide de publier mon livre, je serais reconnaissante de recevoir un acompte au plus tôt, la caisse est malheureusement vide. S.S.

La hardiesse du ton et ma vantardise de chauffeur de rallye n'étaient guère dans mon style. L'éditeur pourrait croire que je prenais la vie à la légère. Mais c'était envoyé et je ne pouvais pas revenir là-dessus.

Quand j'ai quitté le bureau j'aurais juré entendre Frida siffler.

Sanne, tu es vraiment dynamique maintenant ! ai-je pensé. Tu n'as plus qu'à te laisser porter, tu ne peux plus t'arrêter.

J'ai fait une petite promenade tard dans la soirée sur l'immense plage. Sur un quai il y avait un monument, une femme la main tendue, les cheveux et la robe plaqués par le vent. Elle faisait probablement un signe d'adieu à quelqu'un qui avait traversé l'océan il y avait de cela plusieurs siècles. Elle n'était pas montée sur un socle, comme les statues équestres de héros à travers toute l'Europe. Mais elle était dans un cercle, sur une marche. Elle était trois fois plus grande que moi. Fondue dans un métal dont la surface était semblable à du plomb, pleine de bulles et d'irrégularités. J'aimais bien sa nostalgie provocante vers quelque chose de perdu depuis longtemps. Et puis c'était un soulagement de voir une statue sans un cheval et ses couilles. Une vraie rupture avec les bourrins cabrés aux cuisses surdimensionnées et aux naseaux écarquillés, aux lances pointées et à la glorification de soi-même qu'on lisait dans un regard de pierre. Elle ne se faisait pas passer pour une jeune Vierge Marie non plus.

À la manière de Frida, je l'ai photographiée sur fond d'un golfe de Gascogne écumant avec le contour des navires au large.

Dernière étape

J'ai quitté l'hôtel le matin suivant après avoir retenu une place sur le ferry de Kiel pour le 2 mai. Bilbao, aperçu derrière une zone industrielle et des faubourgs, me parut d'une laideur si libératrice que je n'y suis pas entrée. Une pancarte passa à toute allure : La Franca, Playa la Franca.

Ensuite je fus tout à coup prise sous des trombes d'eau qui, tout aussi soudainement , furent suivies de soleil et de brume. Des vallées vertes, des champs et des arbres fruitiers, des jardinets pleins de roses, des routes sinueuses coupées brutalement par des autoroutes. À travers l'ouverture du toit me parvenaient des chœurs d'oiseaux en répétition et mon œil enregistrait des vaches noir et blanc, ruminant. À un endroit elles posaient même pour être photographiées sous un arc-en-ciel avec, pour fond, une grange. Des églantines envahissaient la scène comme si je traversais en trombe un paisible jeu télévisé à voir en famille. De temps à autre la senteur des lilas fraîchement éclos envahissait la voiture.

Le soir, j'ai passé une colline et suis descendue sur une ville côtière, San Sebastián. Elle encadrait une plage en demi-lune, retranchée derrière de solides récifs et îlots. Un phare trônait sur la gauche. On pouvait y accéder par un funiculaire. J'ai loué la chambre 408 à l'hôtel San Sebastián et j'ai branché mon PC. Mon éditeur inconnu était parvenu à me renvoyer le manuscrit !

La réalité me parut lumineuse bien que le crépuscule ait envahi la chambre. Frida sifflait à nouveau. Comme un élan nordique trébuchant je sortis au coucher du soleil dans la plus jolie ville que j'avais jamais vue. Frank pouvait s'y promener à mes côtés sans difficulté. Ce n'était plus considéré comme une trahison, vu ce qui s'était passé. Durant un long moment j'ai pu oublier mes regrets et mon inquiétude. Je me suis reposée sur un banc, sur le port, projetant mon voyage dans mon manuscrit et sur la carte. C'est alors que le téléphone rouge annonça son dernier coup.

J'ai reconnu la voix et petit à petit j'ai compris les mots aussi facilement que s'ils avaient été prononcés en dialecte de Bergen. Günter !

— Je pense à toi tous les jours, disait-il de son agréable baryton.

J'essayai de retrouver les traits de son visage.

— Mais… c'est très gentil ! ai-je dit.

— Où es-tu maintenant ?

— Dans la plus jolie ville du monde, San Sebastián, ai-je répondu, imprudente.

— Peut-on y parvenir par avion ?

— Certainement, mais je pars demain. Je rentre à la maison.

Bien sûr, je me suis entendue prononcer ce terme détesté, mais j'avais pour excuse que c'était facile à dire en allemand. Frida aurait rétorqué qu'il était plus facile de dire Oslo, ou la Norvège.

— Puis-je venir te voir quand tu seras chez toi ? demanda-t-il.

Frida aurait sûrement mieux pris la chose. Je fis une bien trop longue pause avant de répondre :

— J'aurai beaucoup à faire pour terminer mon livre, et je ne sais pas encore où je vais habiter.

— Mais plus tard ? Puis-je venir plus tard ?

— Cela va me prendre un certain temps, ai-je dit avec assez de réserve sans pour autant paraître négative.

— Quand tu auras terminé, accepterais-tu de venir avec moi sur le Rhin ?

— C'est très tentant, mais…

— Je vais moderniser la cabine. On aura fini en même temps ? Ton livre et la cabine… Hein ?

J'ai essayé de rire, mais le rire me resta dans la gorge. Je me rendais compte que j'étais sur un banc dans la plus jolie ville du monde en train de parler à quelqu'un qui m'avait tout donné au cours d'une journée et d'une nuit. Et que j'avais effacé ce quelqu'un de ma mémoire, sans difficulté aucune. Et maintenant je ressentais de l'antipathie envers lui parce qu'il dérangeait le pilleur du cadavre de Frank que j'étais.

— On pourra prendre contact quand tout sera terminé, ai-je dit.

— Tu promets ?

— Pas tout à fait, seulement peut-être, ai-je dit pour qu'il comprenne.

— Je t'appelle de toute façon ! Tu as mon numéro ?

— Il est enregistré, oui.

— Pense à moi, alors ! Tu sais, j'ai un besoin fou que tu penses à moi.

Cette seule réplique effaça toute hostilité en moi. Il n'était pas dangereux. Il n'allait pas me manger. Je ne serais pas pour lui un produit de consommation qu'il allait importuner. Il était bien trop loin pour exploiter mes appétits sexuels contre ma volonté. Il n'était que quelqu'un en train de descendre le Rhin.

— Je vais penser à toi. C'est sûr ! Ne t'inquiète pas !

Il y eut un court silence. Je ne savais pas trop ce qui le chagrinait. Je l'ai seulement entendu se racler la gorge, puis il dit sur un ton détaché :

— San Sebastián est-elle plus belle que Cologne ?

— Oui, j'en ai peur. Mais elle n'a pas une aussi belle cathédrale.

— Où est-ce ? Peut-on y venir en chaland ?

— Ce n'est probablement pas la meilleure manière. C'est sur le golfe de Gascogne, pas loin de la frontière française. Les vagues sont très fortes ici.

— Bon. L'avion est donc le mieux ?

— L'avion est donc le mieux. Merci d'avoir appelé. Je pense à toi…

— Auf Wiedersehen…

— Au revoir !

Après San Sebastián, j'ai traversé les régions de Bayonne et de Bordeaux fameuses pour leur jambon et leur vin, jusqu'à Limoges, ville de la porcelaine, et l'hôtel Richelieu. J'y suis arrivée tard et j'en suis repartie tôt, si bien que je n'ai rien vu de la ville. Elle a l'honneur de rester un secret pour moi.

Puis arrivèrent en ondulant les énormes étendues jaune moutarde. Les forêts se firent plus rares mais plus sombres et plus mystérieuses. J'allais vers le printemps de l'Europe du Nord. Et de temps à autre, quand je ralentissais, j'étais curieusement nostalgique de tous les endroits que je dépassais, sachant que je n'y reviendrai jamais. Vivre, ou voyager, c'est comme écrire. Il faut continuellement faire un choix. Le plus souvent on ne saura jamais si on a fait le bon choix.

Sanne, tu détestes t'en tenir à un genre ! me suis-je dit tout à coup après avoir, kilomètres après kilomètres, creusé ma tête pour trouver une fin géniale à mon roman. Sachant très bien que la fin était évidente et que c'était de l'énergie perdue. Mais qui avait donc condamné la littérature à se définir en genre une fois pour toutes ? Étaient-ce ces minables, gardiens d'une culture ultraconservatrice depuis des millénaires, qui rôdaient encore comme des flics et menaçaient du pilori ?

Qu'était donc en fait mon manuscrit, si tant est qu'il paraisse jamais ? Un récit de voyage avec, comme appât, une héroïne qui prend la fuite ? Qui fuit un homme ne représentant probablement aucun danger. En fait, c'était lui qui essayait de fuir, sans y parvenir. Était-ce en réalité un voyage que je faisais, ni pour fuir, ni pour l'argent, ni pour la littérature, mais pour moi-même ? Comme toute fiction ? Et en ce cas, ce voyage m'avait-il transformée ?

Je poussai le moteur comme Frida l'aurait fait et décidai que j'avais écrit un livre qui essayait d'être sincère. Ce n'était pas à moi de juger jusqu'à quel point j'avais réussi. Il arrive souvent que l'écrivain manque de l'honnêteté qui est la marque de toute véritable œuvre d'art. Soit par manque de connaissance de soi-même, soit pour éviter des choses pénibles. Ce qui le rend pitoyable et misérable. Je décidai que pour une fois je ne voulais pas avoir honte d'avoir donné une place à l'enfant de la cave. À partir de maintenant elle serait au grand jour. Non pas parce qu'elle le méritait, ou qu'elle était plus intéressante qu'un autre personnage littéraire, mais parce qu'elle était plus proche de moi. Toutes mes réflexions, toutes mes paroles, elles étaient en vérité les siennes.

Des champs jaunes à perte de vue se courbaient à l'horizon contre un ciel noir. Et la pluie arriva. Lourde, tombant à verse sur la carrosserie et la vitre. Les essuie-glaces frottaient leur chant monotone. Et les rivières que je traversais charriaient de l'eau ! J'ai mis la radio et je suis tombée sur France Musiques.

Les grandes forêts feuillues semblaient surgir de la pluie. Je traversai une membrane verte et fragile. La vitesse devint un besoin organique, naturel, en harmonie avec le vent qui faisait se coucher des forêts entières, cependant légèrement en avance sur lui. Comme si l'individu essayait toujours de se libérer des contingences.

Si Frida avait été là, je lui aurais servi une tasse de café. On aurait pu parler de l'existence avec un manuscrit presque terminé, qui n'était pas aussi enivrante que l'on aurait cru. Moins il en restait à faire, plus on approchait de l'anéantissement.

La voiture marchait bien. La vie consistait en choses de ce genre, comme de se réjouir du beau temps ou du moyen de transport. Ou bien de s'en plaindre. C'était sur la route que j'avais ma place, pas dans le dernier chapitre. C'était la route qui était l'ivresse même. Pas les adieux.

J'aurais aimé discuter d'une chose ou deux avec Frida. Et je m'étonnai de ne pas l'avoir fait quand je le pouvais encore. Le fait d'écrire ? De prendre la responsabilité de résoudre les problèmes des autres. On fait un tri dans leur vie selon plusieurs alternatives et on a des instants de satisfaction quand on arrive à faire un choix pour ses personnages. Mais quand il s'agit de sa propre vie, on reste un amateur. Je lui aurais dit :

— Frida, comment se peut-il que la mort, qui est la fin évidente de toute vie humaine, comment se peut-il qu'on en fasse un mélodrame artificiel ? Un cliché superficiel ?

Avec la vitesse folle à laquelle je roulais, je n'aurais pas pu entendre ce que Frida aurait répondu. Cela me força à m'arrêter sur la première aire de repos, sans sortir de la voiture. J'ai fermé les serrures des portières et je me suis renversée sur mon siège en fermant les yeux. Derrière mes paupières brûlait un feu que je refusais de reconnaître. Mes mains tremblaient comme chez un alcoolique juste revenu à lui après une semaine sans dessoûler. Je les ai fortement croisées sur ma poitrine.

Le téléphone sonna à Düsseldorf et le numéro de la mère de Frank apparut sur l'écran. Je me félicitai de ma relation quasi professionnelle avec ce machin rouge. Après un échange de politesses elle dit :

— Ne va pas croire que j'attends que tu m'appelles, loin de là. Je voulais seulement te raconter l'enterrement. C'était très beau, et incroyablement triste. Annemor a été remarquable. Elle est tellement douée. Maintenant elle veut se remettre à ses études. Et puis ils ont arrêté ces gens. Ils avaient proféré des menaces çà et là. J'espère qu'on ne les relâchera pas de sitôt. Ils en ont pas mal sur la conscience et on va les expulser. C'est bien fait ! Pour ma part je ne vais pas très bien. On ne peut pas s'attendre à autre chose. Du moins à mon âge. Mais je vais me cramponner à la vie de toutes mes forces. Il y a déjà assez de morts en ce monde. Bien trop. Les cinq amis que j'avais… Et Frank maintenant… Il faut continuer à vivre pour le passé. Nombreux y sont forcés. On n'est pas les seules. Pas du tout… Écoute, as-tu réfléchi à ma proposition ?

— Oui, Marta. C'était généreux de ta part. Mais maintenant j'ai trouvé un logement, même très central… ai-je menti.

— On ne peut pas habiter un endroit plus central que celui où j'habite, répondit-elle avec douceur et indulgence.

Le bar à la terrasse duquel j'étais assise s'appelait Schweine James ou quelque chose d'approchant. On était assis serrés les uns contre les autres dans le noir, sous le chauffage. Les corps étaient pour la plupart usés et un peu bouffis. Les visages graves ou souriants, on gesticulait et on bavardait ou bien on écoutait en silence. Chacun irradiait sa particularité. Certains avaient une enveloppe de solitude involontaire. Pas seulement sur leurs visages mais aussi sur toute leur silhouette et leurs mouvements. J'en fus touchée. Oui, cela me concernait. C'était comme voir sa propre image sous différents déguisements.

— Je te remercie beaucoup, mais il vaut mieux que j'habite toute seule. Je travaille à la maison.

— C'est justement de ça que je voulais discuter avec toi. Après avoir bien réfléchi je me suis dit que ce serait peut-être un peu trop pour les deux dames indépendantes que nous sommes ?

— C'est fort probable, ai-je répondu.

— Donc, on est d'accord ?

— Tout à fait !

— Mais qu'est-ce que je voulais dire encore… ? Oui, puis-je t'inviter à dîner ? Je voudrais te montrer des photos de Frank quand il était petit. C'était un gentil garçon, mais très sérieux.

— Oui, merci. Avec grand plaisir.

— Bien ! Tu bois du vin ?

— Bien sûr !

— Frank apportait toujours une bonne bouteille de vin français quand il venait dîner. Il était toujours plein d'attentions. Mais tu le sais aussi bien que moi… Tu passes par Bordeaux ?

— Oui, ai-je répondu, évitant de faire remarquer que c'était déjà fait.

— Parfait ! Après l'enterrement, j'ai bu du vin au lieu de prendre un somnifère. Bien sûr, ce n'est peut-être pas très convenable, mais… Puis-je te demander de m'en rapporter une cargaison, je te la paierai, naturellement.

— Bien sûr. Mais je n'ai le droit d'importer que deux bouteilles.

— Mais n'as-tu pas une grosse voiture ?

— Si, mais il y a la douane. C'est réglementé.

— Ils ne vont quand même pas fouiller les bagages d'une dame et la soupçonner de faire de la vulgaire contrebande ?

— Si, j'en ai bien peur, mais je peux acheter les deux auxquelles j'ai droit et commander le reste au Monopole d'État à Oslo.

— C'est gentil. Mais c'est beaucoup de dérangement. Bon, enfin, on fait comme ça. Entre femmes indépendantes.

La gamine est assise au soleil sur une caisse devant la vieille étable. Elle découpe des images dans un vieil hebdomadaire. Elle a choisi une belle dame dans un hamac entre deux pots de fleurs. Elle découpe lentement pour obtenir des bords unis. Elle soupèse l'image dans sa main et la contemple. Puis elle en enfile les coins dans de petits adhésifs. Après l'avoir gardée encore un moment dans sa main, elle lèche les adhésifs et place l'image au milieu de la page d'un cahier de brouillon. Elle seule sait qu'elle l'a pris dans le placard de l'école quand elle était de service. Il a d'épaisses pages jaunâtres. Elle regarde l'image, la tête un peu penchée et sent son propre sourire lui tirer les commissures des lèvres. Puis elle prend son porte-plume, trempe la plume dans l'encrier qu'elle a déposé sur une pierre plate. Elle écrit d'une écriture penchée et distincte : « Maman est assise et me regarde lire. » Le papier n'est pas fait pour l'encre. Les contours des lettres soigneusement dessinées se dissolvent. Elle soupire et dépose le porte-plume. Puis elle sort d'autres découpages d'une enveloppe jaunie et les disperse sur l'herbe. L'une représente un homme souriant, avec une pipe. Il se tient appuyé à un mur, tenant un petit garçon par la main. Après l'avoir collée dans le cahier elle écrit au crayon : « Papa me regarde faire de la bicyclette en tenant mon petit frère Frank par la main. » Elle brode au crayon de couleur les lettres de Frank. De minuscules fleurs, des points et de petits cœurs. Au-dessus des deux images elle en colle une qui représente une maison blanche dans un jardin. On aperçoit une allée dans le bas de l'image. La maison est pourvue de colonnes qui soutiennent un toit au-dessus d'un large escalier. Des roses grimpent le long de ses murs. Une fillette se penche à une fenêtre à l'étage et agite sa main. Sous cette image elle écrit : « Je suis dans ma chambre et fais signe aux autres. » Elle reste assise un moment à contempler ses images, puis elle range le tout dans un vieux cartable marron dont l'une des fermetures est encore utilisable alors que l'autre ne tient que par une vis.

Le 2 mai, bien installée sur le sixième pont, j'ai vu le *Prinsesse Ragnhild* s'éloigner lentement du Quai de la Norvège. J'allais laisser Kiel derrière moi. Je voyais sur la droite une langue de terre couverte d'arbres avec de belles maisons, vestiges d'une gloire révolue. Il y avait aussi là un port de plaisance. Sur la gauche la ville ne semblait pas aussi laide que prévu, depuis un port rempli de grues comme des rapaces au-dessus d'entrepôts et de bateaux noirs.

À tribord six hommes ramaient d'arrache-pied dans une mince embarcation sur l'eau grise et mate. Ils semblaient n'avoir qu'un buste, des bras et une tête. À la sortie du port on apercevait le phare et la ligne claire de l'horizon. Le pont sous la cabine était bleu avec des agencements blancs et gris et une cloche en laiton. Une poignée d'hommes disparurent après avoir effectué leur routine. Les énormes chaînes d'ancrage furent réduites au silence.

Maintenant toute la coque du navire vibrait. On avançait en glissant et on faillit presque renverser une balise et sa lanterne rouge à tribord. Une statue en forme de silo se détachait sur le ciel. Devant, à l'embouchure on apercevait des plages de sable et un reflet verdâtre. Au bout de quelques minutes le ciel s'est ouvert. L'horizon devint un trait laiteux. Une langue de terre boisée à bâbord faisait penser à une barbe de deux jours sur un géant. Il avait la tête qui trempait dans l'eau, les pieds sur terre – et son gros ventre de buveur de bière au milieu.

À 18 h 10 j'aurais dû voir qu'on passait sous le pont du Storebelt. Au lieu de cela j'étais au restaurant et pouvais à peine apercevoir la mer.

À 18 h 20 le pont apparut tout de même à l'avant. Le pont le plus grand d'Europe, dix-huit kilomètres de long, reliant le Seeland et la Fionie. J'étais de retour et j'avais la nostalgie de tous les ponts que je ne verrais jamais.

Durant la soirée une femme qui avait la chevelure du Hanneton mais un gros derrière bien à elle dansa le swing avec un routier qui ne la connaissait apparemment pas, mais qui l'avait repérée. Il la manœuvrait avec une certaine assurance : « You are so wonderfull tonight. » L'orchestre était habillé de chemises à carreaux et portait les cheveux longs comme dans les années soixante-dix. Quand une voix criarde annonça que le spectacle allait commencer et durer vingt minutes, ils durent lâcher prise. Mais elle ne refusa pas quand il lui proposa de venir boire un verre à sa table.

Je me suis levée, suis allée chercher une veste dans la cabine et suis montée sur le pont.

Là-bas à Sitges, Frida se promenait sur le front de mer. Elle était passée au bar de l'hôtel Terramar. Trois quarts d'heure à l'aller et autant pour le retour. C'est ce qu'on avait souvent fait ensemble. L'anorak ouvert et les cheveux au vent. Maintenant elle croisait le gamin sur son skate-board et la famille sur patins à roulettes. Et le vieux couple avec son petit chien agressif qui chiait toujours dans le parterre à côté du banc de pierre. La crotte en forme de boomerang se transformait immédiatement en un pâté informe que personne n'essayait d'enlever. À côté de celui de la veille et de l'avant-veille. Les vieux étaient un peu plus ratatinés. La croûte dont ils semblaient recouverts avertissait avec optimisme que tout retournait à la terre, avec le temps.

Maintenant elle croisait le jeune homme qui lâchait son gros chien dans l'escalier qui descendait à la plage, malgré tous les écriteaux portant l'inscription « Gosso no ». Elle avait dépassé Platja de Terramar, Platja de la Barra, Platja de la Riera Xica. Elle arrivait jusqu'à De la Ribera où le vieil homme avait empilé des chaises longues sur quatre hauteurs et les avait entourées d'une chaîne. Les affaires n'avaient pas été bonnes aujourd'hui. Le temps ne lui avait pas été favorable. Elle dépassait le parc où les chats habitaient la nuit. Un instant elle s'était arrêtée près du mur qui bordait la plage, juste là où des tuiles dorées le couvraient. En bas, quelques rares personnes se déplaçaient au bord de l'eau tandis que le vent essayait de leur arracher leurs vêtements. Trois pêcheurs se tenaient immobiles sur le quai en pierre pour ensuite faire des gestes bizarres indiquant qu'ils rembobinaient. Un petit enfant, qui aurait dû être au lit depuis longtemps, était assis tout seul en bas du mur, en train de fouiller le sable avec une pelle rouge. Une raie d'écume roulait devant l'horizon sombre. Pour, l'instant d'après, s'abattre avec force, éclaboussant les pêcheurs sur le rocher. Elle montait l'escalier qui menait à la place devant l'église, La Punta, là où les rochers étaient abrupts. Ce soir-là les vagues léchaient avec plus de voracité que d'habitude l'intérieur des grottes. L'eau et l'air étaient pulvérisés avec violence. Peut-être pensait-elle que Sanne était maintenant en pleine mer. Le seul endroit où un corps peut flotter librement. Ou bien tranquillement couler. Était-ce Frida ou moi qui s'était souvenue du tableau avec la fillette qui essayait de s'envoler d'un phare ? Et avant que je comprenne ce qui se passait, Frida grimpait sur le mur. Elle s'élançait contre le vent, les deux bras ouverts comme un grand oiseau en plein vol.

Deux porte-containers noirs se rencontraient au loin et ressemblaient à des mille-pattes renversés, leurs mâts en guise de pattes se dressant sur le ciel. À un certain moment ils eurent l'air d'entrer en collision. Les deux coques formèrent une longue ligne, comme si l'une avalait l'autre. Lentement elles ne firent qu'un pour ensuite s'étirer à nouveau. Puis, à un certain point, les deux navires redevinrent indépendants l'un de l'autre et mirent le cap à l'opposé. Comme s'ils ne s'étaient jamais croisés.

À 8 h 40, le 3 mai, nous sommes entrés dans le détroit de Drøbak. À bâbord nous avions la forteresse d'Oscarsborg et une légère brume de mer laissait transpercer le soleil sur le paysage. Un pêcheur solitaire dans une barque pêchait à la trembleuse. Ici, l'idylle existait encore. Une mer ensommeillée, gris argent, bordée de bancs verdoyants sur la côte. Des balises rouges et vertes comme des aiguilles à tricoter enfoncées dans les fonds. Et des mouettes. Elles flottaient dans le ciel comme un miroir d'eau renversé. Les maisons étaient encerclées de collines couvertes de pins. Une maison jaune bâtie sur une pelouse d'un vert criard se séchait après un bain matinal. Puis la lanterne se montra à tribord. J'étais seule dans la légère brise, derrière une barque de sauvetage.

— Si tu devais choisir, qu'aimerais-tu conserver ? La réalité ou le rêve ? ai-je demandé.

— La réalité, dit le Hanneton.

— Le rêve, répondit Frida avec force.

— Qu'est-ce qui est pire, se perdre soi-même ou perdre son rêve ?

— Se perdre soi-même, dit le Hanneton, péremptoire.

— Perdre son rêve, murmura Frida.

— Voilà, c'est ici ! C'est l'endroit de Frank ! ai-je dit en me penchant par-dessus le bastingage.

La trace d'une houle blanche, laissée par un bateau passé depuis longtemps, nous dépassa. Puis la surface de l'eau se referma comme si de rien n'était.

Grand merci
au téméraire chauffeur,
inspirateur,
critique
et provocateur,
qui rendit possible ce voyage.

Herbjorg Wassmo

Voyages

Après la saga norvégienne inaugurée par la trilogie du *Livre de Dina*, Herbjørg Wassmo expérimente dans *Voyages* le genre de la nouvelle, espace privilégié de l'intime. Elle y donne la parole à quatre femmes, quatre êtres à la dérive dont les voix s'élèvent et se font écho sans jamais se rencontrer. Sa plume, impétueuse et envoûtante, dessine dans les brumes du Grand Nord les contours de vies qui se cherchent, de destins sur le point de se sceller, mais qui hésitent encore, hantés par les fantômes du passé. Voyages intérieurs, dialogues avec l'absent, réminiscences de l'enfance, ce recueil d'instants décisifs sait capter les émanations de la mémoire, reflets diffractés des hésitations et des aspirations de l'âme humaine.

n° 3804 – 6,40 €

DOMAINE ÉTRANGER, DES ROMANS D'AILLEURS ET D'AUJOURD'HUI

Herbjørg Wassmo

Le livre de Dina

Maudite, exclue, sauvage et libre, Dina arrachera au destin le droit de vivre en défiant les hommes, les éléments, les bêtes et les lecteurs jusqu'à l'étourdissement. Une trilogie intense et fascinante sur la vie d'une femme qui côtoie la mort à chaque pas. Outre cette saga bouleversante, on trouve dans ce poème épique un tableau de la Norvège au siècle dernier où les paysages extraordinaires et la société de l'époque sont peints avec une abondance de couleurs et de métaphores. Un requiem qui, la dernière page tournée, insuffle sa force et sa vérité.

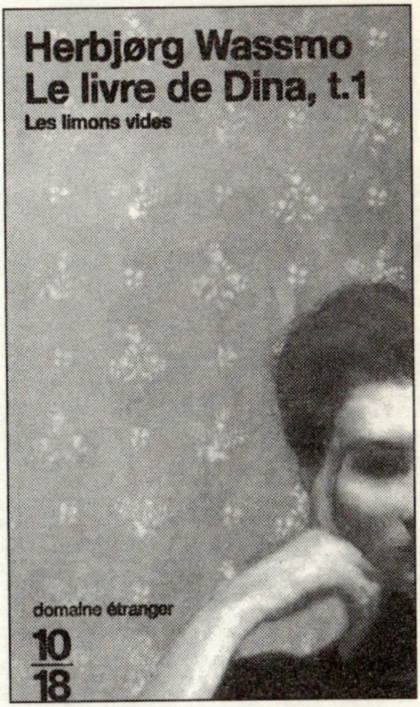

n° 3231 – 6 €

Impression réalisée sur Presse Offset par

CPI
Brodard & Taupin

La Flèche (Sarthe), 39745
N° d'édition : 3931
Dépôt légal : février 2007

Imprimé en France